172 heures sur la Lune

Johan Harstad

172 heures sur la Lune

Traduit du norvégien
par Jean-Baptiste Coursaud

wiz
Albin Michel

Cette traduction a été publiée avec le soutien financier de NORLA.

Titre original :
DARLAH – 172 TIMER PÅ MÅNEN
(Première publication : Cappelen Damm AS, 2008)

« This ain't no party, this ain't no disco.
This ain't no fooling around. »

Talking Heads

Prologue – février 2010

– Messieurs, le moment est venu.

[redacted] releva la tête et parcourut du regard les sept hommes en costume-cravate assis autour de la table de conférence. Comptant parmi les personnes les plus influentes du pays, ils se trouvaient dans la plus grande salle de réunion du quartier général de l'agence spatiale américaine de la NASA, à Washington. Il n'était pas loin de vingt-trois heures, leur réunion durait depuis ce matin, et il leur faudrait bientôt prendre une décision.

– Bon alors, qu'est-ce qu'on fait ? demanda [redacted], impatient.

Le nuage de nicotine, aussi épais qu'impénétrable, plombait une atmosphère déjà sinistre. Les lois antitabac avaient été superbement ignorées au fur et à mesure que la nervosité montait.

– Eh bien..., fit l'un des sept hommes présents en mâchonnant le bout d'un crayon de bois. C'est une proposition risquée. Retourner sur la Lune, je veux dire. Raison de plus pour que je me pose la question suivante : est-ce que le jeu en vaut vraiment la chandelle ?

– Déjà, en 1972, lors du dernier vol habité, les gens ne pouvaient plus voir cette foutue Lune en peinture ! grogna un deuxième. Au nom de quoi voulez-vous, aujourd'hui, qu'ils changent d'avis et acceptent qu'on y retourne ?

– Je ne vois pas en quoi ce serait impossible, rectifia un troisième. Nous pourrions tout à fait leur expliquer qu'il y a de grandes chances de trouver d'importantes quantités de tantale 73 au pôle sud de la Lune.

L'atmosphère dans la pièce changea du tout au tout.

– Vous n'avez aucune envie de revenir au pôle sud, croyez-moi !

– Bien sûr que non.

– Ça va vous tuer...

– J'en ai bien conscience.

– Si vous voulez mon avis, le mieux est encore de renoncer à cet endroit de malheur.

– Messieurs ! les interrompit [redacted]. Vous rendez-vous compte un seul instant de la révolution qu'entraînerait la découverte potentielle de tantale 73 ? Notre technologie est désormais entièrement dépendante de ce métal. Son extraction pourrait tout changer. Les institutions nous donneraient de l'argent à ne plus savoir qu'en faire...

– Donc, finalement, on va là-bas pour chercher des ressources naturelles ? demanda un autre, sceptique. Pourtant, je croyais que –

[redacted] lui coupa la parole :

– Non, cela va de soi.

Le chef de la Défense se racla la gorge.

– Je vais jouer cartes sur table avec vous, messieurs. Primo, nous n'irons pas traîner nos guêtres au pôle sud de la Lune. Secundo, qu'il existe ou non du tantale 73 sur la Lune ou ailleurs nous est foutrement égal.

L'agitation se dissémina autour de la grande table. Des doigts agacés tambourinaient sur la surface lisse.

– Je suppose que certains d'entre vous ont entendu parler du Projet horizon ?

L'homme qui s'était exprimé en premier reprit la parole :

– Vous faites allusion aux recherches qui se sont déroulées à la fin des années 1950 ? L'idée de construire une base militaire permanente sur la Lune ? Je croyais que le programme avait été rangé dans les tiroirs l'année d'après... ?

[redacted] secoua énergiquement la tête.

– La base n'est pas militaire, rectifia-t-il sans quitter des yeux le chef de la Défense. C'est une station d'exploration. D'exploration uniquement. N'est-ce pas ?

Le militaire se garda bien de moufter. Il lui adressa un regard amical et enchaîna.

– Elle s'appelle DARLAH 2. Elle a été construite dans les années 1970 sous le nom de code DP7.

– Mais... C'est impensable ! Pourquoi aucun d'entre nous n'en a jamais entendu parler ?

– Toutes les informations concernant DARLAH 2 ont été classées secret-défense jusqu'à récemment. Pour des raisons de sécurité.

Il soutint son regard un instant, hésitant à poursuivre. [redacted] vint à sa rescousse.

– DARLAH a été aménagée entre 1974 et 1976. Mais la base à proprement parler est localisée dans la mer de la Tranquillité, où Armstrong et Aldrin, comme chacun le sait, ont aluni en 1969. Les autres vols spatiaux habités se sont posés ailleurs, comme vous le savez également.

– Puis-je vous demander pourquoi elle a été construite ? interrogea un participant qui n'avait jusqu'alors pas ouvert la bouche.

– Nous avons découvert quelque chose, déclara laconiquement [redacted].

– Pouvez-vous être plus précis ?

– Nous ne savons pas de quoi il s'agit. L'objectif était de continuer les explorations et d'y installer du personnel mais, comme vous n'êtes pas censés l'ignorer, nous avons perdu l'ensemble de nos soutiens financiers. Néanmoins, comme je viens de le sous-entendre, l'aspect budgétaire n'a pas expliqué à lui seul que nous... mettions un terme définitif au programme. La vérité, la voici : ce que nous avons trouvé, là-haut, est d'une nature pour laquelle il est impossible d'obtenir une seule ligne de crédit. On nous aurait priés d'abandonner le projet. Nous avons donc feint d'ignorer son existence et, au bout d'un moment... le signal a tout bonnement disparu.

– Jusqu'à ce qu'il réapparaisse l'automne dernier, embraya le chef de la Défense.

– Le *signal* ? Mais qu'est-ce que c'est que ce bordel ? s'écria l'un des hommes, en pleine confusion. Pourriez-vous avoir la gentillesse de m'expliquer en termes intelligibles ce dont il est question autour de cette table ?!

[redacted] dévisagea l'homme qui venait de s'exprimer puis se pencha pour extraire un dossier de son attaché-case. Après l'avoir posé sur la table, il en sortit une photographie.

– Ce cliché a été pris sur la Lune par l'astronaute James Irwin, lors de la mission Apollo 15. L'homme que vous apercevez n'est autre que son collègue, David R. Scott.

– Mais... c'est qui, l'autre personne, là, dans le fond ?

– Nous l'ignorons.

– Vous l'ignorez ? Vous allez vous foutre de notre gueule pendant longtemps, ou quoi ?

– Chaque chose en son temps, messieurs. L'information que vous demandez sera accessible sitôt que, d'un commun accord, et à l'unanimité, nous aurons décidé de poursuivre le projet. Mais pas avant, j'insiste bien. À présent, parlons d'autre chose. Comment, me demanderez-vous, sommes-nous en mesure d'expliquer que nous ayons une base lunaire inutilisée sans que quiconque en ait été averti avant aujourd'hui ?

– *Inutilisée* ? Autrement dit, vous essayez de nous dire que *personne* n'a encore séjourné à l'intérieur de la base ? demanda l'un des astronautes présents dans l'assistance. Quid de ceux qui l'ont construite, alors ?

– Ils n'y ont jamais mis les pieds. Les modules ont été assemblés par des machines, non par des hommes.

Un homme se leva en arborant un sourire mielleux.

– Disons plutôt que nous avons passé les quarante dernières années à la tester et à nous assurer qu'elle fonctionne à la perfection.

– Et alors, elle fonctionne ?

– En principe, oui, répondit l'homme au sourire mielleux.

– Permettez-moi de vous dire que votre « en principe » n'est guère suffisant !

Plusieurs des hommes présents semblaient pour le moins sceptiques, si ce n'est proprement scandalisés.

– Mais qui est-ce que vous voulez envoyer, là-haut ? Et qu'est-ce que vous voulez y faire ?

– Le premier vol spatial habité aura trois objectifs, simplissimes. Primo : l'équipage sera censé tester la base et s'assurer qu'elle fonctionne convenablement. Secundo : il devra explorer les possibilités d'extraction de tantale 73, qui assurera aux États-Unis une avance considérable sur le marché des nouvelles technologies. Tertio, et c'est sans doute le point le plus important, messieurs : il devra capter l'attention des médias qui, de leur côté, permettront d'engranger des soutiens financiers afin de poursuivre les recherches et... éventuellement... se débarrasser de... des problèmes.

– Quels problèmes ?

[redacted] brandit une main réprobatrice, comme s'il désirait d'emblée stopper les propos qui s'apprêtaient à fuser.

– Comme je l'ai mentionné à l'instant, nous y viendrons en temps et en heure. Notre idée consiste à mettre sur pied un programme spatial civil prétextant célébrer le cinquantenaire du tout premier alunissage. Nous sommes déjà en train d'élaborer de nouveaux spécimens améliorés des fusées spatiales utilisées lors des missions Apollo des années 1960 et 1970. Ce qui, nous n'en doutons pas, suscitera la nostalgie du public.

– Sauf que personne en dessous de quarante-cinq ans ne se souvient des missions Apollo !

[redacted] ménagea sa réponse. En homme d'une rare intelligence, il devait très certainement en avoir déjà assez de se contraindre à expliquer les moindres détails de ces prétextes ridicules. Heureusement, il avait tenu moult fois dans sa tête ce discours de présentation, si bien qu'il était certain d'avoir réponse à tout. De même qu'il avait une idée parfaite de la façon d'intéresser *le monde entier* à un nouveau vol habité.

– Messieurs, et si nous envoyions des adolescents dans l'espace ?

Silence de mort autour de la table. Les hommes conviés à cette réunion secrète patientaient, persuadés qu'il plaisantait.

Il ne plaisantait pas une seconde.

– *Des gamins* ? Pour quelle fichue raison voulez-vous envoyer des *gamins* sur la Lune ?!

[redacted] lui répondit, non sans un large sourire indulgent :

– Si nous choisissons trois adolescents qui auront la chance de pouvoir partir avec les astronautes, nous veillerons ainsi à passionner toute une nouvelle génération à l'exploration lunaire. Ce ne sera rien de moins qu'une sensation internationale.

– Mais... c'est de la folie ! s'exclama un des réticents. Vous venez de nous raconter qu'il y a *quelque chose* là-haut. Quelque chose d'inconnu. Et personne n'est en mesure de me fournir *une* parole sensée sur ce dont il s'agit exactement et sur les risques que nous courons en donnant notre feu vert. Et, malgré tout, vous voulez y envoyer trois adolescents innocents et absolument pas préparés, comme de vulgaires cobayes ?!

– Les avantages sont hélas plus nombreux que les inconvénients, répondit sèchement [redacted]. En outre, la probabilité qu'il se passe quoi que ce soit dans la zone indiquée est minime. Qui plus est, les astronautes auront la possibilité d'installer des équipements importants et d'entreprendre les explorations nécessaires. Pour simplifier les choses, je crois qu'il est préférable de considérer cette expédition comme deux missions en une. La première, notre partie, consiste à évaluer les potentialités d'extraction de tantale 73 —

– Mais bon sang, je croyais que... Vous ne nous avez pas dit que nous n'allions *pas* sur la Lune pour chercher du tantale 73 ?

– C'est juste, en effet.

Il poursuivit après un bref silence.

– La seconde mission sera le vol spatial habité des adolescents – d'une simplicité enfantine, si vous me passez l'expression. De fait, pour eux, il s'agira ni plus ni moins de l'équivalent d'un voyage à Disneyland, en un peu plus compliqué, je l'avoue. Mais, j'insiste, l'intérêt médiatique viendra automatiquement. Le tout est pour ainsi dire sans danger, et les recettes publicitaires nous procureront les soutiens financiers dont nous aurons besoin pour une prochaine mission spatiale.

– Donc il y aura quand même une nouvelle mission spatiale.

– J'en ai peur, oui.

– Et sur celle-ci, vous prévoyez aussi des adolescents ?

– Non.

[redacted] souleva une enveloppe siglée de la mention TOP SECRET.

– Les adolescents sur la Lune, messieurs, représentent la solution à ce que nous cherchons depuis si longtemps. C'est ce qui nous ouvrira la porte.

Des têtes commençaient sensiblement à approuver la proposition.

– Mais comment allons-nous décider de *qui* part ?

– Nous allons mettre en place une grande loterie.

PREMIÈRE PARTIE

La Terre

La chance – 2018

– J'ai jamais rien entendu d'aussi con.

Mia Nomeland dévisagea ses parents avec un air désabusé avant d'ajouter :

– Pas question.

– Mais, Mia… C'est une chance unique, *la* possibilité, tu ne trouves pas ?

Collés l'un contre l'autre comme des siamois, les parents de Mia avaient posé la publicité sur la table basse, devant le canapé où ils avaient pris place. Même les gens habitant dans le trou le plus paumé de la planète n'avaient pas pu échapper à une affiche comme celle-ci. Depuis des semaines, la campagne promotionnelle battait le rappel sur tous les supports possibles : télé, radio, Internet ou presse. Le mot « NASA » serait bientôt aussi connu que « Coca-Cola » et « McDonald's ».

– Une chance de faire quoi ? La niaise de service ?

– Tu pourrais y réfléchir, au moins ? tenta sa mère. Le délai d'inscription n'expire que dans un mois, tu sais.

TU VEUX ALLER
SUR LA
LUNE ?
TU AS ENTRE 14 ET 18 ANS ?
VIENS PASSER 172 HEURES SUR LA LUNE DANS LA BASE LUNAIRE DARLAH 2
NASA
RETURN TO THE MOON
NASAMOONRETURN.COM

Mia était démoralisée.

– Non ! Je ne veux pas y *réfléchir*. Primo, je n'ai aucun besoin d'y aller ; secundo, je n'ai rien à y faire. À vrai dire, quand j'y réfléchis *vraiment à fond*, j'ai mille choses à faire partout dans le monde, *mais pas* sur la Lune.

– Si j'étais toi, j'aurais déjà déposé ma demande.

– Je crois que tous mes amis et moi sommes bien contents que tu ne sois pas moi.

– Mia !

– OK, je m'excuse... C'est juste que... que je m'en fous, voilà ! C'est pas si difficile à comprendre, à la fin ! Et puis, vous êtes les premiers à me ressasser que le monde regorge de possibilités, mais qu'on est obligé d'en choisir certaines et d'en écarter d'autres. Je me trompe, peut-être ? Que, de toute façon, il y en aura toujours suffisamment pour toute une vie et que c'est très bien comme ça. C'est pas vrai, papa ?

Son père marmonna un semblant de réponse avant de dévier le regard.

– Bon, d'accord..., concéda sa mère. Je laisse quand même le papier sur le piano, hein ? Au cas où tu changerais d'avis.

Voilà, c'est toujours pareil, se dit Mia en quittant le salon. *Ils ne m'écoutent jamais. Ils attendent uniquement que j'aie fini de parler.*

Elle monta dans sa chambre, brancha sa guitare à l'ampli, plaqua son gros casque sur les oreilles et commença à répéter. Dès qu'il s'agissait de musique, Mia ne séchait jamais. Cela faisait maintenant deux ans qu'elle s'était mise à la guitare et un an et demi qu'elle était chanteuse dans le groupe Rogue Squadron, un nom en guise de clin d'œil aux années 1970, mais de façon subtile, et qui de ce fait fonctionnait à merveille pour une formation punk dont le son semblait lui-même venir tout droit d'une autre époque, mettons de 1982. Ou de 1984. Car si elle avait une tendance parfaitement assumée à ne pas fignoler ses devoirs jusque dans les moindres détails, Mia mettait un point d'honneur à apprendre l'histoire de la musique mieux que personne. Elle avait passé des heures interminables sur le Net à essayer de comprendre en quoi, pendant ces années 1980, des périodes qui ne duraient guère plus de deux ans pouvaient se distinguer autant. Et, tandis que les garçons et les filles de son âge écoutaient les tout nouveaux groupes de pop chewing-gum, tels que The Hold Ons, The Aching Hearts et compagnie, Mia se propulsait dans un passé qu'elle explorait inlassablement. Sa dernière grande découverte s'appelait Talking Heads, groupe dont elle était, lentement mais sûrement, tombée amoureuse. Ou plutôt : elle s'ingéniait à aimer ce qu'ils faisaient, uniquement parce qu'elle savait qu'ils étaient bons. Et tant pis si, sur la longueur, les écouter relevait parfois du calvaire. Sans oublier qu'elle hésitait toujours sur le genre musical, ce qui compliquait encore plus ses affaires : fallait-il les ranger dans le postpunk, le rock ou tout bonnement la pop ? Quoi qu'il en soit, ils avaient un son très années quatre-vingt, froid et électronique, qui, elle en était certaine, lui conviendrait à la perfection, pour peu qu'elle réussisse à vraiment, mais alors vraiment adorer leur musique.

Elle continua de travailler sa guitare pendant une petite heure, composa le début d'un nouveau morceau, rythmé par des riffs piqués ici et là dans des chansons que personne, elle en aurait mis sa main à couper, n'avait entendues. Ce serait classe de débarquer demain à la répète avec cette petite ébauche. Après l'avoir jouée cinq fois de suite, et elle était désormais persuadée de connaître les accords par cœur, elle posa sa guitare et brancha son casque à la chaîne hi-fi. Elle appuya sur *play*. La musique du groupe qu'elle avait décidé de commencer à aimer se déversa dans ses oreilles.

Elle s'allongea sur son lit et ferma les yeux.

*

– Qu'est-ce que tu écoutes, Mia ?

La question venait d'être posée par son père, comme pour lisser la mauvaise ambiance de tout à l'heure. Il avait soulevé l'un des écouteurs de son casque.

– Les Talking Heads, répondit-elle.

– Tu sais qu'ils étaient hyperbranchés quand j'avais ton âge ?

Hyperbranchés. Pff ! Mia lui lança un regard oblique, sans prendre soin de lui répondre.

– C'est une chance fantastique, Mia. La Lune... Je... *nous*... nous ne voulons que le meilleur pour toi, tu le sais.

Elle gémit, tirant cependant sur les commissures pour esquisser un sourire.

– Papa, s'il te plaît... laisse tomber, OK ?

Sauf qu'il ne voulait rien laisser tomber du tout.

– Et puis, pour ton groupe... Tu y as songé ? Ce n'est pas la célébrité que vous visez ? Si tu veux mon avis, je ne crois pas vraiment que ce sera un obstacle pour Rough Squadron si leur chanteuse est une astronaute connue dans le monde entier.

– *Rogue* Squadron, rectifia-t-elle. C'est *Rogue*.

– Bref. Tu vois ce que je veux dire.

Et, à ces mots, il quitta sa chambre en refermant délicatement la porte derrière lui.

Mia se rallongea sur son lit. Elle cogitait. *Peut-être qu'il n'a pas tort, quelque part...* Non non non, ni quelque part ni ailleurs. C'était impensable. Elle était musicienne, pas astronaute amateur. Elle remit sa chaîne en marche, fermant les yeux, s'efforçant de s'habituer à son groupe préféré. Justement, David Byrne chantait dans ses oreilles :

No visible means of support and you have not seen nothing yet.
Everything's stuck together.
I don't know what you expect staring into the TV set.
Fighting fire with fire

*

Bien que le mois de mai approche à grands pas, l'air norvégien était toujours frais. Les arbres se dressaient le long de l'allée dans leur nudité et leur absence de vie, si bien sûr on excluait les rares feuilles qui avaient fait erreur sur la date de bourgeonnement officielle. Deux semaines s'étaient écoulées depuis que les parents de Mia lui avaient servi sur un plateau leur proposition lamentable.

À présent, Mia râpait la pointe de sa Ranger sur le sol de la cour du lycée, en attendant que Silje daigne sortir des toilettes. La grande récréation était bientôt terminée et, autour d'elle, les élèves accéléraient le pas de peur d'être en retard. Mia, elle, n'était pas pressée. De toute façon, les profs arrivaient systématiquement en cours avec quelques minutes de retard. Puisque, confinés dans leur antre, ils préféraient grignoter le plus longtemps possible leurs gâteaux desséchés agrémentés de café tourné, en disant tout le mal qu'ils pensaient de tel ou tel élève, et en se moquant des idioties proférées par certains et de la dégaine qu'avaient les autres.

Mia se disait souvent qu'elle fréquentait un établissement dont les profs, à quelques notables exceptions près, auraient mieux fait d'exercer n'importe quel autre métier, mais surtout pas celui d'enseignant. Agent de ménage, par exemple. Ou employé de cimetière.

N'importe quoi, sauf une profession qui les mettait en relation directe avec des êtres vivants. La plupart d'entre eux avaient décroché à grand-peine leur examen une petite centaine d'années plus tôt et, depuis, le diplôme obtenu était soigneusement rangé et oublié dans le dernier tiroir de leur bureau. *Grosso modo*, ils souffraient tous du même problème : ils exerçaient en tant que profs depuis trop longtemps et s'étaient encroûtés dans leurs modèles et leurs routines ; pire : les sols qu'ils avaient foulés portaient les marques indélébiles de leurs chaussures. Ils semblaient se complaire dans leur monde microscopique où ils jouissaient d'un pouvoir quasi infini, et ils prenaient d'ailleurs un malin plaisir à le rappeler à leurs élèves sitôt que l'occasion se présentait. Ils ne le faisaient cependant pas pour les remettre à leur place – non –, mais parce qu'ils savaient pertinemment, tous autant qu'ils étaient, que ce pouvoir et cette autorité de surface disparaissaient comme de la buée au soleil dès qu'ils quittaient l'espace clos de l'établissement scolaire et regagnaient le monde réel, où ils étaient contraints de côtoyer des gens de leur âge.

Silje sortit des toilettes. Elles étaient les seules à ne pas avoir regagné la classe.

– Cool, tes Rangers..., dit Silje.

– Euh, je les ai depuis ce matin..., lança Mia, un peu sèche. Je marche pas pieds nus, je te signale.

– Je viens juste de les voir, c'est pour ça. Tu les as trouvées où ?

Mia baissa les yeux. Elles étaient noires, usées, en cuir, avec des lacets qui montaient jusqu'aux mollets.

– Sur Internet. Ce sont des rangeos de para italien.

– Géniales ! Bon, on y va, peut-être ?

– T'as quoi, toi ?

– Maths.

– Et moi, *deutsch*. Avec la Houppe.

Mia soupira en prenant la direction, avec Silje, du premier étage.

– On répète ce soir ? demanda Silje avant qu'elles se séparent.

– J'imagine, oui. Leonora doit m'appeler dès qu'elle sait si elle peut venir.

– Tu me préviens, OK ? Je peux être là à sept heures. Pas avant.

– Sept heures, ça me va. Au fait, j'ai composé un nouveau morceau hier...

– Ah ouais ? Il s'appelle comment ?

– *Bomb Hiroshima Again*. Enfin, je crois. J'ai pas encore tout à fait décidé.

– C'est gai ! répliqua Silje en éclatant de rire. Allez, à tout à l'heure...

Mia poursuivit au deuxième étage et entra dans la classe. Elle profita de ce que la prof n'était pas encore arrivée pour lire en diagonale son manuel d'allemand et essayer de comprendre ce qu'elle aurait dû apprendre la veille.

La Houppe fit son entrée toutes voiles dehors, munie d'un ballon gonflable en forme de Lune. Mia leva les yeux au ciel quand elle s'en rendit compte. *Oh naaan, pas elle aussi !*

Eh si. La Houppe aussi. Cette prof minuscule, pourvue de cheveux inhabituellement relevés, était également atteinte de fièvre lunaire. Elle s'éclipsa derrière son bureau pour mieux se lancer dans une longue tirade, en allemand, expliquant à quel point toute cette histoire était passionnante et combien ce serait merveilleux si l'un de ses élèves était tiré au sort pour participer.

Mia leva de nouveau les yeux au ciel. La Houppe avait trop sévi dans ce lycée, c'était un fait établi. Elle y travaillait depuis beaucoup trop longtemps. Qui plus est, elle enseignait l'allemand et le travail manuel, une combinaison pour le moins bizarre qui n'arrangeait pas vraiment son cas. Sans oublier, surtout, son grand secret, un secret de polichinelle puisque tout le monde était au courant : la Houppe n'avait jamais mis les pieds en Allemagne. Ja-mais. Jamais de sa vie entière. La seule frontière qu'elle ait franchie, c'était celle de la Suède – et point. Le voyage avait eu lieu en 1986, dans ces eaux-là, et elle était rentrée au bout de quatre jours.

Quoi qu'il en soit, la voir devant eux avec une Lune gonflable sous le bras n'était peut-être pas aussi étrange qu'il n'y paraissait. Le monde entier avait complètement perdu les pédales l'hiver dernier. Les médias, toutes sortes confondues, étaient quotidiennement noyés par des informations sur la Lune, avec des experts, des professeurs et des astronomes désireux d'exprimer leurs pensées profondes sur le sujet. Où qu'on se tourne, des concours étaient organisés pour gagner tel ou tel cadeau, pourvu qu'on réponde à des questions simplissimes portant sur la navigation spatiale. Et, dans le même temps, des adolescents de tous sexes et de toutes régions du monde se connectaient à n'importe quelle heure du jour et de la nuit ou bien faisaient la queue pendant des heures aux guichets d'inscription ouverts dans à peu près toutes les villes de la planète, histoire d'être sûrs et certains que leur nom figurerait sur les listes.

Pour des raisons de sécurité, la NASA avait décidé que les trois adolescents tirés au sort devraient avoir quatorze ans révolus mais ne pourraient pas être âgés de plus de dix-huit ans. Ils devraient mesurer entre un mètre soixante et un mètre quatre-vingt-douze et passer les examens tant physiques que psychologiques chez un clinicien certifié de leur ville de résidence afin d'obtenir un certificat médical d'aptitude en règle. La totalité des candidats devrait en outre bénéficier d'une acuité visuelle quasi parfaite, ne pas présenter d'anomalies dans la vision des couleurs et avoir une pression artérielle en position assise qui ne dépasserait pas 140 pour 90. Sans oublier, bien sûr, les batteries de tests et les entraînements auxquels seraient ensuite soumis les trois heureux élus.

Bien que ces conditions drastiques réduisent quelque peu le nombre de candidats, des millions de noms étaient quand même arrivés dans l'escarcelle de la grande loterie et, plus les jours et les semaines s'écoulaient, plus la tension poussait les gens au bord de la crise de nerfs. Les bookmakers misaient sur le nom des pays dont les trois gagnants seraient originaires. Les paris portaient aussi sur l'éventualité qu'il y ait, parmi eux, des filles, ou uniquement des garçons. Les animateurs de talk-shows invitaient des experts à participer à des débats où ils discutaient des conséquences qu'aurait pour ces jeunes gens le fait de voir la Terre de l'espace. Ces débats, justement, parlons-en... Des guéguerres d'opinions dans la presse papier, aussi innombrables qu'interminables, portant sur cette fameuse base lunaire dont personne n'avait jamais entendu parler. Qu'était-elle ? Pourquoi y était-elle ? Quelle importance avait-elle, et quelle fonction ? Pouvait-on avoir l'assurance que des intentions pacifiques avaient gouverné sa construction ?

La Houppe venait de terminer son laïus et passa de manière imperceptible à un norvégien de cuisine : cela lui arrivait chaque fois qu'elle avait parlé allemand trop longtemps, à croire qu'elle avait dans l'intervalle oublié sa langue maternelle et devait développer des trésors de concentration pour se rappeler comment elle s'exprimait au quotidien.

– Mais écoutez bien ce que j'ai à vous raconter maintenant. J'ai fait quelque chose de très intéressant pour vous. Vous voulez savoir quoi ? Bon... J'ai téléphoné à la NASA. Oui, vous avez bien entendu. À la NASA. Je voulais savoir combien d'élèves de notre lycée s'étaient inscrits à la loterie. Parmi toutes les classes de seconde, il y en a quatre-vingt-onze. Mais, dans ma classe d'allemand, vous n'êtes que cinq. Et vous me direz : ça ne fait pas beaucoup. Pas vrai ?

Personne ne répondit.

– Petter, Stine, Malene, Henning, vous avez fait du bon boulot !

Les quatre cités lui adressèrent un sourire satisfait.

– Quant à toi, Mia, c'est une surprise très agréable. Félicitations !

Mia se figea.

– Quoi ? Mais je me suis inscrite à rien du tout, moi...

– Euh... Selon la NASA, il semble que si.

Mia se pencha sur son bureau et s'écria :

– Dans ce cas, c'est quelqu'un qui s'est mêlé de ce qui le regarde pas. J'ai rien envoyé à cette putain de loterie débile.

– Allons, allons... Il n'y a pas à avoir honte, voyons. Ce n'est pas une tare non plus...

– Mais j'ai honte de rien, d'abord ! C'est simplement que c'est faux et archifaux. Et puis même si ç'avait été vrai, je vois pas au nom de quoi la NASA aurait le droit de dévoiler l'information au premier venu.

La Houppe agita la main en signe de réprobation tout en lui faisant un clin d'œil, comme si elles partageaient un secret.

– Autant que je sache, une des conditions des inscriptions était justement que la NASA puisse communiquer le nom des participants à la loterie...

Elle inclina la tête de façon exagérée sans quitter Mia des yeux.

– Enfin bon, inutile d'en parler. C'est à chacun de décider si il ou elle a envie de participer, tu ne crois pas ?

– Mais qu'est-ce que vous me voulez, merde à la fin ?! hurla Mia dont la colère s'exacerbait à chaque phrase. Je vous dis que je ne me suis *pas* inscrite. Vous êtes bouchée à l'émeri, ou quoi ? Qu'est-ce que j'irais foutre sur cette putain de Lune ? Vous croyez pas que j'ai autre chose de mieux à faire que ces conneries ?

– On ne s'exprime pas comme ça dans mes cours, Mia.

– Non, vu que de toute façon on ne s'exprime pas *du tout* dans vos cours. Vous nous soûlez avec vos monologues interminables à propos de trucs et de machins plus vaseux les uns que les autres que vous avez dû préparer en vous coupant les ongles des pieds !

La professeure se leva, posa sa Lune gonflable sur son bureau et pointa un doigt démonstratif vers la porte.

– Tu peux passer le reste de l'heure dehors, Mia. Je ne veux plus de toi ici. Tu attendras dans le couloir.

Mia ne moufta pas. Elle envoya valdinguer son livre d'allemand pour qu'il atterrisse directement dans son sac, se leva et prit la porte. Le couloir était vide et silencieux. Des bribes de cours, tantôt de norvégien, tantôt de maths ou d'anglais, lui parvenaient des autres salles de classe. Sans réfléchir, elle rouvrit la porte et vrilla ses yeux dans ceux de la Houppe.

– Tout le monde sait pertinemment que vous n'êtes jamais allée en Allemagne. Et peut-être que ça, c'est quelque chose dont *vous* pouvez avoir honte.

En une demi-seconde, le visage de la professeure se modifia du tout au tout, arborant désormais un air affligé, inconsolable, comme si elle venait d'être condamnée à la réclusion à perpétuité pour un crime atroce qu'elle avait oublié avoir commis. Mia eut le temps d'entendre des clameurs de joie exploser parmi les élèves avant de claquer la porte, de descendre l'escalier et de sortir dans la cour. Elle poursuivit jusqu'à la piste d'endurance qui longeait le gymnase et s'assit sur la rambarde. Elle sortit son portable. Un soupçon désagréable prenait lentement forme.

Derrière elle, une trentaine d'élèves s'épuisaient à courir indéfiniment sur la piste, à croire qu'il en allait de leur vie. Mia n'avait même pas besoin de jeter un regard par-dessus son épaule pour comprendre que c'était l'œuvre de cette cinglée de prof de gym. Non contente d'approcher la cinquantaine et d'avoir de la barbe, elle faisait partie des membres du corps enseignant qui, à l'instar de la Houppe, officiaient depuis la nuit des temps. Pour elle, le concept d'excuse n'existait pas : on était soit en surpoids, soit paralysé des deux jambes ; dans le cas contraire, on devait s'illustrer par des prestations de dimensions olympiques. Se retournant malgré tout, Mia vit les élèves épuisés ahaner dans le cadre d'un énième 3 000 mètres. Inutile d'être myope pour se rendre compte que certains des traînards étaient d'une pâleur excessive ; deux d'entre eux viraient carrément au vert, et ce n'était qu'une question de temps avant qu'ils ne s'effondrent et dégobillent.

La mère de Mia décrocha pile au moment où le premier estomac régurgita son contenu sur la piste d'endurance, occasionnant un incompréhensible beuglement chez la butorde préposée à l'éducation physique.

– Salut, Mia. Qu'est-ce qui se passe ? Tu n'es pas à l'école ?

Mia alla droit au but.

– Maman ? C'est toi qui m'as inscrite à cette connerie de voyage sur la Lune ?

Silence radio à l'autre bout du fil.

– Maman ?

– Eh bien, je... Enfin, nous, ton père et moi, nous... Nous pensions que tu regretterais, voilà. Plus tard. Donc, oui, en effet, nous...

Mia lui coupa la parole et demanda d'une voix polaire :

– Tu m'as inscrite ?

Un nouveau silence se fit, plus court que le précédent.

– Oui.

– Tu peux m'expliquer ce que vous trafiquez ?

– Mia, tous les jeunes de ton âge trouvent que c'est une chance fantastique. Pourquoi...

– Sauf que je ne suis *pas* tous les jeunes de mon âge, du moins jusqu'à nouvel ordre. Vous ne respectez même pas le fait que je puisse avoir d'autres opinions que les vôtres. Vous n'avez qu'à y aller, vous, si vous en crevez d'envie. Puisque c'est ça, en fait, non ? Comme les parents ne peuvent pas y aller, à défaut, ils y envoient leur fille. Mais qu'est-ce que vous croyez ? Que tout le monde rêve d'être célèbre et pété de thunes ?

– Mia, là je te trouve un peu injuste et...

– Injuste ?! Tu sais ce qui est injuste ? C'est que vous maniganciez dans mon dos. Tu comprends, ça ?

– Mia...

Elle lui avait déjà raccroché au nez. Derrière elle, deux élèves culbutèrent en s'écrasant sur l'herbe avec un cognement sourd. Quelques secondes plus tard, la prof était sur eux et les tirait pendant que le vomi dégoulinait sur leur survêtement.

La gymnastique.

Même le mot, Mia l'avait en horreur. Une aversion qui n'avait strictement rien à voir avec sa propre condition physique : elle aurait très bien, comme les autres, pu courir sur la piste d'endurance ; elle aurait très bien pu nager tout habillée dans la piscine et aller récupérer ces mannequins ridicules, ou quoi qu'on lui demande, d'ailleurs – le tout sans ressentir la moindre fatigue.

La gymnastique.

Une des inventions les plus superflues de l'histoire, perpétuée par des gens qui n'avaient jamais lu un livre de leur vie mais qui, coûte que coûte, éprouvaient le besoin de raconter aux autres qu'ils enseignaient. La réalité était plus crue : ils ne savaient pas placer une ville sur une carte du monde ni résoudre une opération mathématique, mais n'en demeuraient pas moins convaincus que des miracles pouvaient se produire dès l'instant qu'on sautait suffisamment haut au-dessus du cheval d'arçons, qu'on courait mille tours sur une piste ou qu'on flanquait une dérouillée à l'équipe de foot adverse.

Comparé à la gym, même un voyage sur la Lune faisait sens.

Mia observa les élèves quelques minutes supplémentaires avant de descendre de la rambarde et de rentrer chez elle, se moquant éperdument que son sac soit resté dans la classe.

M. Himmelfarb

Carré dans son fauteuil près de la fenêtre, tremblant de tous ses membres, désorienté, l'homme d'un certain âge promenait son regard dans la pièce. Il était entouré de vieillards avachis qui dans des canapés, qui dans des fauteuils. Une dame presque centenaire se traînait sur le lino à l'aide de son déambulateur.

Mais qu'est-ce que font tous ces vieillards chez moi ? s'interrogea-t-il.

Il s'appelait Oleg Himmelfarb. Et sans cette démence dans laquelle il sombrait, il aurait compris qu'il ne se trouvait plus chez lui et que les vieillards en question vivaient dans la même maison de retraite que lui. Il aurait également compris, cela va de soi, qu'il comptait lui aussi parmi ces vieux tromblons et qu'il ne lui restait guère plus qu'une petite année à vivre.

Or il ne le savait pas.

Oleg Himmelfarb ne savait pour ainsi dire plus rien.

Avant, quelque six années plus tôt, M. Himmelfarb était un individu qui jouissait de toutes ses capacités physiques et intellectuelles, un grand-père génial, un mari qui adorait son épouse et lui offrait des fleurs tous les samedis. Durant sa longue carrière professionnelle, M. Himmelfarb avait exercé le métier de concierge au Centre de communications spatiales longues distances de Goldstone, dans le désert Mojave, où il disposait de l'autorisation de sécurité du niveau le plus élevé.

Mais tout cela était tombé dans les oubliettes.

Désormais sagement placé et conservé à la maison de retraite Parsons, en périphérie de Miami, M. Himmelfarb, autrefois d'une intelligence exceptionnelle, était réduit à l'état de sac pourvu d'yeux, de boîte que nul ne savait tout à fait où envoyer.

Il resta dans son fauteuil quelques minutes supplémentaires, mains sur les genoux, jusqu'à ce que le personnel soignant entre dans la salle de séjour. Cela leur arrivait souvent. Ils venaient quand c'était l'heure de manger, quand c'était l'heure de regarder la télé. Et quand c'était l'heure de dormir. M. Himmelfarb ne savait pas pour quelle raison on venait le chercher cette fois-ci, mais il n'opposa aucune résistance quand une infirmière le prit sous les aisselles et le souleva pour le mettre en position debout.

– Ça va, là ? On tient bien d'aplomb, là ? demanda-t-elle sans attendre de réponse.

Bras ballants, M. Himmelfarb ne bougeait pas, attendant l'ordre de se déplacer. L'infirmière lui fit signe et il se mit à marcher dans la direction vers laquelle pointait son doigt. C'était préférable ainsi. Ne pas se montrer récalcitrant, faire uniquement ce qu'on lui demandait. Au moins, il évitait de penser ; car dès qu'il pensait, il avait mal au crâne. Comme si son cerveau ne supportait plus la charge imposée par toute décision quant à ce que devait entreprendre son corps.

– Allez, on y va maintenant, monsieur Himmelfarb.

L'infirmière tourna la tête vers lui. Il accéléra le pas pour rejoindre la salle commune. Comme aucune odeur de nourriture ne lui venait aux narines, ce ne pouvait pas être l'heure du repas. De toute façon, il ignorait s'il avait faim ou pas.

Les résidents en fauteuil furent roulés au même endroit puis assis dans des chaises disposées en arc de cercle autour du téléviseur qu'alluma un des soignants. Certains eurent la tremblote, soudain inquiets, lorsque les images animées se matérialisèrent sur l'écran et que l'employée la plus âgée prit la parole :

– Chers résidents. Aujourd'hui est un grand jour. Et parce que c'est un grand jour, nous allons regarder autre chose que ce que vous avez l'habitude de voir. C'est d'accord ?

Personne ne répondit à la question. Il y eut bien quelques marmonnements de-ci de-là, mais il était impossible de déterminer si ceux-ci concernaient ce qu'elle venait de dire ou des choses dont seuls les résidents avaient connaissance.

– Bon, c'est bien, poursuivit-elle comme s'ils lui avaient effectivement répondu. Vous vous souvenez sûrement des premiers pas sur la Lune, en 1969, n'est-ce pas ? Eh bien figurez-vous qu'on y retourne. Sur la Lune, je veux dire. En ce moment a lieu une grande loterie à laquelle peut participer la jeunesse du monde entier. C'est que, voyez-vous, la NASA a réservé trois places destinées à des adolescents sur la prochaine mission spatiale. Mon fils, Scott, s'est déjà inscrit. Donc il va falloir qu'on croise tous bien fort les doigts, hein ? Vous vous rendez compte, mon fils pourrait être désigné astronaute au cours de l'année !

– On veut regarder la chaîne météo ! piailla un papy.

Feignant de ne pas avoir entendu, l'employée offrit son plus beau sourire. Le discours du président et surtout la possibilité que son propre fils figure parmi les heureux gagnants comptaient énormément pour elle. Elle serra les poings dans ses poches et patienta.

Le visage du président apparut sur l'écran. Il évoqua la nouvelle ère qui marquait l'histoire de la navigation spatiale américaine. Il parla de ces trois adolescents qui auraient la chance d'embarquer à bord de la navette spatiale *Ceres* en direction de la Lune, et montra des esquisses de la base lunaire DARLAH 2, où ils résideraient pendant leur séjour. Enfin, il s'efforça de dédramatiser autant que possible l'existence de cette base que le gouvernement avait tenue secrète durant toutes ces années.

M. Himmelfarb se redressa dans sa chaise pour se concentrer sur ce bonhomme qui tenait un discours.

Mais ce sur quoi portait son laïus, ça, il ne l'avait pas encore tout à fait compris. Pourtant, une minuscule sinon infime connexion sembla s'établir dans les méandres de son cerveau, au moment où le président exhiba les dessins de la base lunaire. En l'espace d'une demi-seconde, M. Himmelfarb parut être redevenu lui-même.

Il avait déjà vu ces dessins. Mais où ? Et pourquoi le rendaient-ils si nerveux ?

Brusquement, son corps se figea. Il ne pouvait presque plus respirer.

Il se souvenait désormais parfaitement de l'endroit où il avait vu ces dessins. Cette prise de conscience transforma en un clin d'œil son visage, qui passa de l'impassibilité et l'indifférence à une peur blanche et aveuglante.

Il cria.

Et son cri retentit jusque dans la rue.

C'était le bruit d'un être humain qui venait de comprendre qu'il n'y avait plus aucun espoir.

Shibuya

Midori Yoshida, des sacs de courses entre les jambes, vérifiait ses textos en attendant que ses copines Mizuho et Yoshimi aient terminé leurs emplettes. Il était dix-sept heures passées et, à l'extérieur du centre commercial Shibuya 109, à Tokyo, l'air chaud du mois d'avril offrait une transition agréable à la moiteur confinée des cabines d'essayage.

Sa mère avait essayé de la joindre. Elle était à deux doigts de la rappeler lorsqu'elle changea d'avis. *Non.* Plus tard. Ça attendrait. Ce n'était sûrement rien d'important. Puisque ça ne l'était jamais. Ses parents ne composaient son numéro de portable que pour la tarabuster à propos de ce que, selon eux, elle aurait dû faire. Ou parce qu'ils étaient furieux qu'elle ne soit pas encore rentrée. Ce qui, au demeurant, n'avait rien d'étonnant étant donné qu'ils habitaient à Yokohama et que le trajet en train durait presque quarante minutes, que l'on parte de la gare de Shibuya ou de celle de Shinjuku.

Et ce, bien entendu, en dehors des heures de pointe.

Depuis ses treize ans, cela faisait maintenant quasi deux ans et demi, Midori faisait l'aller-retour au moins deux fois par semaine, les mercredis et les dimanches, jusqu'à cet arrondissement central de Tokyo. À la fin des cours, le mercredi, elle se mettait en chasse de nouveaux vêtements, qu'ils soient neufs ou d'occasion, qu'elle pourrait par la suite customiser chez elle en attendant le dimanche. Dans le lot de ses acquisitions : tissus de différentes couleurs et qualités, chaussures, chapeaux, bracelets et autres fanfreluches dont elle n'avait nul besoin, elle le savait pertinemment, mais qui malgré tout lui faisaient envie. Le moindre yen gagné grâce à son petit boulot, le soir, dans l'entrepôt du supermarché appartenant à son oncle, passait dans ces achats. Ses parents secouaient la tête de consternation, estimant qu'elle jetait par les fenêtres de l'argent qui lui serait autrement plus utile dans quelques années, lorsqu'elle devrait se débrouiller par ses propres moyens. Une opinion aux yeux de Midori pour le moins absurde : à quoi bon se demander si elle arriverait à joindre les deux bouts dans cinq ou six ans quand elle s'en sortait à merveille ici et maintenant ?

En vérité, cela ne faisait pas très longtemps que Midori avait pour la première fois reconnu qu'au fond elle allait très bien – une sensation qu'elle n'était franchement pas désireuse de lâcher. Elle n'avait jamais tout à fait compris pourquoi elle avait été la cible toute désignée de harcèlements scolaires, et ce dès sa première année de primaire, puisque vraiment rien ne le motivait : elle venait d'une bonne famille, ne parlait pas avec un accent particulier, ne se comportait pas d'une manière susceptible de la faire sortir du lot. Certes, elle aimait des musiques d'un style un peu différent de celui qu'écoutait la majorité de ses camarades, mais elle n'en faisait pas non plus étalage. Elle semblait en tout état de cause condamnée à un ostracisme qui avait perduré durant toutes ses années de primaire, ne s'était pas arrêté pendant le collège et l'avait fidèlement suivie au lycée, comme s'il constituait une part de son identité. Cette hostilité n'avait en soi rien de bien méchant – Midori n'était pas victime de coups ni d'intimidations physiques –, c'est juste que les autres filles se défoulaient sur elle : à la moindre frustration, elle trinquait. Quant aux garçons, ils avaient plutôt tendance à l'ignorer. Quoi qu'il en soit, cela suffisait pour qu'elle n'ait jamais la possibilité de souffler tout à fait à l'école, d'être elle-même – et si quelque chose la tourmentait, c'était bien cela.

Or, passé ses treize ans, la situation avait changé. Elle avait entendu parler d'un endroit dans le centre de Tokyo où les jeunes se rassemblaient les dimanches et prenaient pleinement possession des lieux pendant plusieurs heures. Ils venaient de tous les endroits de la capitale, avec pour point commun la volonté d'afficher leur différence, de montrer qu'ils existaient en tant qu'individus uniques. La plupart d'entre eux s'exhibaient dans des vêtements et des costumes fabriqués main – c'était un chaos de couleurs et d'accoutrements. Certains semblaient sortir tout droit du futur, d'autres étaient habillés en domestiques européens du XIXe siècle. On trouvait aussi des rockeurs des années 1950, des superhéros, des hippies, des adolescents coiffés avec les coupes et les couleurs les plus variées, bref : tous ceux qui ne trouvaient leur place nulle part se réunissaient ici. Au bout de quelques mois à peine, Midori s'était fait des amis qu'elle n'aurait jamais osé rêver avoir, et sa vie s'était transformée radicalement. Ce que les filles anonymes de sa classe pensaient ou disaient d'elle lui passait désormais carrément au-dessus. Mieux : elle ripostait. Elle les battait à plates coutures à l'endroit exact de leur point faible, à savoir les garçons. Ces garçons avec qui elle ne rechignait pas à traîner de temps en temps, en allant par exemple faire une petite partie de baseball ou en les accompagnant au café pendant la pause. Qui plus est, elle aimait bien discuter musique avec eux, échanger les dernières nouvelles à propos des groupes qui se produiraient bientôt à Tokyo et qu'ils iraient voir ensemble – et tant pis si aucun d'entre eux n'en avait la permission.

Néanmoins, elle savait pertinemment que ces garçons finiraient par avoir une vie diamétralement opposée à celle qu'ils espéraient aujourd'hui. Un jour viendrait où, tous autant qu'ils étaient, ils finiraient en costume-cravate et déplaceraient de la paperasse d'un point A à un point B, de huit heures du matin à cinq heures de l'après-midi, avant de s'endormir épuisés dans le train qui les ramènerait auprès de leur épouse frustrée. Et elles ? Oh, elles correspondaient à toutes ces filles insignifiantes que côtoyait Midori dans sa classe et qui gâchaient leur jeunesse en allant à l'école. Au plus profond d'elles-mêmes, elles savaient qu'il leur arriverait exactement ce qu'on attendait de l'écrasante majorité des femmes japonaises : qu'elles se marient avant l'âge de vingt-cinq ans, qu'elles restent ensuite cloîtrées dans leur appartement trop petit et s'occupent du ménage en attendant que leur mari daigne rentrer somnolent au foyer, après des heures supplémentaires en surnombre et non sans un petit détour par un quelconque bar à hôtesses tape-à-l'œil, où ils siroteraient des cocktails hors de prix en compagnie de donzelles qui éclateraient d'un rire hystérique pour un rien et leur montreraient un peu de tendresse tant que le compteur du sexotaximètre accepterait de tourner. Pendant ce temps, ces femmes en question, les camarades de classe de Midori, feraient le pied de grue dans leur nid douillet en rêvant d'être partout ailleurs sauf ici et de mener n'importe quelle existence sauf celle-ci.

Midori ne serait pas l'une d'elles. Hors de question.

Elle avait d'autres projets.

Et la jeunesse qui se rassemblait à Harajuku constituait son billet de départ pour cette grande aventure. Grâce à eux, elle se souvenait qu'elle avait le choix, qu'il leur appartenait de faire de leur vie ce que bon leur semblait. Il n'était d'ailleurs pas exclu que cela légitime le port vestimentaire qu'ils arboraient avec autant d'ostentation : ils voulaient qu'on les remarque le jour où ils disparaîtraient.

La sœur de Midori, Kyoko, de sept ans son aînée, n'avait certes jamais fréquenté ce milieu de Harajuku, mais elle s'était démenée pour éviter de tomber les deux pieds dans ce qu'elle appelait « le piège japonais ». Et elle avait réussi. Elle s'était enfuie. Déjà, à l'âge de dix-neuf ans, elle s'était installée à Londres pour y faire ses études et, depuis, ne revenait voir sa famille que deux fois par an. Mais ce n'était pas tout. Car elle semblait plus heureuse à chaque visite. « C'est très simple, Midori, avait-elle dit. Il n'y a pas que le Japon dans la vie, tu sais. Tu peux partir où tu veux. Il s'agit uniquement de le décider. »

Une consigne que Midori avait suivie à la lettre. Raison de plus, dès qu'elle serait majeure et aurait terminé le lycée, pour quitter Yokohama, quitter Tokyo, quitter ce pays bruyant qui tentait fiévreusement d'être à la pointe de la modernité mais qui semblait se cramponner avec la même énergie du désespoir à son passé conservateur.

New York, se disait-elle. *Ce serait New York. Forcément.* Sans qu'elle sache d'ailleurs vraiment pourquoi. Sans doute à cause du nom, des films qu'elle avait vus, des photos, de la musique. Elle s'imaginait déjà Mizuho, Yoshimi et elle traverser le Pacifique, qui sait, peut-être même suivies d'autres copines de Harajuku. Elles pourraient devenir les *neo-modan garu* : les filles néo-modernes. Elles se dénicheraient dans un vieil immeuble (mais vraiment, vraiment vieux) un loft qui ne serait accessible que par le monte-charge rouillé. Elles auraient tout le temps la visite de leurs copains et copines du Japon. Elles feraient de l'art, des vêtements, de la musique, des films – tout. Elles vieilliraient ensemble et ne se marieraient jamais, ne se transformeraient pas en bonnes femmes de quarante ans déjà desséchées – jamais de la vie ! Elles auraient des amants, bien sûr, qui pourraient tout à fait emménager dans leur appart pour une courte période, du moment qu'ils ne faisaient pas de vagues et songeaient à prendre leurs cliques et leurs claques avant de semer la zizanie entre elles.

Voilà comment ça se passerait. Et ça se réaliserait dans moins de trois ans.

Entre-temps, il s'agissait juste de tenir.

– Midori !

Se tournant vers la voix qui venait de l'appeler, elle vit ses amies sortir de Shibuya 109, les bras chargés d'une montagne de sacs. C'était à peine si elles arrivaient encore à marcher normalement. Elle leur sourit et alla à leur rencontre.

– Vous êtes sûres d'avoir laissé un petit quelque chose aux autres clientes ?

– Euh... on n'a pas acheté la cabine d'essayage. Ni la vendeuse, d'ailleurs. Tiens, tu peux prendre ça, s'il te plaît ?

Yoshimi leva les bras et Midori la libéra de la moitié de son fardeau.

– Ça fait une éternité que je vous attends ! Si j'avais été un homme, je parie que j'aurais déjà de la barbe à force de vous avoir attendues ! s'exclama Midori en riant.

– C'est pas notre faute si tu fiches le camp aussi vite, rétorqua Mizuho. Tu n'as qu'à t'en prendre qu'à toi !

– Hé, passer trois heures là-dedans, c'est pas faire « aussi vite », je te signale !

– OK. Ça nous a pris un peu plus de temps que prévu, c'est tout. Mais peut-être qu'on saura se faire pardonner avec ça...

Mizuho lui tendit un nouveau sac. Midori jeta un œil à l'intérieur. Elles lui avaient acheté les bottes qu'elle rêvait de se payer depuis des mois.

– Mais vous êtes fooolles ! s'écria-t-elle, ravie, en leur sautant au cou.

– On va prendre un café ?

Midori hésita.

– Je ne sais pas. Il commence à se faire tard... Mes parents m'ont déjà téléphoné et...

– Tu devrais déjà être rentrée ? demanda Yoshimi.

– Oui.

– Cinq minutes de plus ou de moins... Si tu es déjà en retard, c'est pas ça qui te fera arriver plus vite chez toi, non ?

– Vu comme ça, non. Bon, OK. Mais un petit café rapide, alors.

Elles mirent le cap sur le Starbucks et s'installèrent devant les grandes baies vitrées du second niveau, où elles avaient une vue imprenable sur les panneaux publicitaires gigantesques tendus au coin des immeubles d'en face. À leurs pieds, l'immense espace piétonnier grouillait de monde ; des passants par milliers leur offrirent quelques secondes de répit pour s'abstraire du ronflement régulier de la circulation.

– En fait, le café est déconseillé aux filles comme nous, déclara de but en blanc Yoshimi. Mais c'est tellement bon que moi, en tout cas, je n'y résiste pas...

– Et pourquoi c'est déconseillé ? voulut savoir Midori.

Yoshimi et Mizuho répondirent en chœur :

– Parce que ça stoppe la croissance !

Midori en avala une solide gorgée.

– Je vous rappelle que nous sommes japonaises. Donc d'après moi, nous avons franchement peu de chances d'atteindre un jour les deux mètres... En conséquence, santé bonheur !

Elles trinquèrent avec leurs gobelets en carton. Et c'est à ce moment très précis que Midori entendit la mélodie : un air de musique classique, d'un tragique exagéré qui abusait un peu trop de la pédale forte. Elle vit les passants s'arrêter pour se retourner.

– Dépêchez-vous, ils vont la montrer ! s'exclama une Yoshimi euphorique qui se ruait déjà vers la sortie.

– Ils vont montrer *quoi* ? demanda Midori à la cantonade, en ayant tout juste le temps d'attraper son gobelet et d'emboîter le pas à ses amies.

– La pub de la NASA, tiens ! cria Mizuho par-dessus son épaule.

Une fois dehors, elles virent l'écran vidéo surdimensionné placé au centre de l'immeuble diffuser un film publicitaire réalisé dans le plus pur style hollywoodien.

– Voilà bientôt cinquante ans qu'a eu lieu le premier alunissage, dit la voix off tandis que, sur l'écran, défilaient des images de l'événement historique de 1969.

Le commentateur expliqua ensuite que l'agence spatiale américaine de la NASA était maintenant prête à envoyer des gens sur la Lune pour y effectuer un séjour prolongé. Commença alors la partie du spot comportant les scènes d'action à proprement parler. Une fusée décollait de la Terre avant d'être catapultée dans l'espace, en direction de la Lune. À ce stade du récit, la voix off observa un silence calculé pendant que des images de synthèse montraient un module lunaire se poser lentement et délicatement sur la surface de la Lune. Après quoi de petits astronautes s'en extrayaient pour mieux se mettre au travail. En arrière-fond, on distinguait les contours d'une grosse base lunaire.

– Dans le cadre de cette mission spatiale *unique* au monde, reprit le commentateur en imprimant à sa voix un accent théâtral surjoué, la NASA a décidé de proposer aux jeunes générations une offre tout aussi unique. Trois adolescents âgés de quatorze à dix-huit ans auront la possibilité... de... prendre part... à ce retour sur la Lune !

Midori était incapable de détourner son regard de l'écran.

– Et si TU devenais LE prochain adolescent de l'espace ? scandait la voix off. Inscris-toi sur www.nasamoonreturn.com et participe au tirage au sort le plus spectaculaire de l'histoire. *Tu. Es. Invité.*

Le logo de la NASA se matérialisa en fanfare et clignota quelques secondes, avant que l'écran ne vire au noir et laisse place à une publicité débile pour une marque de voiture.

– Tu ne l'as jamais vue ? demanda Mizuho, incrédule. Ils la passent à la télé en boucle, partout... !

– Moi, je me suis déjà inscrite, annonça Yoshimi. Pas vous ?

– Sans moi, répondit la première. Que veux-tu que j'aille faire là-haut ? Y a rien à voir, rien à faire, rien à acheter. Si c'est pour vivre comme à Roppongi, merci, pas question.

– Et toi, Midori ?

Mais Midori était trop plongée dans ses pensées pour pouvoir les entendre.

Le voilà, ton billet de départ, se dit-elle. *Il arrive trois ans avant le projet initial et il t'emmène plus loin que prévu, mais la porte de sortie, elle est là. C'est ça, le chemin tout tracé pour aller à New York.*

Yoshimi la tira par le bras.

– Alors, c'est pas génial ?

Midori revint à elle.

– Si si... Si ! Bien sûr qu'on va s'inscrire. C'est clair.

Elles coururent vers la gare.

Dupleix

Antoine Devereux, seize ans, se tenait sur le quai de la station de métro Dupleix – seul. Ç'avait été une longue journée, une des plus longues, une de ces journées qui n'en finissent pas de s'éterniser quels que soient les efforts que vous déployez pour tuer le temps. Mais la matinée avait été différente. Ç'avait été une belle matinée, comme toutes celles qu'il avait vécues ces cinq derniers mois depuis qu'il avait fait la connaissance de Simone à la fête d'Arnaud, à Montmartre. Une semaine plus tard, ils s'étaient revus, et depuis, ils ne s'étaient plus quittés. À partir de ce moment-là, il s'était presque arrêté de dormir. Non pas qu'il ait besoin de sommeil, d'ailleurs : être avec elle équivalait quasiment à être branché en permanence à une énorme batterie. Elle était le genre de fille pour laquelle n'importe qui déclencherait une guerre mondiale. Et il était à deux doigts d'avoir envie de partir s'installer avec elle sur une île déserte, où nul ne viendrait les importuner, juste histoire d'être sûr que personne à part lui ne découvrirait le petit bijou de perfection qu'elle était en réalité.

Or c'était trop tard.

Le monde *l'avait* découvert, et le temps concédé à Antoine par le parcmètre de l'amour venait d'expirer. Un abruti prénommé Noël, qui plus est surgi de nulle part, l'avait ramenée à de meilleurs sentiments – en tout cas à des sentiments différents.

Et ça, en plein mois d'avril. *Il fallait que ça me tombe sur le coin de la figure en avril, à Paris – putain !* Dans le genre tragédie, on ne faisait pas mieux. Si une instance quelconque décidait, là, tout de suite, de décerner le prix de l'existence la plus foirée du monde, Antoine aurait remporté la médaille d'or rien qu'en montrant le bout de son nez.

Il jeta un œil à sa montre. La rame aurait dû arriver depuis belle lurette.

Démoralisé, mais en même temps fasciné de constater à quel point *rien* ne fonctionnait aujourd'hui, il quitta la station et décida de rentrer chez lui à pied.

Il avisa la tour Eiffel. Dans le crépuscule, les touristes se serraient comme des sardines en boîtes, sauf que celles-ci épousaient la forme d'ascenseurs qui les menaient au sommet. Simone et lui avaient eux aussi, un jour, succombé à la tentation. C'était certes un peu ringard, mais pas non plus dépourvu de charme et de romantisme, on ne pouvait le nier. En plus, Simone avait a-do-ré. La visite avait eu lieu quelques semaines avant Noël ; ils s'étaient fixé rendez-vous devant le pilier nord de la tour. Il poireautait depuis presque une demi-heure dans un froid mordant, avec des mains qui en devenaient bleues, quand enfin elle était apparue. Heureusement, elle lui avait prêté son joli pull bleu pendant la montée. Antoine avait attendu que les touristes aient terminé de profiter de la vue pour sortir une bouteille de vin de sa poche intérieure. Là, tout en haut, trinquant au vin glacé, elle lui avait dit qu'elle l'aimait.

Mais bon, ça s'était passé en décembre, cinq mois plus tôt.

Les relations amoureuses devraient vraiment naître avec leur date de péremption bien en évidence, de sorte qu'on puisse au moins avoir la chance de se carapater avant de pourrir sur pied complètement.

Il continua de descendre la rue de Rivoli. La plupart des magasins étaient fermés, et si la circulation était bruyante et régulière, les trottoirs, eux, étaient presque déserts. Antoine pensa à ce qu'elle faisait en ce moment. Et dire qu'à peine une heure plus tôt il était assis sur le bord de son lit, dans son superbe appartement de l'avenue de Suffren – mais cet instant appartenait au passé : il était aussi éloigné que la révolution industrielle, que le premier train ou que l'invention de la roue.

Était-*il* déjà arrivé ? Noël était-il dans sa chambre, à l'endroit exact où Antoine avait pris place ? Était-il venu uniquement pour le remplacer ?

Une partie de lui-même espérait que Simone allait le

plus mal possible, qu'elle pleurait, qu'il lui manquait, qu'elle regrettait de s'être comportée comme ça envers lui, qu'elle serait écrasée par un métro demain en allant au lycée. Oui, une partie de lui-même espérait qu'elle tomberait sur les rails, qu'une roue de la rame lui fendrait le crâne en deux, que ses tripes lui sortiraient par la bouche, que son sang giclerait à la figure des passagers terrorisés. Mais il y avait aussi l'autre partie de lui-même, cette partie qui l'aimait toujours et de toutes ses forces, cette partie qui souhaitait que Simone aille le mieux possible, qu'elle aille bien avec ou sans lui, mais alors qu'elle connaisse davantage de bonheur que celui qu'il n'avait pas réussi à lui donner.

Antoine passa laborieusement en revue les mois qui venaient de s'écouler afin de comprendre pourquoi elle avait rompu. Avait-il fait quelque chose de mal ? dit quelque chose de mal ? Ou n'avait-il pas fait et pas dit quelque chose qu'il aurait dû faire et dire ? Il fouilla désespérément les arcanes de son cerveau en quête d'une solution, d'une réponse claire et évidente, susceptible de lui donner une raison de rebrousser chemin, de retourner chez elle, de sonner et de dire : « Oui, je suis désolé pour ce que j'ai fait. »

Mais parfois il est déjà trop tard, bien avant que vous n'ayez ouvert la bouche. Et vous aurez beau consulter tous les ouvrages de l'univers, écouter toutes les chansons jamais interprétées, vous ne trouverez pas un seul mot capable de rétablir la situation telle qu'elle était avant le point de rupture.

Le navire avait quitté cette relation. Et pas seulement elle, puisqu'il avait aussi quitté le port. Il avait au passage arraché le quai sur toute sa longueur, vidé l'océan et transformé l'ensemble pour en faire le parking le plus désolant du monde. Antoine n'aurait plus jamais l'occasion d'être assis à côté de Simone. Il n'aurait plus jamais l'occasion de passer un moment avec elle dans sa chambre, d'écouter des disques en sa compagnie, de sentir le parfum rassurant de son appartement, de se laver les mains dans leur salle de bains qui avait toujours la même odeur que celles des hôtels.

Soudain, Antoine espéra disparaître pour toujours et ne plus jamais revoir ni Simone, ni cette ville, ni ce monde.

– Excuse-moi, tu aurais du feu, s'il te plaît ?

Antoine s'immobilisa. Devant lui, sur le trottoir, un homme en costume, dans la quarantaine, lui barrait la route, tripotant un paquet de cigarettes.

– Oui, une seconde...

Antoine chercha dans sa poche de blouson, dont il sortit un briquet. Il le tendit à l'homme qui l'alluma.

– Tu n'aurais pas une cigarette, par hasard ?

– Si, bien sûr, répondit Antoine, tout de même quelque peu perplexe de constater que l'homme ne se servait pas dans son propre paquet – mais la journée était mal choisie pour commencer à polémiquer.

Antoine attrapa son paquet de Gauloises, en offrit une à l'homme et rangea son briquet.

– Merci.

– Y a pas de quoi.

L'homme eut un mouvement de tête vers une affiche en 4 x 3 accrochée au-dessus d'une boutique, de l'autre côté de la rue.

– Et n'oublie pas la date limite pour t'inscrire, dit-il avant de s'en aller.

Antoine n'eut pas le temps de répondre. Il demeura bras ballants, les cigarettes à la main, tandis que l'homme disparaissait au bas de la rue. Il jeta un œil vers l'affiche, noire, dans laquelle se découpait une Lune énorme, à moitié escamotée par les ombres et l'accroche qui demandait : TU VEUX ALLER SUR LA LUNE ?

Il avait entendu parler du projet et du fait que la NASA comptait convier trois adolescents à un aller-retour sur la Lune. Certains de ses camarades de classe l'avaient mentionné à plusieurs reprises mais, pour sa part, il n'y avait pas accordé la moindre réflexion. Or, à cet instant-là, il songea : *À quoi tu pensais, là, y a même pas cinq minutes ? Tu n'étais pas en train d'émettre le désir de te tirer d'ici, peut-être ? De partir le plus loin possible ? C'est pas pour dire, mais... plus loin que ça, tu trouveras pas.*

Il avait déjà pris sa décision. Il allait s'inscrire. Dès qu'il serait rentré. Et qu'ils aillent tous se faire foutre. Il irait sur la Lune, le plus loin possible. Quant à Simone, elle pourrait rester cloîtrée dans sa chambre avec son Noël, à serrer ses doigts dans les siens jusqu'à en avoir des crises d'arthrose.

Rien que l'idée le mit de meilleure humeur. Il

s'alluma une Gauloise, histoire de fêter sa première simili-victoire sur sa misérable existence, avant de se remettre en route. Il arriva place de la Bastille, toujours aussi sordide à la tombée de la nuit, obliqua à gauche pour s'enquiller cet interminable boulevard Richard-Lenoir qui finit par lui ouvrir, à droite, la rue du Chemin-Vert qu'il remonta jusqu'au bout, jusqu'à l'avenue Gambetta où il était enfin arrivé chez lui.

Il ne dit rien à ses parents, afficha son plus beau masque et se façonna un sourire qu'il extirpa du plus profond de son ventre lorsque sa mère lui demanda comment allait Simone.

– Je pensais à elle, tiens, justement, dit-elle. Peut-être que tu aurais envie de l'inviter à déjeuner, dimanche ? Ce serait chouette, non ? Ça fait tellement longtemps qu'on ne l'a pas vue, elle qui est si mignonne... Tu ne trouves pas, Arnaud ? Arnaud... ?

– Qu'est-ce qu'il y a encore ? entendit-il son père crier dans le salon, où il tournait fiévreusement les pages de son journal.

– J'étais en train de dire que nous trouvons tous les deux que Simone est une fille adorable, tu es d'accord ?

– Ouiii, fut la réponse dans le salon après un court silence. Une fille vraiment adorable, c'est sûr. Il faut que tu prennes bien soin d'elle, Antoine. Tu m'entends ?

Antoine sentit que son cœur lui remontait dans la gorge et qu'il ne lui en faudrait pas beaucoup pour, ici même, à ses pieds, dégobiller tripes et boyaux, jusqu'au sang.

– Oui, se força-t-il à répondre. Oui, je lui poserai la question.

Sur ce, il alla dans sa chambre, alluma son Mac, ouvrit le moteur de recherche et tapa : www.moonreturn.com.

En quelques clics, il trouva des tonnes d'images et de vidéos sur les alunissages des années 1960 et 1970, ainsi qu'interviews et informations au sujet du concours. Il fallait avoir entre quatorze et dix-huit ans pour participer, ce qu'il savait déjà. Il savait aussi qu'il n'aurait pas de problèmes pour réussir les tests psychologiques et médicaux. Malgré ce qui lui était arrivé aujourd'hui, il était en bonne santé et personne dans sa famille n'avait souffert de problèmes mentaux ou autres. Si sa famille, géniteurs et parents proches, comptait pas mal d'allumés, cela ne sous-entendait pas non plus qu'Antoine faisait partie de la race de ceux qui pètent brusquement un fusible : non, il ne menacerait pas l'équipage avec une hache.

En revanche, le cycle d'entraînement prévu par la NASA, pour le moins éreintant, était une autre paire de manches. Aurait-il assez d'endurance pour le mener à bien ? Car, s'il avait tout compris, le programme incluait des joggings quotidiens, des tests de logique et de résistance, ainsi qu'une série de vols dans la bien nommée Comète du Vomi, un avion spécial mis au point afin de monter en un rien de temps à dix mille mètres d'altitude pour ensuite redescendre en chute libre et donner ainsi aux passagers l'occasion de ressentir pendant vingt-cinq secondes les effets réels de la vie en apesanteur – ou, en cas de malchance, ce que cela implique d'avoir la nausée pendant deux heures d'affilée. À cela s'ajoutait l'épreuve de la chambre barométrique, utilisée pour habituer les candidats aux symptômes causés par le manque d'oxygène, ou l'hypoxie, à savoir : céphalées violentes, motricité réduite, confusion. Enfin, ils seraient obligés de passer une période prolongée au NBL, le laboratoire de flottabilité neutre, situé dans le JSC, le centre spatial Lyndon B. Johnson où, à l'intérieur d'une maquette de vaisseau spatial et de module lunaire, ils seraient plongés au fond d'un bassin de 61 mètres de long pour 31 de large et 12 de profondeur, afin de se familiariser avec les futures sorties extravéhiculaires dans un état de quasi-apesanteur. Autrement dit, ce n'était pas franchement une partie de rigolade, leur machin. Et ce, sans parler des centaines, voire des milliers de pages de théorie qu'ils devraient avaler pour pouvoir espérer quitter le sol terrestre.

Mais d'abord, cela tombait sous le sens, il fallait s'inscrire. Ensuite, il suffisait d'attendre. Les trois vainqueurs seraient contactés courant juillet. Ils devraient pouvoir se libérer de leurs obligations scolaires d'avril à juin de l'année suivante pour suivre l'entraînement. Ils prendraient d'abord un avion pour New York où ils participeraient à un talk-show ; après quoi ils seraient acheminés au Texas, pour rejoindre le JSC, à Houston, où se déroulerait la totalité du programme de préparation, et ils seraient enfin transférés au Cap Canaveral, en Floride, pour le lancement de la fusée qui aurait lieu mi-juillet. Conséquence : Antoine devrait passer ses épreuves de bac à la session de septembre, une dérogation que l'administration ne saurait lui refuser, il en était certain – il leur présenterait quand même une excuse de poids !

Au vu des informations, le séjour lunaire en tant que tel durerait cent soixante-douze heures, à quoi s'ajoutait une grosse semaine de voyage pour effectuer l'aller-retour de la Terre à la Lune. Ils résideraient sur la base DARLAH 2 (bizarre... il n'avait jamais entendu parler de la construction d'une base sur la Lune ; autant qu'il sache, et il n'était pas complètement ignare question espace, il n'existait guère que l'ISS, la station spatiale internationale en orbite), qu'ils quitteraient de temps à autre pour effectuer des tests en surface. Des astronautes hyperentraînés, forts d'une longue expérience spatiale, les suivraient en permanence et veilleraient à leur sécurité lors de chaque étape de la mission. Et puis il y avait la couverture médiatique, bien sûr. Les participants devraient se préparer à accorder des interviews à la télé, la radio, sur le Net, tant avant et pendant qu'après le séjour. Ils devraient répondre présent lors des vidéoconférences, rédiger des blogs et, après leur retour, prendre part à la tournée de presse internationale. Antoine consulta la liste préétablie des villes où ils seraient censés se rendre : New York, Los Angeles, Chicago, Boston, Washington D.C., Londres, Paris, Berlin, Stockholm, Tokyo, Hong Kong, Sydney, et ainsi de suite.

Bon, ça au moins, ça devrait pas poser trop de problèmes, se dit Antoine en esquissant un sourire à l'idée qu'il allait, en plus de son voyage dans l'espace, faire le tour du monde.

Assis devant son ordinateur, concentré sur cette somme d'informations, il avait la sensation que Simone avait été effacée de sa conscience. La seule chose à laquelle il pensait, c'était à sa victoire : il fallait qu'il gagne, son nom devait être tiré au sort. Le hic étant : il était loin d'être le seul à formuler ce désir.

Il rechercha, dans Google, un site de statistiques. Sur lequel il apprit que seulement huit pour cent de la population mondiale se trouvaient dans la tranche d'âge 14-18 ans. Si les données concordaient, à savoir que la Terre comptait sept milliards d'habitants, cela équivalait à environ six cents millions d'adolescents. Et si on retranchait de ce chiffre (puisque le monde était ainsi fait) les adolescents vivant dans les parties des continents africain et asiatique qui n'avaient ni accès à Internet ni autre possibilité de participer au concours, le nombre de concurrents réels tombait alors à trois cents millions.

Les chances n'étaient définitivement pas de son côté : il devait battre trois cents millions d'individus pour atteindre son but. La probabilité était de 1 sur 300 000 000. Il avait sûrement de plus grandes chances de vivre à peu près tout ce qui pouvait lui arriver dans une vie. Comme que Simone lui téléphone dans les quinze prochaines secondes. Une recherche rapide ne rendait franchement pas cette hypothèse plus prometteuse. Puisque, à en croire une page consacrée à la question, il se révélait que :

La probabilité de faire un 300 points au bowling était de 1 sur 11 500.

La probabilité d'envoyer en un seul coup une balle de golf dans le trou était de 1 sur 5 000.

La probabilité d'être canonisé et de devenir ainsi célèbre pour l'éternité était de 1 sur 20 000 000.

La probabilité de devenir astronaute était de 1 sur 13 200 000.

La probabilité d'être attaqué par un requin blanc était de 1 sur 11 500 000.

La probabilité d'être tué dans un accident d'avion était de 1 sur 354 319.

La probabilité d'être tué par des éléments tombés d'un avion était de 1 sur 10 000 000.

La probabilité de remporter un oscar était de 1 sur 11 500.

La probabilité de devenir président était de 1 sur 10 000 000.

La probabilité de devenir le petit ami d'une top-modèle était de 1 sur 88 000.

La probabilité de gagner une médaille d'or olympique était de 1 sur 662 000.

La probabilité de se blesser au cours du rasage était de 1 sur 6 585.

La probabilité d'être grièvement blessé en glissant dans sa baignoire était de 1 sur 2 232.

La probabilité de se noyer dans sa baignoire était de 1 sur 685 000.

La probabilité d'être tué par une météorite s'écrasant sur votre maison et sur aucune autre était de 1 sur 182 128 800 000.

Cette dernière option était somme toute la seule qui soit moins probable que le fait qu'il aille sur la Lune.

Antoine considéra un instant encore cette succession de chiffres. Puis il se pencha sur le clavier et remplit les cases destinées aux nom, prénom, date de naissance, numéro de téléphone et adresse.

Il réfléchit une toute dernière fois.

Et il appuya sur ENVOYER.

Nadolski

L'astronaute chevronné considérait le module lunaire avec un certain scepticisme. Âgé de quarante-deux ans, dont bientôt quinze à travailler au sein de la NASA, le commandant Lloyd Nadolski était l'un des rares à avoir effectué trois missions spatiales. Il se trouvait en ce moment dans l'un des hangars du centre spatial Kennedy, le centre de lancement de la NASA, situé sur la péninsule de Merritt Island, en Floride. Et il n'était franchement pas impressionné.

– Alors, qu'est-ce que vous en dites ?

Se tournant vers la voix qui venait de s'adresser à lui, Nadolski vit arriver Ralph Pierce, l'ingénieur en chef et à ce titre responsable de la construction du véhicule lunaire *Demeter*. La NASA travaillait sur son élaboration depuis plusieurs années déjà, et cela ne faisait qu'une petite semaine que les techniciens avaient réussi à en fabriquer une version définitive.

– Et il vole, cet engin ? demanda Nadolski, en l'air,

comme si la question était destinée autant à lui qu'à l'ingénieur.

– Il vole, commandant. Je peux vous l'assurer. Nous l'avons testé vendredi dernier. Tous les systèmes fonctionnent comme prévu.

Nadolski esquissa un hochement de tête sans lui accorder un regard, avant de contourner l'appareil pour en entamer une brève inspection. S'il avait été modélisé pour ressembler le plus possible au LEM utilisé lors de l'alunissage de 1969, sa construction exigeait une taille proportionnelle au nombre de passagers qu'il devait pouvoir contenir, huit personnes au lieu de deux. Une question demeurait cependant entière : supporterait-il les différentes épreuves ? Qu'il vole était une chose, qu'on puisse lui faire cent pour cent confiance une fois dans l'espace en était une autre. Là-haut, les ateliers mécaniques ne couraient pas franchement les rues, de même qu'on ne pouvait guère se garer sur le bas-côté, histoire d'étudier le problème et d'envisager les solutions. Une fois là-haut, on n'avait plus le droit à l'erreur.

Pour autant qu'il sache, la décision de copier un design vieux de presque un demi-siècle, au lieu d'en confectionner un nouveau, moderne et de meilleure qualité, émanait des plus hautes sphères, peut-être même du président en personne. En tout état de cause, le service marketing était amplement satisfait : la forme classique du module était connue par une majorité de gens et exhumerait indéniablement des souvenirs émus dans le public plus âgé.

Puisque dans cette histoire, au final, il n'y avait que lui qui comptait : le public. Et l'argent. Ces dernières décennies, la popularité de la NASA s'était sévèrement effritée sinon effondrée, à la suite de graves accidents en chaîne et de missions spatiales qui, dans leur genre, n'avaient pas vraiment séduit le public. L'agence gouvernementale avait certes continué d'envoyer des astronautes pour réparer les satellites, les panneaux solaires et les capteurs de particules – mais aucune de ces opérations ne suscitait l'engouement des masses. Le site Internet était à peine plus fréquenté qu'un musée fermé. Et rien ne portait à croire qu'on enverrait à court ni à moyen terme des hommes sur Mars.

Nadolski se gratta la tête. Ce machin était à en perdre son latin. Les interrogations l'assaillirent à nouveau, comme cela avait été le cas à intervalles réguliers depuis qu'il avait entendu parler de ces adolescents qu'il devrait emmener dans le cadre d'un programme spatial civil. Qui pouvait prévoir comment ils se comporteraient ? Et s'ils paniquaient ? Et s'ils allaient tripoter l'équipement pendant l'alunissage ? Sans être découverts et bien sûr sans prévenir ? L'espace n'était pas un endroit pour les enfants.

Il secoua doublement la tête, afin aussi de se débarrasser de ces questions. Le module lunaire fonctionnerait convenablement. Il le fallait. Nadolski était employé depuis suffisamment longtemps par la NASA pour connaître le degré d'exigence en matière de sécurité : nul ne donnait le signal de départ avant que les contrôles aient été soumis à des contrôles supplémentaires, qui eux-mêmes subissaient une vérification puis une revérification. Et, cette fois, ils n'avaient ni les moyens financiers ni la latitude de commettre la moindre erreur : dans le pire des cas, l'agence spatiale pourrait alors mettre la clé sous la porte.

– Bon, bon..., fit Nadolski au bout d'un moment. Il aura plutôt intérêt à faire son boulot une fois là-haut.

Il laissa la phrase faire son petit effet avant d'ajouter :

– Sinon, je vous jure que vous allez me voir revenir furax comme vous ne m'avez jamais vu. Les têtes tomberont...

L'ingénieur Pierce se façonna un sourire.

– Allez, n'y pensez plus, commandant. Je vous garantis qu'il fonctionnera à la perfection.

À ces mots, il quitta le hangar tandis que Nadolski jetait un dernier regard sur le véhicule lunaire sans s'empêcher de penser : *Tu me donnes cette garantie parce que nous savons l'un comme l'autre que de toute manière, si jamais il ne marche pas, tu ne reverras plus ma trombine sur cette Terre...*

Nadolski cogna le bout de sa chaussure contre l'une des jambes du train d'atterrissage. Et c'était véritablement un coup de pied léger, sans force ou presque, plus une pichenette qu'autre chose, mais malgré tout suffisant pour qu'une pièce se détache du LEM.

Eh merde…

Il se pencha pour ramasser la plaquette rectangulaire et décida d'aller la porter à l'équipe du soir avant de rentrer chez lui.

L'enveloppe

Mia attendait un bus qui accusait un retard de dix minutes sur l'horaire prévu. Juin touchait à sa fin et ç'aurait dû être une journée chaude et ensoleillée, l'une de celles qu'on passe à la plage en compagnie d'amis, jusqu'à ce que sur les coups de minuit le soleil disparaisse enfin et que chacun rentre tranquillement chez soi. Au lieu de quoi il pleuvait. Il tombait des cordes et les cheveux noirs de Mia se collaient de façon agaçante à son visage. Elle grelottait à moitié dans sa veste d'été tout en tapant inconsciemment du pied au rythme d'une mélodie mentale, assise sur le banc de l'arrêt de bus où elle patientait.

Le groupe Rogue Squadron existait depuis presque deux ans – un an et huit mois pour être précis – et pourtant Mia avait l'impression que les filles et elle n'allaient nulle part. OK, elles étaient encore jeunes, et peu de formations de leur âge avaient tenu aussi longtemps. Ce n'était pas une raison pour autant. Car tout lui semblait... pff... oui, voilà : poussif. Durant cette période, elle avait composé, allez, une quarantaine de morceaux et inventé l'écrasante majorité des accords et des riffs – sans oublier la totalité des paroles. Elles avaient enregistré (ça faisait *des mois* de cela !) une démo qu'elles n'avaient envoyée à... personne. Et le seul concert qu'elles aient donné remontait à un an, dans le cadre d'un festival de musiques underground organisé au Metropolis. Rogue Squadron battait de l'aile, autrement dit. Il fallait faire quelque chose. N'importe quoi. Mais il fallait agir.

Mia aperçut le bus se faufiler dans la circulation. Elle fit quelques pas et tendit la main pour signaler au chauffeur qu'il devait s'arrêter. Elle avait toujours détesté ce geste, cette main tendue, qu'elle trouvait d'un ridicule achevé. À quoi bon, franchement ? Elle se tenait à l'arrêt de bus, non ? Seulement voilà, si vous aviez le malheur de ne pas tendre gentiment votre menotte et la garder figée jusqu'à l'ankylose et le stationnement effectif du bus, vous risquiez que le chauffeur prenne votre présence pour un exercice quelconque et passe tout bonnement son chemin. Il arrivait à Mia d'agiter ses bras, histoire d'être sûre qu'il ne la rate pas. Le bus s'immobilisa et, de la main gauche, Mia essora ses cheveux avant de monter et de poser une pièce de vingt couronnes sur la tablette, devant le conducteur.

– Un billet jeune pour Madla.

Il la dévisagea d'un air las et indifférent.

– Tu as ta carte scolaire ?

C'était la phrase préférée des chauffeurs de bus. Ou plutôt leur jackpot, car il y avait là des sous à gagner. Jamais, dans l'histoire mondiale, les jeunes de moins de seize ans n'ont eu pour habitude de se trimballer avec leur carte scolaire pour prouver leur âge.

– Et vous, vous avez votre permis de conduire ? rétorqua Mia.

– Tu me prends pour qui ?

– Je peux le voir ?

– Non, ici c'est moi qui contrôle, pas toi. Et si tu veux bénéficier d'un ticket à tarif réduit, tu dois me montrer ta carte scolaire. C'est comme ça et pas autrement, jeune demoiselle.

Mia était aux anges. Une petite altercation avec le chauffeur, qui retardait le voyage et énervait les passagers au point qu'ils la fusillent du regard – rien ne pouvait aujourd'hui l'enchanter plus que ça. Le conducteur finit par renoncer, prit sa pièce de vingt et lui en rendit une de cinq.

– Va t'asseoir, marmonna-t-il.

– Et soyez prudent surtout..., répondit-elle avec un clin d'œil, avant de descendre l'allée centrale et de se trouver un siège libre dans le fond du bus.

Leonora, Silje et Kari attendaient devant le local de répétition, elles aussi douchées par la pluie, au moment où Mia arriva enfin.

– On croyait que tu t'étais noyée..., pesta Kari quand Mia s'approcha d'elles.

– Le bus était en retard. Et je me suis engueulée avec le conducteur à propos du billet.

– Tu peux pas prendre ta carte scolaire comme tout le monde ? C'est pas sorcier, putain ! Et au moins ça t'évitera ce genre de conneries ! renchérit Leonora.

– Certes. Mais les trajets en bus seraient moins drôles, ponctua Mia en leur déverrouillant la porte.

Situé dans un entrepôt du quartier de Kvernevik, le local leur avait été déniché grâce aux bons soins de l'AKKS, cette association qui encourageait au niveau national la pratique de la musique chez les femmes. Elles le partageaient certes avec deux autres groupes mais, comme elles ne les voyaient pour ainsi dire jamais, Mia et les filles de Rogue Squadron en avaient une jouissance quasi illimitée. Il n'était pas rare qu'elles y passent leurs week-ends, répétant jusqu'au petit matin et dormant sur les matelas posés à même le sol. Que le lieu soit le plus vétuste et le plus délabré de la ville, que les murs puent le désespoir et la vieille sueur, qu'ils gardent le souvenir de solos impossibles et d'accords infaisables, que le sol soit jonché de bouteilles vides et de câbles, de baguettes de batterie cassées et de restes de nourriture, tout ça leur était fichtrement égal. En plus, puisque aménagé en sous-sol il était dépourvu de fenêtres, et seuls une série d'ampoules vissées au plafond ainsi qu'un vieux lampadaire simulaient une vague lumière du jour. Le fait que Leonora fume clope sur clope n'arrangeait rien à l'affaire. Parfois, dans le brouillard de nicotine, elles avaient presque du mal à s'apercevoir mutuellement.

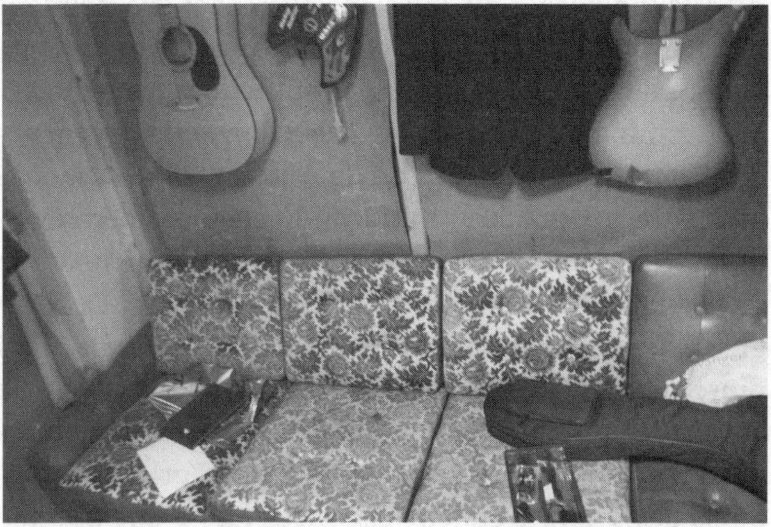

Aucune parole ou quasi ne fut échangée pendant qu'elles branchaient leurs guitares, vérifiaient les cymbales, allumaient les amplis, peaufinaient les réglages. Mia termina d'accorder sa guitare, s'installa devant ses différentes pédales d'effet, capta le regard de Leonora à la batterie, lui adressa un bref hochement de tête et, la seconde d'après, elle entendit le « un, deux, un deux trois quatre » qui donnait le signal de départ : sa main glissa sur les cordes et amorça l'intro de *II*, un de leurs morceaux les plus rapides, idéal pour s'échauffer. Mia l'avait écrit à la fin du mois de janvier ; les paroles portaient sur deux gratte-ciel, à New York, dans lesquels des avions s'étaient encastrés lors d'une attaque terroriste qui avait eu lieu il y avait des années et des années.

Or, avant même qu'elles n'aient atteint la fin de la chanson, Leonora s'arrêta de jouer sans prévenir. Les guitares continuèrent le temps de quelques accords, comme si elles avaient besoin de freiner pour se taire complètement. On n'entendait plus une mouche voler. La raison de cette interruption ? Le son était à chier, voilà – mais alors vraiment. Non pas qu'elles aient joué faux ou autre chose, mais juste que ça ne fonctionnait pas. Comme si quelqu'un avait fait entrer un éléphant qui se serait avachi sur elles. Les quatre filles évitaient de se regarder. Mia rompit le silence :

– Je trouve qu'on va nulle part en ce moment. Je sais pas, j'ai l'impression que... qu'on a joué les mêmes morceaux des tonnes de fois et qu'on devient juste plus mauvaises à chaque répète. Vous comprenez ?

– Qu'est-ce que tu veux dire ? demanda Leonora.

– Je veux dire qu'on devrait se bouger, un peu, plutôt que de rester enfermées ici à rabâcher les mêmes trucs. Vous trouvez pas qu'on devrait se produire en concert ou essayer d'aller en studio ? Je sais pas, moi... n'importe quoi, mais quelque chose ! Je veux dire : qu'est-ce qu'on veut en fait, avec le groupe ? Des fois, je me demande si on joue pas ensemble uniquement parce qu'on est amies et que, dans le fond, on pourrait s'occuper avec toute autre chose.

– Comme quoi ? l'interrogea Silje.

– Mais j'en ai aucune idée ! C'est juste que... Je veux qu'on réussisse, moi. Vous comprenez ? Ce groupe, c'est ce qui m'est arrivé de mieux dans la vie. *Vous* êtes ce qui m'est arrivé de mieux. Souvent, je me dis même que c'est la seule chose que j'aie et qui vaille le coup. Qu'au moins, je peux me rassurer en pensant : OK, de toute manière, je fais partie du groupe. Sauf que, ces derniers temps, je trouve qu'on pédale dans la semoule.

Kari, qui avait l'air de mauvais poil, se vautra dans le canapé.

– Qu'est-ce que tu es en train de nous expliquer, Mia ? Qu'il faut qu'on répète encore plus, c'est ça ? Je te rappelle qu'on se retrouve ici tous les deux jours !

– Nan, c'est pas ça ! Il est pas là, le problème. Il faut juste qu'on décide de ce qu'on veut.

– D'accord. Alors qu'est-ce que tu veux ? intervint Silje, en s'efforçant d'adopter un ton sympathique qui ne bousille pas l'ambiance pour le reste de la soirée. Mettons que tu aies la possibilité de faire un vœu qui soit exaucé, lequel ce serait ?

Mia réfléchit. Longuement. Mais c'était surtout pour sauver les apparences. Car elle y avait réfléchi pendant des lustres. Elle y réfléchissait tous les soirs, dans sa chambre, pendant qu'elle écrivait des morceaux. Elle y réfléchissait avant de s'endormir et elle avait une vision très claire de ce qu'elles pourraient devenir, de ce à quoi leur avenir pourrait ressembler : des couvertures de disque, des tournées, des aéroports, des chambres d'hôtel.

– Si je pouvais faire un vœu qui se réalise, alors je voudrais qu'on puisse vivre de Rogue Squadron, voilà ! Qu'on partage un appart qui soit aussi notre studio, à Oslo, et pas ici à Stavanger. Qu'on soit un groupe qui ait de l'importance pour les gens. Voilà ce que je voudrais.

Les trois autres filles acquiescèrent à ses paroles en cherchant quoi répondre.

– OK, parfait, commença Silje qui, des quatre, avait toujours été la plus réaliste. Dans ce cas il suffit de...

Elle ne termina pas sa phrase : quelqu'un venait de frapper. Elles entendirent toutes les quatre les cognements contre la porte d'entrée, à l'étage du dessus.

– Mais qui c'est, bordel ? dit Mia en regardant Kari.

– Comment veux-tu que je le sache ? Tu crois peut-être que je vois à travers le béton ?

Leonora monta les marches pour aller ouvrir. Quelques secondes plus tard, Mia entendit une personne parler. Et reconnut immédiatement la voix.

Maman, songea-t-elle. *Mais qu'est-ce qu'elle vient foutre ici ?!*

L'espace d'un instant, elle eut peur que cela concerne Sander, son petit frère âgé de neuf ans. Il n'était pas comme les autres enfants, ce qui n'empêchait nullement Mia d'adorer ce bout de chou azimuté sur les bords, qui refusait de sortir sans casque et trépignait d'impatience en attendant l'hiver car il pourrait alors porter trois bonnets sur ce fameux casque et ainsi le dissimuler aux yeux des autres. Est-ce qu'il lui était arrivé quelque chose ? Est-ce que quelqu'un était mort ?

Elle n'eut pas le temps d'imaginer d'autres hypothèses : sa mère se précipita dans le local, Leonora sur ses talons, et se jeta au cou de Mia.

– Félicitations, ma fille ! hurla-t-elle presque.

Mia suffoquait ; les autres la regardaient lutter pour se défaire de cette étreinte.

– Qu'est-ce que tu fous ici ? aboya Mia une fois qu'elle eut compris que personne n'avait trouvé la mort. Qu'est-ce que tu veux ?

La mère ignora le ton désobligeant que sa fille employait pour s'adresser à elle. Elle n'écoutait que sa jubilation.

– Mia, tu as gagné ! Tu as *gagné* !

– Mais qu'est-ce que j'ai gagné ? De quoi tu me causes ?

– Tu vas aller sur la Lune, Mia !

Comme si on lui tendait une bombe atomique prête à exploser, Mia recula automatiquement d'un pas. Devant elle, sa mère tenait une enveloppe couleur blanc d'œuf, dont Mia reconnaissait distinctement le logo de la NASA.

À cet instant très précis, elle détestait sa mère.

Elle la détestait de venir les interrompre. Elle la détestait de forcer l'entrée du local de répétition et de la mettre dans l'embarras devant ses copines en la faisant passer pour une gamine. Elle la détestait de ne jamais l'écouter. À cet instant très précis, Mia détestait sa mère pour la simple et très bonne raison qu'elle était sa maman.

Les trois autres filles étaient reléguées au rang de spectatrices muettes assistant à une conversation à leur corps défendant.

– Tu ouvres mon courrier, maintenant ?

Ce fut la seule phrase que Mia trouva à opposer à sa mère, qui en fut déstabilisée : ce n'était pas vraiment la réaction à laquelle elle s'était attendue.

– Mais non, voyons... Nous, enfin... ton père et moi...

Comme chaque fois qu'elle devait affronter la colère de sa fille, la mère de Mia avait toutes les peines du monde à trouver les mots justes.

– On a vu que... enfin, tu sais... qu'il y avait NASA d'écrit sur l'enveloppe, et donc... on voulait s'assurer que c'était une bonne nouvelle avant de prendre la voiture jusqu'ici. Tu comprends ?

– Parce que papa est là, lui aussi ?

– Non, il est resté à la maison avec Sander.

– Donne-moi la lettre.

– Oh, Mia, ma chérie ! C'est une chance inouïe ! Inouïe. Tu vas vivre une expérience dont tu te souviendras toute ta vie !

Mia tint l'enveloppe quelques secondes dans ses mains tremblantes – avant de la froisser et de l'envoyer valser contre le mur.

– Maman, tu comprends quand on te parle ? Hein ? Dans quelle langue faut que je te l'explique ? C'est pourtant pas difficile à comprendre, putain ! Je vous ai dit que j'avais PAS envie d'y aller, et je vous l'ai dit des centaines de fois ! Qu'est-ce que vous voulez que j'aille foutre sur cette putain de Lune ? Rien ! RIEN ! C'est clair ?!

– Mais Mia, ma puce...

– Écoute, maman, tu nous déranges en pleine répète. Va-t'en, maintenant.

La mère de Mia fit de son mieux pour cacher qu'elle était au bord des larmes.

– D'accord, d'accord, je m'en vais. On en reparlera plus tard, Mia, hein ? Allez, bonne répétition, les filles...

Elle demeura immobile quelques secondes, sembla réfléchir, le regard tourné vers le sol, et ajouta :

– Vous devriez faire le ménage de temps en temps. Ça ne ressemble à rien, ici.

Sur ce, elle partit.

Mia et ses amies, comme pétrifiées, écoutèrent le moteur démarrer. La voiture partie, trois paires d'yeux se plantèrent dans ceux de Mia.

– Pu-tain ! s'exclama Silje. C'est la conversation la plus hallucinante que j'aie jamais vécue !

– Donc la Houppe avait raison quand elle a cité ton prénom parmi les personnes inscrites ? demanda Leonora, stupéfaite, en tripotant son paquet de cigarettes pour s'en allumer une. Pourquoi tu nous as rien dit ?

Silje continuait de fixer son amie, complètement hypnotisée.

– T'as gagné ! T'as gagné, bordel ! s'écria-t-elle, incrédule. T'as conscience du nombre de gens qui se sont inscrits ? Ça doit monter à plus d'un milliard...

Mia se sentait mal et avait envie de vomir. Elles n'avaient plus reparlé ni de la Lune ni de la loterie après le cours d'allemand. Et maintenant ? Maintenant, elle venait d'être tirée au sort parmi des millions de candidats, on lui offrait sur un plateau la chance de partir sur la Lune sans qu'elle ait la moindre envie d'y aller, et ses copines pensaient qu'elle leur avait menti.

– Attendez, minute, là..., ânonna-t-elle en cherchant une échappatoire. C'est pas ce que vous croyez... C'est mes parents, OK ? C'est *eux* qui m'ont inscrite à ce truc débile bien que je leur aie dit que ça m'intéressait pas.

– C'est vrai ? fit Leonora, à défaut d'autre chose.

– Parce que si c'est vrai, c'est nul de leur part, enchaîna Silje. Je veux dire... si tu leur as franchement fait comprendre que tu voulais pas y aller.

– Et c'est ce que j'ai fait, je vous assure ! Plusieurs fois, même !

– Tu parles d'un abus de pouvoir ! dit Leonora en s'asseyant dans le canapé et en ouvrant une bouteille d'eau. C'est vraiment naze, si tu veux mon avis. Ils t'ont organisé un voyage sur la Lune alors que t'en veux pas. Mais quand même... waouh ! Parce que... qu'est-ce que tu comptes faire, du coup ?

Mia était réellement désemparée.

– Je... je sais pas..., répondit-elle. Franchement, je sais pas.

Kari, qui n'était jusque-là pas intervenue depuis l'arrivée de la mère de Mia, demanda du bout des lèvres :

– Juste une chose, Mia...

– Quoi ?

– Pourquoi tu veux pas y aller, en fait ?

Mia s'attendait à tout sauf à cette question. Pour elle, il coulait de source qu'aucune des filles du groupe ne s'intéressait à ce foutu voyage sur la Lune.

– Est-ce que tu te rends compte de la distance ? Du temps qu'il faut pour se préparer ? Ou encore de la dangerosité du truc ? Je te signale que c'est pas comme si t'allais acheter je ne sais quel machin au kiosque du coin. Et puis merde, à la fin ! Qu'est-ce que vous voulez que j'aille foutre dans l'espace ? C'est ici qu'on habite, non ? À Stavanger, en Norvège, en Europe. Qu'est-ce que je vais aller traîner mes guêtres là-haut, moi ? Regarder des pierres en compagnie de deux nerds et faire coucou à la caméra qui nous filmera pendant une semaine ? J'ai d'autres projets pour l'année prochaine, merci.

Kari la toisait en secouant la tête.

– T'es conne, ou quoi ? demanda-t-elle en détachant chaque syllabe.

– Pardon ? fit Mia, outrée de voir Kari lui parler sur ce ton. Je sais pas ce que vous avez de prévu en 2019, mais pour moi c'est tout vu : je veux monter sur scène, donner des concerts, et peut-être enregistrer un disque, ou au minimum une démo. Mais certainement pas gaspiller mon temps en servant de pub ambulante pour la NASA. Y a des limites ! Ils n'auront qu'à trouver quelqu'un d'autre.

Kari lui lançait toujours ce regard désapprobateur.

– Moi, je me suis inscrite, annonça Leonora dans un filet de voix, avant d'écraser sa cigarette dans la pyramide de mégots du cendrier posé sur la table basse et d'en allumer une deuxième sans réfléchir.

Mia lui adressa un regard incrédule.

– Moi aussi, ajouta Silje.

– Et moi aussi, avoua Kari.

– Mais... pourquoi ? voulut savoir Mia, interdite.

– Pourquoi pas ? répondit Silje. *Tout le monde* s'est inscrit, non ? Tu comprends pas à quel point ce truc est immense ?

Mia les dévisagea à tour de rôle.

– Pourtant, quand la Houppe a lu les noms... y avait pas encore tant de gens de l'école que ça qui s'étaient inscrits. Et aucune de vous n'a été citée...

Leonora reprit la parole :

– Je suis la seule à faire de l'allemand avec toi, je te signale. Je me suis inscrite en rentrant du lycée, ce jour-là. Je me suis dit : comme tu étais déjà sur la liste, pourquoi pas moi après tout ? Et peut-être que les autres élèves ont pensé et fait la même chose...

Mia n'arrivait pas à rendre le tout cohérent. Donc, les membres de son groupe étaient elles aussi atteintes de fièvre lunaire, c'était ça ? Elle s'effondra dans le canapé, à la gauche de Leonora. Kari s'installa à côté d'elle.

– De toute manière, ça n'a plus d'importance. Mia a gagné. Donc c'est elle qui partira.

– Mais vous m'emmerdez à la fin ! Je n'irai nulle part, moi ! répondit-elle, quasiment en hurlant.

Les quatre filles regardaient le mur, en tirant toutes une tête de dix mètres de long : trois d'entre elles parce qu'elles auraient aimé que leur nom soit tiré au sort, la dernière parce qu'elle s'estimait condamnée à une espèce de peine de prison.

– En tout cas je trouverais ça très con de ta part de ne pas y aller, finit par déclarer Silje, également pour rompre le silence pesant.

– T'es qui, toi, pour me dire ça ? Ma mère ?

Kari croisa les bras, comme si elle s'apprêtait à annoncer une nouvelle de la plus haute importance.

– On trouve juste que tu ne saisis pas la dimension énorme de ce que tout ça implique, Mia.

– On ? *On ?!* Parce qu'*on* en a discuté dans mon dos ? *On* a organisé une petite réunion au sommet ? Et puis d'abord, quelle dimension énorme je suis censée saisir ?

– Écoute. Tu es la première à dire que Rogue Squadron ne va nulle part. Tu veux... quels termes t'as employés, déjà ? Ah oui : tu veux « vivre du groupe ». Je me trompe pas, hein ? Tu veux qu'on parte en tournée, tu veux enregistrer des disques, tu veux séjourner dans des hôtels à Tokyo et à Los Angeles...

– Et alors ?

– Et alors ? Mais t'es bouchée, ma parole ! C'est la chance du siècle ! Tu as conscience que tu vas devenir hypercélèbre ? Après, tu pourras faire ce que tu veux, putain ! CE. QUE. TU. VEUX. Tu saisis, maintenant ? Un contrat ? *Pas de problème.* Une tournée ? *Tu veux qu'elle commence quand ?* Arrêter le lycée et vivre du groupe ? *Pas de problème non plus.* Tu seras la première fille de moins de vingt ans à être allée sur la Lune. Tu vas accorder des centaines d'interviews, tu seras invitée dans des centaines d'émissions télé, et chacune sera l'occasion de faire de la pub pour notre groupe. Je te parie qu'on pourra même jouer en live au *David Letterman Show* !

– Je croyais qu'il devait s'arrêter à l'automne, lui, répliqua sèchement Mia.

– On s'en tape ! Ça fait vingt ans qu'il dit ça et il est toujours collé à sa chaise. Il faudra le sortir du studio les pieds devant pour que ce type s'arrête un jour.

La remarque leur décrocha un petit rire qui eut le don de détendre l'atmosphère – enfin.

– *We're pleased to have a great, new band for you tonight*, parodia Kari. *A great band, and the singer – well, you all know her – just returned from the moon, this will blow polar bears into your ears. Please welcome norwegian teenage astronaut Mia No... Nomeland and her amazing band Rogue Squadron !*

Kari, Leonora et Silje applaudirent, si bien que Mia se sentit forcée d'esquisser ne serait-ce qu'un petit sourire et, prise dans la bonne humeur de l'instant, se mit à jouer pleinement le rôle qui venait de lui être attribué, remercia pour cette introduction et fit semblant de se lancer dans l'interprétation d'un morceau.

– Réfléchis bien, Mia, reprit Silje. Tu vas sur la Lune, tu reviens avec... allez, dix chansons ? Oui, tu en auras bien écrit dix pendant que tu seras là-haut, avec une onzième enregistrée directement sur la Lune. Et si ça, ça pue pas le contrat avec une maison de disques, alors je veux bien me faire nonne.

– Tu crois qu'elle pourra emporter sa guitare sur la Lune ? voulut savoir Leonora.

– Bien sûr que oui ! enchaîna Silje. Mais c'est pas ça le problème. Le problème, c'est qu'elle ne voit pas les retombées que ça peut avoir pour nous.

– On n'est pas Pink Floyd, non plus, hein..., rétorqua Mia, toujours pas convaincue. À moins que vous ne vouliez fonder un groupe de... *space rock* !

Kari leva les yeux au ciel.

– Ah, c'est malin, ça... Là où on veut en venir, Mia, c'est qu'après *tu* pourras, *nous* pourrons devenir qui on veut, faire ce qu'on veut. C'est la chance rêvée. Mais à une condition.

– Que j'y aille...

– Exactement.

– Tu le regretteras pour le restant de tes jours, si tu n'y vas pas, Mia, insista Silje. Tu finiras ta vie chez McDo, avec une casquette débile, un uniforme hideux, un air de tarée et une odeur de friture sur tout le corps en te demandant : *pourquoi est-ce que je n'ai pas accepté ?*

– Je propose qu'on vote, dit Kari.

– Hé, ho ! Pas si vite, là, protesta Mia.

Kari leva le bras.

– Silje ?

Sa main passa à la verticale.

– Leonora ?

Elle s'alluma une cigarette d'une main en brandissant l'autre.

– J'ai bien peur que la majorité ait décidé, Mia. L'été prochain, tu le passeras dans l'espace...

Un sourire forcé commença lentement à se dessiner sur les lèvres de Mia, qui ne put rien faire pour l'empêcher de s'épanouir. Elle n'avait aucune envie d'y aller, vraiment aucune. Mais ces dernières minutes venaient de tout chambouler. Elle se retrouvait avec la totalité du groupe contre elle et, à bien y réfléchir, leurs explications tenaient la route – non ? Ce n'était pas vrai, peut-être, que les retombées pour le groupe pouvaient être colossales ?

C'est juste une histoire de quelques semaines, Mia. Ça va pas te tuer, quand même !

Elle se leva, traversa le local, récupéra l'enveloppe chiffonnée de la NASA. Puis elle regarda les membres du groupe.

– OK. Je pars.

Le reste de la répétition fut un des plus beaux moments musicaux qu'elle ait vécus avec le groupe.

Sa décision de partir déclencha une euphorie inégalée. Elles jouèrent comme des reines et comme jamais elles n'avaient joué. Dans le flot de l'enthousiasme, elles mirent même au point deux inédits : *Which Way L. A.* et *Vintage Spandex*. Dans leur tête, elles avaient déjà conçu deux albums et imaginé des concerts sans fin qui leur feraient faire quatre fois le tour de la planète dans des bus de tournée énormes. Quand elles se lancèrent dans *II*, cette fois, le morceau sonna à la perfection, avec le bon tempo. À la fin de la chanson, pendant le refrain, Mia fit comprendre à Leonora qu'elles refaisaient un dernier tour ; elle hurla les phrases dans le micro, gratta les cordes plus fort que d'habitude, et l'une d'elles craqua, mais Mia l'ignora. Elles arrivèrent à la fin du refrain mais elle continua, faisant tourner le même riff pendant plusieurs minutes, jusqu'à ce qu'il n'y ait plus qu'un mur de son, et là seulement elle se retourna vers les autres et leur envoya le signe complice. Elles comptèrent alors dans leur tête jusqu'à quatre et s'arrêtèrent pile au même moment, toutes raccord, à la seconde près.

Et voilà, c'était terminé.

Le silence s'abattit sur le local.

Comme si le son venait de tomber au sol, où il se serait pulvérisé.

Sans un mot, elles posèrent leurs instruments et migrèrent vers les canapés.

Silje fut la première à prendre la parole. Elle dit :

– Putain... c'était quoi ça, à l'instant ?

Mia regarda ses doigts : le bout de son index saignait.

– Qu'est-ce que tu veux dire ?

– C'était d'enfer, si tu veux mon avis, lança Kari. Et je trouve qu'on devrait le reproduire sur d'autres morceaux. *Bomb Hiroshima Again*, par exemple. Si ça colle à la compo, faut plaquer l'effet. Vous trouvez pas ? Et juste penser à balancer un peu plus le son sur la fin.

– Vous savez quoi, les filles ? intervint Silje. Je crois bien que c'est le début d'un truc gigantesque.

*

Elles étaient moitié dans le coton et parfaitement étourdies au moment de quitter le local, à minuit moins le quart, pour ne pas rater le dernier bus. Comme elles chantaient à tue-tête, le chauffeur les fusillait du regard dans le rétroviseur, soit qu'il trouvait qu'elles faisaient trop de potin, soit qu'il l'avait toujours amère d'être en retard de six minutes sous prétexte que ces foldingues avaient exigé de payer leur billet au tarif jeune.

Mia fut la dernière du groupe à descendre, un arrêt plus tôt que prévu : elle avait besoin de marcher un peu avant de rentrer, et tant pis si la pluie avait augmenté en intensité depuis le début de l'après-midi. Plusieurs voitures la dépassèrent sans que les conducteurs semblent remarquer cette silhouette qui arpentait les rues désertes et détrempées, une main autour du col de son blouson pour éviter que les gouttes ne lui dégoulinent dans la nuque. Une fille de quinze ans qui marchait avec des Rangers de parachutiste italien bien qu'on soit au début de l'été. Une fille de quinze ans qui se balançait d'un pied sur l'autre, en rythme avec la musique qu'elle écoutait dans son gros casque. Mais s'ils l'avaient repérée, et pour peu qu'ils aient daigné l'observer de près, au cours de cet instant fugace durant lequel leurs phares éclairaient son visage, alors ils auraient vu que cette jeune fille souriait.

Car elle avait pris sa décision.

Elle partirait. Et elle extrairait la substantifique moelle de cette expérience, profiterait de tout ce qui lui serait bénéfique, ne laisserait aucune chance lui passer sous le nez.

Ça commence maintenant, songea-t-elle en longeant le trottoir pour tourner dans sa rue. *Oui, ça commence maintenant.*

Le courrier

Midori regardait le facteur, Takumi Watanabe, qui, devant les boîtes aux lettres, dans le vestibule, brandissait des deux mains une enveloppe. Bob, son labrador noir, était assis à ses côtés, avec un regard languissant.

– Alors, Midori-chan... J'ai comme l'impression que tu es *vraiment* la fille la plus chanceuse que j'aie jamais rencontrée.

Midori n'était pas certaine d'oser prendre l'enveloppe.

– Je crois que tu *es* la fille la plus chanceuse que j'aie rencontrée, répéta-t-il.

Takumi le faisait quasi systématiquement : répéter ce qu'il venait de dire. Comme si justement il n'avait pas grand-chose à dire et, de ce fait, énonçait les choses deux fois, histoire de remplir les vides de la conversation.

Midori ne s'estimait pas particulièrement chanceuse. Non pas qu'elle ait été malchanceuse, au demeurant ; un jour, elle avait même gagné un concours à la télé. Après avoir téléphoné et répondu à quatre questions bêtes comme chou posées par un présentateur débile, elle s'était entendu hurler dans les oreilles qu'elle était la grande gagnante du jour. Toutefois, un petit malentendu était très vite apparu, de son fait à elle d'ailleurs, concernant le cadeau qu'elle décrochait : elle ne remportait pas un nouveau Mac portable, mais la série de mangas *Akira*, publiée pour l'occasion dans une édition spéciale comprenant les six volumes, soit au total deux mille pages. Elle les avait vendus dans la semaine à un type de sa classe puis dépensé les sous facilement acquis au Shibuya 109.

– Je crois que tu es la fille la plus chanceuse que j'aie rencontrée, répéta Takumi pour la troisième fois.

Il avait visiblement de plus gros problèmes que d'habitude pour alimenter la discussion. Midori tendit enfin les mains pour prendre l'enveloppe, blanche, fabriquée avec un papier magnifique. Son nom était écrit en beaux idéogrammes japonais (et sans fautes !). Dans le coin supérieur gauche, elle vit le logo de la NASA. La lettre avait été postée de Houston, Texas, *United States of America*.

– Alors ? fit Takumi, impatient.

– J'hésite..., répondit Midori en soupesant l'enveloppe.

– Il faut que tu ouvres, hein...

– Ah oui ?

– Oui. Le métier du facteur consiste à apporter le courrier à bon port. Mais pour l'instant, je n'ai pas vu le courrier, juste l'enveloppe – nuance !

– C'est vrai.

Tergiversant quelques secondes supplémentaires, elle prit soudain conscience de l'importance que revêtait cette lettre.

– Midori-chan ? Sois gentille, montre-nous le courrier.

Le chien Bob, seul être présent à part eux, avait perdu tout intérêt depuis belle lurette, distrait par une quelconque pensée fugitive.

Midori décacheta l'enveloppe et tira la lettre tapuscrite.

Chère Midori Yoshida,

Nous avons le grand honneur de vous informer que vous avez été choisie parmi des millions de jeunes pour intégrer l'équipage du vaisseau spatial Ceres, *qui entreprendra en juillet 2019 une expédition sur la Lune. Ce vol habité vous conduira, ainsi que deux autres adolescents, dans un voyage historique au cœur de la mer de la Tranquillité, cette région située sur la face visible de la Lune, foulée en 1969 par les astronautes Neil Armstrong et Edwin "Buzz" Aldrin, qui devinrent ainsi les premiers hommes à se poser sur le satellite de la Terre. La mission à proprement parler, qui s'échelonnera sur deux semaines, comprend un séjour de sept jours et sept nuits au sein de la base lunaire DARLAH. En amont de cette échéance, la NASA souhaite vous inviter, vous ainsi que votre famille proche, à un stage de préparation d'une durée de trois mois qui aura lieu ici, au centre spatial Lyndon B. Johnson, à Houston, au Texas. Il va de soi que tous vos frais seront pris en charge.*

Nous vous demandons de consacrer les prochains jours à une réflexion personnelle intense, qui vous permettra de déterminer si vous désirez effectivement prendre part à ce programme spatial civil. Il ne fait aucun doute qu'un tel voyage bouleversera votre vie à jamais. Qui plus est, nous vous demandons d'en discuter en profondeur avec vos parents.

Un représentant de la NASA vous contactera dans le courant de la semaine suivante afin de recueillir votre réponse à cette invitation.

Comme vous n'êtes pas sans le savoir, ce concours organisé par la NASA sera sujet à une attention médiatique considérable ; aussi, nous vous prions instamment de n'annoncer jusqu'à nouvel ordre la nouvelle à personne, étant donné que notre agence spatiale souhaite dévoiler à une date ultérieure les noms des trois gagnants.

Vous félicitant de nouveau pour cette victoire, nous vous prions de croire, chère Midori Yoshida, en l'expression de nos salutations distinguées.

Peter D. Lewis
Administrateur de la NASA

– Alors ? lâcha Takumi pour la seconde fois, mais avec davantage de prudence – et Midori se rendit compte qu'elle avait lu le courrier sans lui accorder un regard.

Elle releva la tête tandis que Bob retrouvait un intérêt pour la situation.

– Je... j'ai gagné..., articula sa bouche, et Midori sentit qu'elle vacillait.

Quelques secondes plus tard, Takumi Watanabe la souleva et la fit virevolter en riant.

– Tu vas aller sur la Lune ! Tu vas aller sur la Lune !

Bob aboya, affolé par cette agitation soudaine. Deux passantes s'arrêtèrent pour observer cet homme qui faisait tourniquer une jeune fille tout en poussant un rire hystérique.

– Plus de courrier pour toi, Midori-chan ! chantait-il presque. C'est hors de ma zone de livraison ! Hé hé, la Lune... ! Ce n'est pas incroyable ?!

Midori était incapable de prononcer un seul mot. Cela valait peut-être mieux. Car elle aurait alors sans doute déçu le facteur. En vérité, Midori Yoshida ne pensait pas une seconde à la Lune tandis que Takumi Watanabe la serrait dans ses bras. Elle ne pensait ni à la chance unique qui s'offrait à elle ni au séjour dans la mer de la Tranquillité. La seule chose qui occupait ses pensées n'était autre que cette ville où elle se rendrait avant et après ce voyage ridicule. Deux mots circulaient dans son cerveau en mode *repeat* :

New York. New York.

Elle savait ce que cela signifiait.

Tu viens à l'instant de gagner ton billet de départ pour te tirer d'ici, Midori.

*

Midori ne révéla pas un traître mot de ses projets new-yorkais à ses parents lorsque, au cours du repas, elle leur montra la lettre. Assis comme à leur habitude autour de la petite table ronde, ils dînaient d'un simple *nikujaga*, un ragoût à base de bœuf, de pommes de terre et d'oignons cuits dans un bouillon assaisonné de sauce soja, le tout accompagné d'un bol de riz et d'une soupe miso. Cette cuisine familiale et roborative, ils ne la mangeaient d'ordinaire qu'en hiver ; aussi, avec le courrier de la NASA posé au milieu, le dîner leur parut à tous les trois encore plus absurde. La mère de Midori se confondait en excuses, jusqu'à en devenir lassante, de ne pas avoir eu le temps de faire les courses avant la fermeture des magasins pour leur mitonner un plat plus adapté à la circonstance. Quant à Yamada, le père de Midori, il ne tenait plus en place : il tournicotait dans l'appartement comme un pantin monté sur ressorts ; il fallut même l'arrêter dans son élan avant qu'il ne file sur le balcon crier la nouvelle à la cantonade. Il comprit fort heureusement qu'il était plus commode de convier les voisins à partager un verre de saké plutôt que de s'égosiller en plein air pour rien et, peu de temps après, l'appartement fourmillait d'invités tous débordant de bons vœux et autres promesses de bonheur. Midori était contente elle aussi, presque triomphante, pas de doute là-dessus. Elle savait que ce voyage signifiait la fin de la vie qu'elle avait menée jusque-là. Si capital que soit un choix pareil pour une adolescente de quinze ans, sa décision était prise et, après la lecture de la lettre, elle avait immédiatement su qu'elle ne changerait d'avis pour rien au monde : elle ne rentrerait pas au Japon.

Cependant, elle n'avait toujours pas trouvé comment résoudre les problèmes qui se présenteraient à elle, car elle aurait seize ans lors de son retour sur Terre. Après la campagne de presse autour du monde qui se conclurait à New York, elle plaquerait tout ce cirque une fois pour toutes. Ce qui signifiait qu'elle devrait se cacher des autorités pendant les deux années qui la sépareraient de sa majorité, pour qu'elle puisse ensuite s'inscrire dans une université américaine... Non, c'était nul comme plan. En plus, elle n'avait jamais eu l'intention de quitter ses parents pour ne plus les revoir. D'accord, il leur arrivait d'être des imbéciles finis à certains moments, oui, souvent d'ailleurs – mais bon. Disparaître sans leur donner de nouvelles, faire une fugue, c'était stupide.

Non, il y avait une autre possibilité. Qui consistait

à exploiter le faible que son père avait pour les États-Unis. Il n'y était jamais allé mais répétait à qui voulait l'entendre qu'il aimerait tant y faire un voyage, le Grand Canyon étant l'endroit qu'il tenait coûte que coûte à voir, pour Dieu seul sait quelle raison. De ce que Midori avait saisi, il était vaguement question de montagnes et de vallées – ce qui n'en demeurait pas moins un mystère pour elle puisqu'on en trouvait de la même manière au Japon. Quoi qu'il en soit, il en parlait à intervalles réguliers, toujours avec une certaine révérence dans la voix, comme s'il tentait d'expliquer que l'endroit était d'une valeur et d'une importance exceptionnelles. *Bref,* se dit Midori, *s'il n'y a que ça pour te faire plaisir, tu l'auras, ton Grand Canyon, autant que tu veux, même.*

Midori ne lèverait pas le voile sur son projet de quitter le Japon en général et Yokohama en particulier avant qu'ils ne soient bien avancés dans la tournée promotionnelle. Là, elle pourrait par exemple suggérer qu'ils aillent à son Grand Canyon trucmuche. Puis, une fois là-bas, devant la vue imprenable (et visiblement majestueuse) qui se déploierait sous leurs yeux, elle laisserait tomber la phrase magique : « Et si on s'installait ici ? »

Et peut-être, peut-être seulement, diraient-ils oui. C'était en tout état de cause une hypothèse qu'elle ne pouvait se permettre d'éluder : en attendant, elle était forcée de se persuader d'y arriver ; sa vie en dépendait purement et simplement. Sans quoi ce voyage sur la Lune serait de bout en bout du temps perdu.

L'aube venait juste de filtrer à travers ses rideaux épais lorsqu'elle s'endormit, sur les coups de cinq heures et demie du matin. Elle aurait préféré continuer de s'imaginer tout ce qu'elle ferait, mais ses paupières en décidèrent autrement, son cerveau ne parvenant plus à aligner deux pensées cohérentes. Elle ne tarda pas à plonger dans les couloirs labyrinthiques du sommeil, où elle se retrouva sur le toit en terrasse d'un immense loft de Brooklyn, une tasse de café à la main, en train de contempler la ligne d'horizon formée par les buildings de Manhattan. Après quoi elle ouvrit la lucarne du toit et cria à ses copines, entourées des peintures et des vêtements sur lesquels elles travaillaient en ce moment, de venir la rejoindre. « On arrive ! » répondirent celles-ci, et Midori laissa la lucarne ouverte, allant s'asseoir contre le tuyau de cheminée pour mieux se repaître, les yeux plissés, de ce soleil de septembre, peut-être un peu frisquet mais infiniment beau.

Le courrier tint ses promesses. Un représentant de la NASA, parlant un japonais parfait, lui téléphona trois jours plus tard et lui posa la question ultime :

– Acceptez-vous de prendre part à ce vol spatial habité ?

Midori n'eut aucune hésitation à répondre :

– Oui.

– Et vous avez effectivement approfondi la question avec vos parents, qui vous ont donné leur blanc-seing ?

Midori était pour le moins abasourdie par le registre ampoulé qu'il employait pour s'adresser à elle.

– Euh, oui, évidemment...

– Parfait. Je vais toutefois me voir contraint de m'entretenir avec eux à l'issue de notre conversation. En outre, et avec votre autorisation, bien sûr, l'un de nos représentants se rendra la semaine prochaine à Yokohama pour rencontrer votre famille et discuter plus avant des détails.

La tête à moitié dans le coton, elle tendit le combiné à son père, qui se lança aussitôt dans tels et tels accords et pourparlers avec la NASA.

Voilà, maintenant, il n'y a pas de retour en arrière possible, se dit-elle.

Une semaine plus tard, on frappa à la porte de leur appartement. Un Américain en costume-cravate, certes bien mis mais peu disert, se présenta à dix-neuf heures passées de quelques minutes au quatrième étage de leur immeuble. Les parents de Midori imaginaient que le représentant de la NASA leur fournirait de plus amples informations sur ce qui attendait leur fille mais, de toute évidence, l'homme poursuivait de tout autres objectifs. Il n'apporta que de vagues et brèves réponses aux questions qu'ils lui posèrent, après quoi il s'empressa de déverrouiller sa mallette et d'en extraire une montagne de paperasses. Midori et ses parents durent signer et contresigner un nombre incalculable de documents et d'autorisations, accepter les clauses de polices d'assurance et de décharges de responsabilité en cas de ceci ou de cela. Il était proprement impossible de tout lire, et ils en furent réduits à parapher les pages à l'endroit qu'il leur indiquait de ses doigts manucurés, ce à n'en plus finir, jusqu'à ce que monsieur paraisse satisfait, sourie, s'abîme dans une profonde révérence et les laisse en plan, aussi silencieusement et prudemment qu'il était venu.

Une fois seuls, Midori et ses parents étaient plus confus qu'autre chose en repensant à l'heure qu'ils venaient de passer. L'homme ne leur avait confié ni carte de visite ni numéro de téléphone et, autant qu'ils sachent, il était déjà reparti pour l'aéroport, mettant le cap sur un autre pays, à la rencontre d'un autre adolescent.

*

La même sensation marqua les six mois qui suivirent, comme si tout était allé trop vite. Quand le calendrier afficha l'arrivée du mois de mars, Midori avait davantage l'impression que quelques jours seulement venaient de s'écouler. Soudain, il lui sembla qu'elle n'avait plus de temps pour rien : elle envoya au tout dernier moment sa demande de report aux examens de printemps, qui lui fut accordée ; elle fit des adieux précipités à ses amis de Harajuku, sans oublier la famille proche et lointaine de Yokohama qu'il lui fallut aller voir à plusieurs reprises avant qu'ils ne soient pleinement satisfaits, d'autant plus maintenant qu'elle était devenue une sorte de superstar internationale, en plus des voisins et des collègues de son père – et du facteur.

Takumi Watanabe fut le dernier à qui elle dit au revoir, l'après-midi même de son départ. À l'instar des nombreux voisins et parents de Midori, il s'était posté devant l'immeuble de la famille Yoshida quand celle-ci s'apprêta à quitter le pays pour les États-Unis. Il se tenait en retrait, ne voulant gêner personne, et Midori dut se frayer un chemin dans la foule pour l'atteindre.

– Bon voyage, Midori-san.

C'était la première fois qu'il ne s'adressait pas à elle en accolant à son prénom le suffixe certes affectueux mais un peu puéril de *chan*. Personne ne le remarqua mais, pour Midori, ça comptait beaucoup : cela signifiait plus ou moins que, désormais, ils étaient amis. Après tout, ils avaient partagé ce moment historique lorsqu'elle avait ouvert l'enveloppe contenant la lettre. Elle poussa donc la familiarité, juste avant de partir, à le prendre dans ses bras – et peut-être était-il mieux informé que quiconque des projets qu'elle nourrissait, car il lui susurra à l'oreille :

– Et n'oublie pas de rentrer chez nous. Ton courrier t'attend ici.

Midori ne répondit pas, se contenta de s'incliner, puis se dirigea vers le taxi qui les attendait.

Quelques secondes plus tard, le véhicule les conduisait à l'aéroport international de Narita.

Antoine

Bien que la lettre lui soit parvenue il y avait seulement trois jours, il avait l'impression de l'avoir toujours eue – il gardait même un souvenir assez flou de la réaction qu'il avait eue en la recevant, lorsqu'il avait compris de quoi il en retournait.

Tu vas aller sur la Lune, Antoine.

Il avait été surpris, évidemment. Content ? Euh... oui, oui. N'empêche, qu'il le veuille ou non, une partie de lui-même s'attendait à cette réponse positive. Étonnamment, il n'en avait pas encore informé ses parents. Non qu'il ne leur fasse pas confiance : l'un comme l'autre étaient des êtres adorables, en contact quotidien avec des personnes plus jeunes qu'eux, puisqu'ils travaillaient à la Sorbonne. Il était rare que le fait de devoir sortir avec eux le mette dans l'embarras et, de la même façon, ils pouvaient parler d'à peu près tout ensemble. Pourtant, il ne leur avait encore rien dit. Le moment de l'annonce attendrait. Il voulait garder la nouvelle pour lui quelques instants encore, la savourer, éprouver cette sensation jubilatoire qu'il était le seul dans Paris à être au courant. De toute façon, ça ne durerait pas : lors de leur conversation téléphonique, son interlocuteur lui avait signalé qu'un représentant de l'agence spatiale américaine passerait chez eux la semaine suivante. On était déjà lundi, le temps pressait.

Il prit sa veste et décida d'aller se balader avant de montrer le courrier à ses parents.

Rue Max-Ernst, il s'alluma une cigarette en entourant d'une main protectrice la flamme du briquet. Il avait prévenu sa mère qu'il allait voir Laurent, qui habitait derrière Montmartre. Or il n'avait l'intention ni de passer chez lui ni de se rendre dans le XVIIIe. Il voulait retourner là où il avait passé ses derniers après-midi, jusque tard le soir. Il voulait retourner auprès de Simone. Si les contrecoups du premier choc consécutif à la rupture s'étaient atténués environ un mois plus tôt, ils avaient été remplacés par un sentiment singulier qui l'avait forcé à admettre que, oui, il allait survivre, mais que, non, il ne connaîtrait plus jamais de joie intense. Et cette prise de conscience, il s'y était habitué avec une étonnante rapidité. Une pensée qui par ailleurs, pour autant qu'elle ait disparu la semaine précédente, avait été elle-même détrônée par une sensation pire encore, quels qu'aient été les efforts déployés par Antoine pour la détester et l'endiguer : une rechute. Comme si l'anesthésie avait cessé de prodiguer ses effets et que la douleur était repartie de plus belle. Le seul apaisement efficace consistait à se dire qu'il serait bientôt le plus loin possible qu'on puisse s'imaginer de cette ville synonyme de trahison.

Au métro Père-Lachaise, il emprunta la ligne 3 jusqu'à Réaumur-Sébastopol, où il changea pour la 4 jusqu'à Montparnasse et, de là, nouvelle correspondance, il prit la 6. Il descendit à Bir-Hakeim.

La pluie ayant dans l'intervalle augmenté en intensité, Antoine enfonça la tête dans ses épaules et serra les dents sur le court trajet qui le séparait de la tour Eiffel. Il s'acquitta de sa poignée d'euros pour le billet d'entrée jusqu'au premier étage (en passant par l'escalier). Et, en fin de compte, le mauvais temps était une bénédiction puisqu'il n'y avait quasiment pas de touristes à ce niveau, de toute façon délaissé au profit des autres, d'autant plus que ses longues-vues n'offraient pas un panorama délirant, hormis les bâtiments d'en face. Ce qui convenait parfaitement à Antoine. C'étaient précisément eux qu'il avait envie d'observer.

Il sortit son sachet de pièces de deux euros, en introduisit une dans la fente et effectua la mise au point.

Il dirigea l'objectif vers le deuxième étage d'un certain immeuble de l'avenue de Suffren.

Bingo, elle était chez elle.

Simone jouait de la guitare dans sa chambre.

Il zooma afin qu'elle lui apparaisse avec encore plus de netteté.

S'il se concentrait vraiment, il avait presque l'impression de ne pas être détrempé par la pluie au premier étage de la tour Eiffel, mais de se trouver bien au chaud dans la chambre de Simone. Fixant ses mains qui grattaient les cordes, il se figura qu'il savait exactement quel morceau elle interprétait. Elle posait sa guitare à intervalles réguliers pour se plaquer les paumes sur le visage – et Antoine espérait du fond du cœur qu'elle le faisait par dépit, parce qu'il lui manquait atrocement. Quoique... Ce pouvait très bien être à cause d'un accord qui lui résistait. Ou d'un violent mal de crâne.

Brusquement, tout devint noir.

Il eut un instant de panique, avant de reprendre ses esprits et de se rendre compte que la durée de visionnage était tout bonnement écoulée. Il remit une pièce, et Simone réapparut à travers la fenêtre.

Elle portait le pull qu'il préférait : le bleu ; celui qui, grâce à ses cheveux, rehaussait la beauté de son visage. Ils l'avaient acheté ensemble, par une journée glaciale du mois de janvier. Ils se promenaient dans les rues après les cours et elle avait eu tellement froid qu'elle était entrée dans le premier grand magasin, où ils comptaient uniquement se réchauffer un peu. Puis elle avait eu envie d'essayer des vêtements, et lui n'avait rien de prévu sinon rester avec elle (comme s'il avait d'autres projets à part celui-ci... n'importe quoi ! Elle était son seul et unique projet). C'est elle qui avait déniché le pull et –

Tout redevint noir.

Il inséra une troisième pièce.

Et...

Mais... ?! Attends, là... Attends attends attends attends ! C'est quoi ce bordel ?!

Quelqu'un venait d'entrer dans la chambre de Simone.

Antoine colla son œil sur le verre. Une branche d'arbre dans l'avenue bouchait la vue sur la partie droite de la pièce, si bien qu'il ne distinguait que la moitié de la personne en question.

Sûrement sa mère. Ou son père.

Raté.

Ce n'étaient pas eux. De toute façon, il les aurait reconnus.

Et voilà... L'intrus passait ses bras autour de sa nuque...

Est-ce qu'elle l'embrassait ?

J'hallucine !

Puis, tout redevint noir, encore.

Frénétiquement, Antoine plongea la main dans sa réserve d'euros. Mais sa fièvre ou sa ferveur eurent raison de ses mouvements : le sachet glissa, et la totalité des pièces roula sur la plateforme.

Se fichant éperdument de savoir si les gardiens le surveillaient, il se mit à quatre pattes pour ramasser ses sous. À la vitesse de l'éclair, il introduisit une pièce dans l'appareil et reprit sa position de guet.

Voilà, maintenant il voyait distinctement le sombre

individu. Bien qu'il ne l'ait jamais vu, Antoine comprit aussitôt qu'il s'agissait de *l'autre*. Noël. *Son nouveau mec. Son nouveau CONNARD de mec.* L'espace d'une seconde, il envisagea sérieusement d'aller faire le pied de grue devant l'immeuble et d'attendre que le type en sorte pour lui faire la peau. Mais ça n'en valait pas le coup. *Il* n'en valait pas le coup.

Simone s'assit pour se remettre à la guitare tandis que le décidément pot de colle se lovait derrière elle. Les bras enlacés autour de sa taille, il posa une joue sur son épaule. Elle continua de chanter un moment avant de s'arrêter soudain, de se tourner vers lui et de l'embrasser. Plaquant ses mains un peu plus fort contre elle, le gluant la fit prudemment basculer de sa chaise. Après quoi ils tombèrent sur le sol et disparurent définitivement du champ de vision d'Antoine.

Il recula d'un pas puis administra à la longue-vue une claque retentissante qui la fit toupiller à toute vitesse et heurter le garde-fou avec un bruit strident.

*

À son réveil, le lendemain matin, il ouvrit les paupières sur ses parents, debout de chaque côté de son lit, qui le scrutaient avec une mine angoissée et des yeux graves. Aucun ne semblait vouloir prendre la parole.

Soudain sur les visages crispés se dessina un large rictus.

Antoine les regarda un instant sans comprendre, jusqu'à ce que sa mère brandisse l'enveloppe de la NASA. Ils l'avaient trouvée.

– Félicitations, mon fils. Et bon voyage !

Les minutes qui suivirent ne furent qu'un grand chambardement tout en étreintes et en bises et en vœux de bonheur – jalonnés cependant d'interrogations anxieuses sur la façon et surtout le lieu où il avait passé ces dernières journées, d'autant que Laurent avait téléphoné, inquiet, pour prendre de ses nouvelles.

Mais ces questions très précises demeurèrent sans réponse.

Narita

La moitié de la population japonaise semblait rassemblée à l'aéroport international de Narita. Mais, à de rares exceptions près, ces gens n'allaient nulle part. Ils avaient effectué le déplacement pour voir Midori Yoshida faire ses adieux au pays du Soleil-Levant et mettre le cap sur la Lune. Déjà, au moment où le taxi avait ralenti à hauteur du terminal 2, apercevant la pluie de flashs se déverser sur elle, Midori avait été aussitôt submergée par une sensation de claustrophobie. C'était chouette d'un certain point de vue, oui, merveilleux même : tous ces gens venus la voir.

En fait, elle avait voulu se présenter vêtue d'une tunique futuriste, en tissu argenté, que Yoshimi l'avait aidée à confectionner – elle l'avait mise un jour à Harajuku, elle avait fait un tabac. Mais, au tout dernier moment, son père avait exigé qu'elle s'habille de manière plus formelle et, au bout du compte, elle avait accepté d'enfiler une épaisse jupe longue, grise, avec une veste noire moulante sur une chemise également noire. La seule pointe d'originalité dans ce costume venait de ses chaussures de marque Onitsuka Tiger, à moitié sales, dans lesquelles elle avait arpenté Tokyo ces derniers mois. C'étaient ses préférées – et tant pis si son père estimait qu'elle aurait dû choisir des bottines, ou au moins des mocassins ; elle avait insisté : on ne pouvait arriver à New York qu'en baskets.

Pourtant, bien qu'une partie d'elle-même soit fascinée par la quantité impressionnante de curieux qui s'agglutinèrent autour du taxi au moment où celui-ci se gara devant l'entrée, une autre partie n'y goûtait franchement pas. Tout était arrivé trop vite, pour ainsi dire : hier encore, elle avait été la Midori ordinaire, qui traînait avec ses copines dans le quartier de Harajuku en fantasmant qu'elle s'envolerait un jour vers un endroit où elle pourrait faire ce qu'elle voudrait ; puis, elle était transformée en Mlle Midori Yoshida, un événement national que la totalité des journaux et chaînes de télé de ce pays rêvaient d'interviewer. Bientôt, elle serait carrée dans le siège d'un avion, atterrirait de l'autre côté de la planète, rencontrerait la presse internationale et donnerait *x* poignées de main à Dieu sait combien d'inconnus.

Puis la Lune. La Lune.

Voilà, *désormais*, il n'y avait plus aucun retour en arrière possible. Elle le savait. Chacun des milliers de courriels qu'elle avait reçus les mois derniers et les questions *a priori* sans fin auxquelles elle avait répondu dans différents chats le confirmaient : la machine était en marche, impossible à arrêter. Crispée sur la banquette arrière, Midori avait des sueurs froides ; elle se concentrait pour respirer le plus calmement possible, tentait d'ignorer le clignotement incessant des flashs et le cognement des mains contre les vitres.

– Ce n'est pas sensationnel ? entendit-elle sa mère demander au moment où ils ouvrirent la portière. Ils sont venus rien que pour toi, Midori. Uniquement pour te voir.

Midori posa un pied sur le bitume.

Le crépitement des appareils photo augmenta.

Voilà, c'est maintenant, Midori. Tu t'en vas enfin.

Elle sortit du véhicule et se força à saluer la horde de gens qui lui souriaient.

La pluie de flashs passa à l'orage, explosa presque, l'éblouit – Midori fut obligée de mettre une main en visière. Elle se fraya un chemin vers le coffre, attrapa ses valises, sourit à son père, sur le point d'imploser de fierté. Puis elle joua des coudes, ses parents sur les talons, pour affronter la meute de journalistes.

– Tu penses à quoi, Yoshida-san ?

– Tu as hâte ?

– Tu as parlé aux autres adolescents ?

– Qu'est-ce que tu feras en premier une fois sur la Lune ?

– Tu as peur ?

– Aurais-tu quelques mots pour le peuple japonais ?

– Comment t'es-tu préparée ?

– D'après toi, quel impact ça va avoir sur ta vie ?

– Qu'est-ce que tu savais de la Lune avant d'apprendre que tu allais y aller ?

– Est-ce que quelque chose de particulier t'inquiète est-ce que tu es fin prête à partir est-ce que tu es triste de dire au revoir à la Terre est-ce que tu as peur est-ce que tu es contente à quoi tu penses en ce moment qu'est-ce que tu ressens commenttutesensauraistuun derniermotpourlatélélaradiotesamistafamillequestcequi vatemanquerleplus ?

Midori accéléra le pas, poussa le chariot de bagages en se fichant éperdument de savoir si elle heurtait des pieds ou des talons, une équipe de télé ou de simples curieux, se retourna uniquement pour vérifier que ses parents la suivaient, précipita le chariot dans la file d'attente en vue de l'enregistrement, sentit son père la dépasser pour fournir billets et passeports, vit les valises glisser sur le tapis à bagages puis disparaître, emboîta le pas de ses parents qui se dirigeaient vers le contrôle sûreté et...

... enfin le silence se fit quand ils parvinrent de l'autre côté.

Seul un photographe isolé, qui s'était certainement acheté un billet d'avion rien que pour pouvoir franchir la sécurité, la mitrailla quelques instants, et encore, à distance – après quoi il repartit, visiblement satisfait. Passer de cette violente pression au calme apaisant du hall de départ était phénoménal, mais somme toute agréable. Il n'y avait guère autour d'eux que des hommes d'affaires somnolents, en route pour des réunions insignifiantes, perdus dans leurs pensées, sans un regard pour la personnalité médiatique qui passait devant eux à un bras de distance. Le père de Midori se planta devant le panneau qui indiquait l'heure de départ et la porte de chaque vol. Il paraissait plus désorienté qu'autre chose.

– J5 ? marmonnait-il. J5... ??

Il interrogea du regard Midori et sa mère :

– Mais où elle est, cette fichue porte J5 ?

L'espèce d'agora où ils se trouvaient se divisait en quatre longs couloirs qui eux-mêmes distribuaient les différentes portes d'embarquement. Derrière eux, à droite, se situaient les portes 61 à 67 et, à gauche, 71 à 77 ; devant eux, sur leur gauche, les portes 81 à 88 et enfin, un peu plus loin sur leur droite, 91 à 99.

Mais de porte d'embarquement numéro J5, il n'y avait nulle part ni la trace ni l'indication.

– Vous êtes sûres qu'on est au bon terminal ? demanda le père de Midori en se grattant la tête.

Sa figure avait des marbrures rougeâtres, et des gouttes de sueur perlaient sur son front. Il exécrait ce genre de situation. Il aimait avoir des choses une vue d'ensemble. Il aimait savoir d'où il partait. Il sortit un plan de l'aéroport.

– Pourtant, on *est* au bon terminal… Je ne comprends pas… Elle devrait être ici.

Il profita du passage d'un groupe de Japonais en costume pour, non sans une révérence polie, leur demander de l'aide. Ils le regardèrent avec un air bizarre :

– Je suis désolé, dit l'un. Mais il n'existe pas de porte avec ce nom-là…

– On passe par Narita toutes les semaines, renchérit un autre. Si elle avait existé, on le saurait !

Ils gagnèrent en ricanant le couloir 91-99.

– Et maintenant, qu'est-ce qu'on fait ? s'écria la mère de Midori, suffisamment fort pour que les gens se retournent et que Midori ait envie de se cacher dans un trou de souris.

– Elle doit bien être quelque part, tempéra-t-elle. Il suffit de demander à des gens qui travaillent ici.

– Mais il n'y a personne qui travaille ici ! hurlait à présent sa mère tandis que son père avait viré à l'écarlate et était à deux doigts de la crise de nerfs.

Pourtant, elle avait raison : aucun employé n'était visible, uniquement des passagers où que l'on promène son regard. Avaient-ils décidé de prendre leur pause déjeuner tous en même temps ?

– Attendez-moi ici, je reviens. Vous m'attendez ici et vous ne bougez pas ! haleta son père en étudiant son plan une seconde fois. Je vais aller faire un petit tour pour essayer de trouver quelqu'un qui pourra nous aider. Vous, vous ne bougez pas d'ici ! C'est bien compris ?

Sur ce, il s'éclipsa au fond d'un couloir. Midori et sa mère demeurèrent bras ballants sous le panneau de départs, sans échanger une parole.

C'est eux tout craché, songea-t-elle. *Chaque fois qu'ils ne comprennent pas, ils paniquent et se mettent à stresser. On a deux heures devant nous avant le décollage, pas la peine de faire un foin pareil, punaise !*

Les semaines passées, elle avait senti monter en elle une certaine angoisse à l'idée de faire ses adieux à ses parents – elle ne pouvait rayer d'un trait de plume quinze ans de vie commune, où elle avait partagé chaque jour de leur quotidien. Aujourd'hui, elle savait qu'à cette appréhension se superposait aussi une joie sans nom. Tout serait plus calme sans eux ; fini le chaos pour un rien. Déjà, les huit derniers jours, ils avaient fait leurs valises sans cesser de la tarabuster à propos de ceci, de l'asticoter à propos de cela. Ils ressemblaient à deux hélices vouées à tournoyer éternellement tout en restant immobiles. À défaut, ils balançaient plus qu'ils ne dispensaient des conseils inutiles et autres exhortations lassantes.

Combien de temps allait durer ce vol jusqu'à New York, d'ailleurs ?

Huit heures ? Neuf heures ? Plus longtemps ?

Il fallait absolument qu'elle trouve un moyen pour le rendre supportable.

Vingt minutes s'écoulèrent sans que le père de Midori ait réapparu. D'une voix qui montait dans les aigus, sa mère fabulait sur ce qui avait pu lui arriver.

– Il doit être en train de discuter avec quelqu'un, ou bien il est coincé dans une file d'attente, maman...

– Tu te FICHES que ton père ait DISPARU, c'est ça, HEIN ?

Midori piqua un fard en l'entendant crier et marmonna en guise de réponse, les yeux rivés sur le sol :

– Il n'a pas *disparu*. Il est juste allé demander à quelqu'un, oh... Et puis on a le temps, mince !

– Mais QUELQUE CHOSE cloche, tu ne crois pas ?

Ça y est, soupira Midori, *elle me refait la scène du 2... Ça va durer longtemps ?*

– Ce qui cloche, maman, ce sont tes cris. Non mais tu t'es entendue ? Tu ne vois pas que tous les gens nous regardent comme deux folles en liberté ? Écoute-moi, je suis sûre que dans les dix minutes qui viennent, il sera de retour. Je te le garantis. Et sinon, c'est simple, on le fera appeler par les haut-parleurs. D'accord ?

Dodelinant de la tête, sa mère semblait retrouver un peu de calme.

– Et maintenant, il faut que j'aille aux toilettes. C'est juste là, au bout du couloir, indiqua Midori en alliant le geste à la parole. Toi, tu m'attends ici. Je reviens dans trois minutes.

– Tu ne peux pas patienter un peu, Midori ? Il faut vraiment que tu y ailles maintenant ? Tu ne peux pas attendre que ton père soit revenu ?

– Je dois y aller *maintenant*, maman, rétorqua-t-elle en la regardant d'un air bête. Pas dans dix minutes. Dans dix minutes, je n'aurai plus envie, si tu vois ce que je veux dire...

Sans attendre que sa mère poursuive la discussion, Midori prit la direction des toilettes.

*

Il y régnait un silence étrange. Comme si personne n'y avait mis les pieds depuis très longtemps. Aucune goutte d'eau dans aucun lavabo après que quelqu'un s'y serait lavé les mains. Aucune feuille d'essuie-main atterrie à côté de la poubelle. Seule la quatrième cabine était fermée à clé. Midori choisit la deuxième, verrouilla et s'assit. Entendant le ronronnement de la climatisation, elle pensa aux bruits sur la Lune. De ce qu'elle avait lu, il n'y avait pas de bruits sur la Lune puisqu'il n'y avait pas d'air pour qu'ils s'y déplacent. Quel serait le son, dans ce cas ? Midori était incapable de se le représenter : d'aussi loin que remontent ses souvenirs, elle avait toujours vécu dans un univers de bruits, à n'importe quelle heure du jour et de la nuit, que ce soit la rumeur des gens, le ronflement des voitures, le bruissement des arbres. Peut-être que cette absence totale de sons provoquait une sensation de claustrophobie ? Se posant la question, elle en vint à repenser à l'autre cabine occupée. Depuis qu'elle avait les fesses sur la lunette, elle n'avait rien entendu venant d'à côté, pas même un léger raclement de gorge.

Midori se rhabilla, sortit, et s'avança vers le lavabo. Pendant qu'elle se lavait les mains, elle se pencha discrètement pour vérifier si quelqu'un se trouvait derrière la porte fermée. À première vue, la cabine semblait vide. Après s'être essuyée, elle s'accroupit.

Et découvrit la présence de deux chaussures. Des pieds.

Mais il y a quelqu'un, ma parole !

On pouvait avoir mille et une raisons de s'enfermer dans les toilettes d'un aéroport. Parce qu'on avait peur de l'avion, par exemple. Ou parce qu'on avait besoin de se retrouver un peu seul.

Sauf que... personne, absolument personne ne va aux W.-C. en restant aussi silencieux...

Sans avoir pleinement conscience de ce qu'elle faisait, Midori alla frapper à la porte.

– Ho hé ?

Personne ne répondit.

Elle toqua, cette fois, deux petits coups.

– Excusez-moi, il y a quelqu'un ? Tout va bien ?

Mais toujours pas de réponse. Personne pour lui confirmer que tout allait bien ou que tout allait mal.

Midori frappa derechef, plus énergiquement.

– Madame ?

Brusquement, elle se dit que la personne était morte, que derrière la porte fermée gisait un cadavre. Des images s'imprimèrent par intermittence sur sa rétine : une femme morte la fixait, bouche ouverte, le visage livide, une coulure de sang partant du coin de l'œil tombait sur sa joue, un mille-pattes lui sortait tout à coup du nez et descendait dans son corsage, avant de s'introduire dans un trou béant, marronnasse, qui lui perçait la poitrine.

Mais la personne n'était pas morte du tout. Midori l'entendait distinctement, à présent. Quelqu'un respirait à l'intérieur, d'un souffle lent et régulier.

À peu près au même moment lui revint en mémoire un souvenir désagréable de ses années de primaire, à l'école de Honcho, tout près de la vieille station de métro de Sakuragichō. Elle devait avoir huit ans à cette époque, et Kanema avait été le premier à répandre la rumeur. Dans les toilettes des filles, une des cabines était restée fermée pendant plusieurs semaines, vraisemblablement parce qu'une grande avait jeté dans la cuvette quelque chose qui avait bouché la canalisation pour de bon. Alors que Midori rentrait chez elle à la fin des cours, Kanema les avait rattrapées, elle et ses camarades de classe, pour leur raconter ce qu'il savait : l'écriteau HORS D'USAGE accroché à la porte n'était qu'un prétexte, certaines maîtresses ayant préféré cette solution plutôt que quelqu'un ne l'ouvre par mégarde. « La vérité, c'est qu'il y a une fille à l'intérieur », avait ajouté Kanema, qui buvait du petit lait en voyant les autres le dévorer du regard : il avait capté leur attention et les tenait à sa merci, les unes comme les autres. Puis, après un long silence censé créer un effet de suspense, il avait précisé : « Elle s'appelle Hanako-san. » Il avait refusé d'en dire davantage. Elles avaient eu beau le supplier, il s'était contenté de secouer la tête. Et Midori estimait aujourd'hui qu'un voile de peur nimbait le visage de Kanema. Une semaine après, il avait consenti à leur raconter la suite : « Hanako-san... n'est plus en vie. Mais elle vit dans les toilettes, tu comprends ? » avait-il demandé en s'adressant spécialement à Midori qui, oui, semblait comprendre. « Et si tu frappes à la porte et que tu prononces son prénom deux fois de suite, elle te répondra avec un "oui ?". Ensuite, elle te demandera si tu as envie de jouer avec elle. Et alors... alors... elle ouvrira la porte... » Bien sûr, ce n'était qu'une invention de gamin, mais elle avait fait son effet : avant même que la semaine ne soit terminée, plus aucune fille ne voulait utiliser les toilettes. Elles se retenaient en attendant d'être rentrées chez elles ou quittaient la cour de récréation en catimini pour aller aux toilettes publiques de la station de métro. La situation était devenue tellement intenable à cause de ces élèves déconcentrées qui se tortillaient sur leur chaise parce qu'elles avaient envie de faire pipi que le directeur avait pris les choses en main : il avait réussi à débloquer des fonds pour faire réparer ces maudits W.-C. et était allé personnellement enlever l'écriteau HORS D'USAGE puis avait ouvert la porte.

La cabine était, naturellement, vide.

Midori fixait la porte fermée devant elle.

Kanema, espèce de crétin... Si seulement tu savais à quel point tes âneries continuent de me hanter...

Elle fit un pas vers la porte. Et rouvrit la bouche :

– Hanako-san ?

Quelques secondes s'écoulèrent.

– Hanako-san ?

– Oui ?

Midori recula instinctivement et dut se retenir au banc pour ne pas tomber. Son cœur battait de façon incontrôlable.

– Tu cherches la porte J5, n'est-ce pas ? continua la voix, en chuchotant.

Midori était incapable de prononcer une parole. Dans sa tête, elle criait : *comment tu le sais ?*, mais aucun son ne franchissait la barrière de ses lèvres. Midori était comme pétrifiée.

– Elle est là, juste à côté, Midori. Mais tu ne dois pas y aller. Tu dois me promettre de ne jamais y aller !

Midori crut entendre un bruit et vit la poignée bouger. Au prix d'un effort considérable, elle s'arracha à sa paralysie momentanée et courut vers la sortie.

À nouveau dans le couloir, elle s'arrêta pour s'orienter et chercha sa mère des yeux. Elle regarda à droite, puis à gauche.

Et là, au bout d'un petit couloir qu'elle n'avait pas repéré, un panneau brillait sur une porte : J5. Des lettres blanches sur fond noir.

Soudain, elle sentit une main se poser sur son épaule.

Midori pivota sur ses talons et se retrouva nez à nez avec son père.

– Regarde, tu l'as trouvée toute seule, sourit-il en désignant le panneau d'un mouvement de tête. Allez, viens, on y va...

Midori était tellement sidérée qu'elle fut dans l'incapacité d'évoquer l'incident aux toilettes. De même, elle ne remarqua pas le tee-shirt ridicule, orné de l'inscription FLY ME TO THE MOON, que son père avait déniché dans une boutique de souvenirs durant son absence et avait directement enfilé, dans un élan de solidarité un peu stupide envers sa fille.

Il trottina jusqu'à la porte au bout du couloir, Midori et sa mère le suivant en silence.

La porte ouvrait sur un corridor totalement vide, dépourvu de la moindre signalisation. Une sensation de malaise chevillée au corps, Midori était dévorée par l'envie de raconter à ses parents la consigne expresse de la femme des toilettes. Elle voulait leur suggérer de revenir sur leurs pas – et en même temps, elle craignait de passer pour une idiote, redoutait même qu'ils lui proposent, étant donné son état, de ne pas partir pour New York et de rester au Japon. Le plus sage, décida-t-elle, était encore de ne piper mot. Qui plus est, son père avançait avec une telle rapidité qu'il était de toute façon trop tard pour réfléchir à deux fois. L'extrémité du couloir décrivait un coude qui menait vers une autre porte, elle non plus sans panneau ni indication.

– Ça doit être là, déclara le père de Midori, optimiste. D'après moi, c'est une toute nouvelle entrée, et ils n'ont pas eu le temps d'accrocher un panneau. Pas étonnant qu'elle soit impossible à trouver...

Il tint la porte pour que Midori et sa mère puissent la franchir les premières.

À leur grand soulagement, ils aboutirent à la salle d'embarquement, qui ressemblait en tous points à celles qu'ils avaient aperçues tout à l'heure, dans le hall de départ. N'empêche, ils furent tous trois surpris de constater qu'elle était déjà pleine de passagers attendant de pouvoir monter à bord de l'appareil.

– Mais comment tous ces gens ont réussi à arriver là ? demanda Midori, entendant elle-même la nervosité sourdre dans sa voix.

Son père prit les choses avec beaucoup plus de décontraction :

– Ils ont dû y accéder par un autre chemin, pardi ! J'ai comme l'impression qu'on a emprunté l'entrée de service. Tu ne crois pas, toi ?

Midori acquiesça d'un air absent. Elle se tritura les méninges pour récapituler ce qui s'était produit au cours des dernières minutes, mais c'était à n'y rien comprendre. C'était même insensé. Elle préféra laisser tomber cette sombre histoire. De toute manière, ils étaient arrivés à bon port, il n'y avait que ça qui comptait.

Pourtant, la femme des toilettes a dit que –

N'y songe plus, Midori. Arrête d'y penser. Tu t'apprêtes à prendre un avion pour New York. Pense plutôt à ça. Car ta vie commence maintenant.

L'avion

Antoine était assis sur les marches du perron de leur maison de vacances, à Cherbourg-Octeville. Il ne lui restait qu'une journée sur la côte normande avant son départ vers les États-Unis : ses parents et lui feraient un saut à New York pour rejoindre ensuite le centre spatial Johnson à Houston, où se déroulerait le stage d'entraînement avec les deux autres adolescentes. Du Texas, les trois candidats seraient transférés en Floride, en vue du grand lancement depuis le Cap Canaveral.

Le jour où il avait reçu la lettre lui paraissait remonter à une éternité – à cette époque où il s'était senti si fragile, si désespéré ; ce fameux après-midi à la tour Eiffel où il s'était comporté comme un... oui ? un cinglé (non ? si !). Heureusement, cette sombre histoire était désormais derrière lui : il avait condamné les panneaux dans lesquels il était tombé et était bien décidé à aller de l'avant – ou plutôt : en hauteur. Il leva la tête vers le ciel, mais il faisait trop clair pour voir la Lune. Il n'y avait que le soleil, ce soleil blanc du mois de mars dont la lumière sur la ville portuaire donnait l'impression que tout baignait dans un monde en noir et blanc. *Demain. Ça commence demain*, songea-t-il.

Antoine ouvrit l'album photo qu'il avait emporté sur le perron. Son père avait proposé de passer la dernière semaine en Normandie car, ici, être de mauvaise humeur relevait de l'impossible : on sentait l'odeur de la mer en permanence, on respirait l'air frais venu de la Manche.

Et la seule tache, la seule anomalie dans cette image idyllique se trouvait concentrée au cœur de cet album défraîchi, qui prenait la poussière sur l'étagère du salon et qu'il tenait à présent entre ses mains. Enfant, Antoine l'avait évité comme la peste. Il l'avait feuilleté *une* fois, sans savoir ce qu'il contenait, et n'avait pu trouver le sommeil pendant plusieurs jours. Il datait de 1945 et avait été offert aux arrière-grands-parents d'Antoine par un soldat américain. Lors du débarquement des troupes alliées en Normandie, en juin 1944, afin de porter un coup définitif aux nazis, la ville de Cherbourg avait été durement touchée : les blessés se comptant par milliers, la famille d'Antoine, comme tant d'autres dans la région, avait hébergé des soldats afin qu'ils se remplument dans le calme durant quelques jours. En guise de remerciement, l'un de ceux-ci leur avait adressé cet album composé de photographies prises par les membres de sa division et lui-même pendant leur séjour chez eux.

La plupart des photos ne montraient que des scènes de bonheur, où des soldats de la Libération enlaçaient la population locale, partageaient leurs repas, souriaient à l'objectif. Mais quelques-unes donnaient également à voir les conséquences tragiques de la guerre. En particulier une, représentant l'entrée de la maison. Un soldat tué par balles gisait contre la porte, mi-assis mi-couché. Son sang s'était écoulé au bas des marches et, à côté de lui, le casque à la main, l'un de ses camarades affichait une mine éplorée. Ses parents avaient bien tenté de lui expliquer que l'homme dormait, Antoine savait pertinemment qu'ils mentaient : il était mort. Antoine s'était alors persuadé que le fantôme du soldat n'avait pas quitté sa place sur le perron, où il attendait son retour ; aussi avait-il refusé en bloc, deux étés d'affilée, de pénétrer dans la maison par l'entrée principale, n'utilisant que la porte de la véranda pour ses allées et venues.

L'angoisse avait disparu avec l'âge, et Antoine avait pris l'habitude d'explorer systématiquement l'album à chacune des visites familiales dans la maison ; il étudiait le trou à côté de la porte, laissé par un impact de balle, en se rappelant que ses problèmes étaient bien accessoires comparés aux horreurs qui s'étaient produites dans la région, soixante-dix ans plus tôt.

Antoine examina plus particulièrement la photo de soldats quittant le navire et débarquant sur la plage de

Vierville-sur-Mer, non loin de là. N'empêche, elle aurait tout aussi bien pu être prise sur la Lune : le régiment pataugeait dans l'eau vers une plage enveloppée d'un nuage de fumée et de brouillard ; on apercevait aussi, légèrement en retrait, une éminence foncée. Et ce fut à peu près à cet instant qu'Antoine prit conscience que lui non plus ne savait pas du tout ce qui l'attendait dans l'endroit où il allait lui-même débarquer. Certes, personne ne l'attaquerait, mais quand même. Était-ce aussi inoffensif que son père le prétendait ? Combien étaient-ils avant lui à avoir effectué le voyage ? Dix ? Douze ? Ça ne pouvait pas être plus, il en était sûr.

Une pensée désagréable s'insinua en lui et le poussa à se demander s'il n'avait pas commis une grave erreur en acceptant de participer à cette mission spatiale habitée.

Antoine regarda sa montre. Il était presque dix-sept heures. Dans une heure, sa famille arriverait et, en compagnie de ses parents, ils partageraient la soirée tous ensemble avant le grand départ. Sa mère s'affairait déjà à la cuisine, mitonnant les nombreux plats qu'elle avait prévu de servir. Antoine se releva, posa l'album photo contre le mur, dans l'entrée de la maison, et parcourut les quelques centaines de mètres qui le séparaient du port.

C'était le chemin qu'ils avaient emprunté, ces pauvres hommes qui avaient eu pour mission de libérer la France. À quoi avaient-ils pensé au moment de débarquer, pendant qu'ils luttaient dans les navires pour garder l'équilibre à cause de la houle ? Avaient-ils eu peur ? Ou étaient-ils d'un calme olympien, sûrs qu'ils rentreraient chez eux sains et saufs, quoi qu'il arrive ? Il tourna cette réflexion plusieurs fois dans sa tête, mais force lui fut de conclure qu'il était incapable d'y apporter une réponse.

Non, il n'y avait pas à tortiller : lui aussi devait rentrer en un seul morceau. Il n'entreprenait pas tant ce voyage pour mettre le plus de distance possible entre Simone et lui que pour mieux faire son deuil de son amour pour elle, contrairement à ce qu'il avait projeté au départ. N'empêche, il espérait (et souhaitait) qu'il y ait ne serait-ce qu'une toute petite chance pour qu'elle suive ses aventures à la télé et prenne conscience qu'elle était toujours amoureuse de lui. Sans quoi la mission spatiale serait alors pour lui définitivement un gaspillage sur toute la ligne.

Et c'est à ce moment-là qu'il l'entendit : le ronflement d'un avion. Il fut frappé de constater que le bruit avait surgi de nulle part alors qu'à présent il percevait très distinctement le grondement des turboréacteurs. Ou plutôt non... Ce n'était pas tout à fait ce son, régulier et sourd qu'ils émettaient. Ce qui résonnait ressemblait davantage à un sifflement, comme si le pilote tentait désespérément de redresser la trajectoire de son appareil. Penchant la tête en arrière, Antoine vit alors un avion de ligne...

... tomber du ciel en piqué.

Pétrifié sur le banc où il était assis, bouche ouverte, il regardait l'avion traverser la couche de nuages et se précipiter droit dans la mer.

Non, non, non, non, non, supplia-t-il intérieurement.

La seconde suivante s'étira au point de durer une éternité. Il parvint à se remettre sur ses jambes et se retourna pour voir s'il pouvait alerter quelqu'un. Mais il n'y avait personne autour de lui. Pas âme qui vive. Il était seul sur le quai tandis qu'un avion allait percuter de plein fouet la surface de l'eau. Il apercevait de la lumière à travers les hublots. Il distinguait la tête des passagers et...

Il eut un mouvement de recul.

... Il vit que les lettres *QU* étaient peintes en gros sur la queue de l'appareil.

C'est... c'est pas possible... !

Il n'eut pas le temps de formuler une autre pensée : l'avion s'écrasa dans les vagues à plusieurs centaines de mètres de lui, explosant dans une violente boule de feu et une déflagration infernale qui obligea Antoine à se boucher les oreilles. Quelques secondes plus tard, une onde de chaleur l'atteignit, qui le força à se tourner un instant. Lorsqu'il scruta à nouveau l'horizon, il vit du kérosène brûler à la surface de l'eau et entendit des cris. Il plissa les yeux dans le crépuscule.

Il y a des gens ! Vivants !

Ils se cramponnaient à l'extrémité de l'avion, déjà en train de sombrer. Et il entendait à présent, très distinctement, des appels au secours.

Qu'est-ce que je fais, maintenant ? Mais bordel, qu'est-ce qu'il faut que je fasse ?!

Il tremblait de tous ses membres, l'adrénaline circulait à flux tendu et son pouls battait si vite qu'il crut que son cœur allait se déchirer sous l'effet de la pression. Il ne sentait plus ses jambes, la nausée montait irrépressiblement en lui, une sueur froide le tétanisait. Et une pensée, une seule, tournait en boucle dans les circonvolutions de son cerveau : *il faut absolument que je fasse quelque chose.*

Or il n'y avait rien à faire. Il n'avait pas de bateau. Et il ne pouvait pas nager jusqu'à l'épave, elle était beaucoup trop loin.

Il demeura inerte et indécis pendant trente secondes, hypnotisé par les flammes, pendant que la queue de l'appareil était irrémédiablement attirée vers le fond. Il lui semblait percevoir moins de voix, désormais : peut-être les gens étaient-ils en train de se noyer, les uns après les autres ?

Il pivota sur ses talons et s'élança vers la maison pour y chercher de l'aide.

Le premier signe que quelque chose ne tournait pas rond se révéla très vite.

Déboulant comme une furie dans la cuisine, il fut accueilli par sa mère, debout devant l'évier, le sourire aux lèvres.

Ses parents n'avaient strictement rien entendu.

Mais comment l'accident avait-il pu leur échapper ? La déflagration avait été assourdissante !

Pourtant, ils n'étaient pas les seuls à n'avoir rien remarqué. Personne ne s'était rendu compte de rien, tous autant qu'ils étaient. À contrecœur, après avoir écouté son récit, sa mère passa un coup de fil à la garde côtière, qui lui confirma qu'aucun avion ne s'était abîmé dans la région. Et sa famille, qui arriva peu de temps après, n'avait pas noté le moindre incident anormal. De mauvaise grâce, Antoine cessa d'en parler. Surtout parce qu'il redoutait qu'ils aient raison, que la catastrophe ne se soit jamais produite, qu'il ait été victime d'une hallucination plus vraie que nature. Car cela signifierait alors qu'il avait perdu la raison – n'est-ce pas ?

Pourtant, il refusait d'en démordre. Ce dont il avait été témoin n'était pas le fruit de son imagination.

Un avion s'était *bel et bien* écrasé dans la Manche, sous ses yeux.

Il avait vu des gens mourir.

Et il avait également vu ces deux lettres inexplicables sur la queue de l'appareil : *QU*. Passionné d'aéronautique comme il l'était, lui qui un temps avait voulu devenir pilote de ligne, il n'avait pas eu besoin de réfléchir très longtemps pour savoir que le sigle *QU* correspondait au code d'identification de la compagnie East African Airlines mais... elle ne survolait jamais la région puisqu'elle n'opérait qu'en Afrique et surtout... elle avait fait faillite il y avait plusieurs années – sauf si, en plus du reste, sa mémoire lui faisait brusquement défaut.

Antoine était toujours aussi nerveux le lendemain matin, au réveil. Il avait toujours, imprimées sur sa rétine, les images de l'avion surgi de nulle part avant d'exploser en mer quelques secondes plus tard. Toutefois, il n'en reparla pas, et ses parents semblèrent avoir oublié l'anecdote. Ni la presse ni la radio n'y consacrèrent le moindre mot. Après le petit déjeuner, son portable sur les genoux, il chercha sur Google des informations sur un éventuel crash aérien survenu dans la région – en vain. Il consulta également les pages de Wikipédia consacrées aux hallucinations et aux obsessions, mais rien de ce qu'il lut ne le convainquit. La seule explication à laquelle il accepta de se plier supposait qu'il avait été victime d'une espèce de crise d'angoisse aiguë. Une hypothèse somme toute peu vraisemblable.

Antoine sentit l'anxiété toujours chevillée à son corps lorsque, plus tard dans la journée, à Roissy, il monta à bord de l'A380 d'Air France, censé l'emmener à New York. Il ne pouvait s'ôter de la tête l'idée que le spectacle auquel il avait assisté la veille était en réalité un signe. Le signe qu'ils devaient laisser le ciel tranquille. La Lune.

Il s'évertua à ne rien perdre de sa bonne humeur. *Va de l'avant*, se dit-il. *Pense à tout ce qui t'attend, à tout ce que tu vas vivre. C'est maintenant que l'avenir commence, tu sais.*

Et, avec ces phrases qu'Antoine se répétait jusqu'à l'abrutissement, le très gros porteur se hissa au-dessus de la capitale française et mit le cap sur les États-Unis.

New York

Un ciel obscur et gris bleu dominait Manhattan lorsque le taxi transportant la famille Nomeland s'élança sur le Brooklyn Bridge, en direction du très sélect Four Seasons Hotel, sis au n° 57 de la 57e Rue. Un voile sombre, sinistre, semblait d'ailleurs recouvrir la ville, lui donnant une apparence en contraste flagrant avec l'image que Mia s'était représentée ; il n'en allait pas autrement pour ses parents, croyait-elle savoir. L'ambiance dans la voiture était tendue, et les rares mots échangés portaient l'empreinte d'une nervosité prudente et d'une douce anxiété. Jusque-là, ils avaient eu l'impression de participer à un immense jeu, de partir pour des vacances féeriques. Or ces projections subissaient en ce moment même une inéluctable transformation et, lentement, le sérieux et la gravité les gagnaient tous :

Ce n'était pas un jeu.

Ce n'étaient pas des vacances.

C'était au contraire un risque énorme qu'ils prenaient : envoyer leur fille, seule, dans l'espace.

Et si elle ne revenait jamais ?

Et si ça tournait mal ?

Les images télévisées de la navette spatiale *Challenger*, en 1986, avaient été diffusées en boucle. Elle s'était désintégrée dans une énorme boule de feu soixante-treize secondes après le décollage. Les sept membres de l'équipage avaient trouvé la mort. Mais pas instantanément. La cabine dans laquelle ils se trouvaient s'étant détachée de la navette pendant la déflagration, il était tout à fait vraisemblable que tous les astronautes aient été encore en vie durant les deux minutes et quarante-cinq secondes qu'avait duré la chute, avant que l'habitacle ne percute la surface de l'océan avec une puissance deux cents fois supérieure à la force de gravité et suffisante, elle, pour les anéantir.

Avaient-ils su qu'ils allaient mourir ?

Peut-être.

Probablement.

Cependant, seuls ses parents pensaient à cet accident. Mia n'en avait pas entendu parler ; elle n'était même pas née quand il s'était produit. Elle savait, en revanche, que les choses pouvaient mal tourner. Que *beaucoup* de choses pouvaient mal tourner. *Tout* pouvait mal tourner. Pour autant, alors qu'elle avait pris place sur la banquette arrière, près de la vitre, ce n'était pas ce qui la préoccupait. Ce à quoi elle pensait, tandis que le taxi ralentissait pour se garer devant l'hôtel – ou plutôt, *celles* à qui elle pensait – n'étaient autres que ses amies.

Que faisaient-elles en ce moment ? Étaient-elles ensemble, sans elle ?

Elle ne voulait pas y songer.

Est-ce qu'elles s'amusaient, également sans elle ?

Un employé de l'hôtel vint lui ouvrir la portière, et Mia fit ses premiers pas sur l'asphalte détrempé de New York. La pluie la mouilla quelques secondes, se collant à son visage, la rendant plus triste qu'elle ne l'était en réalité.

– Eh bien nous y sommes..., déclara son père en lui donnant un petit coup de coude couplé d'un sourire.

Elle ne lui rendit pas son sourire.

– Tu es fatiguée ?

Elle acquiesça.

Ils demeurèrent ainsi un instant, l'un comme l'autre à deux doigts d'évoquer ce à quoi ils avaient pensé dans le taxi. Ils n'en eurent pas l'occasion. Ils furent interrompus par un groom qui empila leurs bagages sur un chariot.

– Bienvenue à New York, lâcha-t-il avec un grand sourire. Ce n'est pas comme ça, d'habitude.

Il ouvrit un parapluie au-dessus de leurs têtes, bien que quelques mètres seulement ne les séparent de l'entrée.

– Suivez-moi, s'il vous plaît.

Ils obéirent sans prononcer une parole.

Deux représentants de la NASA les retrouvèrent au restaurant, plus tard dans la soirée. S'ils leur expliquèrent effectivement ce qui allait se passer, la conversation ne porta guère que sur des détails concernant telle interview, telle réunion en ligne, tel blog vidéo, auxquels s'ajoutaient d'autres interviews, toujours plus d'émissions de télé, des campagnes publicitaires, sans oublier bien sûr la grande tournée promotionnelle autour du monde qui commencerait dès leur retour de mission.

– Oui, c'est une chance unique pour elle, dit sa mère.

– Nous sommes extrêmement reconnaissants que Mia ait été tirée au sort, enchaîna son père.

– Ça va bouleverser sa vie à jamais, confirma l'un des interlocuteurs de l'agence spatiale américaine.

– Je vais me coucher, dit Mia en se levant de table.

Ses parents et les deux hommes de la NASA se regardèrent.

– Maintenant ? rétorqua son père. Tu t'en vas *maintenant* ? Alors qu'on est en train de parler de *toi*, du voyage ?! C'est important, voyons... Tu n'as pas envie d'en discuter ?

– Que je sois là ou non, vous ne vous en rendez même pas compte, alors...

Son père la rejoignit dans sa chambre vingt minutes plus tard, accompagné de Sander. Mia venait juste de se brosser les dents quand il frappa à la porte.

– Mia ? Tu ouvres ? Il y a quelqu'un qui veut dormir avec toi...

Elle les fit entrer.

Sander lui sourit dès qu'il la vit et, d'un pas traînant et fatigué, prit la direction de la salle de bains, où il entreprit aussitôt de se brosser les dents lui aussi. C'était sa spécialité, dont il retirait d'ailleurs une grande fierté. Si la technique laissait quelque peu à désirer, et prenait volontiers du temps, puisque son lion en peluche devait également passer au brossage avant que Sander ne soit entièrement satisfait, au moins il le faisait seul.

Mia retourna sortir ses affaires de son sac, posé près de son lit. Son père s'assit sur une chaise.

– Je suis désolé.

– De quoi ?

– Tu sais, John Lennon a dit un jour : « La vie, c'est ce qui arrive quand on a d'autres projets. »

À ça, il n'y avait rien à répondre. Contredire John Lennon semblait... comme qui dirait déplacé.

– Et demain ? Tu as envie de faire un truc en particulier ? C'est notre dernier jour avant de partir pour le Texas, tu te souviens ? On pourrait peut-être aller voir la statue de la Liberté... Hein, qu'est-ce que tu en penses ?

À quel degré Mia était-elle censée prendre cette proposition ? Au vingt-huitième, sans doute... Aller voir la statue de la Liberté alors qu'elle n'avait même pas le droit de décider de sa vie, encore moins de ses vacances ?

– Ce sera parfait, répondit-elle en regardant ailleurs.

Son père soupira et se leva. L'espace d'un instant, elle s'en voulut. *Papa.* Il faisait ce qu'il pouvait. Ce n'était pas sa faute.

– Excuse-moi, lâcha-t-elle.

Il la prit dans ses bras. Il la serra fort, comme il en avait l'habitude autrefois, quand elle était petite. Et comme il en avait perdu l'habitude, avec les années.

– À demain, alors. Bonne nuit, Mia.

– Bonne nuit, papa.

Sander déboula de la salle de bains en courant et se jeta dans les bras de son père, la bouche redécorée de dentifrice.

– Bonne nuit !

– Bonne nuit, Sander.

Il souleva son fils et le serra tout aussi fort dans ses bras. Puis ce fut forcément au tour du lion, dont la gueule avait subi des dommages quelque peu irréparables après ces derniers mois de brossage intense : des lambeaux de peluche en sortaient, donnant l'impression que le lion s'apprêtait à cracher une boule de poils ou deux. Le père de Mia s'avança vers la porte, tourna la poignée, ouvrit, s'immobilisa dans l'entrebâillement, se retourna vers Mia et lui dit :

– Tout va bien se passer. Je te le promets.

Après avoir aidé Sander à enfiler son pyjama, Mia remonta la couette jusqu'à son menton.

– Allez, dors bien, Sander.

Il avait l'air de réfléchir. Et il lui fallut du temps pour formuler ses pensées.

– Tu es triste ? finit-il par demander.

Mia fit signe que oui.

– Parce que tu t'en vas loin ?

– Non, pas pour ça.

– Pourquoi alors ?

Inutile de se lancer dans une quelconque explication ; ses inquiétudes seraient trop compliquées pour lui.

– Parce que je vais être loin de toi, tiens ! répondit-elle en venant s'asseoir sur le bord de son lit.

– Je peux venir, si tu veux. Et Lion aussi.

– J'ai bien peur que ce ne soit pas possible.

Sander réfléchit de nouveau très longuement.

– Mais ! s'écria-t-il soudain, le visage illuminé. Je peux t'envoyer une lettre !

Mia s'émerveilla de la simplicité des choses dans le monde de Sander. Il n'y avait aucune limite, tout était possible. Envoyer une lettre sur la Lune ? Pas de problème. Ça coûterait des milliards en timbres, mais bon.

– Bien sûr que tu peux.

– Et je peux en écrire une maintenant ?

– Sauf que je ne suis pas encore partie…, dit-elle en riant.

– Mais pour que tu l'emportes-euh !

– Bon, d'accord.

Sur le bureau, Mia trouva un stylo-bille, un bloc-notes et une enveloppe. Elle constata avec stupeur qu'elle ne l'avait jamais vu écrire autre chose que son prénom. Et encore, le *e* manquait quasiment toujours à l'appel. Elle lui donna le tout, prit soin de ne pas éteindre la lampe de nuit au-dessus de son lit et le laissa tranquille.

N'empêche, elle n'arrivait pas à dormir. Ou s'était-elle endormie malgré tout ? Elle tâtonna dans le noir, à la recherche de sa montre, qu'elle trouva sur la table de chevet. Une heure et demie. Ce qui signifiait qu'elle avait dormi presque quatre heures.

Il lui semblait entendre ses parents dans la chambre d'à côté. Et il lui semblait même reconnaître les voix des deux types de la NASA. Ils parlaient fort ; elle les entendit trinquer. Vinrent des rires, forts eux aussi, stridents, même.

De quoi discutaient-ils ? *D'elle ?*

Elle posa son regard sur le lit de Sander et plissa les yeux pour l'apercevoir dans l'obscurité. Il dormait. Son souffle était calme et régulier.

Sans faire de bruit, elle souleva sa couette et posa

les pieds sur la moquette. Ses Rangers se trouvaient près de la porte. Après les avoir enfilées ainsi que son blouson, elle quitta la chambre en silence pour se diriger vers l'ascenseur.

Il y avait une relative affluence dans le hall de l'hôtel pour une heure aussi tardive de la nuit : un groupe d'Asiatiques tout juste arrivés se présentait à la réception ; des hommes en costume-cravate parlaient fort, accoudés au bar. Elle les observa quelques instants en se demandant ce qu'elle allait faire. Soudain, elle prit conscience que toutes les possibilités s'offraient à elle : personne ne savait qu'elle était levée, Sander dormait, ses parents s'amusaient avec les types de la NASA. Et si elle quittait l'hôtel ? Et si elle leur filait sous le nez, à tous ? Qu'est-ce qui l'en empêchait, après tout ? Ils ne la retrouveraient jamais, pas dans une ville comme celle-ci. Elle pouvait faire ce qu'elle voulait, partir où elle le voulait. Elle pouvait même disparaître dans la nature, quelque part aux États-Unis – pourquoi pas au Mexique ? Oui, pourquoi ne pas s'installer là-bas, à Mexico, s'y faire de nouvelles amies, démarrer un nouveau groupe, partager un petit appart vétuste dans le centre ? Oui, pourquoi pas ?

Cette hypothèse l'électrisa. Si elle partait, des heures s'écouleraient avant qu'ils ne constatent sa disparition. Ils ne le comprendraient qu'au petit déjeuner, ou quand ils iraient frapper à la porte de sa chambre pour venir les chercher, Sander et elle. Sauf qu'à ce moment-là elle serait déjà loin.

Elle s'engagea dans les portes à tambour et sortit sur le trottoir.

Le portier s'adressa à elle sitôt qu'il l'aperçut :

– Puis-je vous aider, mademoiselle ?

– Ça ira, je vous remercie.

– Où sont vos parents, si je puis me permettre de vous poser la question ?

Mia fit un geste vague en direction du bar.

– Là-bas. Je sors juste acheter des chewing-gums.

– Vous en trouverez en vente à la réception.

– Mais pas de la bonne marque.

– Et de quelle marque s'agit-il ?

– Une marque norvégienne. Que vous ne connaissez pas.

– La Norvège, dites-vous... Bon. Mais ne vous éloignez pas trop. Nous sommes à New York, vous savez. Ce n'est pas le meilleur endroit pour arpenter les rues, seule au beau milieu de la nuit, quand on est une jeune touriste comme vous.

Elle lui adressa un signe de tête, puis elle descendit la rue. Elle prit à gauche, dans Park Avenue. Au-dessus d'elle trônait un building gigantesque où seuls les plus riches avaient les moyens de séjourner. À quelques pâtés de maisons de là, apercevant Central Park, elle traversa. Le connaissant pour l'avoir vu dans d'innombrables films et séries télé, il lui sembla presque familier. Elle le savait également énorme, sans commune mesure avec le parc de Mosvannet, où elle avait l'habitude d'aller se promener, à Stavanger, et d'y respirer l'air du lac. Il fallait à peine une demi-heure pour en faire le tour. Même les yeux fermés, on y arrivait. Non, Central Park, c'était le Mosvannet sous anabolisants.

Elle dénicha une entrée dans la 5e Avenue et, quelques minutes plus tard, se retrouva au cœur du parc. Elle suivit un sentier qui serpentait le long d'un petit étang. Seul le ronflement de la circulation lui rappelait qu'elle était dans une grande agglomération. Elle sentit le calme l'envahir, grâce aux lampadaires qui longeaient le chemin et diffusaient une lumière agréable. Elle se mit à fredonner un des morceaux qu'elles avaient récemment composés, juste avant son départ. Et c'est là qu'une pensée lui tomba littéralement dessus : les copines.

Elle jeta un œil à sa montre. Il était deux heures et demie du matin, ce qui signifiait qu'il était vingt et une heures trente en Norvège, les filles étaient en pleine répétition.

Brusquement, elle fut submergée par la même sensation qu'un peu plus tôt, dans le hall de l'hôtel : elle se sentait surpuissante, libre de faire ce qu'elle voulait. Et ce qu'elle voulait, c'était téléphoner à ses amies. Leur passer un coup de fil pour savoir comment elles allaient et peut-être mentionner dans la conversation qu'elle les appelait de Central Park. Seule. « Non, j'avais juste envie d'aller me balader un peu. J'avais besoin de prendre l'air. Non non, je vous assure, tout va bien. » Voilà le genre de phrases qu'elle pourrait débiter. Jouer les blasées, les grandes de ce monde. Faire comme si marcher dans Central Park était la chose la plus naturelle qui soit.

Ayant laissé son portable à l'hôtel, elle entreprit de chercher une cabine téléphonique. Les téléphones publics étaient devenus une denrée rare et, du moins à première vue, il ne semblait pas y en avoir à l'intérieur du parc. Elle ne distinguait que des arbres, où qu'elle promène son regard.

Les lieux étaient également pour ainsi dire déserts, hormis un ou deux joggeurs qu'elle apercevait plus loin, ainsi qu'un couple d'amoureux devant elle. Elle s'aventura sur d'autres sentiers, continua de chercher, et, au bout d'un quart d'heure, elle trouva enfin une cabine, qui plus est en état de fonctionnement. Elle attrapa les pièces qu'elle avait reçues à l'aéroport, en échange du billet pour payer un sandwich, et composa le numéro de Silje. Quelqu'un décrocha à l'autre bout. Mia n'entendit d'abord que le bruit d'une musique saturée, puis une voix qui criait aux autres :

– Vous pouvez pas vous arrêter deux secondes, j'suis au téléphone, là !

– Allô ?

– Mia ?

– Oui, c'est moi.

La voix de Silje hurla dans son oreille.

– Hé, les filles, c'est Mia ! Chuuut... Oh, génial que t'appelles. Comment ça va ?

– Ça va.

– Mais c'est vrai que t'es à New York, j'suis conne ! Oh, c'est dingue... Et qu'est-ce que tu fais, là, tout de suite ?

– Là, je suis à Central Park.

Elle lâcha la phrase en s'efforçant d'y imprimer le plus de banalité possible.

– Oh là là, j'y crois pas ! Et c'est bien ?

– Pas mal.

– C'est comme dans les films ?

Mia balaya le parc des yeux.

– Oui, je crois. Oui oui.

– Mortel, hé !

– Et vous, qu'est-ce que vous faites ? demanda-t-elle du bout des lèvres.

– Que des trucs bien, enfin je trouve. Faut pas qu'on perde la main sous prétexte que t'es partie, tu comprends. L'avenir n'attend pas si l'une de nous part en vacances, pas vrai ?

En vacances ? C'était quoi, ça ? Un reproche ? Les filles ne croyaient tout de même pas que, pour elle, le groupe n'avait plus d'importance ? Pas déjà… Ou est-ce que Silje avait voulu lui faire une blague ? Mia ne savait plus que croire.

– Non, c'est clair. Mais… qui chante, en attendant ?

– Kari. Elle écrit même les paroles et tout. Elle savait même pas qu'elle pouvait le faire. Et encore moins qu'elle savait chanter. Enfin bon, ce qui est sûr, c'est qu'elle chante vachement bien. Pas vrai, Kari ? Tu chantes vachement bien !

Mia entendit en fond sonore les filles crier en chœur.

– Mais… c'est toujours moi la chanteuse, au moins ? demanda-t-elle sur le ton de la plaisanterie.

– Bien sûr, tiens ! On en reparlera. Quand tu reviendras. Je veux dire, on trouvera une solution. Mais tu verrais, c'est vraiment bon. Kari chante génialement bien. Tu veux écouter ? Attends, deux secondes…

Mia n'eut pas le temps de répondre : Silje avait déjà posé le téléphone. Après un silence de quelques secondes, elle les entendit jouer un morceau inédit, composé sans elle. Effectivement, c'était bien. Vraiment bien. Et c'était ça le problème.

Elle les écouta quelques minutes encore, jusqu'à ce que le téléphone lui signale que la communication allait bientôt être coupée.

Sur ce, elle raccrocha.

– Personne à la maison ?

Mia sursauta. Quelqu'un venait de s'adresser à elle, en anglais. À la vitesse de l'éclair, elle pivota sur ses talons et se retrouva face à face avec un clochard crasseux, penché sur un chariot. Il devait avoir dans les soixante-dix ans et portait un manteau marron. Il dégageait une bonhomie qui ne le rendait pas effrayant aux yeux de Mia. Il avait même l'air fort sympathique de prime abord, bien qu'à coup sûr il ne se soit pas lavé ces derniers mois – sinon ces dernières années.

– Pardon ? répondit-elle.

– J'ai dit : Personne à la maison ?

L'homme fit un geste en direction de la cabine.

– Ah... Non, c'était occupé.

– Que veux-tu, c'est comme ça de nos jours... Tout le monde est occupé. Sans que je comprenne pourquoi, soit dit en passant, mais bon. Ils sont tous furieusement occupés avec leurs trucs et leurs machins. C'était pas comme ça, autrefois. Tu es déjà allée à Coney Island ?

– Non.

– C'est pas très loin d'ici, à Brooklyn. Mais tu arrives trop tard... Il aurait fallu que tu viennes y a... quarante, cinquante ans. Ah, Coney Island... C'était un parc d'attractions et il avait été rebaptisé le Terrain de Jeux du Monde. Oui : le Terrain de Jeux du Monde. Y avait pas d'autre endroit comme celui-ci, nulle part ailleurs… comme Coney Island, quand j'étais jeune. Nan… Et maintenant, c'est devenu quoi ? Rien, une ruine ou quasi. Mais tu sais, autrefois, les gens venaient des quatre coins du monde. Des quatre coins du monde ! Quand je repense à tout ce qu'on pouvait y faire, oh là là ! Y avait des carrousels, avec des chevaux mécaniques, tu sais… On avait l'impression que ça s'arrêtait jamais… Et puis, au parc Dreamland, y avait un petit train qui t'emmenait dans un paysage de montagnes qui rappelaient les Alpes suisses. Tu y es déjà allée ? Dans les Alpes ? Et puis y avait aussi des canaux avec des balades en gondoles, comme à Venise, des montagnes russes, une grande roue. Y avait le dresseur de lions, Captain Bonavita il s'appelait. Il était manchot, figure-toi ! Un drôle de type… Oui, c'était le Terrain de Jeux du Monde. C'est comme ça qu'on l'appelait. C'était fabuleux… Les gens venaient des quatre coins du monde. Des quatre coins du monde !

L'homme commençait à se répéter. Mia se demanda s'il n'était pas sénile, ou fou. À un moment, il s'enfonça un peu plus dans ses pensées.

– Je me suis même perdu à Coney Island, un jour, quand j'étais tout minot. Mais ils m'ont retrouvé… sur la plage. Parce que, tu vois, on y dormait là-bas, sur la plage. On y passait la nuit. Mais plus personne ne le fait aujourd'hui… C'est trop dangereux. Les choses ont changé. Non, plus personne ne dort sur la plage aujourd'hui. C'est triste quand on y pense.

– Peut-être que tu devrais y retourner ? Dormir là-bas ?

– J'ose pas...

Il lui sourit – un sourire mélancolique, qui serra le cœur de Mia.

– Et puis tu devrais pas être là toute seule. Qu'est-ce que tu fais ici à cette heure ?

– J'attends qu'on reparte. Je suis avec mes parents, ils sont à l'hôtel.

– Lequel ?

– Le Four Seasons.

– Hé ben dis donc... Le meilleur de la ville. J'y ai bossé, autrefois. Comme portier. Mais ils m'ont viré.

– Pourquoi ?

– Parce que je faisais entrer tout le monde. Visiblement il fallait pas. C'est un hôtel cher.

– C'est la NASA qui paie.

– La NASA, tu dis ? Pas mal... Minute ! Tu serais pas... Si, t'en fais partie, c'est ça ?

– De quoi ?

– Tu es l'une de ces trois pauvres jeunes qu'ils vont envoyer dans l'espace.

Mia acquiesça.

– Il va rien en sortir de bon de tout ce machin, crois-moi. C'est qu'une question de gros sous, de toute manière. Et puis, qui sait ce qu'on va trouver, là-haut...

– Qu'est-ce que tu veux dire ?

– Qu'il faut laisser tranquilles les chiens en train de dormir, c'est tout. Prendre soin d'abord des gens sur Terre. Tu sais, hein... tout ce qu'on envoie dans les airs, là-bas... faut bien que ça retombe à un moment !

Il sortit une orange de la poche de son manteau et la soupesa un instant avant de la lancer en l'air. Elle s'éclipsa dans le noir avant de revenir en sifflant, et s'écrasa par terre, sa chair orange se déversant partout sur le bitume.

– Tu vois ? Moi je trouve que tu ferais mieux de rester chez toi.

– C'est un peu trop tard, maintenant. Et puis c'était pas mon idée. Partir, je veux dire.

– Ça l'est jamais, tu sais. C'est toujours l'idée des autres. Allez, viens, il est temps que je te ramène à tes parents.

– Tu me raccompagnes à l'hôtel ?

– Parce que j'ai l'air d'avoir des choses plus importantes à faire ?

– Pas vraiment, non.

– Alors, en route.

Il lui tendit une main sale.

– Je m'appelle Murray.

– Mia.

– Ravi de faire ta connaissance, Mia.

Ils traversèrent le parc. Plusieurs des personnes qu'ils croisèrent leur jetèrent un regard oblique, se demandant sûrement si ce clochard à l'apparence douteuse n'était pas en train de l'importuner. Certains l'abordèrent même pour lui demander si tout allait bien. Et, oui, tout allait très bien, merci : elle faisait un bout de chemin avec lui, rien de plus.

Murray poussait son chariot contenant ses effets personnels tout en sifflant une mélodie et en lui expliquant quels étaient les immeubles qu'ils dépassaient. Mia remarqua soudain que Murray avait une inscription sur le dos de son manteau, en grosses lettres noires. Elle ne s'en était pas encore rendu compte mais, maintenant qu'elle avait le nez dessus, il était impossible de l'éviter : on aurait dit que Murray s'était muni d'un gros feutre et avait gribouillé sur le tissu. *6E*. Voilà ce qui figurait dans son dos.

– Ça veut dire quoi ? demanda-t-elle, intriguée, au moment où ils s'arrêtèrent devant un passage clouté.

– Quoi ?

– L'inscription, sur ton manteau. *6E*. C'est ton adresse, ou quelque chose dans ce genre ?

– Mais qu'est-ce que tu me baragouines ? *6E* ?

– Je t'assure ! C'est écrit dans ton dos, insista-t-elle en alliant le geste à la parole.

– Vraiment ?

– Oui !

– 6E ?

– Ouais.

Murray ôta son manteau et le brandit devant lui.

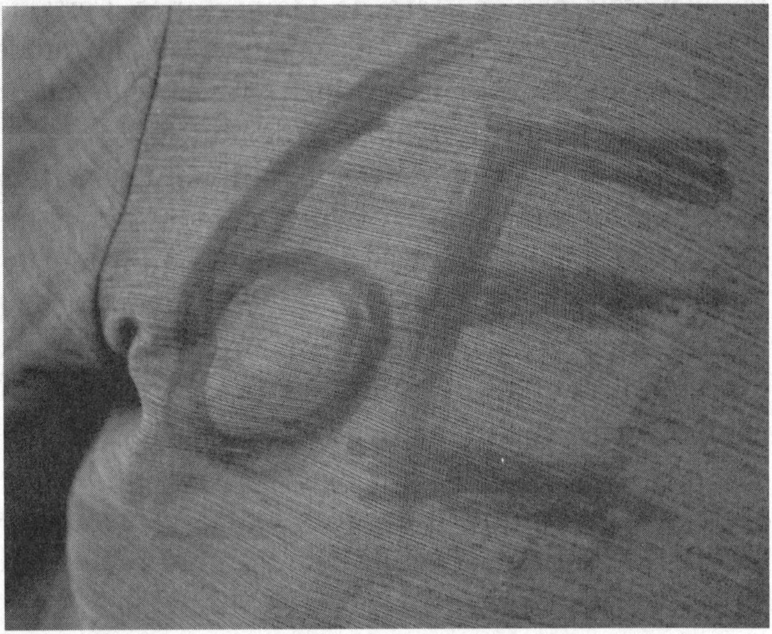

– Mais qu'est-ce que c'est que ce truc, put... ?

– C'est pas à moi qu'il faut poser la question ! répliqua Mia, que Murray fixait d'un œil interrogateur. C'est ton manteau, pas le mien...

– Mais c'est pas mon écriture...

– Tu es sûr ?

– Si je suis sûr ? Je connais encore mon écriture, je te ferais dire !

– Je demande, c'est tout, hein...

Murray examina l'inscription.

– C'est pas bon, ça..., marmonna-t-il dans sa barbe.

– Qu'est-ce que tu viens de dire ? voulut savoir Mia.

– Rien. Mieux vaut ne pas en parler.

Sur ces entrefaites, il balança son manteau dans la première poubelle venue.

– Tu ne le gardes pas ? Ce n'est que du feutre ! Je suis persuadée que ça partira au lavage...

Murray ne l'écoutait pas.

Il a peur, se dit-elle brusquement – et sentit dans le même instant que cette peur, contagieuse, s'emparait d'elle. Dans la poubelle, les signes étranges transparaissaient distinctement, malgré l'obscurité. Murray jetait à intervalles réguliers un œil par-dessus son épaule, comme s'il se croyait suivi dans la nuit. *De quoi a-t-il peur ?* Elle voulut lui poser la question mais n'en eut pas le temps ; arrivés au croisement de Madison Avenue et de la 57e Rue, il pila et déclara :

– Il vaut mieux qu'à partir de maintenant tu rentres toute seule. L'hôtel est juste là. Il est préférable que personne ne me voie.

– Tu crois qu'ils te reconnaîtraient ?

– Je ne sais pas. Mais moi je me reconnais, ici. Et c'est suffisamment moche comme ça.

– OK...

– Fais bien attention à toi, surtout. Et veille à revenir entière. Crois-moi, la Lune, c'est pas un endroit où il fait bon vivre. Pour personne. *Bad juju !*

À ces mots, Murray leva une main en guise de salut, puis tourna son chariot dans l'autre sens, vers la partie ouest de la 57e Rue.

Il était presque quatre heures moins le quart lorsque Mia passa enfin devant la chambre de ses parents et pénétra à pas feutrés dans la sienne. Sander dormait toujours profondément ; il n'avait pas remarqué son absence. Il allait lui manquer... Son petit foufou de Sander. Sans un bruit, elle ôta ses Rangers, se déshabilla et se mit au lit. Elle sentit aussitôt quelque chose se planter dans sa peau, sur le côté. Glissant au bas de sa cuisse, sa main attrapa ce qui avait la texture du papier et le remonta.

Une enveloppe. Donc Sander lui avait bel et bien écrit.

Elle s'apprêtait à l'ouvrir mais changea d'avis à la dernière seconde.

Non, songea-t-elle. *Je la garde pour plus tard.*

Elle mit un petit moment avant de pouvoir s'endormir. Elle pensait au groupe, à ses amies. Qu'allait-il advenir de lui, *d'elle* ? Le groupe existerait-il encore à son retour ? Une chose était sûre en tout cas (c'était toujours ça de pris) : quand elle serait rentrée en Norvège, *elle* déciderait de sa vie. Si c'était chanteuse qu'elle voulait devenir (et ça l'était), alors elle le deviendrait. Et si elle n'avait aucune envie de faire le tour du monde, reléguée au rang de mascotte promotionnelle pour la NASA, elle refuserait et les planterait là.

Elle s'en fit la promesse solennelle.

Et elle savait intimement que ce serait possible.

Car elle avait passé une nuit dehors, à New York. Une nuit qui lui avait fourni un enseignement : elle déciderait seule de la voie qu'elle choisirait d'emprunter.

L'équipage

Il était initialement prévu que les trois adolescents fassent connaissance à New York – et ce d'autant plus qu'ils étaient censés participer à un talk-show portant sur l'expédition à venir : leur toute première interview. Or, au dernier moment, la NASA avait annulé leur présence en plateau, sans que personne puisse déterminer avec exactitude pourquoi et par qui la décision définitive avait été prise.

Assise dans la petite salle de formation du plus grand bâtiment du JSC, le centre spatial Johnson de Houston, Midori se demandait pour quelle obscure raison les deux autres candidats et elle n'avaient pas encore été présentés. Les occasions n'avaient pourtant pas manqué... À commencer par leur arrivée à New York, puisqu'ils avaient séjourné dans le même hôtel. Mais pourtant : rien.

Elle était arrivée dans la salle la première, suivie des officiers de l'armée de l'air et de la NASA. Quelques minutes plus tard avaient déboulé les instructeurs, accompagnés des deux jeunes de son âge. Avant que quiconque n'ait eu le temps de s'adresser ne serait-ce qu'une parole, voire un signe de tête sur l'air de « tiens, c'est toi », les cours avaient commencé.

Midori avait été prévenue qu'il y aurait beaucoup de choses à apprendre. Mais, quand le premier jour, on lui avait posé les manuels sur les genoux, il ne lui avait pas fallu bien longtemps pour comprendre qu'elle en avait largement sous-estimé la quantité. Devant elle se trouvaient des ouvrages volumineux couvrant à peu près tout ce qu'ils avaient besoin de savoir au sujet des codes et abréviations en service, de la sécurité à bord, de la façon de se nourrir, de se doucher, d'utiliser les toilettes, de marcher ou de se déplacer en état d'apesanteur et sur la surface de la Lune, où la force de gravité était de 1/6 par rapport à celle de la Terre. Certains livres portaient exclusivement sur la confection des combinaisons spatiales, informations essentielles à mémoriser afin qu'ils puissent, sans aide extérieure, enfiler ces espèces de scaphandres et contrôler la parfaite étanchéité de toutes les ouvertures. À cela s'ajoutaient trois manuels, encore plus massifs que les précédents, qui portaient des titres on ne peut plus nébuleux : *Séjour extravéhiculaire*, *Module léger d'habitation* et enfin *Ceres/Demeter*. Midori les observait d'un œil perplexe, n'y comprenant pas grand-chose voire rien du tout, et préféra détourner ses yeux vers les deux autres adolescents, une fille originaire de Norvège ainsi qu'un Français, et qui, l'un comme l'autre, feuilletaient le matériel au hasard des pages. Elle espérait du fond du cœur capter leur regard, échanger un petit coup d'œil ou, qui sait, un sourire – en tout cas quelque chose qui détende un peu l'atmosphère. Qu'elle n'éprouve pas le moindre intérêt pour cette fichue Lune et, par conséquent, passe pour la dernière des idiotes aux yeux de ceux qu'elle assimilait déjà à des nerds de l'espace était une chose ; qu'elle trouve la motivation pour lire plus de sept cents pages d'informations cryptiques en était une autre. Certes, la NASA avait tout fait traduire en japonais ; n'empêche, il y avait des limites à l'apprentissage. Elle ne s'était pas laissé embobiner pour passer son été à plancher sur des devoirs scolaires, au moins ? Pourvu que non...

– Bienvenue à toutes et à tous.

Un homme grisonnant, en costume sombre, se campa à côté du bureau.

– Mon nom est le docteur Peter D. Lewis. Je suis l'administrateur de la NASA et j'ai l'immense plaisir de vous accueillir ici, au centre spatial Lyndon B. Johnson. Et j'aimerais d'emblée vous dire la chose suivante : vous trois qui êtes assis devant moi...

Il marqua une pause théâtrale.

– ... vous êtes les personnes les plus chanceuses de la Terre.

Son visage afficha un large sourire.

– Et, grâce à un petit coup de pouce de notre part, vous serez bientôt les personnes les plus chanceuses de l'espace. Ce que vous allez vivre, peu de gens l'ont vécu. Vous vous apprêtez à devenir les individus les plus jeunes à avoir jamais quitté l'atmosphère terrestre. Et vous serez respectivement les treizième, quatorzième et quinzième hommes à avoir mis le pied sur la Lune. Je voudrais que vous ayez toujours bien ça en tête. Car vous allez prendre part à une recherche novatrice, je dirais même plus : pionnière ! Mieux encore : vous allez devenir une partie de l'histoire du monde.

Il écarta les bras pour signifier à quel point il estimait cet instant solennel.

Midori baissa les yeux sur ses bouquins. Peut-être qu'en lire un seul suffirait... ?

Lewis poursuivit :

– Et, en tant que personnes les plus chanceuses du monde, une responsabilité énorme pèse sur vos épaules. Vous n'aurez aucun mal à le comprendre, je suppose. Il me suffit d'ailleurs de vous regarder pour lire sur vos visages autre chose que de la seule impatience. Oui. J'y lis aussi de l'inquiétude. Et j'y lis le mal du pays. Vous n'avez pas à en avoir honte. Car vous allez partir loin, plus loin que quiconque parmi vos connaissances n'est jamais allé. Plus loin que vos parents ne sont jamais allés. Vous avez pour l'heure parcouru presque 4 000 kilomètres afin d'arriver jusqu'à nous.

Il marqua un silence et dévisagea les trois adolescents.

– Il vous faudra parcourir 384 000 kilomètres pour atteindre votre lieu de destination. Et quand vous serez en vol, que vous verrez à travers les hublots la

Terre rapetisser à chaque instant, là... je peux vous le garantir : vous *aurez* le mal du pays. Mais je souhaiterais également insister sur le point suivant : toute personne qui désire ardemment rentrer chez elle doit se réjouir d'avoir un chez-soi où vivent des gens qui eux aussi désirent ardemment son retour. L'expérience que vous allez faire, les histoires que vous allez rapporter, une seule vie ne vous suffira pas pour les raconter.

Midori observa de nouveau les deux autres. Elle comprenait déjà qu'ils étaient radicalement différents d'elle : penchés sur leurs bureaux, les yeux écarquillés, ils ne perdaient pas une miette de ce que leur disait l'administrateur. Elle se demanda à quoi ressemblerait leur quotidien ensemble. Auraient-ils des atomes crochus ? Et s'il était carrément impossible d'avoir des sujets de conversation un peu normaux avec des fondus d'informatique pareils ?

– Donc, qu'allons-nous faire, ici au JSC, au cours des trois prochains mois ? poursuivit Lewis. Eh bien, nous allons nous entraîner. Nous allons vous apprendre tout ce que vous avez besoin de savoir : concernant la sécurité, le vaisseau spatial à bord duquel vous voyagerez, et la base où vous stationnerez. L'un d'entre vous est-il capable de m'expliquer ce qu'est un module ?

Le garçon européen leva la main.

– Devereux ?

– Les modules sont des unités qui constituent la surface de la base lunaire, répondit-il, en anglais.

Midori ne put réprimer un haussement de sourcils. Il ne faisait pas de doute que le blanc-bec avait bien révisé ses cours avant de venir.

– Correct, confirma Lewis. Je vais vous montrer...

Il fit un signe à l'un des autres hommes en costume-cravate présents dans la pièce et, quelques secondes plus tard, la lumière s'estompa et les rideaux se baissèrent. Lewis appuya sur un bouton de l'ordinateur posé devant lui ; un grand écran tendu contre le mur montra le dessin de la base lunaire.

– DARLAH 2 se compose de quatre modules situés dans une zone baptisée *Mare Tranquillitatis* ou, plus communément, la mer de la Tranquillité. Naturellement, il n'y a pas d'eau dans cette région dont le nom est très ancien et remonte à une époque où l'on croyait que les surfaces foncées que vous voyez ici étaient composées d'eau. Aujourd'hui, nous savons qu'elles correspondent en fait à une plaine et que les surfaces gris clair signifient que nous sommes en présence de montagnes et de hauts plateaux. Nous vous avons marqué la zone d'alunissage sur la mare lunaire... ici.

Lewis rappuya sur le bouton de son ordinateur et une nouvelle image apparut sur l'écran :

– La raison pour laquelle nous avons choisi cet endroit très précis est que le tout premier alunissage y a eu lieu, le 21 juillet 1969. Ce sera votre job de retrouver les traces laissées par les astronautes. Je peux déjà vous indiquer que Buzz Aldrin

a abandonné dans la poussière lunaire sa paire de bottes.

Génial ! s'exclama Midori en son for intérieur, décidant immédiatement que la première chose qu'elle ferait après avoir mis le pied sur la Lune serait de récupérer ces bottes. Les autres seraient verts de jalousie en la voyant débarquer avec à Harajuku. Elle se mordit aussitôt la lèvre. *Ah oui, zut, c'est vrai...* Elle n'y retournerait pas.

Jamais.

Après avoir distribué l'emploi du temps des semaines à venir, le Dr Lewis commença une espèce d'exposé consacré à l'histoire de la Lune et à sa signification à travers les âges, où tout était passé en revue, depuis les sectes qui en des temps reculés y vouaient un culte, en passant par l'influence de l'astre sur les marées terrestres et son éloignement progressif de la Terre de quelques centimètres chaque année. Midori ne capta pas tout, glissa peu à peu dans son monde, et avait complètement décroché lorsque Lewis la réveilla en rallumant la lumière.

– Pour finir, je souhaiterais vous présenter le reste de l'équipage. Il s'agit de nos meilleurs éléments et ils s'occuperont de tout pendant la durée de la mission. Ils pourront vous donner des ordres et des tâches à accomplir mais, au final, j'insiste, la responsabilité leur échoit. Ne l'oubliez pas. Tant que vous ferez ce que nous vous demandons, vous vivrez un voyage inoubliable. Je peux vous le garantir.

Les membres de l'équipage vinrent se présenter à tour de rôle. Midori fit de son mieux pour suivre, mais le cours avait déjà fourni plus d'informations que son cerveau ne pouvait en mémoriser, aussi ne tarda-t-elle pas à s'emmêler les pinceaux et à confondre les personnes entre elles. Les seuls qu'elle parvenait à distinguer sans problème n'étaient autres que les deux adolescents. Appelés par Lewis, ils avancèrent sur l'estrade, indiquèrent leur nom, leur âge et la ville d'où ils venaient. Antoine, le Français, était un type très grand, dégingandé, avec des cheveux foncés et un grand nez, assez joli, dans le fond (super beau, à bien y réfléchir). Mia, la Norvégienne, faisait une tête de plus qu'elle, portait une vieille veste militaire et de grosses lunettes de soleil qui lui mangeaient le visage. Elle avait aussi de longs cheveux noirs dont il était évident qu'elle avait mis beaucoup de temps à les rendre le plus hirsutes possible, mais de la manière la plus exacte qui soit afin que les non-initiés puissent penser à une espèce de hasard : qu'elle se foutait de ses cheveux mais qu'elle avait la chance de se trimballer avec une coiffure pas moche du tout.

En tout cas, à moi, tu ne la fais pas, ma cocotte, songea Midori. *Je parie que tu y as passé quarante minutes, minimum. Mais bon. Au moins, ça montre que tu as une petite idée de celle que tu veux être, et ça me plaît.*

Puis vint son tour : elle indiqua comment elle s'appelait et d'où elle venait, et conclut son petit laïus d'une poignée de main aux deux adolescents et aux membres de l'équipage.

– OK..., fit alors Lewis. Je pense que c'est tout pour aujourd'hui. Je suppose que vous avez envie de retourner voir vos familles à l'espace réservé aux visiteurs. Quant à nous, nous nous retrouvons demain, ici, à neuf heures.

Midori se leva, attrapa son sac et se dirigea vers la sortie. Près de la porte, elle prit une feuille où figurait le nom de tous ceux qui partiraient sur la Lune. *Ça peut toujours servir*, songea-t-elle. *Au moins, ça me permettra de reconnaître les gens. Enfin, si tant est que j'y arrive...*

RETURN TO THE MOON

MISSION 69 – RETOUR SUR LA LUNE
18 JUILLET – 8 AOÛT 2019
NAVETTE SPATIALE : MODULE DE COMMANDE CERES
MODULE LUNAIRE : DEMETER
FUSÉE : SATURN V

ÉQUIPAGE

<u>CIVILS</u>

YOSHIDA MIDORI (16 ANS, YOKOHAMA, JAPON)

NOMELAND MIA (16 ANS, STAVANGER, NORVÈGE)

DEVEREUX ANTOINE (17 ANS, PARIS, FRANCE)

<u>ASTRONAUTES</u>

CAPT. NADOLSKI LLOYD – COMMANDANT (COM)
(42 ANS, CLEVELAND, OH)

LT. HALL CAITLIN – PILOTE DU MODULE LUNAIRE DEMETER (LMP)
(38 ANS, NEW YORK, NY)

CAPT. COLEMAN ALDRICH – COMMANDANT DE L'HABITAT SPATIAL (HCOM)
(59 ANS, NEW YORK, NY)

WILSON SAMUEL – INGÉNIEUR SPATIAL
(34 ANS, DETROIT, MI)

STANTON PETER D. – INGÉNIEUR SPATIAL
(33 ANS, DULUTH, MN)

Seule

Mia dut plisser les yeux dans le soleil éblouissant lorsqu'elle quitta le site qui hébergeait la salle de formation. Camions et poids lourds circulaient devant elle tandis qu'elle entendait les ouvriers s'affairer dans les hangars. Elle promena son regard dans le centre spatial. Le JSC se composait de plus d'une centaine de bâtiments éparpillés dans une zone suffisamment vaste pour héberger une ville de taille moyenne. Rien que le parking quasi désert qui s'étalait sous ses yeux suffisait à épater n'importe qui. Où qu'elle dirige son regard, et aussi loin qu'il porte, il n'y avait que des installations de la NASA. Elle prit soudain conscience des multiples ramifications que la recherche spatiale impliquait et, ainsi, de la quantité inconcevable d'argent qui y était à coup sûr injectée. Elle jeta un œil indécis à droite puis à gauche pour trouver quel chemin elle était censée prendre.

La seule femme de l'équipage, auquel ils avaient été présentés à l'instant, sortit au même moment sur le perron. Mia n'arrivait plus à se souvenir de son nom. Heureusement, l'astronaute lui tendit la main.

– Caitlin.

– Mia.

– Ravie de faire ta connaissance, Mia. Tu vas où ?

Excellente question.

– Je suppose que je dois aller rejoindre mes parents. Mais je ne suis pas certaine de l'endroit où –

– Le centre d'accueil. Ils ne peuvent être que là. Tu veux que je t'y emmène ?

– Tu as une voiture ?

Caitlin lui fit un clin d'œil.

– Bien sûr que j'ai une voiture. Qui aurait envie de parcourir à pied des distances comme celles-ci ? Viens, on y va.

Mia lui emboîta le pas et contourna le bâtiment derrière lequel une Coccinelle était garée. Mais pas n'importe quel modèle : celui-ci était plus rouillé et cabossé qu'autre chose. Tout à fait dans le style de sa propriétaire. Non pas que Caitlin soit une vieille croulante, bien au contraire, mais rien chez elle ne rappelait qu'on avait affaire à une astronaute. Plus jeune que les autres, elle était aussi plus grande, plus mince, moulée dans un jean dont les ourlets étaient enfoncés dans des santiags, le tout rehaussé d'un tee-shirt délavé et d'un blouson en cuir. Mia était dévorée par l'envie de lui demander où elle l'avait acheté. Au lieu de quoi elle dit, gênée :

– J'arrive pas à ouvrir la portière...

– Ah bon ?

– Non.

– Donne un coup de pied dedans.

Mia hésita.

– Qu'est-ce que tu veux dire ?

Caitlin vint la rejoindre et administra un coup de pied retentissant à cette pauvre portière qui céda aussitôt.

– Voilà ce que je veux dire.

Mia s'installa sur le siège passager et fit de son mieux pour caler ses jambes entre les piles de magazines de musique qui s'accumulaient sur le plancher.

– T'as qu'à les pousser. Et c'est pas grave si tu marches dessus. De toute manière, je les ai tous lus. Ça te dérange si je fume ?

Mia n'eut pas le temps de répondre : Caitlin s'était déjà allumé une cigarette. Elle démarra, recula et quitta le parking en direction du centre d'accueil. Une ligne de basse, simple mais claire, se déversa des haut-parleurs. Mia reconnut immédiatement la musique.

– Tu les écoutes, *eux* ? demanda-t-elle, médusée.

– Tu aimes les Talking Heads ?

– Je les adore !

– *Psycho Killer*, annonça Caitlin en chantant sur le refrain. *Fa fa fa fa fa fa fa fa fa.* Il est pas merveilleux, ce moment quand il chante comme ça ? C'est mon morceau préféré.

D'un hochement de tête, Mia se demanda si Caitlin jouait elle aussi dans un groupe. Elle décida de réserver la question pour plus tard. Elles auraient largement le temps d'approfondir le sujet.

– Booon, fit Caitlin avec un large sourire à Mia. Et si on voyait ce que cette Volkswagen a dans le ventre ? Je te parie qu'elle monte à cent cinquante... Et toi ?

– Je ne veux surtout pas parier !

– Pas bête. Ce n'est qu'un vieux tas de ferraille.

Éclatant d'un rire sonore, Caitlin passa une vitesse et écrasa la pédale d'accélérateur. Elles fonçaient sur la zone asphaltée en direction du centre d'accueil tandis que la voiture vibrait de plus en plus au point que Mia, désormais, pariait que la carrosserie allait se désosser d'une seconde à l'autre.

– Pas de panique ! cria Caitlin pour couvrir le grondement du moteur. Elle va supporter. Et attends, tu n'as encore rien vu... Tu verras quand tu seras sanglée au siège d'une fusée de lancement, là tu sauras ce que c'est de sentir des vibrations !

Il s'écoula cinq, quatre, trois, deux, une secondes, et Caitlin écrasa cette fois la pédale de frein. Les roues couinèrent et la conductrice se gara sur le parking, devant l'entrée.

– Et voilà. Cent quinze kilomètres à l'heure. Pas mal pour une vieille mamie...

– Je ne trouve pas que tu aies l'air vieille..., s'empressa de répondre Mia.

– Je parlais de la voiture, rectifia Caitlin. Mais merci quand même.

Comme elle avait une course à faire dans les environs, elle lui lança un « bye-bye » et désigna à Mia la porte devant elle, avant de bifurquer dans la direction opposée. Mia monta les marches et pénétra dans le vaste hall qui grouillait de monde : touristes, familles et retraités aux mines dubitatives face à tout ce que leurs yeux repéraient. Mais aucune trace de ses parents. Après avoir parcouru le centre d'accueil dans tous les sens, elle renonça à les trouver et demanda de l'aide à un gardien. Il passa plusieurs coups de fil, sans succès. Au bout d'un moment, Mia décida de rejoindre l'hôtel réservé à l'équipage pour les y attendre. Le gardien passa un autre coup de fil et, quelques minutes plus tard, un chauffeur l'attendait à la sortie.

L'hôtel en question était en vérité un grand bâtiment carré situé au milieu de l'immense base. C'était ici qu'ils habiteraient les prochains mois. La NASA avait privilégié le côté pratique : cette option permettait de garder l'équipage et les adolescents réunis et, qui plus est, les hangars où se dérouleraient l'entraînement et les préparatifs se situaient à deux pas. Mia savait également que Sander et ses parents étaient logés dans un hôtel civil, à quelques kilomètres de la base, et qu'elle pourrait s'y rendre à n'importe quel moment. Mais elle se doutait qu'ils ne tarderaient pas à surgir.

Le réceptionniste lui tendit une clé et l'informa que ses bagages avaient déjà été montés dans sa chambre, au deuxième étage. Par ailleurs, un courrier l'attendait.

Un courrier ?

Elle se dit que Sander lui avait écrit. Il répétait souvent les mêmes gestes à l'infini s'il avait en tête une idée qui lui plaisait. Elle n'avait toujours pas lu la première lettre, celle qu'il lui avait donnée à New York. Elle la gardait pour plus tard, ainsi en avait-elle décidé. Mais celle-ci, elle pouvait en prendre connaissance n'importe quand.

– Tenez, lui dit le réceptionniste en lui tendant l'enveloppe.

Elle déplia la lettre, qu'elle lut devant le comptoir.

Le courrier n'était pas de Sander. Mais de sa mère.

Mia replia la feuille, qu'elle fourra d'un geste résolu dans la poche arrière de son pantalon. *La vache !* s'exclama-t-elle dans sa tête.

– Mauvaises nouvelles ? s'enquit le réceptionniste d'une voix douce.

Mia croisa son regard.

– Non, elles sont bonnes, en fait. Disons qu'elles sont plutôt inattendues.

Quittant la réception, Mia s'engagea dans l'hôtel en quête de sa chambre. Et sa première émotion, au moment où elle pénétra dans cette pièce on ne peut plus ordinaire, sans comparaison avec le luxe de l'hôtel new-yorkais, fut de la tristesse. Elle se sentait un peu abandonnée. Et, en même temps, elle ne put s'empêcher d'éprouver un certain soulagement – suivi, quelques minutes plus tard, d'une sensation de joie : une joie intense à l'idée de se retrouver toute seule.

Comme si, d'un coup d'un seul, elle pouvait faire tout ce qu'elle voulait. Une liberté que ses parents, donc, lui accordaient. Et si ça, ce n'était pas merveilleux... Elle sortit son casque, s'affala sur le lit et relut la lettre au son de la voix de David Byrne, des Talking Heads, qui insistait pour qu'on « *run run run run run run run, run away* » : il fallait courir, s'enfuir, s'enfuir en courant.

Ma chère Mia,

Alors que nous étions au sommet de la statue de la Liberté, j'ai pris conscience avec stupeur que tu n'avais plus neuf ans. Ça m'est venu tout à coup, comme un choc, et je serais incapable de te dire pourquoi j'y ai pensé à ce moment-là. Ou plutôt, si, peut-être que ce n'était pas sans rapport avec le lieu où nous nous trouvions : la statue de la Liberté. Quoi qu'il en soit, je me suis dit que nous ne t'avions peut-être pas donné assez de liberté ces derniers temps, pas assez d'espace qui n'appartienne qu'à toi. Ce que je t'écris va sans doute te paraître un peu bizarre mais, tu vois, pour une mère, les enfants ne deviennent jamais des adultes : ils restent ses enfants. Et il n'est pas exclu que je vous aie trop mis sur un pied d'égalité, Sander et toi, que je vous aie traités de la même façon. Seulement voilà, tu n'as plus neuf ans comme lui, tu en as seize ; et bien que cela ne fasse pas de toi une adulte, il n'empêche que tu t'es engagée dans un projet qui, à sa manière, est mille fois plus adulte que tout ce que ton père et moi avons pu faire jusqu'ici. Je sais que cette loterie n'a jamais été le rêve de ta vie, et que ça ne l'est toujours pas, d'ailleurs. Je sais que tu aurais mille fois préféré rester à la maison, à Stavanger, avec ton groupe, et que cela te coûte énormément d'avoir fait ce choix. Mais je persiste à croire que c'était le bon choix et que tu ne le regretteras jamais. Ça va bouleverser ta vie. Mais en bien. J'en suis persuadée. Toujours est-il que je crois aussi, et c'est ce que je voulais te dire, que ça va te faire du bien d'être un peu toute seule, sans nous, ton père, Sander et moi, à te coller en permanence, à nous mêler de ce qui ne nous regarde pas. Pour que tu aies aussi une sensation d'autonomie. C'est la raison pour laquelle ton père et moi avons décidé de partir pour Los Angeles avec Sander. Comme tu le sais, ton oncle Harald y habite, donc nous allons passer un petit moment chez lui. Je pense qu'on arrive de cette manière à satisfaire tout le monde : un peu de vacances pour nous, un peu d'éloignement pour toi. Et tu risques d'en avoir besoin avec tout ce qui t'attend. Nous avons préféré ne rien te dire avant d'être partis, au cas où tu aurais brusquement eu mauvaise conscience et nous aurais demandé de rester. Tu le comprendras, je pense. Mais je veux que tu saches, ma chérie, que si jamais tu trouves que nous avons pris la mauvaise décision et que tu voudrais nous avoir auprès de toi, tu n'auras qu'à nous appeler, et nous arriverons par le premier avion. :-)

D'ici là, j'imagine bien qu'on se téléphonera de temps à autre et que tu nous raconteras tout ce qui t'arrive et comment tu vas. Je suis certaine que ça fera très, très plaisir à Sander. Il t'embrasse, d'ailleurs. Et Lion t'embrasse aussi, j'imagine. Oui, tu sais comment c'est...

Je voudrais terminer cette lettre en te disant ceci : nous sommes tous, ton père, Sander et moi, immensément fiers de toi, Mia, et nous t'aimons tous très fort. Prends bien soin de toi, ma chérie. Ne te fatigue pas trop. Essaie de faire la connaissance des deux autres jeunes qui sont avec toi et, surtout, s'il y a quoi que ce soit, tu nous appelles, d'accord ? J'en ai touché deux mots au commandant Nadolski, en lui demandant de veiller spécialement sur toi. Non pas que tu en aies besoin, mais bon... Bref. Tu verras, tu vas faire un voyage splendide, absolument merveilleux.

Nous serons là pour le décollage.

Je t'embrasse fort,

Maman

Le lancement

Assis sur le bord de son lit, M. Himmelfarb regardait sa paire de pantoufles marron. Ce qui signifiait qu'on était le matin et qu'il devait se lever. Ou qu'on était le soir et qu'il allait bientôt devoir se coucher. Il regarda par la fenêtre. Les palmiers divisaient le rayonnement du soleil en sept faisceaux qui, tous, s'imprimaient sur son visage. C'était une sensation agréable ; ils lui réchauffaient le bout du nez. Mais comment ça fonctionnait, déjà, cette histoire de lumière ? C'était la nuit qu'il faisait clair ? Ou bien c'était le jour ? M. Himmelfarb n'en était pas très sûr. Mieux valait attendre que quelqu'un vienne lui dire ce qu'il devait faire. Aussi ne changea-t-il pas de position et continua de regarder ses pantoufles.

Il lui était difficile d'affirmer avec certitude s'il attendait depuis longtemps ou pas, toujours est-il qu'au bout d'un moment une des personnes habillées en blanc vint le voir.

– Et voilà, je suis de retour, dit-elle. Ça n'a pas mis longtemps, hein ?

Elle fit signe de vouloir repartir.

– Ça y est, on est prêt ? demanda-t-elle.

Il marmonna une phrase inaudible en guise de réponse. Il était prêt. Il l'était tous les jours. Puisque c'était tous les jours pareil.

– Et si on se dépêche, on va pouvoir écouter le discours du président. Parce que c'est demain le grand jour, Oleg, hein... On s'en souvient ? C'est demain qu'ils partent sur la Lune !

À ces mots, elle le prit par la main et le guida à travers les couloirs blancs de la maison de retraite pour le mener à la salle commune.

Il avait déjà complètement oublié la réaction qu'il avait eue en voyant les schémas de la base lunaire DARLAH. Sortie de sa mémoire, comme lorsqu'on a garé sa voiture dans le plus grand parking du monde et qu'on est infichu de la retrouver. Il gardait également un souvenir très flou de l'homme sur l'écran, celui qui s'était mis sur son trente et un et qui parlait à la caméra. La fusée dans le fond de l'image, par contre, lui rappelait vaguement quelque chose, mais quoi ? Ça lui échappait dès qu'il tentait de se concentrer pour le retrouver, et ce n'était pourtant pas faute d'essayer. Ce qui le turlupinait, c'était comment ils s'étaient débrouillés pour faire entrer dans la salle une fusée aussi gigantesque sans avoir démoli le toit...

Tous les employés de la maison de retraite savaient parfaitement que M. Himmelfarb avait été autrefois concierge à l'observatoire de Goldstone ; ce qu'il y avait fait et ce qu'il y avait vu au fil des années, en revanche, personne n'aurait su l'expliquer avec exactitude. M. Himmelfarb avait, toute sa vie durant, été un homme plutôt taciturne, très renfermé, un homme pour qui le secret professionnel était sacré et qui ne dévoilait à personne le fond de sa pensée s'il estimait qu'il n'avait rien d'important à dire. Ni sa défunte femme, ni ses enfants qui, du reste, ne lui rendaient jamais visite, n'avaient appris en quoi consistait *précisément* son travail – et c'était sans nul doute l'une des raisons qui expliquaient pourquoi ils ne venaient jamais le voir. Après qu'il eut été transféré à la maison de retraite, ils s'astreignirent à une visite par semaine. Mais, la maladie se développant, M. Himmelfarb sombra de plus en plus dans son monde jusqu'à s'arrêter définitivement de parler. Lorsqu'il ne les reconnut plus et ignora carrément leur présence, ils cessèrent de venir. La dernière chose à laquelle M. Himmelfarb songea, avant de parcourir les derniers mètres qui le séparaient des vallées profondes de l'oubli, était à quel point ses enfants lui manquaient et combien il était heureux de pouvoir bientôt oublier qu'ils ne passaient presque jamais le voir – et il pensa également qu'il les aimait plus que tout au monde.

Au revoir

La date du 16 juillet était arrivée. Ils avaient été transférés en avion quelques semaines plus tôt de Houston vers le centre spatial Kennedy, en Floride, un lieu immense, sans comparaison avec son équivalent texan, et situé sur la péninsule de Merritt Island, avec la base de lancement du Cap Canaveral comme voisin immédiat. De la fenêtre de sa chambre, qui offrait une vue panoramique sur l'Atlantique, Mia regardait les vagues se briser avec langueur sur la plage en contrebas. Si elle tournait la tête sur la gauche, elle apercevait le pas de tir, où la fusée de presque cent mètres de hauteur se tenait prête. Il restait un peu moins d'une journée : dans seize heures, elle serait sur la piste, d'où la fusée décollerait, emportant la navette et l'équipage à son bord. À une vitesse de onze kilomètres par seconde, ils quitteraient l'atmosphère terrestre, et Mia serait très loin de tous ceux qu'elle connaissait.

Carrée sur une chaise, dans sa chambre, Mia regardait la télé, une sitcom américaine quelconque. Mais elle ne riait pas. Au contraire, elle fixait l'écran d'une mine grave. En accord avec ce que sa mère lui avait suggéré dans la lettre, elle lui avait téléphoné une fois par semaine pour lui donner des nouvelles. Et sa proposition, permettre à Mia d'être un peu seule, leur avait été bénéfique à toutes les deux : pour la première fois depuis des années, elles avaient de longues conversations – mais celles-ci avaient lieu au téléphone, entre la Floride et la Californie. Tout, ou quasi, était passé en revue : la mission, sa perplexité vis-à-vis du groupe à Stavanger, Midori. Et Antoine. Oui, à bien y réfléchir, il revenait constamment dans la discussion. Sans qu'elle-même s'en rende compte, Mia avait une tendance marquée à l'invoquer dans ses propos, quel que soit le sujet abordé. « Antoine y a fait allusion hier. » Ou : « Antoine est hyperdoué pour ça. » Mia avait également veillé à échanger quelques mots avec Sander à chacun de ses coups de fil, même s'il parlait peu. Parfois, il était même impossible de lui arracher une parole. Mais cela ne la tourmentait pas outre mesure : elle savait qu'il avait le combiné collé contre son oreille, qu'il entendait sa voix et, pour peu qu'il s'enferme dans le silence, elle lui racontait les bricoles qui lui étaient arrivées dans la journée.

Les jours, puis les semaines s'étaient écoulés sur ce mode.

La chambre claire et presque anonyme qui lui avait été attribuée comptait un lit, une armoire, une salle de bains et un téléviseur fixé au mur – et voilà tout. Il lui arrivait de descendre dans le hall, histoire de voir s'il s'y passait quoi que ce soit d'intéressant, ce qui était rarement le cas. Les quelques courriels qu'elle recevait de ses copines contenaient *grosso modo* des mots d'encouragement assez creux, de même qu'ils étaient bizarrement vides d'informations sur ce qui la tracassait en réalité, à savoir comment avançaient les répétitions et ce qui agitait Stavanger en ce moment. Elle ne répondit à aucun d'eux. En conséquence de quoi, dès qu'elle se retrouvait seule, elle passait la majeure partie de son temps dans sa chambre, tirait une chaise devant la fenêtre, profitait de la vue sur le Cap Kennedy, écoutait les Talking Heads, essayait de composer des paroles qui soient encore meilleures que ses précédentes, souvent quelques lignes seulement, qu'elle finissait par biffer puis balancer, sans pour autant cesser de se convaincre qu'au moins elle y travaillait, que ce n'était que le début, qu'elle reviendrait de la Lune avec des morceaux vraiment, mais alors vraiment classe.

Semaine après semaine, Mia, Midori, Antoine et le reste de l'équipage avaient subi une préparation digne d'un entraînement militaire. On leur avait rabâché des centaines de fois la totalité des manœuvres à effectuer, ils avaient appris par cœur les moindres détails et répété les mouvements dans des simulateurs. Lors de tests en piscine, à dix mètres de profondeur, ils s'étaient exercés à la locomotion dans le vide, afin de se familiariser avec l'effet produit par le déplacement sur le sol lunaire. Mia s'était même forcée à lire les trois manuels de la première à la dernière page – deux fois, s'il vous plaît. Elle savait tout sur le bout des doigts. Elle était prête à partir. Il ne lui restait plus qu'à attendre. Et à appréhender.

Elle regarda sa montre. Elle avait presque l'impression que les aiguilles tournaient à l'envers, ou qu'elles s'étaient arrêtées. *Est-ce que le temps ne pourrait pas tout simplement s'écouler ?* Car c'était l'attente le pire, évidemment. Dès qu'ils seraient dans la navette, tout serait plus simple. Car alors il serait trop tard pour se désister, trop tard pour faire machine arrière.

Pourtant, qu'elle le veuille ou non, il lui restait toujours seize heures à attendre.

Le compte à rebours avait commencé.

16.14:32

16.14:31

16.14:30

Elle tenta de se concentrer sur l'émission de télé, s'obligeant à ne pas regarder sa montre. L'action était toujours la même, comme d'habitude : trois ou quatre personnes qui se disputaient à propos de broutilles, le tout dans un salon pourvu de l'incontournable canapé planté en plein milieu. Et, à chaque dixième de seconde, surgissait du public une salve de rires préenregistrés, de sorte que le spectateur puisse comprendre que l'instant était censé être hilarant. Mia songea un instant à téléphoner à Silje pour lui dire au revoir – mais elle se ravisa aussitôt : la dernière chose dont elle avait besoin en ce moment était de se prendre de mauvaises nouvelles dans la figure, et elle mettait sa main à couper que leur parler, à elle ou aux deux autres, ne la propulserait guère dans une humeur plus joviale.

Mia regarda, encore, sa montre.

16.03:22

Onze minutes seulement s'étaient écoulées depuis tout à l'heure.

Elle sortit son baladeur numérique et plaça son casque sur ses oreilles. Elle trouva en quelques clics le dossier contenant les démos qu'elles avaient enregistrées chez Leonora. Elle essaya de chanter sur plusieurs morceaux pour se rafraîchir la mémoire, mais le résultat était mauvais, très mauvais : comme s'il ne s'agissait plus des *siens* mais de ceux des autres, qu'elle s'efforcerait vainement d'apprendre ; en plus, le son lui faisait l'effet d'une anomalie, à croire qu'il provenait d'une tout autre époque. Elle éteignit en plein milieu de la chanson dont elles étaient le plus fières et fouilla dans sa playlist pour arrêter son choix sur : Talking Heads. Bien qu'ils lui aient paru d'emblée à des encablures d'elle, leur musique fonctionnait toujours et avait même quelque chose de beaucoup plus familier que ses propres chansons.

Chaque fois qu'elle les avait écoutés ces derniers temps, elle avait eu l'impression de les comprendre de plus en plus. Elle mit son morceau préféré : *Life During Wartime*.

« *This ain't no party, this ain't no disco.*
This ain't no fooling around. »

Bon, il fallait qu'elle se concentre, là. Il fallait absolument qu'elle soit préparée, qu'elle écarte la moindre réflexion qui concernait sa famille ou ses copines. *La Lune*, se dit-elle. *Ne pense qu'à la Lune. Si tout se déroule bien là-haut, tu passeras le reste de tes jours à faire uniquement ce dont tu as envie.* Et, pendant ce temps, elle distinguait vaguement au loin le pas de tir, où la fusée attendait de décoller.

Elle avait poussé le volume à fond, la musique hurlait dans ses oreilles. Et sans doute était-ce à cause de cela qu'elle n'entendit pas qu'on frappait à sa porte. Ou parce qu'elle était plongée dans ses pensées. Toujours est-il que, relevant d'un seul coup la tête, elle vit Antoine et Midori, tout sourire, sur le seuil de sa porte.

– Tout le monde au centre spatial t'entend ! dit Midori en riant.

Avait-elle chanté à tue-tête sans s'en rendre compte ? Rien que l'idée la mit mal à l'aise. Elle arracha son casque.

– Je suis désolée...

– Mais ne le sois pas ! Moi, je trouve ça génial que quelqu'un chante. Avec le silence de mort qu'il y a ici, je finis par être complètement parano...

– Qu'est-ce que tu écoutes ? voulut savoir Antoine, avec son accent français reconnaissable entre mille : *« To what iz it zat, euh... you are listening? »*

– Les Talking Heads.

Antoine et Midori échangèrent un regard. Ils n'en avaient jamais entendu parler.

– C'est ton groupe ? demanda Midori.

Mia lui fit signe que non. Elle leur avait certes raconté qu'elle avait son propre groupe en Norvège, mais ne leur avait pas fait écouter les enregistrements.

– Mais tu en as, des morceaux de ton groupe, sur ton baladeur ?

– M-hm !

Midori se précipita vers le lit et s'empara du casque, qu'elle posa sur ses oreilles.

– Tu me fais écouter ?

Mia retourna à leur meilleure chanson et appuya sur *play*. Midori demeura immobile quelques instants, attendant que le morceau démarre. Antoine s'approcha et regarda les deux filles, intrigué.

– Mais c'est vaaachement bien ! dit Midori en balançant la tête en rythme avec la musique.

– Tu trouves ? demanda Mia, qui sentit une pointe de fierté monter en elle.

Lui prenant le baladeur des mains, Midori se mit à exécuter des pas de danse.

– Vous allez sortir un album, j'espère ?

– Je sais pas...

– Vous devriez ! cria Midori, en continuant de danser vers la salle de bains. Vous allez en vendre des millions. Minimum !

– Je peux ? demanda Antoine.

Elle lui tendit le casque et il ne tarda pas lui aussi à danser sur la musique. Il n'était pas aussi bon danseur que Midori : il avait des mouvements raides, comiques à souhait, mais elle s'en fichait ; elle était soudain tellement contente. Le doute qu'elle avait éprouvé tout à l'heure était comme balayé. Évidemment qu'elles étaient géniales, les chansons qu'elles avaient composées. Évidemment qu'ils étaient bons, ses textes, et que ce serait *elle* la chanteuse du groupe. Elles deviendraient des stars internationales.

À cet instant, elle fut convaincue comme jamais que, dès son retour en Norvège, elle prendrait le groupe en main pour mieux le propulser vers des hauteurs inégalées. Ce serait la meilleure formation musicale du pays.

Antoine et Midori restèrent dans la chambre de Mia toute la soirée, ce qui lui fit un plaisir immense : elle aimait les avoir à ses côtés, leur présence avait quelque chose de rassurant. *Et puis,* songea-t-elle, *ils n'exigent rien de moi. Ils sont là, c'est tout.*

– Tes parents viennent demain, pour le lancement ? demanda Antoine de but en blanc.

– Je ne sais pas, répondit Mia sans réfléchir, en prenant soudain conscience que, malgré ce qu'elle lui avait dit dans sa lettre, sa mère ne lui avait pas précisé, lors de leurs dernières conversations téléphoniques, s'ils faisaient route vers la Floride. J'espère, poursuivit-elle. On n'en a pas beaucoup parlé, à vrai dire.

– C'est bizarre, glissa Midori.

– Mais ils *sont* bizarres, tu sais..., rit-elle. Ils viennent, les tiens ?

– Oh oui ! répondit Antoine.

Mia connaissait la réponse avant même d'avoir interrogé le garçon. À Houston comme au Cap Canaveral, ses parents ne les avaient pas quittés d'une semelle. Dans le genre curieux, ils se posaient là : ils avaient en permanence des questions sur ceci ou cela ; Mia pensait même que la NASA commençait à être soûlée de les avoir constamment sur le dos. Alors que c'étaient des gens adorables. Les parents de Midori passaient eux aussi quasiment tous les jours au centre spatial depuis leur arrivée en Floride. Ils ne faisaient pas de bruit et, parfois, Mia sursautait presque en constatant leur présence – une discrétion qui s'expliquait sans doute par le fait qu'ils parlaient peu voire mal anglais, ce qui limitait aussi les conversations. Mia ne leur avait adressé la parole qu'une seule fois, lors de l'unique conférence de presse organisée à la base. Des journaux et télés du monde entier leur avaient posé toutes les questions possibles et imaginables. Mia n'avait pas dit grand-chose, laissant le soin à Midori et Antoine de papoter à sa place ; les sujets sensibles et compliqués avaient pour leur part été réservés aux astronautes. La maigre contribution de Mia avait consisté à répondre qu'elle était originaire de Norvège et avait hâte d'essayer de marcher sur la Lune en état de quasi-apesanteur.

– Tu as peur ? lui demanda Midori.

Mia attendit longtemps avant de répondre.

– Je ne sais pas... Et toi ?

– Je crois, oui. Antoine ?

Le garçon dodelina de la tête à deux reprises.

– Oui. Énormément.

– Voyons plutôt les choses sous cet angle, enchaîna Mia. On va là-haut, on patiente, on revient, et c'est fini. Ce n'est pas plus méchant que ça. On va revenir, je vous signale. C'est juste que, cette fois, on part un peu plus loin que d'habitude.

– Et qu'on ne monte pas dans une voiture mais à bord d'une fusée qui consomme vingt tonnes de carburant rien que la première seconde.

– Et qu'on s'est entraînés pendant des mois à éviter les pires horreurs qui pourraient nous arriver !

– Aucune horreur ne va nous arriver, allons ! rétorqua Mia sans savoir d'où lui venait cette soudaine certitude.

– Tu es sûre ? demanda Midori.

– Je te le promets. Je veillerai sur toi.

– Et moi ? s'exclama Antoine, vexé. Qui va veiller sur moi ?

Mia éclata de rire.

– Tu le feras très bien tout seul ! En plus, c'est toi le plus vieux, non ? Ça devrait être à toi de veiller sur nous.

– Certes..., admit-il, avec un air laissant sous-entendre que l'idée ne lui était pas désagréable.

Mia jeta un œil à sa montre.

12.32:56.

Finalement, le temps avait repris son cours normal. Il était l'heure d'aller emmagasiner un peu de sommeil.

– Mia... ?

– Oui, Midori ?

– Est-ce que je pourrais dormir dans ta chambre, ce soir ?

– Pourquoi ?

– Je crois pas que j'arriverai à dormir toute seule. Pas cette nuit. S'te plaît... ?

– OK.

– Hé ! s'écria alors Antoine. Si c'est comme ça, moi aussi je veux dormir ici. Si vous croyez que je vais rester tout seul à me retourner dans mon lit pendant que vous dormirez tranquillement ici, vous pouvez aller vous brosser !

– Mais qu'est-ce qu'elles ont, vos chambres ? dit Mia en riant. Booon, OK... Allez chercher vos matelas. Mais pas de bêtises, c'est compris ?

Ça l'était.

– Et Antoine, je te préviens, tu attends dans le couloir le temps qu'on se change, Midori et moi. Et tu restes sous *ta* couette pendant la nuit. D'accord ?

Il tira sur les commissures, feignant la déception.

– D'accord...

– Parfait. Allez ouste, dépêchez-vous ! Je veux être couchée dans un quart d'heure. Et après, je ne veux plus rien entendre : silence de mort dans la chambre.

*

Familles et amis assistèrent, le lendemain, au départ. Mia distinguait les parents d'Antoine et de Midori, retranchés derrière les grilles de l'aire de lancement, qui leur adressaient de grands gestes de la main. Les familles des astronautes étaient également présentes. Des femmes, des enfants. Mais pas de maman. Pas de papa. Pas de Sander. Debout devant la camionnette, elle les chercha du regard un long moment, mais sans les voir surgir. Jusqu'à ce qu'on les prie de monter dans la remorque : le moment était venu. Et ce fut à cet instant très précis qu'elle les aperçut, juste avant d'escalader le marchepied, et elle comprit qu'ils n'avaient pas cessé d'être là, en retrait par rapport aux autres, pour ne pas qu'elle ait honte, pour ne pas qu'elle soit gênée. Pendant un bref instant, elle sentit qu'elle les aimait du fond de son cœur, malgré tout. Ses parents la saluaient, leurs mains brandies bien haut. Et entre eux deux, Sander, tenant Lion dont la tête en peluche se balançait d'un côté à l'autre au gré des au revoir. Puis elle grimpa à bord et la camionnette les éloigna de la foule, en direction du pas de tir.

La fusée *Saturn V*, majestueuse, augmentait en hauteur au fur et à mesure qu'ils s'en approchaient ; on aurait cru qu'elle allait percer le ciel. Et si Mia l'avait déjà vue, puisqu'elle avait été déplacée ces jours derniers du hall de fabrication jusqu'à la rampe de lancement, ce n'était rien en comparaison de maintenant. Car elle était monumentale. Et, au moment où la camionnette se gara au pied de la fusée, donnant ainsi l'impression de disparaître dans son ombre, Mia se rendit compte pour la première fois de sa taille impressionnante : elle ressemblait à un navire qu'on aurait renversé à la verticale. C'était stupéfiant, à la limite de l'inconcevable. Seule la partie supérieure constituait la navette spatiale à proprement parler : une petite capsule encastrée juste au-dessus de la dernière bande noire. Le reste de l'engin ne se composait que de carburant, du carburant explosif. Cette capsule était la copie quasi conforme de celle utilisée en 1969 – hormis qu'à l'époque ils étaient trois. Et si, par voie de conséquence, la cabine avait augmenté de volume proportionnellement à l'équipage, il n'en demeurait pas moins qu'ils devaient y loger à huit. Ils allaient y être à l'étroit, très à l'étroit. Et ils y résideraient durant quatre jours.

– Tu es prête ? lui demanda Antoine. Tu verras, ça va bien se passer, ajouta-t-il avec un clin d'œil complice.

La tête penchée en arrière, considérant la fusée dans toute sa magnificence, Mia ne répondit pas. Elle pensa : *Aujourd'hui commence une nouvelle ère. Quand je reviendrai, tout sera différent.*

Elle ignorait encore à quel point elle avait raison.

Puisque *tout* serait *radicalement* différent.

– Oui, répondit-elle enfin à Antoine. Je suis prête.

Un ascenseur les conduisit au sommet de la fusée. Sur la passerelle menant de l'échafaudage à la capsule, Mia, Midori et Antoine attendirent que les adultes soient installés et sanglés. Vint leur tour, et Mia fut placée juste à côté de Midori. La capsule étant inclinée à quatre-vingt-dix degrés, ils se retrouvaient à la fois assis dans leur siège et couchés sur le dos, ce qui procurait une sensation des plus étrange, comme si le haut et le bas n'existaient plus. Des voyants lumineux brillaient partout, instruments et commandes étaient éclairés, des chiffres se modifiaient, et des voix résonnaient dans son casque intercom dès que les astronautes communiquaient avec la tour.

On les informa qu'il restait quinze minutes avant le lancement.

– Tout va bien derrière ? entendit-elle une voix, celle de Caitlin, demander dans l'intercom. Statut ?

– Tout est OK, répondit Antoine.

– Tout est OK, confirma Midori.

– Tout est OK, répéta Mia.

– Parfait.

– Douze minutes avant le lancement.

– Impossible de reculer, maintenant, dit une voix que Mia ne put identifier même si elle la connaissait.

– Cinq minutes avant le lancement.

Caitlin étudia les compteurs et indicateurs sur le moniteur en face d'elle avant d'en transmettre les données au contrôle au sol.

– Deux minutes avant le lancement.

– *Ceres*, vous êtes toujours prêts pour le lancement ?

– Une minute avant le lancement.

– Toujours prêts pour le lancement. Les groupes de contrôle veulent-ils confirmer leur statut, SVP ?

La voix des différents chefs du contrôle de mission retentit dans l'intercom tandis qu'ils donnaient chacun leur signal de départ.

– TELMU, OK.

– Guidage, OK.

– FIDO, OK.

– EECOM, OK.

– GNC, OK.

– Médecin, OK.

– CAPCOM, OK.

– Cinquante secondes.

Nadolski, hyperconcentré, appuya d'un geste rapide sur les boutons situés devant lui.

– Trente secondes.

– Quinze secondes.

– Douze secondes.

– Dix.

Antoine se tourna vers Mia et la regarda.

– Neuf, huit, sept.

Il soutint son regard – un regard chaleureux, bienveillant.

– Six.

Et peut-être est-ce à cet instant-là qu'elle tomba amoureuse de lui. Pendant cette minuscule seconde.

– Cinq, quatre, séquence mise à feu, trois.

Il lui sourit depuis l'intérieur de son casque.

– Deux, un –

– Nous avons décollé !

La pression les plaqua contre le dos du siège. Le sourire d'Antoine se transforma en grimace. Un hurlement assourdissant emplit la cabine. Les moteurs de la fusée les propulsèrent vers le ciel à une puissance inouïe jusqu'à ce qu'ils franchissent la couverture nuageuse. La vitesse augmentait à chaque instant. Ils avaient répété cette partie de la mission un nombre incalculable de fois et la totalité des systèmes leur avait été présentée : ils savaient à quoi correspondait le moindre bruit, ils connaissaient l'évolution du vol seconde par seconde – et tout fonctionnait comme prévu. Pourtant, la peur s'empara de Mia avec une force décuplée. Elle se cramponna aux accoudoirs et ferma les yeux.

Faites que je puisse rentrer à la maison, implora-t-elle intérieurement. *Je vous en supplie !*

*

Parmi les millions de téléspectateurs qui suivaient le lancement pendant ces secondes très précises figuraient également les résidents de la maison de retraite Parsons. Tous les vieillards encore capables de demeurer en position assise étaient rassemblés dans la salle commune. Le son de la télévision avait été monté au maximum pour que les durs d'oreille puissent eux aussi entendre les commentaires. Le sol vibra lorsque le compte à rebours atteignit le chiffre 0 et que les moteurs de la fusée démarrèrent.

L'ensemble du personnel soignant se mit à applaudir ; certaines personnes âgées crièrent de jubilation. M. Himmelfarb fixait d'un œil anxieux le bout de ses chaussures au moment où *Ceres* se hissa au-dessus de la plateforme du centre spatial Kennedy. Il baissa les paupières, tenta d'ignorer les bruits.

*

La capsule tremblait comme si elle menaçait de se disloquer à tout moment. Mia croyait qu'elle criait, mais le vacarme environnant l'empêchait d'en être certaine. Elle essaya de tourner la tête pour regarder Midori mais en fut incapable : la pression était trop forte. Soudain, on entendit une déflagration. Elle sursauta d'effroi avant de comprendre ce que c'était.

– Premier étage largué, entendit-elle Nadolski annoncer. Nous continuons.

– Ravi de l'entendre, *Ceres*. Bon courage, et que Dieu soit avec vous !

Il était vain de lutter contre les vibrations, il fallait se résoudre à laisser son corps suivre les mouvements de la fusée. Or, au moment où ils s'habituaient enfin à ces tremblements et ce vacarme infernaux, un silence total se fit.

Et non seulement Mia parvenait à tourner la tête, mais elle voyait à travers le hublot situé sur sa droite. La seule chose qu'elle distinguait se limitait à un néant noir, indéfiniment noir.

Caitlin débloqua leurs ceintures de sécurité et se tourna vers Mia, Midori et Antoine. De la pochette aménagée sur le côté de son siège, elle sortit un stylobille qu'elle porta à hauteur de leurs visages. Puis elle le lâcha. Il ne tomba pas. Au contraire, il s'éloigna lentement, flottant en état d'apesanteur. Mia souleva son bras droit, donna une pichenette prudente dans le crayon, qui continua de voguer vers Midori.

Ils se trouvaient dans l'espace.

DEUXIÈME PARTIE

Le ciel

La mer de la Tranquillité

Voilà quatre jours qu'ils vivaient à l'étroit. L'état d'apesanteur ne représentait plus un problème. Si s'adapter aux nouvelles conditions avait été une tâche difficile (veiller à ce que rien ne flotte dans le module de commande et à ce que les règles de conduite concernant l'ingestion de nourriture et de boisson soient suivies à la lettre), ils pouvaient désormais se déplacer aisément. La différence entre le haut et le bas était devenue accessoire : sans gravité, rien ne signalait au corps qu'il se trouvait en position debout ou couchée.

Mia n'avait cessé de redouter que cette perte de repères lui donne le mal de l'espace, ce qui ne s'était pas produit – heureusement. Non seulement la NASA lui aurait refusé le départ s'ils avaient craint un seul instant qu'elle vienne à en souffrir, mais une éventuelle crise de vomissements dans un milieu où des équipements irremplaçables recouvraient le moindre recoin, et où rien ne permettait de tenir les fluides en échec, aurait eu des conséquences pour le moins désagréables. Le vomi aurait en effet flotté aussi lentement que librement, et ils se seraient vus contraints de le récupérer avec les doigts, morceau par morceau, avant qu'il ne se colle sur tout et sur tous, n'imprègne la cabine d'une insoutenable puanteur et ne représente un risque de contagion pour le reste de l'équipage.

La nuit, ils s'attachaient à leur couchette et dormaient debout, ce qui prenait moins de place que s'ils avaient dû rester allongés, sans compter que cela ne changeait de toute façon strictement rien. Le jour, ils étaient comprimés les uns contre les autres dans la salle de contrôle exiguë et observaient le commandant Nadolski, Caitlin, Wilson et Stanton effectuer des calculs, procéder à des inspections, exécuter des ajustements, s'entretenir avec le contrôle au sol de la NASA au gré de messages tous plus sibyllins les uns que les autres.

– Houston, ici *Ceres*. Nous basculons en 34/5, GR IN PX.

– Bien reçu, *Ceres*. Basculé en 34/5, GR IN PX. Paré pour le désamorçage des tuyères DMV.

– Reçu. Désamorçage des tuyères DMV OK, syménologie parallèle en place. La TVI est de 74,56.

– 54,5. Reçu. Pouvez-vous nous lire les valeurs OTY, SVP ?

– Bien sûr. Un instant. L'OTY est de 54-5, 54-5, 54-5, 89-7, 89-8...

Au début, écouter ces transmissions était passionnant, et Mia essayait d'en deviner la signification. Désormais, ce sempiternel babillage diffusé par des lignes toujours grésillantes lui portait définitivement sur le système et elle s'efforçait d'ignorer ces bruits.

Les hublots étaient couverts de buée. La respiration de huit personnes créait dans la capsule spatiale un effet de condensation qui obligeait Mia à essuyer régulièrement la vitre à l'aide d'un chiffon pour pouvoir regarder dehors. Et tant pis s'il n'y avait pas grand-chose à regarder. Les étoiles qu'elle avait passé la journée de la veille à contempler, totalement fascinée, commençaient sensiblement à l'ennuyer : elles ne se modifiaient pas – rien d'ailleurs ne se modifiait. Elle avait l'impression que tout était à l'arrêt, quand bien même elle savait qu'ils se déplaçaient à plus de cinquante mille kilomètres à l'heure.

Les toutes premières heures, celles qui avaient suivi leur départ du centre spatial Kennedy, demeuraient jusqu'à présent les meilleures. Avec Midori, Antoine et Caitlin, ils étaient restés le nez collé au hublot central pour observer la Terre pendant toute la durée du parcours de l'orbite terrestre. Un spectacle époustouflant. Outre qu'elle avait pu voir clairement la forme ovale de la Terre, comme si celle-ci n'était qu'un vulgaire ballon de plage gigantesque, il lui avait également été donné de distinguer des pays entiers – oui, des continents entiers, lui avait-il semblé. L'Italie, par exemple, ressemblait véritablement à une botte. Caitlin leur avait désigné les incendies de forêt qui ravageaient le Portugal : de longues colonnes de fumée s'élevaient du paysage, pareilles à des lignes blanches. Et, de la même manière qu'il était étrange de s'imaginer que sept milliards d'habitants peuplaient la Terre, il était impossible de l'espace d'apercevoir la moindre habitation : *pas une* des grandes agglomérations n'était visible ; tout semblait désert, abandonné.

– C'est complètement différent la nuit, avait expliqué Caitlin, qui avait compris où Mia voulait en venir. Là, tu vois les lumières, les gens, où ils vivent. Mais aussi les vastes parties de cette planète qui sont toujours inhabitées.

Brusquement, Mia se souvint qu'elle n'avait pas encore lu la lettre que Sander lui avait écrite à New York, trois mois plus tôt. Les premiers jours à Houston s'étaient résumés en une bousculade continuelle, au cours de laquelle elle n'avait pu penser à rien sinon à l'entraînement. Au final, la lettre était restée au fond de son armoire. En y réfléchissant bien, Mia se demandait si elle l'avait rangée ou non dans ses affaires avant de partir. C'était le cas, pourtant, non ? D'un geste rapide, elle fouilla dans le petit sac qui renfermait ses quelques effets personnels – en vain. Il lui prit une envie folle de vider le contenu dans la cabine, histoire d'avoir une meilleure vue d'ensemble et de s'assurer ainsi que le courrier n'était pas glissé entre les pages de ses carnets ou ailleurs. Mais elle comprit vite qu'elle ne le pouvait décemment pas : ils se trouvaient en état d'apesanteur et, si elle avait la fausse bonne idée de vider son sac, tout se mettrait à flotter de façon incontrôlable dans la capsule et ne serait pas évident à rattraper. De plus, elle doutait que sa démarche trouve particulièrement grâce aux yeux de l'équipage.

Elle fut obligée de se résigner et de reconnaître qu'elle avait oublié la lettre de son petit frère en Floride. Après tout, le courrier ne comportait sans doute que des bêtises incompréhensibles – mais peut-être aussi des phrases adorables, un message futé qui lui disait des choses importantes. Sander n'était sans doute pas comme les autres enfants de son âge mais, parfois, et justement aux moments où on s'y attendait le moins, il avait des illuminations qui provoquaient les sorties les plus extravagantes. Tant pis, la lettre patienterait jusqu'à son retour dans quelques semaines, dans l'attente d'être enfin lue.

Derrière elle, Antoine somnolait. Nadolski et Caitlin étaient penchés sur un tas de papiers et s'adressaient à intervalles réguliers des marmonnements quasi inaudibles tout en prenant des notes dans des carnets noirs. Aldrich Coleman, le plus âgé de l'équipage, regardait par le hublot, le menton posé sur une main. Et l'homme costaud de cinquante-neuf ans, au crâne dégarni et à la barbe de trois jours, donnait l'impression de s'ennuyer comme un rat mort, plus encore que Mia. Lui non plus n'avait rien à faire pour l'instant : son travail ne commencerait qu'après l'alunissage, une fois qu'ils auraient pris leurs quartiers dans la base lunaire. Ils passeraient alors sous sa responsabilité, et il veillerait à ce que tout fonctionne convenablement et qu'ils suivent ses consignes. En attendant, il était un passager comme les autres.

Assise à la gauche de Mia, Midori était plongée dans sa lecture. Mia lui donna un petit coup sur l'épaule, dans l'espoir d'entamer une conversation.

– Qu'est-ce que tu lis ?

Midori baissa son livre, qu'elle retourna pour en examiner la couverture, comme si elle n'était soudain plus tout à fait sûre de ce qu'elle lisait.

– *Robinson Crusoé*. Tu connais ?

– L'histoire, en tout cas.

– Tu t'es déjà demandé ce que ça ferait d'être échouée sur une île déserte ? Ou ce que tu ressentirais si toute la population de la Terre disparaissait et que tu étais la seule survivante, que tu ne pourrais avoir confiance qu'en toi et en tes capacités ? Tu y as déjà réfléchi ? Tu as déjà pensé à la possibilité de ne plus pouvoir jamais rencontrer un autre être humain ?

Sans attendre la réponse, Midori ajouta :

– Moi j'y pense tout le temps.

Caitlin vint les rejoindre et s'assit à côté de Mia.

– Comment ça va, les filles ?

Mia haussa les épaules.

– Ça roule...

– Vous voyez l'écran de contrôle, là-bas ? demanda Caitlin en désignant un petit moniteur sur lequel s'affichait le chiffre 122. Ça signifie qu'il nous reste cent vingt-deux minutes avant la séparation d'avec *Ceres*. Et ça signifie aussi, mes chéries, que nous allons entamer la phase de descente. Donc, à moins que vous n'ayez de meilleurs projets, je vous suggérerais de ramasser toutes vos affaires, de les transférer dans le module lunaire et d'enfiler vos combinaisons spatiales.

Elle conclut sa phrase d'un large sourire amical que ni Mia ni Midori ne remarquèrent. Elles venaient de réveiller Antoine et se glissaient déjà dans le vaisseau où étaient conservées leurs combinaisons étanches.

L'heure suivante fila à une vitesse vertigineuse. Les combinaisons furent enfilées, les câbles branchés, les valves fermées. Caitlin les guida à l'arrière du vaisseau, jusqu'à l'écoutille ovale, et plaqua ses deux mains sur les axes du volant de manœuvre, qu'elle tourna pour débloquer l'écoutille.

– Entrez, je vous en prie... Mais soyez prudents, faites bien attention à ne rien heurter. Installez-vous dans les sièges du fond et attachez vos ceintures.

Elle s'éclipsa un instant pour revenir avec le reste de l'équipage. Les uns à la suite des autres, ils remontèrent dans le tunnel qui raccordait le module de commande au module lunaire : Midori, Antoine, Caitlin, Mia, Stanton, Wilson et Coleman. Seul Nadolski était resté à bord de *Ceres*. Ils l'entendaient s'entretenir avec le contrôle de mission sur Terre et leur communiquer les dernières instructions.

– OK, Houston, paré pour séparation. Le LOWP est fixé à 6658. *Ceres* maintiendra son orbite circulaire jusqu'au prochain rendez-vous coelliptique en vue de l'amarrage prévu dans cent soixante-douze heures. Je rejoins maintenant le module d'alunissage *Demeter*.

– Reçu, *Ceres*. Bon courage.

– Ici *Ceres*, fin de transmission. Terminé.

Au moment où Nadolski pénétra dans le module lunaire, Mia eut juste le temps d'apercevoir que les cent vingt-deux minutes qu'indiquait l'écran de contrôle tout à l'heure se réduisaient à présent au chiffre deux. Nadolski referma le volant et le bloqua d'un geste ferme, comme s'il scellait définitivement l'écoutille. Il se retourna et dévisagea les sept passagers confinés dans la capsule microscopique.

– J'ose espérer que vous ne craignez pas les contacts rapprochés, rit-il. Vous m'avez drôlement l'air de sardines en boîte !

Caitlin plaça son casque et son micro pour contacter le contrôle au sol.

– Houston, ici *Demeter*. Prêt pour le désamarrage.

– Reçu, *Demeter*.

– Nous désamarrons dans cinq, quatre, trois, deux, un...

Elle appuya sur un bouton ; un simple *clonc* retentit.

– Désamarrage réussi, Houston, rapporta-t-elle.

– OK, *Demeter*. Vous avez le feu vert pour la descente.

Caitlin s'adressa cette fois à l'ensemble de ses passagers.

– OK. C'est maintenant. Nous sommes prêts pour entamer la descente et atterrir sur la Lune. L'atterrissage est prévu dans les prochaines cinquante-cinq minutes. Comme vous le savez, c'est moi le pilote à bord du module lunaire ; le commandant Nadolski m'assistera tout au long de la phase d'approche. Cela signifie que je dois vous demander de rester silencieux jusqu'à ce que je vous redonne la permission de parler. Nous allons avoir besoin de toute notre concentration. C'est compris ?

– Oui, répondirent Mia et Antoine à l'unisson.

Caitlin avait l'air fort mécontente.

– Je repose ma question : c'est compris ?

Cette fois, personne ne répondit.

– Parfait. Alors on y va.

Les cinquante-cinq minutes qui suivirent rappelaient plus un rêve qu'autre chose. Chacun semblait retenir son souffle. À l'exception des conversations chuchotées entre Caitlin et Nadolski ainsi que des rapports réguliers en provenance du contrôle de mission à Houston, le silence à bord était total.

Peu à peu, le panorama se modifia. Succédant au long néant noir, la surface grise de la Lune se profilait à présent sous les yeux de Mia, à travers le hublot. Les contours gagnaient en clarté à chaque seconde qui s'écoulait. Elle distinguait maintenant des montagnes et des vallées, des éminences et des failles immenses.

Et là, au moment où le module roula sur le flanc, elle eut l'occasion d'assister au spectacle le plus unique dont elle ait jamais été témoin : son tout premier lever de Terre. La planète bleue se hissait au-dessus de l'horizon lunaire – et Mia comprit à quel point ils étaient loin de chez eux.

Caitlin se retourna vers les adolescents.

– Il est temps de montrer son plus beau sourire, les enfants. Nous branchons les caméras et, à partir de maintenant, nous sommes en direct avec la Terre, jusqu'à l'atterrissage.

Nadolski appuya sur plusieurs boutons, et deux caméras vidéo s'enclenchèrent.

– Faites coucou à votre famille ! dit-il.

Mais personne n'agita la main. Ils étaient trop accaparés par ce qu'ils voyaient à l'extérieur.

– Vous êtes prêts pour l'atterrissage, informa Houston.

– Atterrissage dans deux minutes et trente secondes, annonça Nadolski au contrôle au sol.

– Rotation de trois degrés vers le bas, commanda Caitlin à Nadolski, qui s'exécuta.

– Deux minutes avant l'atterrissage.

Mia voyait le sol lunaire très distinctement – et elle se dit qu'elle n'avait jamais rien vu de plus inanimé que ça. Tout n'était qu'une seule et même grisaille monochrome qui s'étendait à perte de vue. Partout, de la cendre grise, sans le moindre signe de vie.

– Une minute !

Midori se cramponna au bras de Mia. Antoine était collé au hublot.

– Mon Dieu ! s'exclama-t-il. C'est fabuleux !

Caitlin le fusilla du regard.

– Antoine, tu te tais ! Sinon je vais te demander de sortir d'ici !

– Trente secondes, indiqua Nadolski.

– En baisse de deux pieds et demi. Dérivons un peu vers la gauche.

– Quinze secondes. Soulevons un peu de poussière.

Vous auriez pu entendre une aiguille tomber.

– Dix secondes.

Vous auriez pu entendre l'herbe pousser.

– Cinq secondes.

Vous auriez pu entendre Dieu penser.

– Contact. Moteur coupé. Voyant de contact allumé.

Caitlin se leva. Tournée vers Mia et Midori, elle communiqua l'information avec fierté au contrôle de mission ainsi qu'aux millions de gens qui suivaient à coup sûr la retransmission en direct :

– Houston, *Demeter* s'est posé sur la mer de la Tranquillité.

Mia regarda par le hublot.

Ils étaient arrivés.

Aldrin

Le commandant Nadolski débloqua le système de verrouillage. Non sans avoir contrôlé les combinaisons de chacun et vérifié que les casques étaient convenablement verrouillés. Coleman procéda à la dépressurisation de *Demeter*. Après quoi Nadolski tourna le volant de manœuvre et ouvrit l'écoutille sur le vide lunaire.

– Espérons que la Lune nous montre sa face la plus hospitalière.

Ce furent les dernières paroles de Nadolski avant qu'il ne pivote sur ses talons pour se glisser hors de l'écoutille.

Caitlin lui emboîta le pas. Elle eut quelques difficultés à atteindre l'échelle, sous sa botte. Enfin, elle sentit un premier barreau, puis un deuxième, et put sortir complètement. Sitôt qu'elle eut les deux jambes sur le sol lunaire, elle dirigea sa caméra vers l'écoutille ouverte pour filmer tout ce qui se passait.

Et, les uns à la suite des autres, l'équipage s'extirpa du module et descendit sur la surface de la Lune.

Midori avait toutes les peines du monde à trouver un appui stable. La combinaison, qui lui paraissait énorme, compliquait la locomotion. À chaque mouvement, elle était obligée de donner à son corps les instructions sur ce qu'il devait entreprendre, mais il ne semblait pas en état de suivre ses ordres. Tout à coup, elle sentit une main empoigner son talon et la guider au bas de l'échelle tout en entendant dans l'intercom Nadolski lui dire « Je te tiens ». La minute suivante, elle avait les deux pieds solidement plantés dans la poussière grise.

Et elle fut frappée, en tout premier lieu, par le silence : un silence de mort, écrasant ; comme si le seul bruit audible qui aurait subsisté dans l'espace se résumait à sa respiration étouffée. Elle avait la sensation d'avoir quitté l'univers. Et elle se demanda si ses parents la regardaient, en cet instant. Oui, sans aucun doute. Après le lancement, ils avaient été transférés à Houston, tout comme la famille de Mia et d'Antoine, et se trouvaient à coup sûr au centre d'accueil du JSC où ils faisaient l'éloge de leur fille. Midori avait du mal à se représenter sa mère en train de se ronger les sangs, alors qu'elle-même pensait en permanence à tout ce qui, ici sur la Lune, était susceptible de mal tourner.

Mia avait songé à prononcer quelques mots bien choisis au moment où elle sortirait ; elle s'était même retourné les méninges pour essayer de trouver une formule adaptée à la circonstance, une phrase historique. Mais en fin de compte, rien ne lui était venu. Pas une parole. Et maintenant, debout sur cette surface granuleuse, tandis qu'elle tentait de diminuer son pouls et de s'orienter, elle en comprenait la raison. Le respect qu'elle avait éprouvé ces derniers temps pour Armstrong et Aldrin allait croissant : il semblait utopique de trouver les termes adéquats, capables de décrire tout à la fois la beauté et le côté sinistre de l'endroit. Ce qui n'avait pas échappé aux deux astronautes. Surtout à Aldrin. Il avait quitté le module lunaire et transmis à la Terre les seuls mots possibles : « Magnifique. Magnifique désolation. »

Antoine fut le dernier des trois adolescents à s'extraire du LEM. Il avait aussi été celui qui avait passé le plus de temps au laboratoire de flottabilité neutre, où l'entraînement au fond d'une piscine leur avait permis de simuler l'état d'apesanteur. Aussi se dégagea-t-il de l'écoutille comme un professionnel, sans hésitation, sans complications : il recula avec aisance et sa semelle se plaqua aussitôt sur l'échelle, dont il descendit les barreaux. Il inspecta ensuite les lieux du regard, comme pour s'assurer qu'il était arrivé au bon endroit, avant de faire signe à Nadolski, pouce levé, que tout allait bien. Voilà, ils étaient tous là, tous prêts à partir.

Et une pensée soudaine s'imposa à Antoine avec une force colossale. C'était d'ailleurs davantage la confirmation de la vérité qu'une réflexion : *Nous n'avons pas notre place ici. Mais alors pas du tout.* Toutefois, il se garda bien de la prononcer à voix haute.

Nadolski leur expliqua comment se déplacer le plus facilement avec une force de gravité aussi minime :

– Imaginez-vous que vous êtes sous l'eau. Vous vous souvenez de nos exercices dans le bassin ? Bon. Vous allez vous rendre compte que le moyen le plus simple pour avancer est de se pencher légèrement en avant. Mais pas trop non plus ! Sans quoi vous risquez de tomber et vous aurez besoin d'aide pour vous relever... Et Midori, je t'en prie, arrête de sauter tout le temps comme ça !

Il les laissa s'entraîner quelques minutes avant de signaler à Aldrich Coleman qu'ils pouvaient repartir.

– OK ? Tout le monde est là ? Dans ce cas, on va à la base lunaire, déclara ce dernier.

Mia ne l'avait pas encore repérée mais, maintenant que Coleman les invitait à s'éloigner du LEM, elle remarqua aussitôt la grande installation qui s'étirait à quelques centaines de mètres d'elle. Coleman se rendit compte qu'elle avait les yeux écarquillés.

– Eh oui, voici donc DARLAH 2. Elle est belle, n'est-ce pas ?

Mia haussa les épaules sans quitter des yeux la construction blanche. Il était difficile de dire avec exactitude à quoi elle ressemblait. À un conteneur blanc, oblong, un peu trop grand peut-être...

– Je suis pas sûre que *belle* soit vraiment l'adjectif approprié, mais bon...

– Attends d'y être, et toi aussi tu finiras par partager mon avis. Attends d'y entrer, d'y avoir passé plusieurs jours. Je te promets qu'on est bien mieux à l'intérieur que dehors, dans ce désert.

– Qu'est-ce qui est arrivé à la première, au fait ?

– Qu'est-ce que tu veux dire ?

– Je veux dire que si cette base s'appelle DARLAH 2..., *où* se trouve DARLAH 1 ?

La question sembla déclencher un certain malaise chez Coleman. Son expression se modifia radicalement et il répondit à Mia avec une voix empreinte de gravité :

– On pourra en reparler tout à l'heure.

Sur ces entrefaites, il pivota pour annoncer au reste du groupe :

– Allez, venez, maintenant. Il faut qu'on soit entrés avant que le soleil ne soit trop brûlant.

Par l'intercom, Mia entendit Caitlin s'adresser aux gens qui, sur Terre, suivaient l'émission en direct :

– Eh bien, cher public, comme vous pouvez le voir, nous sommes tous sains et saufs et nous nous dirigeons actuellement vers DARLAH 2, la base lunaire stationnaire où nous résiderons les cent soixante-douze prochaines heures.

Pendant qu'ils avançaient lentement vers DARLAH 2, Caitlin raconta l'histoire de ce qui avait été dissimulé au reste du monde durant plus d'un demi-siècle :

– DARLAH 2 se compose de modules élaborés et transportés sur la Lune en collaboration avec la NASA. Quatre équipes de six astronautes chacune, disposant de Jeeps lunaires et de matériel robotique sophistiqué, ont assemblé la base au cours des années 1970. DARLAH s'inscrivait dans le cadre d'un vaste projet baptisé Opération DP7, dont l'existence a été tue à l'opinion publique au nom du secret-défense. Tout simplement parce que la NASA et le gouvernement américain redoutaient que l'Union soviétique ne croie pas à la construction d'une base permanente sur la Lune qui n'inclue pas d'arsenal militaire et qui soit uniquement motivée par des intentions pacifiques. DARLAH devait devenir d'une part une station de recherches et d'exploration en lien également avec un site d'extraction minière, d'autre part une zone de transit pour les futures expéditions internationales sur Mars, que la NASA estimait à l'époque réalisables à l'orée du nouveau millénaire. Les astronautes qui ont intégré le programme DP7 ont utilisé la station spatiale orbitale américaine Skylab, officiellement abandonnée en 1974, comme lieu de repli et de repos entre leurs différentes missions. En 1979, quand les travaux ont été terminés sur la Lune, Skylab a été renvoyée sur Terre mais s'est désintégrée au-dessus du sud-ouest de l'Australie lors de sa réentrée dans l'atmosphère. Cela vous intéressa peut-être de savoir qu'aucun des astronautes ayant participé à l'assemblage de DARLAH 2 n'a jamais vécu à l'intérieur même de la base. Les modules ont été scellés sur Terre, avant leur transport, afin d'éviter toute contamination, et les astronautes ont de ce fait été obligés d'utiliser des modules d'alunissage très exigus comme lieu de couchage pendant qu'ils travaillaient par roulement sur la Lune. Hélas, les projets de la NASA d'envoyer des hommes sur Mars n'ont jamais vu le jour, et la base est restée inutilisée pendant toutes ces années. Un peu comme un musée extrêmement bien caché. Du moins jusqu'à maintenant.

– Comment ça, jusqu'à maintenant ? demanda Mia.

– Oui, la NASA, avec les agences spatiales japonaise, européenne et russe, projettent enfin de réutiliser cet endroit.

– Donc finalement on va aller sur Mars ?

– Pas dans un avenir proche, non. Tu serais obligée de passer six mois dans un vaisseau spatial pour y arriver. Sans oublier les six mois supplémentaires pour le voyage retour. L'idée est davantage d'optimiser DARLAH en l'utilisant comme base dans la recherche de tantale 73, un métal de transition assez rare qui trouve ses applications notamment dans les ordinateurs et le développement des nanotechnologies. Mais assez parler de ça. Ici, le plus important, c'est *vous* !

Caitlin désigna Midori, Mia et Antoine.

– Car, mesdames et messieurs, les trois adolescents ici présents vont être les tout premiers à mettre les pieds dans la base depuis que celle-ci a quitté la Terre.

Elle devrait bosser à la télé, songea Mia. *Elle a une voix de présentatrice.*

– DARLAH 2 mesure en tout 248 mètres sur 96, divisés en quatre modules et un générateur d'oxygène. La base contient une salle commune, une salle de communications, six chambres à coucher, une salle de bains, un entrepôt et une infirmerie. Elle possède sa propre serre, intégrée au générateur d'oxygène, ce qui non seulement a pour avantage de régénérer l'oxygène mais aussi de fournir de la nourriture en quantité suffisante pour maintenir en vie les astronautes sur une très longue période. L'idée étant, je l'ai déjà dit, que DARLAH 2 puisse servir d'habitat aux futurs astronautes, tant ceux en mission de recherche sur la Lune que ceux en transit vers Mars.

Caitlin dirigea l'objectif de la caméra vers le sol avant de continuer ses explications :

– Nous nous trouvons actuellement sur un point hautement historique, peut-être d'ailleurs le plus historique de tous. C'est en effet ici que la mission Apollo 11 s'est posée, le 21 juillet 1969. Très exactement *ici*. On voit toujours l'empreinte laissée par la botte de Buzz Aldrin dans la poussière lunaire.

Ils s'arrêtèrent tous pour observer l'empreinte qui semblait s'être moulée dans le sol quelques minutes auparavant.

– La NASA a par conséquent décidé que cette empreinte devait être conservée comme monument historique officiel marquant les premiers pas de l'humanité sur la Lune.

Caitlin posa un caisson en Plexiglas sur l'empreinte afin d'éviter que de futurs astronautes ne la détruisent en la foulant par inadvertance.

– À cause du vide qui règne ici, cette empreinte demeurera intacte dans les millions d'années à venir. Tout comme les nôtres d'ailleurs. Puisque ici il n'y a ni vent ni quelconque phénomène météo capables de les effacer.

À quelques mètres de là, Midori avisa ce qu'elle prit d'abord pour des déchets : des objets blancs, disséminés dans la poussière. Elle s'éloigna du groupe pour les observer de plus près. À première vue, ils n'étaient pas sans rappeler les pièces d'un module lunaire peu différent de celui qu'ils avaient emprunté pour venir. Peut-être s'agissait-il des restes du premier alunissage...

– Caitlin... ? appela-t-elle dans le micro incorporé à son casque. Tu peux venir, s'il te plaît ?

Caitlin, la caméra vidéo toujours à la main, la rejoignit.

– Tiens donc..., fit-elle. Ce que tu vois là, c'est la plaque commémorative qui était fixée au train d'atterrissage du LEM *Eagle*. Ils l'ont laissée ici. Armstrong et Aldrin. Pour économiser du poids. Ça vaut pour tout ce que tu vois autour de toi. Ils ont abandonné tout ce dont ils n'avaient pas besoin.

Parmi ces objets hétéroclites, une chose captiva plus que toute autre l'attention de Midori. Une paire de bottes lunaires.

– Et ça ? demanda-t-elle.

Caitlin avança d'un pas, zooma avec sa caméra.

– Ah, ça... Eh bien... Je crois qu'en fait ce sont les bottes lunaires de Buzz Aldrin. Elles aussi, il les a abandonnées.

Midori était soudain dubitative.

– Tu veux dire qu'il est rentré pieds nus sur Terre ?

– Euh, non. Les bottes lunaires se mettaient par-dessus les autres, qui étaient thermorésistantes.

– Et elles aussi, il faut les conserver jusqu'à la fin des temps ?

– Hum..., fit Caitlin après un petit moment de réflexion. J'en sais rien, moi... Houston ? Vous avez prévu quelque chose pour les bottes d'Aldrin ?

Elles attendirent un instant avant d'obtenir une réponse du contrôle de mission.

– Nous ? Euh... non, il n'y a rien de prévu pour elles, entendirent-elles grésiller dans l'intercom.

– Parfait ! s'exclama Midori en se penchant pour les attraper. Dans ce cas, je les prends. Elles sont trop cool ! Un peu grandes, mais bon.

Sur ce, elle pivota pour retourner vers le groupe, laissant en plan Caitlin, qui en resta bouche bée.

– Euh, Houston... ? Une des civils vient de retirer de la surface lunaire les bottes d'Aldrin !

Un long silence suivit, à l'autre bout de la ligne. Puis vint la réponse :

– Ben... il n'avait qu'à réfléchir à deux fois avant de balancer ses affaires n'importe où. Elle n'a qu'à les garder. Enfin, au moins jusqu'à votre retour.

– Reçu.

Caitlin rejoignit une Midori déjà en train de se débarrasser de ses bottes pour enfiler celles d'Aldrin.

– Si j'étais toi, j'éviterais..., lui lança Caitlin en lui empoignant le bras. Ces bottes se mettaient sur les autres ; elles ne font pas partie de ton matériel. Les tiennes sont solidaires du reste de la combinaison. Et dessous, tu es en chaussettes. Comme la température extérieure est de cent vingt degrés, je ne suis pas certaine que tu aies envie de te déshabiller...

– Non, tu as raison, répondit Midori, qui suspendit aussitôt son geste. Merci, Caitlin.

– Avec plaisir. Allez, viens, qu'on entre enfin dans cette base.

Elles se remirent en route, suivies par le reste du groupe qui avançait en file indienne. Mia fermait le cortège. Elle qui n'avait rien perdu de la scène était un chouïa jalouse de Midori. Se trimballer en bottes lunaires portées par d'anciens astronautes en jetait quand même énormément, si classe que soient ses Rangers de parachutiste italien. Mais bon, peut-être qu'on lui donnerait la permission de garder celles qu'elle avait aux pieds en ce moment et qui, dans leur genre, n'étaient pas mal non plus. Tous les quatre ou cinq pas, Mia regardait par-dessus son épaule les empreintes qu'ils laissaient derrière eux. Elles se comptaient désormais par centaines, avec ces vingt pieds au total qui avaient foulé la poussière lunaire. Elle se demanda ce qu'Aldrin avait éprouvé en observant sa toute première empreinte dans un autre endroit que la Terre.

Elle en était là de ses réflexions quand Caitlin s'arrêta. Devant eux se dressait un bâtiment grisâtre, aux fenêtres teintées, siglé du logo de la NASA. Si la construction ne comptait qu'un seul niveau, Mia voyait qu'elle s'étirait sur plusieurs centaines de mètres, dans toutes les directions, dans un dédale d'ailes et de couloirs. À peu près au milieu s'élevait un dôme derrière lequel on distinguait le grand générateur d'oxygène, d'une vingtaine de mètres de haut, qui les alimenterait en air respirable lorsqu'ils séjourneraient à l'intérieur de la base.

Nadolski prit le commandement des opérations. Il entra un code sur un clavier aménagé à gauche d'une grande écoutille. Surmontée de l'inscription *SAS 1*, elle comportait un volant que Nadolski actionna et qui, à la surprise de Mia, tourna sans émettre un seul son. Elle qui s'était attendue à un grincement métallique et plaintif n'entendit strictement rien. *C'est le vide qui fait ça*, se dit-elle. *C'est pour ça qu'il n'y a pas de bruit.* Lui vint alors une autre pensée, dont elle ignorait la provenance, mais qui s'imposa à sa conscience et la saisit d'effroi : *Dans l'espace, personne ne vous entend crier.*

Après un instant d'hésitation, Mia suivit Nadolski et les autres dans la salle de décompression dont il referma l'écoutille, avant d'égaliser la pression, de sorte qu'ils puissent retirer leurs casques et respirer l'air de la base lunaire.

Ils se trouvaient à l'intérieur de DARLAH 2.

Le nom

Ils l'avaient claquemuré dans sa chambre, carré dans le fauteuil et collé devant la télé. Ils employaient cette recette, de temps à autre, quand ils manquaient de personnel de garde pour veiller sur tous les résidents. Lesquels restaient bien sagement, bien gentiment devant leur poste, où ils oubliaient tout, à commencer par le temps et l'espace, et surtout qu'on ne leur avait pas fait la toilette depuis plusieurs jours.

M. Himmelfarb était aux anges. Il venait de voir la caméra balayer le public et se disait que tous ces gens lui faisaient une visite-surprise dans sa chambre, pour déguster un café en sa compagnie. D'un pas décidé, il fila vers ses placards pour sortir couverts et assiettes en quantité suffisante pour tout ce petit monde. Qui sait, peut-être quelqu'un apporterait-il un gâteau – un cheese-cake, par exemple. Bien qu'il n'ait que des tasses à café et des soucoupes dans son argentier, il disposa le tout méticuleusement sur son lit. *Voi-là.* Au moins, il avait dressé la table pour trois. Somme toute un bon début. Il jeta les fleurs qui s'épanouissaient sur l'appui de la fenêtre et versa l'eau du vase dans les tasses.

– C'est prêt, marmonna-t-il d'une voix inaudible, non sans lancer un regard inquiet en direction du téléviseur.

Or le public demeurait résolument assis. Mais pourquoi ne se levaient-ils pas ? Il y avait pourtant assez de tasses pour tout le monde – et c'était sans doute ça le problème. Il plaça chaussures, chapeau, miroir, radio et photos accrochées au mur en rang d'oignons sur le lit. Il remplit le vase, qu'il vida dans les chaussures. Des taches foncées s'étalèrent sur la couette, et l'eau dégoulina par terre. Il jeta un nouveau regard vers l'écran. *Ho !* Ils refusaient de se lever.

M. Himmelfarb s'effondra dans son fauteuil et enfouit son visage entre ses mains. Il resta ainsi une demi-heure, jusqu'à ce qu'une des soignantes entre dans sa chambre et découvre son lit recouvert d'objets. Elle l'observa. Il transpirait d'épuisement. Une main prévenante se posa sur son épaule.

– Alors, on a encore eu de la visite ?

M. Himmelfarb hocha lentement la tête. La femme se pencha vers l'écran et changea de chaîne. Le public disparut.

– Et voilà. Ils sont déjà repartis... Tous !

Elle ne remarqua même pas que le vieil homme pleurait. Et, pendant qu'elle rangeait ses affaires, un documentaire réalisé en exclusivité dans le cadre de la mission spatiale commença. Sur l'écran, devant lui, des gens déployaient une activité intense. De vieilles images d'archives montraient des chercheurs en plein travail, affairés à assembler des équipements divers et variés et entreprendre des tests. Il n'était pas évident de voir exactement ce qu'ils faisaient, ni d'ailleurs où les images avaient été tournées, et le commentateur n'expliquait rien à ce sujet, trop occupé à raconter l'histoire du programme spatial américain depuis les années 1950 jusqu'à aujourd'hui, en bombardant les spectateurs de chiffres et de statistiques, d'indications sur les coûts, la taille et la complexité de l'ensemble. Cette avalanche d'informations passait carrément au-dessus de M. Himmelfarb qui, pourtant, ne perdait pas une miette de l'émission.

Il eut peu à peu la vague sensation de reconnaître, sur l'image fixe qui venait d'apparaître, plusieurs des visages qui souriaient. Car il savait où elle avait été prise, cette photo, non ? Si : dans l'un des hangars du laboratoire de Goldstone. Et les personnes, là, travaillaient sur un projet consacré à... consacré à quoi, déjà ? Celui qui se trouvait au milieu était le chef, alors qu'il avait à peine vingt ans à l'époque. Et s'il avait pris la direction des opérations, c'était parce que... parce qu'il savait quelque chose. C'était ça, non ? Oui, c'était ça. À cause de calculs savants qu'il avait faits à l'université, il avait été recruté par Goldstone pour s'occuper de... d'un machin obscur dont ils parlaient uniquement en le qualifiant de... oui, voilà :

d'*affaire lunaire*. Comment est-ce qu'il s'appelait, déjà, ce type ? Cohen ? Non. Kaufmann ? Non plus, non. M. Himmelfarb fouilla dans son fichier mental, mais c'était un de ces bazars encore là-dedans... Il se força à recommencer. Qu'est-ce qu'elle montrait, cette photographie ? Il l'examina de plus près, essaya de regarder au-delà des gens qui y figuraient pour apercevoir les constructions derrière...

Mince, la photo venait d'être remplacée par une autre, prise dans un angle un peu différent. Le commentateur expliquait que ce qu'on voyait à présent n'était autre que la célèbre Jeep lunaire, autrement dit le LRV, le *Lunar Rover Vehicle*, photographiée à côté de ses inventeurs dans l'usine Boeing dans l'Illinois. *Faux !* s'exclama M. Himmelfarb dans sa tête. La photo avait été prise à Goldstone. Aucun doute là-dessus. Il continua de chercher le nom du bonhomme, mais ça relevait presque de l'impossible... Collins ? Non. Kleinmann ? Peut-être, pas sûr... Une troisième image venait de se matérialiser sur l'écran, cette fois prise au fond de la pièce. Elle montrait l'arrière du LRV et le dos des « chercheurs ». M. Himmelfarb se figea d'effroi.

Toutefois, ce n'était pas du tout cela qui l'avait effrayé. Sa peur s'expliquait par la vue d'une porte ouverte tout au fond de l'image et qui n'était pas censée représenter une partie importante du cliché ; n'empêche, elle et elle seule captivait son regard. De fait, on apercevait vaguement un homme, plutôt court sur pattes, muni d'une caisse à outils, au visage d'autant plus flou si on ne le connaissait pas ; on risquait même de ne pas le repérer. Mais M. Himmelfarb, lui, le remettait parfaitement.

Puisque cet homme sur la photographie, c'était lui.

– Et voilà ! s'écria l'aide-soignante en éteignant le poste. On ne va pas passer la nuit à regarder la télé, hein ?

M. Himmelfarb resta assis, les yeux rivés sur l'écran noir, mais la seule image qu'il voyait se résumait à son propre reflet. On aurait cru qu'il se renvoyait un rictus depuis l'image réfléchie sur la paroi de verre. Le rictus hideux d'un homme fou. Il ferma les paupières quelques secondes pour mieux les rouvrir. Il ne voyait à présent que son visage triste qui le fixait. Le visage le plus triste sur la surface de la Terre.

Le bip de l'aide-soignante sonna dans sa poche ; elle s'en empara.

– On va devoir rester un petit moment tout seul, Oleg, d'accord ? Je reviens dans vingt minutes pour vous aider à vous mettre au lit.

Elle quitta la chambre sans attendre de réponse.

Mais M. Himmelfarb ne remarqua même pas son départ. Un minuscule *clic* se produisit dans sa conscience. En un clin d'œil, ses terminaisons nerveuses cérébrales se connectèrent, et un flot d'informations se déversa en lui, telle une vague déferlante. Il se leva et s'immobilisa au milieu de la pièce.

C'est ici que j'habite, pensa-t-il.

Ce sont mes affaires.

J'habite dans une maison de retraite ?

À pas lents, il s'avança vers le miroir que l'aide-soignante avait remis en place avant de partir. Il se regarda dans la glace. Et les larmes coulèrent quand il découvrit le visage du vieillard flétri qui le scrutait. Il avait le sentiment que cette succession d'années saturées de manque, le manque de ses enfants, de sa femme, de sa vie entière, de l'homme qu'il avait été, s'étaient vues soudain comprimées en une prise de conscience qui s'était opérée en l'espace d'une seconde écrasante. Les portes de sa conscience étaient désormais grandes ouvertes, son cerveau avait la clarté du cristal le plus fin.

Coleman. Coleman, il s'appelait. Pas Cohen ni Kaufmann. Mais Coleman.

Vint alors le raz-de-marée. Il se souvenait de tout ce qui s'était passé le fameux jour où la photo avait éternisé cet instant, à Goldstone. Et ça lui tombait dessus avec une puissance plus redoutable encore que la première vague. Il faillit en perdre l'équilibre.

Il se souvenait de Coleman, des rapports, des incidents sur la Lune. Il visualisait distinctement le cliché flou que les astronautes d'Apollo 17 avaient pris non loin de *Mare Serenitatis*. Coleman le lui avait fait voir, un après-midi d'automne, en 1979 – et il frémit rien que d'y repenser. La photographie montrait l'astronaute Eugene Cernan en train de grimper dans son

LRV. Il avait une démarche gauche, comme s'il n'avait pas une seconde à perdre. Et, à moins de trente mètres derrière lui, dans la vallée de Taurus-Littrow, on apercevait la raison de sa précipitation : une silhouette foncée, aux contours nébuleux, mais visiblement sans combinaison spatiale, habillée de vêtements ordinaires, courait vers lui. M. Himmelfarb avait croisé Eugene à maintes reprises. Un type charmant, mais un homme qui, hélas, n'avait plus jamais été le même après cette mission.

Ce qui n'était sans doute pas sans rapport avec la figure en arrière-fond, lancée à sa poursuite, fonçant vers la Jeep lunaire, et qui avait une ressemblance frappante avec Eugene lui-même.

DARLAH. Ils vont remettre la base en service.

Pourtant, on était tous tombés d'accord pour ne jamais y retourner !

Jamais !

Il prit son portefeuille dans la poche intérieure de sa veste et trouva ses chaussures à côté de la penderie. Redoublant de prudence, pour ne pas exposer son corps fragile à des mouvements trop brusques, il se baissa pour les soulever, s'assit sur le bord du lit et les enfila avant de quitter sa chambre. Il traversa le couloir aussi vite que sa forme le lui permettait, afin de rejoindre la cabine téléphonique située près des marches.

Il est encore temps. Ils peuvent encore interrompre la mission et revenir, s'ils n'ont pas atterri.

Nous devons tout leur raconter. Tout.

Il ne rencontra personne dans le couloir. Les quelques aides-soignantes de service étaient occupées auprès de résidents qui logeaient dans les autres ailes de la maison de retraite, ce qui lui donna le champ libre pour accéder à l'appareil.

D'une main tremblante, il inséra quelques pièces et composa le numéro central de Goldstone. Il fut frappé de constater qu'il s'en souvenait encore, malgré ce qu'il était devenu. Mais ça n'avait pas d'importance. La mémoire n'avait aucune valeur.

Le numéro que vous avez composé n'est plus en service.

Évidemment. Ça faisait tellement longtemps qu'il ne les avait pas appelés. On leur avait sûrement attribué d'autres numéros, depuis. Il feuilleta l'annuaire retenu à l'appareil par un câble métallique.

K. L. M. N.

Ça y est, j'y suis : N.

NASA.

Il composa le numéro du centre spatial Kennedy.

Plusieurs sonneries retentirent.

Il obtint une voix enregistrée en guise d'interlocuteur. Un menu, et des choix. Beaucoup trop de choix. C'était perturbant. Il appuya sur la touche 0, dans l'espoir que cela le conduirait à une espèce de standard. Mais non, toujours cette voix préenregistrée, mécanique, d'une gentillesse inappropriée.

Il jeta un œil à sa montre. Non. Il devait y avoir encore des gens à cette heure.

Il ressaya, sans obtenir, là encore, le moindre interlocuteur.

Sentant le désespoir et la peur en passe de prendre le dessus, il reposa le combiné avec fracas. Son cœur battait à toute vitesse, et il avait des picotements dans la poitrine. *Le Cap Canaveral*, songea-t-il tout à coup. *Je vais essayer le Cap Canaveral.* Il compulsa l'annuaire, trouva le numéro, et appela.

Un jeune homme décrocha :

– Cap Canaveral Air Force Station, que puis-je faire pour vous ?

M. Himmelfarb s'apprêtait à tout raconter. Il allait vider son sac, dévoiler tout ce qu'il savait, ce qu'ils devaient faire, expliquer les raisons pour lesquelles la mission devait être absolument et immédiatement interrompue. Il allait exiger d'être mis en relation avec [redacted] en personne, et le plus vite possible.

Mais il était incapable de prononcer un traître mot.

La mémoire lui était certes revenue, mais l'élocution ne lui obéissait plus. De sa bouche ne sortaient que des gargouillements, quels que soient les efforts qu'il déploie pour tenter de s'exprimer normalement.

– En quoi puis-je vous aider, monsieur ?

Non, ne me faites pas ça. Ne me faites pas ça.

– Vous êtes là, monsieur ?

Faites en sorte que je puisse prononcer une phrase. Juste une. Permettez-moi seulement de les prévenir. C'est tout ce que je vous demande.

– Je vais être obligé de raccrocher, monsieur...

Non, ne raccroche pas, je t'en supplie, donne-moi juste un peu de temps, un tout petit peu de temps.

– Au revoir.

Merde !

Il sentit une profonde colère monter en lui, si féroce qu'il faillit perdre connaissance. Mû par une force inouïe dont il croyait ses vieilles mains incapables, il s'attaqua à la cabine téléphonique avec le combiné en guise d'arme. Il matraqua la vitre en plastique qui vola en éclats, tira sur le fil pour l'arracher, mais celui-ci lui résistait. Sous la pression de ses paumes, le combiné finit broyé et les morceaux s'éparpillèrent partout. Il continua à coups de poing. Puis en s'aidant de tout son corps. Il propulsa son épaule contre l'appareil, dont les pièces ne résistèrent pas à la secousse : elles roulèrent et cliquetèrent sur le sol. *C'est trop tard*, pensa-t-il en brandissant ses deux mains au-dessus de sa tête. La douleur lui vrilla les bras lorsqu'il envoya une dernière salve à la cabine téléphonique. Celle-ci se désolidarisa de la cloison, s'affaissa puis s'effondra dans un vacarme tonitruant. M. Himmelfarb resta debout à côté des débris, inerte, jusqu'à ce que les aides-soignantes déboulent en courant.

Ils ne devaient pas y retourner.

Ils devaient s'en écarter.

Ne plus jamais y aller.

DARLAH 2

Antoine, portant les doigts à son cou, tâtonna pour trouver le système de déverrouillage du casque.

– Attends, je vais te donner un coup de main.

Coleman vint l'aider à désenclencher la sécurité.

– Comme ça...

Antoine souleva son casque et prit une profonde inspiration. L'air était bizarre. Il le remarqua d'emblée quand ils sortirent de la chambre de décompression puis s'engagèrent dans le premier module. L'air semblait vieux, poussiéreux, comme s'il avait renoncé à l'idée de recevoir un jour le moindre souffle humain. Les seuls mouvements en présence ici étaient ceux du temps. Des équipements électroniques datant visiblement des années 1970 retapissaient les cloisons blanc d'œuf : de grosses diodes lumineuses de différentes tailles et couleurs clignotaient tandis qu'ils évoluaient vers le module 2, des ordinateurs archaïques recrachaient des codes numériques et des bandes d'informations que nul n'était en mesure d'interpréter.

En outre, il régnait un profond silence des plus désagréable : seuls leurs pas contre la grille en acier qui couvrait le sol renvoyaient un écho sourd. Antoine se dit qu'il venait de pénétrer dans une église et que, de ce fait, il devait manifester pour les lieux respect et révérence. Cette pensée fut cependant interrompue par une autre, plus lugubre, qu'il était incapable de s'expliquer :

Dieu n'est pas ici. Dieu ne connaît même pas l'existence de cet endroit.

– Je propose que nous nous séparions en deux groupes, dit Caitlin à Nadolski. J'emmène les jeunes, et toi tu vas avec Wilson, Stanton et Coleman à la salle de communications pour envoyer un rapport à la Terre. Ça te va ?

Nadolski acquiesça d'un air agacé. C'était qui le chef, ici ? Lui, non ? C'était quand même lui, le *Mission Commander* ! Malgré tout, madame, une vulgaire pilote, venait de prendre le commandement des opérations. Elle se prenait pour qui ?

– Mouais, répondit-il laconiquement en faisant signe aux hommes de le suivre.

Caitlin donna la caméra vidéo à Antoine en lui demandant de filmer pour les spectateurs sur Terre la promenade dans les méandres du module 2. Il se plaça derrière le groupe et les capta dans l'objectif tandis qu'ils progressaient dans le couloir. Arrivée au premier sas, Caitlin s'immobilisa et s'adressa à la caméra :

– Cela en surprendra sans doute plus d'un parmi vous, chers téléspectateurs, que nous puissions *a priori* avoir de la gravité à l'intérieur de DARLAH. Comme la base a été aménagée en vue de séjours prolongés, la manière d'y créer une gravité artificielle est une question qui a longtemps occupé, pour ne pas dire préoccupé, la NASA. Un problème qu'il était d'autant plus urgent de résoudre si l'on voulait empêcher que les astronautes ne développent une atrophie musculaire, inévitable quand on reste en état d'apesanteur sur une longue période. La solution a consisté à placer, sous le sol de la salle des ordinateurs, un système magnétique complexe qui génère un champ gravitationnel local de 0,97G, à peu près identique à celui de la Terre, où la force de gravité est de 1G.

Les deux groupes de quatre évoluaient à l'intérieur de la base, engoncés dans leurs combinaisons extravéhiculaires, aussi lourdes que gênante. S'il avait été difficile de se mouvoir sur la surface lunaire ainsi harnaché, la transition dans un lieu où régnait une gravité normale se révélait encore plus compliquée. Ils étaient obligés de se déplacer lentement, de poser un pied devant l'autre sans cesser de se concentrer afin de ne pas perdre l'équilibre. Pour le public tranquillement assis devant sa télé, le spectacle devait être ridicule à souhait. Mais tant Mia, Antoine, Midori que les autres astronautes ne trouvaient rien de comique à la situation.

La tension et l'attente étaient palpables alors qu'ils traversaient la base pour la première fois. Tous les dix mètres environ, ils étaient accueillis par des sas de sécurité que Caitlin activait à l'aide d'un bouton sur la cloison. Ils entendaient les pompes hydrauliques ouvrir les sas avec un *pfiouff f* et les laisser pénétrer dans la pièce suivante. Ici, les bruits étaient non seulement nouveaux, mais aussi tout à fait perceptibles. Caitlin leur expliqua que les ondes sonores avaient désormais de l'air pour se déplacer, lequel permettait ainsi à l'ouïe de capter les fluctuations.

– Tout est complètement préhistorique, ici ! se plaignit Midori alors qu'ils atteignaient un énième sas de sécurité. Comment est-ce que vous pouvez être sûrs que tout est en état de fonctionnement ?

Se campant devant le sas qu'elle considéra d'un œil dubitatif, elle devança Caitlin et appuya sur le bouton d'activation. La porte coulissa. *Pfiouff f.*

– Ce n'est pas parce que c'est vieux que c'est forcément mauvais, répliqua Caitlin d'une voix rieuse. Pense à moi, par exemple. J'ai trente-huit ans. Il est certain que, par rapport à vous, je suis vieille. Mais ça ne veut pas dire pour autant que je suis bonne pour la casse, non ?

– Oui mais c'est pas comparable, rectifia Midori en remplissant ses poumons d'air. Y a vraiment une odeur bizarre, ici... De renfermé, je trouve...

– Ça va s'arranger, Midori, répondit Caitlin qui continuait déjà vers le module 3. Attends un peu qu'on ait pu aérer tous les modules, et tu verras, l'air sera meilleur.

– Mais vous l'avez quand même testée, cette base, au moins... ? insista Antoine.

La réflexion de Midori avait laissé des traces et, pour la première fois depuis le début de la mission, l'assurance du garçon flanchait quelque peu.

– Je veux dire : vous êtes sûrs que tout fonctionne convenablement ?

– Absolument, répondit Caitlin d'une voix douce. Ça a peut-être l'air vieux, et j'admets que d'une certaine manière le matériel est ancien, mais il est en parfait état, je te jure ! Chaque morceau, chaque microprocesseur a été testé et retesté avant d'être envoyé dans l'espace. Et, une fois monté, tout a été contrôlé et recontrôlé. Donc je peux vous promettre que ça marche. Et puis, franchement : tu crois vraiment que la NASA prendrait le risque de nous envoyer ici s'ils doutaient de la fiabilité de leurs équipements ? Et de nous donner des caméras vidéo qui retransmettent en direct dans l'ensemble du monde occidental ?

Elle avait maintenant une voix blanche.

– Je ne sais pas..., dit Antoine du bout des lèvres.

– Vous devez garder en mémoire qu'en 1969 ils avaient des ordinateurs suffisamment performants pour faire atterrir trois hommes sur la Lune. Ce qui, du moins la dernière fois que j'ai essayé, n'est pas si facile à réaliser à l'aide d'une PlayStation.

La discussion s'arrêta là. Ils comprenaient que contredire Caitlin ne servait strictement à rien. N'empêche, tous, adultes comme adolescents, se demandaient en leur for intérieur : *Jusqu'à quel point peut-on en être sûr ? Il n'y a aucune garantie.*

Ils poursuivirent dans le couloir de l'aile B sans échanger une parole.

Mia et Midori feraient chambre commune, Antoine occuperait celle d'à côté. Le reste de l'équipe résiderait également dans cette aile. Venait alors la chambre de Caitlin, puis celle où dormiraient Wilson et Stanton ; en tant que chef de la base, Coleman avait droit à une chambre individuelle, et enfin, tout au fond, se trouvait celle attribuée à Nadolski. Une grande cuisine était située en face, suivie, un peu plus loin, d'une salle de bains confortable qu'ils devraient partager.

Caitlin leur fit le tour du propriétaire pour qu'ils se familiarisent avec les lieux. La cuisine était étrange, d'un design à la fois ancien et futuriste, avec des coins arrondis et toujours cette teinte blanc d'œuf, froide, choisie pour l'ensemble de la base. Sur deux grandes portes fichées dans un mur se détachaient les mots ALIMENTS SECS et CONGÉLATEUR. Caitlin vint se poster devant elles.

– Et voici donc nos provisions, indiqua-t-elle avec un sourire.

Les adolescents se regardèrent.

– Pardon ? fit Midori. Tu n'es pas en train de nous dire qu'on va manger ce qu'il y a dedans ?!

Elle ouvrit la porte de la réserve qui accueillait la

nourriture sèche, où elle avisa des étagères à n'en plus finir, toutes remplies de boîtes et de caisses estampillées des logos NASA et DARLAH.

– Mais ça date des années 1970 ! s'écria-t-elle.

– Bien sûr. Tout est lyophilisé. Ça se garde une éternité, ou presque...

– Si tu crois que je vais avaler ça, alors là, tu te fourres le doigt dans l'œil. Pas question !

– Comme tu voudras... Mais je crois bien que tu seras très vite tenaillée par la faim. Tu sais, on va rester ici cent soixante-douze heures. Ça fait une semaine entière !

Elle laissa la phrase faire son effet. Midori réfléchit un instant avant d'ajouter :

– Dans ce cas, j'espère au moins que vous avez de la nourriture asiatique de conservée là-dedans, et pas seulement des montagnes de hamburgers !

– Euh, je doute que tu trouves des sushis, si c'est à ça que tu penses, mais je suis persuadée qu'on devrait pouvoir dénicher des nouilles.

Caitlin jeta un œil à sa montre.

– OK, il est dix-sept heures. Ça fait beaucoup de choses à emmagasiner, pour vous. Je vous propose d'aller dans vos chambres pour que vous puissiez vous débarrasser de vos combinaisons et vous reposer un peu. Je passerai vous chercher à dix-neuf heures et on ira retrouver les autres dans la salle commune de l'aile A, après quoi on pourra commencer à préparer le dîner. Qu'est-ce que vous en dites ?

Ils n'en dirent rien du tout et n'avaient aucune contre-proposition, bien au contraire : ils ne rêvaient que de ça, d'avoir la permission d'ôter ces maudites combinaisons. Et ils se rendirent compte, à ce moment-là seulement, de leur état de fatigue ; en partie à cause du long voyage, mais également parce qu'ils prenaient peu à peu conscience qu'ils se trouvaient effectivement sur la Lune. Après toute cette excitation liée au concours, à l'attente, à l'entraînement, ils étaient *enfin* arrivés.

D'un pas traînant, Antoine suivit Mia et Midori vers les chambres. Arrivés devant la porte des filles, ils s'arrêtèrent tous les trois, sans qu'Antoine fasse mine de continuer vers la sienne.

– Antoine... ? lui demanda Mia.

Il les regarda d'un œil désabusé.

– Si l'une d'entre vous préfère séjourner sur la Lune dans une chambre individuelle, je vous cède la mienne sans problème. Ce n'est pas franchement... comme ça que je m'étais imaginé les choses.

Mia comprit l'allusion et lui adressa un sourire complice.

– OK... Allez viens, Antoine. Les filles vont veiller sur le petit Français anxieux qui a peur de rester tout seul sur la Lune.

Antoine écarta les bras, cette fois avec une mine qui semblait leur dire : « Vous crevez d'envie de rester toutes seules ? À d'autres, ouais... »

Caitlin, toujours sur le seuil de la porte, n'avait rien perdu de la scène.

– Vous avez seulement deux heures devant vous, d'accord ? Je vous suggère de les utiliser pour dormir, pas pour papoter. Ah, Antoine... ?

– Oui ?

– Pas de bêtises avec les filles, OK ?

– *Oui, madame*, répondit-il en français.

Sur ce, Caitlin les laissa.

La pièce tenait plus du placard à balais que de la chambre à coucher : une fenêtre ovale, une penderie pour y ranger ses vêtements, deux couchettes superposées scellées au mur – et sinon : pas de chaises, pas de table, rien.

– Et je suis censé dormir où, moi ? demanda Antoine, en ouvrant de grands yeux désemparés.

– Je te signale que c'est toi qui as insisté pour venir ici, alors...

– Vous voulez dire que je vais devoir dormir par terre ?

Les deux filles se regardèrent.

– Mais tu dors où tu veux ! rétorqua Mia d'une voix feignant l'indifférence.

Sauf que, en vérité, cela lui était tout sauf indifférent. Elle connaissait d'avance son choix. Elle n'avait pas été dupe des signes qu'il lui avait envoyés ces jours derniers : sa façon de ne pas la quitter d'une semelle, de suivre chacun de ses mouvements.

– Je peux dormir à côté de toi, Mia ?

– Si tu veux, oui, s'empressa-t-elle de répondre, mais un peu trop vite quand même, car elle vit Midori lever les yeux au ciel avant de leur tourner le dos pour ôter sa combinaison spatiale.

Mia hérita de la couchette du bas. Une fois sa combinaison enlevée, elle fila sous la couette, non sans avoir gardé tee-shirt et petite culotte. Antoine vint la rejoindre l'instant d'après, mais prit soin de se blottir au bord du lit. Midori ne tarda pas à grimper au-dessus d'eux.

Mais aucun ne trouva le sommeil.

Non qu'ils cherchent à dormir, d'ailleurs. Dormir pour quoi faire ? On était envoyé sur la Lune et la première tâche à effectuer : aller se coucher. C'était la proposition la plus débile de l'histoire.

À défaut, les trois adolescents regardaient à travers la petite fenêtre ovale la lumière claire et forte réverbérée par la surface lunaire. Il leur semblait observer un désert infini, qui avait aussi en lui une part de beauté. Il n'y avait *vraiment rien*, là-bas, dehors. Ne trouvant aucun sujet de conversation, ils continuèrent de contempler la vue.

Or, plus le temps passait, plus le silence s'éternisait, plus la vue se transformait sensiblement. La splendide tranquillité extérieure parut se doubler d'un voile qui contenait comme une menace. Ils eurent tous cette impression, qu'aucun n'osa cependant verbaliser.

Et il est possible que ce sentiment ait poussé Midori à dire, à brûle-pourpoint :

– Vous connaissez l'histoire de Kuchisake-onna ?

– De qui ? fit Antoine.

– Kuchisake-onna. La Femme à la bouche fendue.

– Non. Pourquoi ?

– Je sais pas... Je pensais à elle brusquement.

Un silence de quelques secondes s'installa, avant que Midori ne reprenne la parole.

– Elle a vécu au XIIe siècle, à la fin de l'époque de Heian. Elle était mariée à un puissant samouraï. Vous savez ce que c'est, un samouraï ?

– Qu'est-ce que tu crois ! répondit Mia, tout en se disant qu'en fait elle ne connaissait peut-être pas la définition exacte.

– Une espèce de guerrier qui louait ses services à un noble, non ? tenta Antoine.

– Plus ou moins. Enfin bref. La femme de ce samouraï était extraordinairement belle, sans doute la plus belle de tout le Japon. Mais hélas, elle était aussi extrêmement vaniteuse. Et surtout infidèle.

– Elle me plaît déjà beaucoup moins, intervint Antoine.

– Tu trouves, toi aussi ? Parce que le samouraï était du même avis, figure-toi. Un jour, il a découvert qu'elle le trompait. Pour se venger, il lui a fendu la bouche jusqu'aux oreilles, en criant : « Qui te trouvera belle, désormais ? »

Midori laissa passer quelques secondes avant de poursuivre.

– Selon la légende, elle erre quelque part au Japon, la nuit, le visage recouvert d'un masque chirurgical.

– Je croyais que quasiment tous les Japonais en portaient un pour sortir... ? s'étonna Mia.

– Justement ! Beaucoup de Japonais mettent un masque chirurgical quand ils sont dans des endroits très fréquentés, pour éviter de propager des bactéries ou pour éviter de s'enrhumer. C'est pour ça que c'est si difficile de la repérer. Mais tu sais que c'est elle si jamais elle t'arrête et qu'elle te demande : « *Watashi kirei* ? »

Mia s'apprêtait à lui en demander la traduction, mais Midori la devança :

– « Suis-je belle ? »

– Beurk... ! fit cette fois Antoine.

– Si tu réponds « oui », elle enlève son masque chirurgical, te montre son visage mutilé et te demande : « Et comme ça, je suis toujours belle ? »

Mia leva la tête vers la couchette du dessus et demanda :

– Pourquoi tu nous racontes ça, Midori ? C'est horrible !

Midori ignora sa remarque.

– Si tu réponds « non », elle te tue. Si tu réponds « oui » une deuxième fois, elle te suit jusque chez toi et elle te tue sur le seuil de ta porte.

– Autrement dit, elle te zigouille quoi qu'il arrive..., conclut Antoine.

– Non, nuança Midori. Il y a deux moyens d'échapper à la mort. Le premier consiste à répondre qu'elle a l'air tout à fait normal. Ça la fera réfléchir et ça te donnera le temps de t'enfuir.

– Et le second ? voulut savoir Mia.

– Le second moyen consiste à lui brandir un tube de rouge à lèvres sous le nez. Ça lui rappelle l'odeur de la chirurgienne qui a essayé de l'aider.

– C'est l'histoire la plus débile que j'ai jamais entendue..., lâcha Antoine.

– *Idem* pour moi. Mais attends, c'est pas fini. Pas plus tard que l'été 1979, à Hokkaido, trois adolescents ont disparu de manière inexpliquée. Ils avaient quatorze, quinze et seize ans et ils rentraient d'un entraînement de foot. On ne les a jamais retrouvés. La police a eu beau ratisser la région pendant des semaines, avec des chiens et des renforts, ça n'a rien donné. Je vous l'ai déjà dit, je crois, mais mon oncle travaille à la police de Tokyo, au commissariat de Shibuya. L'hiver dernier, on discutait tous les deux de cette histoire, dont il avait lui aussi entendu parler. Du coup, je lui ai demandé de faire une recherche dans sa base de données. Et vous savez ce qu'il a trouvé ?

Antoine était blanc comme un linge. Ce n'était visiblement plus l'histoire la plus débile qu'il ait jamais entendue. Mia le regardait. Elle, ce qui l'inquiétait le plus, c'était non pas l'histoire en soi, mais bien le fait que *lui*, Antoine, était terrorisé par ce qu'il entendait.

Midori descendit alors de sa couchette pour venir se planter devant eux.

– Figurez-vous qu'il a mis la main sur un rapport de police au sujet d'un accident de voiture dans lequel une femme était impliquée. La voiture a été retrouvée le soir, il tombait des cordes, et ç'a été un coup de chance qu'on la repère. Elle était dans le fossé, retournée, et quand le policier a aidé la femme à s'extraire de l'épave, il s'est rendu compte que sa bouche était fendue d'une oreille à l'autre. À en croire le rapport qu'il a rédigé sur les lieux de l'accident, elle était toujours consciente mais ne lui a jamais répondu quand il lui a demandé son nom. La seule chose qu'elle ait dite, ç'a été : « Et comme ça, je suis toujours belle ? » Elle n'arrêtait pas de le répéter. Le temps qu'il coure à son véhicule pour appeler une ambulance et qu'il revienne, elle avait disparu. Le policier a été retrouvé mort le même soir. Juste devant la porte d'entrée de l'immeuble où il habitait.

– Et ça s'est passé... où ? demanda Antoine.

Midori vrilla ses yeux dans les siens.

– Je te le donne en mille ?

– Hokkaido ?

– Exactement. HOKKAIDO ! À quelques mètres de l'endroit où les trois adolescents avaient disparu, en plus !

Midori suspendit brusquement son récit, comme si elle se demandait pourquoi elle était en train de leur raconter tout ça.

– Enfin bref, continua-t-elle, ayant soudain retrouvé son humeur habituelle. J'y ai repensé tout à coup, je sais pas pourquoi... Bon, je file aux toilettes. Ne faites pas d'enfant pendant mon absence, OK ?

À ces mots, elle prit la porte.

Ils la regardèrent partir, sans voix, incapables de bouger. Puis Mia remarqua qu'Antoine était à deux doigts de tomber du matelas.

– Tu n'es pas non plus obligé de te mettre tout près du bord si tu n'en as pas envie. On a pas mal de place en fait...

– Sûr ?

– M-hm.

Il se rapprocha d'elle, et Mia sentit son pied effleurer le sien. Instinctivement, elle sursauta, ramena son pied vers elle, regretta la seconde d'après, et le poussa à nouveau vers Antoine.

– Tu sais, je, euh... bon, dès le moment où, euh...

Antoine cherchait ses mots, qui semblaient tous avoir été oubliés dans une autre pièce alors qu'il avait désespérément besoin d'eux maintenant.

– Ne dis rien, répondit Mia en passant un bras autour de sa taille.

Il l'embrassa à plus ou moins 384 000 kilomètres de l'endroit où elle aurait cru que le baiser se serait produit.

Alarme

Midori revenant dans la chambre quelques secondes après le premier baiser, elle empêcha ainsi sans le savoir que d'autres soient échangés. Ce fut à peine si elle remarqua la minuscule transformation qui s'était produite pendant son absence aux toilettes. Pourtant, si elle avait eu le sens du détail, elle se serait aperçue que Mia et Antoine veillaient constamment à être l'un à côté de l'autre. Si elle avait fait preuve de vigilance, elle aurait vu qu'il couvait Mia des yeux, avec des regards qui sous-entendaient qu'il se fichait royalement de la Lune, de la mission spatiale et de la célébrité internationale, pourvu qu'il puisse simplement être près d'elle.

Mia, de son côté, s'efforçait de feindre l'ignorance et restait de marbre. Et bien qu'elle ait longuement envisagé l'hypothèse qu'il se passe quelque chose entre Antoine et elle, c'était arrivé si abruptement qu'elle avait besoin de temps pour se sentir prête à encaisser les petites plaisanteries que Midori et les autres ne manqueraient pas de lui lancer. Puisqu'elles viendraient, pas de doute là-dessus. Tôt ou tard, le petit sourire imprimé sur son visage ne leur échapperait pas. Et, pour la première fois depuis le début de toute cette histoire, elle était franchement contente d'avoir participé à ce voyage sur la Lune.

Antoine, Midori et Mia étaient fin prêts lorsque, à dix-neuf heures précises, Caitlin vint frapper à leur porte. Les trois adolescents la suivirent au fil du long couloir qui reliait les modules 1 et 2, séparés en leur milieu par la salle des ordinateurs. Arrivés dans la salle commune, ils retrouvèrent le reste de l'équipage qui les attendait. Midori se fit une place à côté de Coleman, tandis que Mia et Antoine s'installèrent à côté de Caitlin, sur la gauche de la pièce. Nadolski, non sans un regard méprisant pour l'aménagement vieillot du lieu, prit la parole.

– Mesdames, mesdemoiselles, messieurs, nous voici enfin réunis dans DARLAH 2. Je vous souhaite la bienvenue. Comme vous le savez, le chef de base Aldrich Coleman prend désormais le commandement des opérations tant que nous sommes entre ces murs. Je reste certes le responsable de cette mission spatiale, mais je vous prierai de suivre dorénavant les ordres et les instructions que Coleman vous donnera pendant toute la durée de notre séjour ici. C'est clair ?

Une série de « oui » et de « OK » résonnèrent dans la pièce.

– Parfait. Aldrich ?

Coleman se leva et prit place dans le milieu de la salle commune.

– Merci, Lloyd. Je serai bref. Vous avez déjà été informés de tout ce qu'il faut savoir lors de notre briefing à Houston, mais je souhaiterais malgré tout répéter le plus important. DARLAH 2 se compose de quatre modules. Le numéro 1, celui dans lequel nous nous trouvons actuellement ; le numéro 2, où vous dormez et où sont installées la cuisine et la salle de bains ; le numéro 3, qui contient la salle des ordinateurs, la serre et le générateur d'oxygène ; et enfin le numéro 4, qui renferme l'infirmerie, les équipements pour les séjours extravéhiculaires et la chambre de décompression ; c'est donc par là que nous sommes entrés. Le module 4 a été construit et installé à l'automne 1976, les autres datent quant à eux d'une période allant de 1974 à 1976. En appuyant sur les boutons que vous trouverez à côté de chaque sas de sécurité, vous pourrez vous déplacer librement entre les modules 1 et 2. Toutefois, je vous demanderai de ne pas pénétrer à l'intérieur du module 4 sans l'autorisation du commandant Nadolski ou de moi-même. Cette règle vaut également pour la salle des ordinateurs, la serre et le générateur d'oxygène du module 3. J'insiste : l'accès y est interdit sans autorisation préalable. Pour que vous puissiez vous orienter avec plus de facilité, je vais vous donner à chacun un plan de DARLAH 2. Caitlin ?

– Oui, répondit celle-ci en allant chercher dans une armoire un tas de documents qu'elle distribua.

Mia les prit, remercia Caitlin et examina les esquisses.

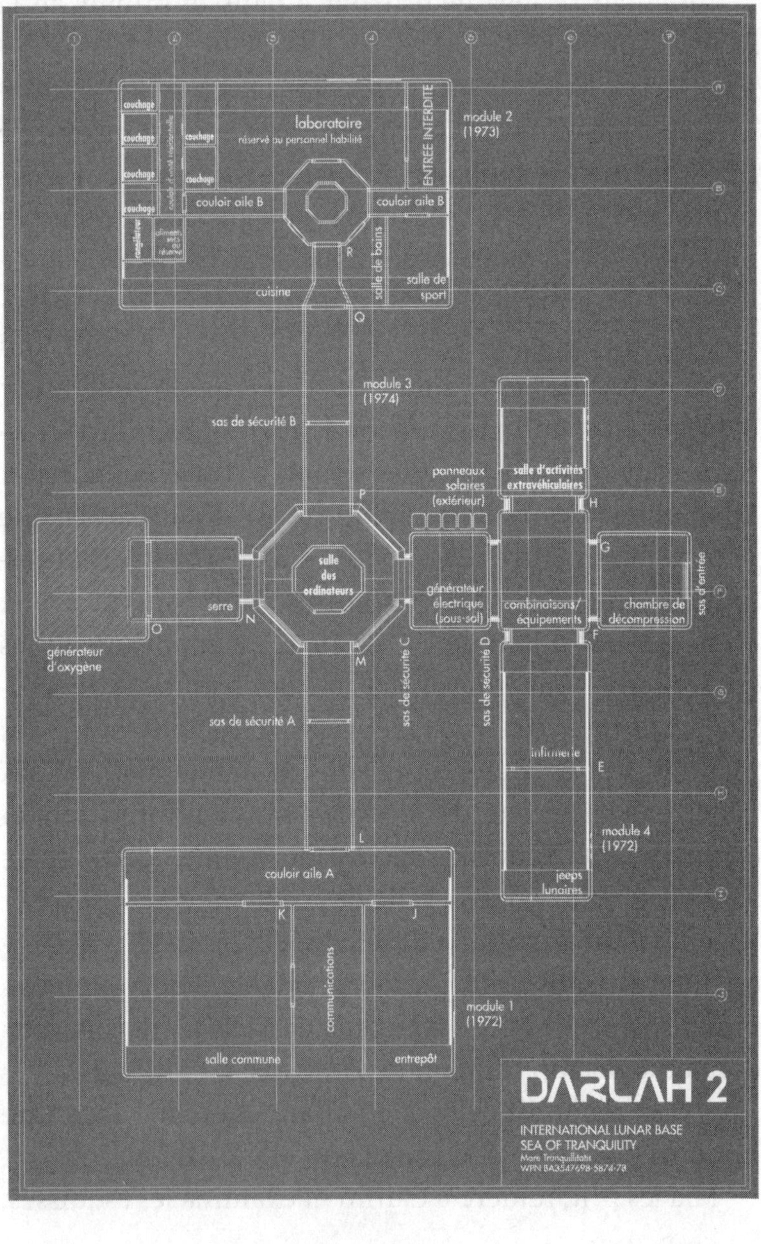
couchage
couchage
couchage
couchage
couchage
couchage
laboratoire
réservé au personnel habilité
ENTRÉE INTERDITE
module 2
(1973)
couloir aile B
couloir aile B
R
salle de bains
cuisine
salle de
sport
Q
module 3
(1974)
sas de sécurité B
panneaux
solaires
(extérieur)
salle d'activités
extravéhiculaires
P
H
G
salle
des
ordinateurs
générateur
électrique
(sous-sol)
combinaisons/
équipements
chambre de
décompression
sas d'entrée
serre
N
O
F
générateur
d'oxygène
M
sas de sécurité C
sas de sécurité D
sas de sécurité A
infirmerie
E
module 4
(1972)
L
couloir aile A
jeeps
lunaires
K
J
communications
module 1
(1972)
salle commune
entrepôt
DARLAH 2
INTERNATIONAL LUNAR BASE
SEA OF TRANQUILITY
WPN BA3547698-5874-78

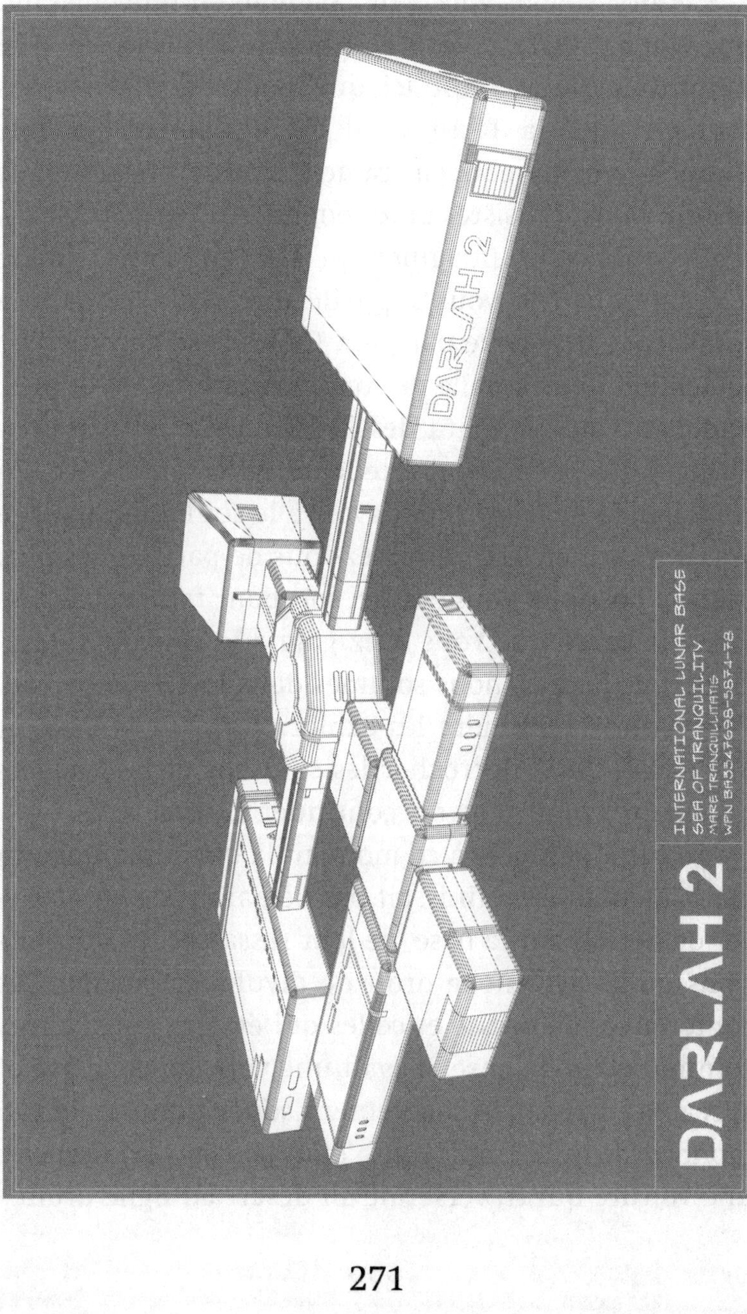
DARLAH 2
DARLAH 2
INTERNATIONAL LUNAR BASE
SEA OF TRANQUILITY
MARE TRANQUILLITATIS
WPN BA3547698-5874-78

– Alors, voyons voir..., fit Coleman en réfléchissant. Oui, voilà... Juste à côté de nous se situe la salle de communications. C'est ici que nous établissons nos contacts avec la Terre, et il est également possible d'appeler vos parents par radio si vous en ressentez le besoin. Mais, j'insiste, uniquement si c'est nécessaire. N'allez pas vous imaginer qu'il s'agit d'une cabine téléphonique ! Je vous rappelle que nous avons une conférence de presse par jour. Celles-ci se dérouleront également dans la salle de communications, en duplex. Nadolski vous donnera des listes où figurera le nom de ceux qui participent à telle ou telle conférence. En principe, je ne devrais pas avoir à le souligner, mais je le fais quand même : efforcez-vous de paraître les plus positifs possible. Vous êtes ici soit pour faire votre boulot, soit parce que vous avez gagné le concours. Mais dans tous les cas, nous sommes dans le même bateau. C'est-à-dire : reprendre les explorations sur la Lune et aider la NASA à décrocher les soutiens et les budgets nécessaires pour pouvoir continuer dans ce sens.

Ce fut à peu près à ce moment-là que Mia piqua du nez. Coleman n'en finissait pas de parler, de les abreuver de détails sur la base, de leur ressasser les informations qu'ils avaient le droit de divulguer pendant les conférences de presse et celles qui étaient considérées comme secret-défense. Il avait une voix douce, grave et agréable, mais aussi légèrement soporifique, et le ton monocorde qu'il employait n'était pas sans lui rappeler une voiture qui traverserait un désert en ligne droite.

Nadolski prit le relais, et comme son timbre de voix était plus varié, plus âpre, Mia se réveilla. Ou peut-être était-ce à cause d'Antoine, qui venait à l'instant de poser sa main sur la sienne. Quoi qu'il en soit, ils devraient prélever des échantillons rocheux, étudier les fluctuations du vent solaire, cartographier la gravité dans les zones allant de la mer de la Tranquillité à Plinius, puisque, oui, il était beaucoup question de magnétisme. Mia s'évertuait à rester attentive, sans y parvenir vraiment. Midori, de son côté, prenait des notes comme une folle. Antoine se pencha pour chuchoter à l'oreille de Mia :

– Je me disais... si tu... enfin, peut-être que tu aurais envie de dormir... dans ma chambre, cette nuit ?

La suggestion la mit mal à l'aise et elle en fut la première surprise. Elle avait certes envie de partager sa chambre, ce n'était pas ça. Mais, en même temps, elle était contente de partager celle de Midori. Et puis, comment le prendrait-elle, *elle*, si brusquement, ils lui annonçaient qu'elle dormirait seule ? En rejoignant le module 2, Mia s'était dit qu'elle maîtrisait la situation, mais là, elle avait davantage la sensation que tout allait trop vite.

– Peut-être, répondit-elle. On verra.

L'air un peu déçu, Antoine se renfonça dans sa chaise, sans pour autant lui lâcher la main.

Coleman se releva et se posta dans le milieu de la salle.

– OK. Nous venons de parcourir l'essentiel. Je

propose que nous allions maintenant dans la salle de communications, où nous attend notre première conférence de presse. Elle durera une demi-heure. Des journalistes rassemblés à Houston vont vous poser mille et une questions. Après, nous irons à la cuisine, ajouta-t-il en écartant les bras, où nous prendrons notre premier repas lunaire !

Par cette gesticulation grotesque, il voulait visiblement souligner à quel point il trouvait à la fois absurde et merveilleux d'utiliser enfin cette base qui attendait des astronautes depuis les années 1970.

Ils partirent en groupe pour la salle de communications, où ils s'installèrent sur des bancs disposés devant deux caméras sur trépied. Les ingénieurs Wilson et Stanton préparèrent le matériel et, une minute plus tard, l'émission commença. Nadolski prenait le plus souvent la parole, les autres se contentant de commenter une ou deux questions techniques des journalistes. Mia avait été désignée par ses camarades pour leur servir de porte-parole. Plus embarrassée qu'autre chose, elle redoutait de passer pour la nerd de service, en pensant à ses copines, au groupe et à ses camarades de classe qui étaient à coup sûr scotchés devant leur poste et commentaient le moindre de ses gestes. Instinctivement, elle ramena sa main vers elle quand Antoine essaya de la prendre.

– Commandant Nadolski, commença une voix retransmise *via* les haut-parleurs accrochés au plafond.

Qu'est-ce qui va être le plus important pour la NASA au cours des cent soixante-dix prochaines heures ?

Alors que Nadolski était lancé dans une réponse très détaillée, il fut interrompu par de nouveaux signaux radio en provenance de la Terre. La même question se répéta alors :

– Commandant Nadolski, qu'est-ce qui va être le plus important pour la NASA au cours des cent soixante-dix prochaines heures ?

– Ah, excusez-moi, nous avons *a priori* quelques problèmes techniques. Coleman... ? Je crois que la Terre ne nous entend pas...

Coleman s'avança vers l'interface de télécommunications pendant que Wilson et Stanton vérifiaient le micro.

– Je ne comprends pas..., dit Stanton. Tout a l'air de fonctionner, ici.

– Essaie de transférer le signal sur un autre canal, proposa Wilson.

Quelques secondes s'écoulèrent.

– Commandant Nadolski, reprit une voix dans les haut-parleurs. Je ne sais pas si vous m'entendez, mais ma question était : qu'est-ce qui va être le plus important pour la NASA au cours des cent soixante-dix prochaines heures ?

– Nous vous entendons, nous vous entendons ! cria Nadolski, frustré, dans le micro. C'est quoi ce bazar, Stanton ? Qu'est-ce qui se passe ?

Mais Stanton n'eut pas le temps de répondre. Dans

le même instant, les écrans télé s'éteignirent, les néons au plafond clignotèrent à deux reprises avant de rendre l'âme à leur tour. La pièce fut plongée dans le noir total. Deux secondes plus tard, le système d'alimentation électrique d'urgence se mit en route et baigna la pièce d'une lumière rouge foncé. Mia jeta un œil inquiet vers Caitlin qui, à son tour, fixa Nadolski.

Puis l'alarme se déclencha.

– Qu'est-ce qui se passe, maintenant ?! hurla Nadolski, furieux. Y a rien qui marche dans cette tôle, bordel ?!

Il éteignit et ralluma les émetteurs radio, sans succès. Coleman ordonna aux autres de regagner la salle commune.

– *Danger. Danger. Rupture du générateur électrique local. Code erreur F458*, scanda une voix automatique et métallique à travers le système d'alarme.

– Mais put... ?!

Seize yeux se jaugeaient dans la pénombre rouge. Les regards déviaient dès qu'ils se croisaient, comme si tout le monde attendait que quelqu'un prenne le commandement de la situation et y trouve une solution définitive.

– Il faut qu'on fasse une sortie en extérieur si on veut réussir à le réparer, dit Coleman à voix basse, que cette perspective était loin d'enchanter. Le générateur est situé dehors, entre les modules 3 et 4.

Nadolski désigna les deux ingénieurs.

– On y va, répondirent Stanton et Wilson de concert. On va arranger ça.

– Sûr ? demanda Coleman.

– Oui oui, confirma Stanton. On y va tout de suite. On va juste avoir besoin d'un coup de main pour enfiler nos combinaisons.

Coleman ne leur laissa pas le temps de changer d'avis, car il s'empressa de répliquer :

– Caitlin va vous aider. Les autres, vous restez ici.

Mia empoigna la main d'Antoine.

– Je l'avais dit, que tout était préhistorique ici ! gémit Midori. Après, il faut pas s'étonner si tout se casse avant même qu'on y touche...

– Ah, Midori, c'est pas le moment, hein ! hurla Nadolski en la fusillant du regard – un regard qui suffit à la faire taire, elle aussi bien que les autres.

Il ordonna à chacun de s'asseoir, lui-même restant debout.

– Je suis désolé. Ce qui vient de se passer n'est pas censé arriver. Mais il n'y a pas de danger, croyez-moi. Nous allons réparer tout ça en un rien de temps. Coleman..., dit-il en faisant un signe à l'astronaute vieillissant. Tu veux venir avec moi, s'il te plaît ?

Ils sortirent dans le couloir. Nadolski s'immobilisa juste en dessous de l'une des ampoules rouges et, à la lueur de celle-ci, lui demanda :

– Dis-moi, Coleman, tu peux m'expliquer une chose ?

– Quoi ?

– Si le groupe électrogène se met en marche… et que le système électrique revient ?

– Eh bien ?

– Pourquoi dans ce cas-là le système radio ne fonctionne pas ?

Coleman le dévisagea, effaré.

– Je ne sais pas…

Aucune des six personnes présentes dans la salle ne le formula à haute voix. Mais toutes pensaient la même chose : si le groupe électrogène se mettait en marche… alors le problème était sérieux. Car si l'alimentation électrique principale ne revenait pas, ce serait eux qui du même coup ne pourraient pas revenir, ne pourraient peut-être même jamais rentrer sur Terre.

La réparation

Stanton et Wilson suivaient Caitlin en direction du module 4. L'éclairage de secours qui inondait les couloirs de sa lumière rouge donnait aux lieux un aspect irréel. Il envoyait à Stanton une espèce d'avertissement, le présage qu'il n'aurait jamais dû accepter la proposition de l'homme qui s'était présenté à lui, deux ans plus tôt, ce fameux samedi. Sa femme ne lui avait-elle pas demandé de refuser ? Si. Mais, par la suite, il s'était dit qu'on ne lui redonnerait jamais cette chance, quoi qu'il se passe.

Cela faisait maintenant six ans que Peter D. Stanton était astronaute pour la NASA, et il n'avait pas été envoyé ne serait-ce qu'une seconde dans l'espace. Les missions spatiales nécessitant les compétences particulières d'un ingénieur tel que lui se comptaient sur les doigts de la main et, qui plus est, deux des vols habités sur lesquels il devait partir avaient été annulés au tout dernier moment en raison de coupes budgétaires. En conséquence, Stanton s'était résigné à l'idée d'être un astronaute qui ne ferait jamais l'expérience de l'espace, quand bien même son nom figurait sur la liste de l'équipage retenu pour la prochaine expédition lunaire. Qui aurait certes lieu dans deux longues années. Stanton travaillait à la NASA depuis suffisamment longtemps pour savoir qu'il ne fallait pas se monter la tête avec des espoirs démesurés : il pouvait se passer mille et une choses pendant une période aussi longue.

Être astronaute sans jamais quitter le plancher des vaches équivalait pour beaucoup à être un raté. Stanton voyait la situation d'un autre œil. Les préparatifs pour une mission spatiale nécessitaient une quantité de temps extraordinaire. Les astronautes ne voyaient pour ainsi dire pas leur famille de toute l'année précédant la mission spatiale : trimer des mois d'affilée, seize heures par jour, relevait de la routine. Et si quelque chose ne s'adaptait plus au calendrier de Stanton, c'était bien ça. Car il y avait aussi ses filles, de trois, cinq et sept ans, avec qui il passait beaucoup de temps depuis qu'ils avaient emménagé dans le Minnesota et qu'il ne rentrait jamais du travail après quinze heures. Stanton avait trouvé un équilibre qui le rendait heureux, vraiment heureux, et, tandis qu'il marchait derrière Caitlin vers le module 4, il en vint à souhaiter que ce samedi fatidique n'ait jamais eu lieu.

Ç'avait été une matinée de week-end on ne peut plus ordinaire : Stanton et sa femme, Yvonne, les gamines derrière eux, arpentaient les rayons d'un Wal-Mart quelconque, en quête de tomates en boîte. Quand l'homme en costume avait surgi dans le rayon des conserves, Stanton avait tout de suite su qui il était. S'il ne le connaissait pas personnellement, il avait beaucoup entendu parler de lui et savait qu'il occupait une place tout en haut de l'échelle au sein de la NASA. En revanche, que le type surgisse en plein Midwest, au mois d'août, demeurait pour lui un mystère – et, alors qu'ils s'approchaient du module 4, Stanton se rappela qu'il n'avait pas eu la présence d'esprit de lui poser la question.

L'homme avait donné une poignée de main à Stanton puis s'était adressé à Yvonne :

– Excusez-moi, puis-je vous emprunter votre mari quelques instants ?

Sans attendre la réponse, il avait fait signe à Stanton de le suivre. Celui-ci avait obtempéré sans moufter. Une fois sur le parking du supermarché, l'homme avait sorti deux grands parapluies noirs de son coffre. Il en avait ouvert un, qu'il lui avait tendu, déployant le second pour protéger sa propre tête.

– J'irai droit au but, monsieur Stanton. Nous n'avons pas beaucoup de temps. Voici ce qui m'amène : vous avez naturellement entendu parler des projets de la NASA concernant un nouveau programme spatial civil vers la Lune ?

Stanton avait calmement opiné de la tête.

– Nous avons décidé de mettre en place ce vol habité le plus vite possible. Cinq astronautes seront du voyage. Et trois adolescents.

– Des enfants ?!

Stanton avait eu un mouvement de recul et toisé l'homme.

– Oui. L'idée est de les envoyer en juillet, dans deux ans. La fusée sera un... comment dois-je la qualifier ? Un spécimen modernisé des fusées *Saturn V*, du programme Apollo des années 1960 et 1970 et –

– Vous allez utiliser une vieille fusée de lancement ? s'était écrié Stanton, incrédule.

– Non non non ! avait répliqué l'homme tout en agitant la main en signe de protestation. Elle sera entièrement neuve. Elle ressemblera simplement à celle d'autrefois. *Idem* pour le module de commande et le module lunaire. Tous seront des versions améliorées et agrandies des originaux datant d'Apollo 11. Vous n'êtes pas sans le savoir, la télé adore ce genre de détails. Enfin bref. Le séjour sur la Lune durera cent soixante-douze heures et DARLAH 2 servira d'habitat.

– Da... quoi ?

– DARLAH 2. Une base lunaire jusqu'alors inutilisée, située dans la mer de la Tranquillité. Construite dans les années 1970.

Stanton avait haussé les sourcils. Il avait peine à croire ce que ce bonhomme lui racontait.

– Mais je...

– Qui, quoi, où, quand et surtout *pourquoi* – tout

cela vous sera expliqué plus tard, Stanton. L'essentiel pour l'heure est que notre ingénieur, Riley, doit se retirer du programme. Il attend son petit troisième.

– Je suis ravi pour lui, avait répondu Stanton, toujours aussi confus par ce qu'il apprenait.

Il était si abasourdi qu'il savait à peine quelles questions poser. L'homme, quant à lui, faisait une tête de dix pieds de long.

– Oui, nous aussi, nous sommes ravis. Enfilons donc des chapeaux en papier débiles et organisons une fête en son honneur...

Un silence.

– Je plaisante. La question est plutôt *celle-ci*, et c'est à *vous* que je la pose, monsieur Stanton : nous souhaiterions vous intégrer dans l'équipage de cette mission lunaire ; voulez-vous en faire partie ?

Stanton n'avait pas su quoi répondre. Qu'est-ce que ce type était en train de lui raconter ? Que lui, Stanton, pouvait aller sur la Lune ? Alors qu'il avait complètement renoncé à l'idée de s'y rendre un jour ? Ou ne pensait-il qu'à ça ?

Les apercevant sur le parking du supermarché, Yvonne avait instinctivement compris, comme seuls les époux le peuvent, l'objet de leur discussion. Et sa première réaction avait été une peur épouvantable. Elle refusait de courir le risque qu'il perde la vie dans l'espace, surtout pas maintenant qu'elle lui avait enfin ôté ce rêve stupide de la tête. Elle s'était alors ruée sur eux et avait secoué énergiquement la tête en s'adressant à l'homme en costume sombre :

– Non. Quelle que soit votre question, la réponse est *non* ! Il ne partira pas !

L'employé de la NASA avait feint d'ignorer sa présence.

– Je suis sincèrement désolé de devoir me montrer impatient, monsieur Stanton, mais je crains que nous n'ayons pas de temps à gaspiller dans des bavardages. Alors, que faites-vous ?

Si seulement il avait écouté Yvonne ce jour-là...

Caitlin, Wilson et Stanton atteignirent la salle des équipements une minute plus tard. Pendues au mur, de lourdes combinaisons de différentes tailles côtoyaient des bottes, des gants, des casques, des bouteilles d'oxygène. Caitlin leur sélectionna l'équipement dont ils allaient avoir besoin et leur donna un coup de main pour enfiler les combinaisons.

– Il nous faut des outils, signala Wilson. Et des plans du générateur.

Caitlin s'éclipsa un instant dans la pièce d'à côté et revint avec ce qu'ils avaient demandé. Elle les aida à charger les six bouteilles d'oxygène et leur demanda de mettre leur casque avant d'en ouvrir l'alimentation. Quand ils furent pleinement harnachés, elle les serra dans ses bras.

– Vous m'entendez ?

Ils hochèrent tous les deux la tête.

– Parfait. Vous voyez la jauge sur votre bras gauche ? Elle vous indique votre autonomie en oxygène. Comme on n'a pas eu le temps de remplir vos réserves, vous ne disposez que de trente-cinq minutes chacun, OK ? Je veux un retour radio sur tout ce qui se passe là-dedans.

Stanton dévisagea Caitlin d'un œil perplexe.

– Là-dedans ? Je croyais qu'on allait dehors ?

– Vous devez d'abord sortir pour arriver à une écoutille qui vous donnera accès au générateur. Il est situé à un niveau en dessous par rapport à nous. Ce qui signifie que vous devez descendre l'échelle et suivre le couloir qui mène à l'intérieur. Utilisez vos lampes de poche et dépistez les failles apparentes dans l'alimentation électrique avant de vous lancer dans le diagnostic de pannes. Et surtout, surtout n'oubliez pas – je sais que vous le savez, mais j'insiste : vous ne devez en *aucune* circonstance retirer vos casques. La salle n'a pas d'apport en air, vous mourriez d'asphyxie en quelques secondes. C'est bien compris ?

Deux casques bougèrent lentement de haut en bas à plusieurs reprises.

– Bon, c'est le moment.

Stanton et Wilson la suivirent dans la chambre de décompression, où elle leur demanda de se préparer. Elle-même retourna dans la salle des équipements, ferma le sas de sécurité et amorça le processus de dépressurisation. Une fois la pièce vidée de son air, elle ouvrit le sas extérieur et les deux hommes purent fouler le sol lunaire.

Stanton leva la tête. Le ciel au-dessus d'eux était d'un noir opaque comme il n'en avait encore jamais vu. Pourtant, le soleil brillait sur la surface grise. Ce contraste éveilla en lui une inquiétude qui de nouveau lui remémora qu'il était loin, très loin de chez lui.

Ils contournèrent d'un pas prudent le module 4, en quête du générateur électrique. Ils le repérèrent aussitôt. Il avait été aménagé au ras du sol, juste à l'extérieur du bâtiment. L'écoutille en acier inoxydable était surmontée d'un petit volant qu'ils entreprirent de tourner en s'y mettant à deux. Mais ils avaient beau pousser, il était comme scellé, et leurs fichus gants d'astronaute ne leur facilitaient pas la tâche. Ils durent au final s'accroupir et monopoliser toutes leurs forces pour qu'enfin l'écoutille daigne céder.

Wilson dirigea sa lampe dans le trou.

Distinguait-il quelque chose ?

Plissant les yeux pour essayer de mieux voir, il sentit en même temps des gouttes de sueur lui dégouliner dans le cou. *Oui.*

Là.

Là se trouvait l'échelle, pile comme Caitlin le leur avait indiqué. Elle descendait sur dix à quinze mètres dans l'obscurité.

Les deux hommes échangèrent un regard.

– Qu'est-ce que t'en dis ? demanda Wilson.

Stanton se pencha sur le trou et réfléchit une seconde.

– J'y vais en premier.

– Sûr ?

– Oui. Attends que je sois arrivé en bas pour me rejoindre. Je te tiens au courant.

– OK. Caitlin, tu nous reçois ? Stanton descend l'échelle.

– Reçu, fit la voix de Caitlin, grésillante dans l'intercom. Stanton, tu fais gaffe à ton oxygène en descendant. Comme tu le vois, le conduit est hyperétroit. Il s'agirait pas que tu restes coincé contre la cloison...

– Oui, je vois. Je vais faire gaffe, t'inquiète.

Il s'agenouilla, recula et posa un pied puis deux sur le premier barreau.

– Je suis bien calé, là. Je descends.

– Ça marche, répondit Caitlin.

Stanton se coula dans l'ouverture en prenant garde que ses réserves d'oxygène ne heurtent pas la paroi. Il descendit pas à pas. Avec son sac à dos de survie, il était presque aussi large que la canalisation mais, grâce à quelques contorsions acrobatiques, il réussit à atteindre le bas de l'échelle. Il dirigea sa lampe devant lui et avisa le couloir mentionné par Caitlin. Il ne faisait pas plus de quatre mètres de long et se terminait sur le générateur.

– Je suis en bas. Tout roule, rapporta Stanton. C'est étroit, mais y a juste assez de place pour deux.

– Je descends, avertit Wilson.

Stanton profita de ce laps de temps pour inspecter le corridor. Des câbles épais recouvraient le plafond et les murs. À première vue, rien ne semblait défectueux. Il progressa au fond, non sans vérifier sa jauge d'oxygène. Encore vingt-huit minutes. C'était limite, mais ça suffirait. Quand il aperçut enfin le faisceau lumineux de la lampe de Wilson, il fut rassuré de constater que son collègue avait réussi la descente sans encombre.

– T'as trouvé quelque chose ? demanda Wilson.

– Non. Rien. Allons jeter un œil sur l'installation.

Ils se campèrent à côté du générateur, qu'ils éclairèrent.

– Nom de Dieu de bor... Tu vois la même chose que moi ? Là ?!

Wilson désigna l'emplacement où l'interrupteur principal se trouvait normalement. Sauf que la moitié du tableau électrique semblait broyée.

– Oui...

Stanton avait peine à y croire. Ils dirigèrent leurs lampes vers le plafond sans déceler l'origine du projectile qui s'était écrasé contre le tableau.

– Wilson, quel est le statut ? demanda Caitlin dans l'intercom.

– Deux secondes, on recherche l'origine. Il semblerait que –

– Et si on essayait de se connecter en contournant le tableau électrique ? En enlevant le coffret ? Ça nous ferait deux fois moins de boulot. Tu crois pas ?

– Qu'est-ce qui se passe, les gars ?

– Caitlin, on a un problème.

– Un problème ? Lequel ?

Stanton lui livra une explication édulcorée :

– On va essayer d'ôter le coffret pour voir si on peut passer outre l'interrupteur.

– Vérifiez votre oxygène ! Il vous reste combien de temps ?

Ils jetèrent un œil à leur jauge.

– Vingt-deux minutes, répondit Stanton.

– OK. Voyez ce que vous pouvez faire.

Wilson sortit deux tournevis de sa caisse à outils. Stanton en prit un pour s'attaquer au côté gauche pendant que Wilson s'occupait du droit. Bien qu'ils aillent vite en besogne, il leur fallut quand même pas loin de dix minutes pour dégager le coffret. Et ce qu'ils découvrirent n'était pas franchement encourageant. Quelle que soit la chose qui avait endommagé le tableau électrique, elle était tombée avec une telle puissance que l'ensemble des circuits et des différentiels étaient détruits et réduits à une bouillie sous tension.

– Ça sert à rien, lâcha Wilson. C'est complètement bousillé.

– Attends.

Stanton poussa son collègue.

– Je vais essayer un truc. Passe-moi une pince et prépare ton chalumeau.

– Tu comptes faire quoi, là ?

– On ouvre le disjoncteur principal pour voir ce qu'il a dans le ventre, et avec un peu de bol, on arrive à souder un nouveau branchement.

Wilson demeura immobile, bras ballants, un voile de tristesse sur le visage, sans lui donner un outil.

– Wilson ? La pince !

– On y arrivera pas, répondit Wilson, découragé.

– On y arrivera si on *veut* y arriver !

– Stanton, regarde ta jauge. Il nous reste *onze* minutes. Il nous en faut six pour remonter dans DARLAH. Je suis désolé, mais cette mission spatiale vient juste d'être annulée.

Stanton refusait de l'écouter.

– Tu me donnes la pince *maintenant* !

– Non, Stanton. Caitlin ? On remonte. Y a rien à faire.

– Reçu.

Au fond de lui-même, Stanton savait que Wilson avait raison. Souder un nouveau branchement prendrait du temps. Une demi-heure. Peut-être plus. Et encore, s'ils trouvaient un point de branchement, ce qui n'était pas gagné. Il fallait se résigner à partir. La perspective de ce que diraient les autres quand ils reviendraient en leur annonçant qu'ils n'avaient pas effectué la réparation lui était insupportable. Et les gamins, les pauvres gamins...

– Stanton, magne-toi, putain ! Faut qu'on dégage d'ici *maintenant* !

Il suivit Wilson à contrecœur. Lequel s'arrêta sur le premier barreau de l'échelle.

– Stanton… ? articula-t-il d'une voix blanche. J'avais pas refermé l'écoutille au moment de descendre.

– Et alors ?

– Elle est fermée.

Ils se regardèrent.

– Peut-être qu'elle s'est –

Stanton ne termina pas sa phrase. Non, le vent ne l'avait pas refermée. Puisqu'il n'y avait pas d'air sur la Lune, rien que du vide.

– T'es sûr ?

– Sûr et certain. Plus que sept minutes sur ma jauge… Viens, on va essayer d'ouvrir cette saloperie.

Ils essayèrent effectivement.

Ils auraient pu essayer aussi longtemps qu'ils l'auraient voulu. Ils auraient pu cogner leurs corps contre l'écoutille jusqu'à se blesser à mort, cela n'aurait strictement *rien* changé. Étant donné que l'écoutille était verrouillée.

De l'extérieur.

– Caitlin… ?

Elle entendit que la voix de Wilson était en train de flancher. Il hyperventilait, dans son casque.

– Qu'est-ce qu'il y a ?

– Euh, mauvaise nouvelle. L'écoutille. Elle est fermée.

– Nan ! Mais… c'est pas possible ! s'écria-t-elle.

– On n'a plus que cinq minutes d'oxygène, Caitlin.

– Vous êtes sûrs ? Essayez de la forcer. Dépêchez-vous !

La voix de Wilson devint hystérique.

– Mais on a essayé ! On a appuyé, poussé, forcé, cogné ! Elle est fermée, bordel ! T'es bouchée, ou quoi ?!

Caitlin sentit le désespoir s'emparer d'elle.

– Et le chalumeau ? Essayez au chalumeau !

– La couche d'acier est trop épaisse. Tu le sais très bien.

– On vient vous chercher !

– On n'a pas le temps. Il nous reste que quatre minutes.

– On a le temps, on *a* le temps ! Si vous respirez tranquillement et le moins possible, et si vous restez calmes. Nadolski et moi, on vient tout de suite !

– Caitlin ?

– Oui ?

– Il vous faudra vingt minutes pour enfiler les combinaisons et arriver jusqu'ici. Et il vous faudra vingt minutes supplémentaires pour arriver à ouvrir l'écoutille.

À l'inverse de Wilson, Stanton avait une voix posée, presque détendue.

– J'ai bien peur qu'on ait eu droit qu'à un aller simple. Je suis désolé, Caitlin. Sincèrement désolé. Mais je crois qu'il vaut mieux que vous rentriez le plus vite possible.

– Stanton ? Stanton ! Tu m'entends ? Stanton ? Wilson ? Fais chier ! Répondez ! Vous m'entendez ?

Ils l'entendaient. Ils entendaient tout ce qu'elle disait. Mais répondre ne servait plus à rien. Lentement, ils redescendirent l'échelle sans échanger un mot. Ils retournèrent au générateur, s'assirent l'un à côté de l'autre. Stanton prit Wilson par la main. Ils se regardèrent, esquissèrent un sourire. Puis ils posèrent leurs mains sur leurs casques, désenclenchèrent la fermeture, et les soulevèrent.

Stanton eut juste le temps de voir une toute dernière image avant que le vide ne l'arrache à sa conscience.

Il revit Yvonne, le jour où elle s'était acheté un vélo au marché aux puces. Un de ces vieux vélos équipés de pneus ballon. Une fois à la maison, elle était allée les regonfler dans le garage. Puis elle s'était installée sur la selle, s'était mise à pédaler, avait décrit plusieurs petits cercles, n'arrêtant pas de lui répéter que la bécane ne lui avait coûté que cinq dollars.

Une anecdote totalement, complètement banale dans la vie de n'importe quel être humain.

Une anecdote qui semblait tellement, tellement lointaine désormais.

Le dîner

M. Himmelfarb tremblait à la table du dîner de la maison de retraite. Sa température avait monté ces dernières vingt-quatre heures, il avait des sueurs froides et regardait dans le vide, d'un œil fixe.

L'équipe soignante semblait penser qu'il y avait une explication simple à son coup de folie et à la manière dont il s'en était pris à la cabine téléphonique : sans doute s'était-il épuisé les nerfs à force d'imaginer que les personnes sur l'écran se trouvaient réellement dans sa chambre, avec lui. Or, si les employés avaient été dans sa tête, s'ils avaient vu ce qu'il voyait, et si lui-même avait été en état de leur montrer ce que cette chose était, ils auraient sans nul doute réagi tout autrement. On pouvait parier qu'ils auraient d'abord lâché ce qu'ils tenaient dans leurs mains et qu'ils se seraient ensuite, à toutes jambes, enfuis loin, le plus loin possible. Ils s'étaient cependant contentés de lui confisquer son poste et veillaient à lui interdire l'accès à la salle de télévision. En conséquence de quoi il ne lui restait guère d'occupations, sinon s'avachir dans son fauteuil et regarder les mouches voler. Jusqu'à présent et à preuve du contraire, il n'avait pas semblé s'en offusquer.

De toute évidence, quelque chose avait changé dans la tête de M. Himmelfarb. Son corps était sur le point d'atteindre l'ultime rupture : il respirait avec difficulté, il avait les traits tirés, et un filet de bave était constamment pendu à sa bouche. En revanche, le brouillard épais, poisseux et impénétrable s'était levé de son cerveau et lui avait éclairci les idées comme jamais.

Cela lui déplaisait fortement.

M. Himmelfarb n'avait même pas goûté à son dîner. La seule chose à laquelle il s'était prêté avait consisté à conduire le bout de sa cuillère de gauche à droite et de haut en bas dans la purée de chou-rave, au moyen d'un système connu de lui seul. Les aides-soignantes avaient décidé de ne pas s'en affecter, songeant qu'il finirait bien par manger. Sans quoi elles seraient contraintes de le nourrir de force à la fin du repas, avec des quartiers de pomme et de poire. Elles étaient suffisamment occupées comme ça à essayer de faire la conversation aux autres résidents plus ou moins sains d'esprit, et tant pis si la discussion portait *grosso modo* uniquement sur le temps qu'il faisait.

Assis sur sa chaise, M. Himmelfarb était en train de mourir.

Et, en même temps, il comprenait tout.

Cette nouvelle mission spatiale sur la Lune n'avait strictement rien à voir avec une quelconque publicité. Elle n'avait rien à voir non plus avec une quelconque exploration scientifique.

Son cerveau lui commandait d'avertir les employés de la maison de retraite. Un ordre totalement vain. Il avait les mots sur le bout de la langue, mais celle-ci refusait de les formuler. Il n'arrivait plus à s'exprimer, sinon pour proférer des gargouillements et baver partout.

Il imaginait ces pauvres gamins enfermés dans DARLAH. Qu'allait-il leur arriver ? Il préférait ne pas y penser. Ce n'était pas son problème. Il n'était pas responsable, bon sang ! Ou bien, si, au contraire ? Il n'avait jamais révélé à personne ce qui s'était passé.

Tu aurais dû le faire il y a quarante ans, Oleg. Tu iras en enfer à cause de ça. Tu le sais pertinemment.

Il ne pouvait rien faire, rien.

Il toussa. Il toussa à s'en décoller la plèvre et, d'ailleurs, deux petites gouttes de sang atterrirent sur la nappe sans que nul s'en rende compte.

Il allait mourir. Il en avait bien conscience. Le terminus se rapprochait à grands pas, il était temps pour lui de prendre sa valise et de descendre.

Il eut une nouvelle quinte de toux qui propulsa un jet de salive sur la nappe. Maintenant, ils le regardaient. Tous. Trente-deux paires d'yeux le dévisagèrent d'un air bête lorsqu'il posa délicatement sa cuillère, recula sa chaise, se leva et déclara dans le calme :

– Personne ne va survivre.

Le son de sa voix qui venait de former des mots le surprit davantage que les autres. Il parlait. Il y était tout de même arrivé. Il était encore temps. Il avait encore le temps de tout dire, de tout raconter. Sous le coup de l'émotion, il fit quelques pas vacillants, pivota sur ses talons, perdit l'équilibre, et bascula.

Une aide-soignante s'était déjà levée en le voyant pousser la chaise. Il s'en fallut d'un cheveu pour qu'elle parvienne à le rattraper. Trop tard : elle ne put empêcher sa chute, et il n'eut pas le réflexe de se réceptionner avec les mains. Sa tête cogna contre le sol avec un bruit sourd. Un craquement dans son nez suivit la seconde d'après. Et le dernier sens qui daignait encore fonctionner dans le corps du vieux monsieur, la vue, fut d'un coup englouti dans des ténèbres opaques.

Le concierge Oleg Himmelfarb n'était plus de ce monde.

Il fallut un long moment avant de pouvoir transporter son corps hors de la salle à manger, où il ne restait à présent qu'une personne : l'aide-soignante qui avait tenté de le rattraper dans sa chute. Les autres résidents avaient été déplacés dans la salle commune, où ils étaient plantés en éventail devant le poste. Au grand soulagement de chacun, la chaîne météo était allumée.

Elle ne travaillait ici que depuis quelques semaines et c'était le premier décès auquel elle assistait. Elle n'eut pas peur pour autant. Après tout, la mort des anciens correspondait au cycle de la nature. C'était pour cette raison, tout bien considéré, qu'ils avaient été admis ici, même si le gros du travail de l'équipe consistait justement à les convaincre du contraire. Elle se leva pour aller téléphoner au médecin dans la salle de repos. Or quelque chose l'arrêta. Quelque chose dans le coin de son œil attira son attention.

L'assiette de M. Himmelfarb.

Elle était toujours pleine de purée de chou-rave.

Mais elle s'aperçut qu'il avait, dans le milieu, dans la nourriture, tracé... des signes ? Une espèce de code, en tout cas. Elle vit aussi la cuillère posée à côté, au bout de laquelle il restait un peu de purée.

Elle lut ce qu'il avait dessiné :

6EQUJ5

Le silence

Il y a quelques heures encore, huit personnes étaient réunies dans la salle commune. Il n'en restait désormais que six, et le silence environnant faisait l'effet d'un colosse autour d'eux. Caitlin s'était résolue à parcourir le sombre trajet qui l'avait ramenée du module 4, luttant de tout son corps pour endiguer sa propre hystérie. Lorsqu'elle s'était retrouvée face à face avec le reste de l'équipage, chacun avait compris qu'il était arrivé quelque chose de grave. Mais nul n'aurait songé un instant que deux d'entre eux venaient de perdre la vie.

La nouvelle fut mal accueillie.

Certains pleurèrent, y compris Antoine ; Midori était presque inconsolable. D'autres, tel Coleman, s'étaient complètement refermés sur eux-mêmes ; ou Nadolski qui, inerte, fixait un point sur le mur. Mia n'avait pu contenir ses émotions, déversant sa colère sur les astronautes, exigeant d'eux qu'ils aillent sauver Stanton et Wilson.

Mais il n'y avait plus personne à sauver.

Les deux hommes gisant sous le sas de sécurité n'existaient plus. Ils n'étaient que deux corps sans vie, voués à demeurer dans le froid dépourvu d'air, en attendant l'arrivée de la prochaine mission. Les laisser à leur macabre sort avait été une décision difficile à prendre, mais le commandant Nadolski n'avait hélas pas d'autre choix. Ni DARLAH 2 ni *Demeter* n'étaient équipés d'une chambre froide. Transférer leurs corps ici, puis les conserver dans la chaleur durant les quatre jours que durerait le voyage retour, allait à l'encontre de tous les règlements, sans même parler du sens commun. Qui sait quelles bactéries pourraient se propager dans l'intervalle ?

Mia jeta un regard circulaire dans la pièce où les autres, tête penchée, tétanisés, ne savaient qu'entreprendre. La lumière rougeâtre, qui indiquait que le groupe électrogène fonctionnait toujours, augmentait la sensation d'extrême gravité. Elle qui avait cru quelques heures plus tôt que sa vie commençait enfin, et ce grâce à Antoine, était entourée de gens censés prendre soin d'elle alors que tout chez eux, de leur visage à leur posture, révélait qu'ils en seraient incapables. Et, pour couronner le tout : le silence.

Seul résonnait le bruit des pales de la ventilation : un ronflement sourd et continu.

Quelqu'un finit par se lever. Nadolski. Il se planta au milieu de la pièce, se frotta le visage d'une main et soupira :

– Il n'y a absolument aucune explication logique. Cette écoutille, comme tout ce qui a été monté ici, a subi contrôle et recontrôle, vérification et revérification.

– Quand ? demanda quelqu'un, sans que Mia parvienne à l'identifier.

– Là n'est pas le problème, intervint Coleman. Perdre le signal radio qui nous relie à la Terre, même le signal vidéo, je peux le comprendre...

– Tu peux le *comprendre* ? le coupa Nadolski.

– Je peux l'accepter. C'est déjà arrivé. Notamment lors d'une mission Apollo. Ce que je ne comprends pas, et que j'accepte encore moins, c'est que la totalité du générateur ait été détruite par des causes naturelles. *Et* que l'écoutille ouverte par les ingénieurs puisse se refermer derrière eux.

– Qu'est-ce que tu essaies de nous dire, Coleman ?

– Je n'essaie pas de vous dire quoi que ce soit. Je crois simplement que nous devons être... prudents, c'est tout.

Mia se retourna pour regarder Antoine. Il était pâle. Elle serra encore plus fort sa main, qu'elle posa sur ses genoux. Elle se fichait éperdument que les autres s'en aperçoivent. Qu'ils fassent tous les commentaires du monde s'ils en avaient envie, ça n'avait plus aucune importance.

– Parfait, rétorqua Nadolski. Dorénavant, nous serons prudents. Maintenant écoute-moi bien. En mon nom propre, au nom de l'équipage, de la NASA, je regrette de tout mon cœur que nous nous retrouvions dans une situation pareille. Nous venons de perdre deux hommes sensationnels, Sam Wilson et Peter Stanton. Leur mort est un choc considérable, d'autant plus qu'elle est incompréhensible. Mais nous ne devons pas baisser les bras pour autant. Nous ne devons pas capituler. Nous sommes obligés de trouver des solutions aux problèmes. Coleman ?

– Oui ?

– Nous sommes toujours branchés sur l'alimentation électrique d'urgence, n'est-ce pas ? Elle va tenir combien de temps ?

– Selon mes calculs : vingt-deux heures. Douze heures plus tard, le générateur d'oxygène arrêtera de fonctionner.

– OK. Nous avons donc trente heures pour nous tirer d'ici. Ce qui signifie que la mission est annulée et que cette annulation prend effet immédiatement. Je suppose que personne n'a d'objections ?

Nul ne répondit.

– Très bien. Nous ignorons ce que la NASA et le contrôle au sol en pensent puisque les communications sont interrompues. Mais nous n'avons pas le choix. Nous sommes, vous n'aurez aucune peine à le comprendre, abandonnés à notre propre sort. Ce qui implique les décisions suivantes : Coleman, tu emmènes les gamins dans leurs chambres et tu leur fais enfiler leur combinaison. Ensuite tu les conduis à l'infirmerie, dans le module 4. Toi, Caitlin, tu viens avec moi au *Demeter* pour préparer le départ. On se retrouve à l'infirmerie dans huit heures précises. C'est-à-dire à 3 h 25, heure de Miami. Tout le monde en place.

Mia se leva et regarda Midori. Avait-elle peur elle aussi ?

– Mia... ?

Quelqu'un venait de lui parler. Elle tenta d'identifier l'endroit d'où venait l'appel.

– Mia, s'il te plaît !

Elle regarda à gauche puis à droite, désorientée.

– Mia, lâche-moi !

C'était Antoine. Debout juste à côté d'elle. Elle desserra ses doigts, qui avaient laissé des marques visibles sur la main du garçon.

Coleman suivit les adolescents dans leurs chambres, faisant tout son possible pour les calmer, leur expliquant que les astronautes avaient répété au cours de leurs entraînements le moindre détail d'une situation d'urgence comme celle-ci. Il n'y avait pas lieu de s'inquiéter.

Mais peu importait ce qu'il disait, cela ne minimisait en rien leur inquiétude. Car ils voyaient qu'il y avait dans ses yeux une peur plus grande encore que dans les leurs. Ils comprirent qu'il ne croyait pas un traître mot de ce qu'il leur racontait.

*

Nadolski ouvrait la marche, Caitlin le suivait juste derrière. Le module lunaire *Demeter* leur apparaissait clairement, là, à quelques centaines de mètres. À chacun de leurs pas pressés, la poussière lunaire tourbillonnait autour de leurs bottes avant de se redéposer lentement.

Pour Nadolski, c'était le jour le plus important de sa vie. Tout ce qu'il avait fait avant fut d'un coup relégué au second plan : la femme qu'il avait épousée douze ans plus tôt, les enfants qu'ils avaient eus ensemble, tout fut soigneusement empaqueté et repoussé au plus profond de sa conscience. Une seule chose comptait, dorénavant : mettre les membres de l'équipage en sécurité. C'était désormais *la* grande mission de sa vie. Sauver ces gens. Ne pas perdre la tête, ne pas paniquer, mais veiller à ce que chacun rentre chez soi. Il serait alors accueilli en héros. Non pas que ce soit l'essentiel pour lui, mais c'était quand même un peu ce qu'il souhaitait, non ?

Si.

Il devait à tout prix ramener ces gens sur Terre.

Quoi qu'il arrive.

Atteindre enfin *Demeter* et voir devant eux le module se dresser comme un monument blanc dans la poussière grise les soulagea. Nadolski laissa Caitlin monter l'échelle la première. Elle s'apprêtait à ouvrir l'écoutille quand elle la heurta du bout de l'épaule.

L'écoutille était *déjà* ouverte.

Oh non, gémit-elle intérieurement. *Oh non. Pas ça.*

– Caitlin ?

Elle grimpa à l'intérieur et aida Nadolski à s'y engouffrer lui aussi. Elle attendit quelques secondes avant d'agir. Repoussant le geste qu'elle devait pourtant effectuer. Puis elle s'empara de l'écoutille, la tira vers elle, tourna le volant de manœuvre, lâcha. Elle attendit quelques secondes supplémentaires qui lui firent l'effet d'une éternité.

L'écoutille se releva lentement.

Non non non non non non non.

Elle refit une tentative, lâchant un gros mot en silence.

Et, de nouveau, l'écoutille se rouvrit.

Nadolski lui tapota l'épaule.

– Un problème ?

Elle se tourna vers lui.

– L'écoutille est HS.

Ils savaient tous les deux ce que cela signifiait, mais Caitlin le verbalisa :

– On n'arrivera pas à pressuriser l'habitacle... On ne va pas pouvoir repartir d'ici.

Elle réitéra sa tentative et jura cette fois à voix basse lorsque l'écoutille refusa de se verrouiller et se releva. Elle donnait au module lunaire l'apparence d'une bouche béante, affamée, grande ouverte sur l'espace. Nadolski s'installa dans le siège de pilotage et gémit.

– Caitlin, dis-moi… Elle est de combien, la probabilité que ce genre de dommage survienne sur ce type d'écoutille ?

Elle haussa les épaules.

– Aucune idée. Une sur des milliards, peut-être. On n'a pas eu ce genre d'exercice en simulateur. Je commence à…

Elle s'interrompit, marqua un silence, ajouta :

– Non, rien.

– Tu commences à quoi ?

Caitlin hésita avant de répondre :

– Je commence à croire que nous n'étions pas censés revenir sur la Lune.

Il ne renchérit pas, passant plutôt en revue toutes les solutions possibles dans sa tête. Il en existait bien une. Elle était risquée, mais elle valait le coup.

– Et si on garde nos combinaisons et qu'on décolle quand même, avec l'écoutille ouverte ? Si on remplit nos compartiments arrière d'oxygène, est-ce qu'on aura assez d'autonomie jusqu'à l'amarrage avec *Ceres*, pour le rendez-vous orbital ?

– Impossible, répondit Caitlin en secouant résolument la tête. L'écoutille est reliée à l'ordinateur : on ne pourra pas décoller si elle n'est pas verrouillée.

– Et il ne serait pas possible de la reconfigurer ? Ou de la neutraliser ?

– Hélas, non. Je suis désolée… J'ai bien peur qu'on soit échoués ici.

Ce fut comme si ce mot, *échoués*, avait déclenché un

réflexe en Nadolski. Il se leva pour se préparer à quitter le module.

– C'est hors de question. Pas tant que je serai commandant. Allez, viens, il faut qu'on retourne à DARLAH.

Mia était assise à l'infirmerie, un bras passé autour de l'épaule d'Antoine, le second autour de celle de Midori, lors du retour de Nadolski et Caitlin. Elle tenta de capter le regard de Caitlin pour deviner ce qui se passait, mais ses yeux fuyaient en permanence. Ou elle les gardait rivés sur le sol. Nadolski non plus n'osait affronter le regard des adolescents. Il chuchota quelque chose à l'oreille de Coleman et fit signe à Caitlin de le suivre.

– Coleman, Caitlin et moi sommes obligés d'avoir une petite discussion en privé. Vous, vous nous attendez ici. Personne ne quitte cette pièce sans mon autorisation. Je me suis *bien* fait comprendre ?

C'était un ordre pour le moins inutile. Ils n'avaient nulle part où aller.

Les trois astronautes revinrent quelques minutes plus tard seulement avec une instruction sommaire, dont il était impossible de ne pas s'inquiéter :

– Retirez vos combinaisons, allez les accrocher dans la salle des équipements, et retrouvez-nous dans la cuisine du module 2. Nous allons rester ici un petit moment encore.

DARLAH 1

Ils étaient réunis dans la cuisine. Midori avait aidé Caitlin à préparer une simple soupe, mais aucun des six membres restants de l'équipage n'avait grand appétit. Et quasiment personne n'avait touché à la soupe maintenant froide. Le front posé sur une main, Mia tambourinait des doigts sur la table. De l'autre côté, Antoine regardait dans le vide. Ils venaient d'apprendre que le module lunaire était inutilisable.

Coleman prit la parole :

– Le commandant Nadolski et moi avons eu une discussion. Il y a *une* solution. Nul ne peut vous garantir qu'elle fonctionnera mais, selon moi, c'est notre seule possibilité.

Il croisa le regard des autres.

– Cela va exiger une forte contribution de votre part.

Il observa un long silence. Il donnait l'impression de ne pas arriver à se décider à leur révéler de quoi il s'agissait. Mais il annonça finalement :

– Il existe une autre base DARLAH.

Dès Houston, Midori n'avait cessé de se demander pourquoi la base où on les envoyait avait été baptisée DARLAH 2, mais elle s'était bien gardée de poser la question de peur de paraître idiote. Il y avait trop de probabilités pour que le chiffre corresponde en réalité à une broutille. Exactement comme pour les voitures : il y avait toujours une histoire de chiffres et de lettres, 340 SL ou 240 GTI, ou quel que soit le nom qu'on leur donnait. Pour elle, c'était de l'hébreu.

– Ce que je vais vous raconter maintenant est une information classée top secret, ultraconfidentielle ; je requiers donc toute votre compréhension. Dans une situation normale, je devrais demander l'autorisation de la NASA et du ministère de la Défense américain avant de vous la divulguer. Mais, comme cette situation est tout sauf normale, je n'ai d'autre choix que de vous la révéler. Par conséquent, je ne peux guère que vous prier instamment, j'insiste, de ne mentionner à personne, et je dis bien à personne, ce que je m'apprête à vous expliquer. Dans le cas contraire, le gouvernement nierait tout en bloc. Il ferait tout ce qui est en son pouvoir pour vous faire passer pour des menteurs et des ennemis des États-Unis. Il vous refuserait tout séjour sur le territoire américain, et toutes les portes vous seraient fermées. Ni moi ni quiconque ne pourraient dès lors se porter garant de votre sécurité. Est-ce que je me fais bien comprendre ?

Mia eut un léger doute. Ne ferait-elle pas mieux de

sortir ? Devait-elle accepter de rester ici et, ainsi, d'être menacée de mort par cet homme ? Elle s'imaginait déjà une existence d'ennemie publique n° 1 des États-Unis, une vie passée à fuir en permanence, dans la peur constante que quelqu'un défonce sa porte à tout instant, prêt à la tuer – avait-elle vraiment le choix ? Elle n'était pas franchement dans un lieu où elle pouvait leur faire faux bond et partir.

– DARLAH 1 est un complexe militaire construit par la NASA pour la défense américaine en 1974. Il est situé à trente mètres au-dessous de la surface de la Lune, à environ douze kilomètres d'ici. Il a été aménagé en même temps que le module 3 de DARLAH 2. L'installation renferme six fusées à tête nucléaire, chacune chargée de 50 mégatonnes de TNT. Pour vous, à qui ce chiffre n'évoque rien, je peux vous indiquer à titre de comparaison que cela équivaut à trois mille fois la bombe larguée sur Hiroshima. Les fusées ont été placées là par le gouvernement Nixon, pendant la guerre froide, comme défense définitive en cas de conflit armé entre les États-Unis et l'Union soviétique. Ou plutôt : dans l'hypothèse où une guerre se déplacerait dans l'espace. À une époque, on ne l'excluait pas.

Coleman marqua une pause et prit une profonde inspiration. *On ne l'excluait pas.* Mais pourquoi diable prononçait-il une phrase pareille ? Il s'était longuement préparé à cette explication, et il devait prendre garde à ne pas s'exprimer trop vite, pour que tous comprennent qu'il l'avait tout bonnement apprise par cœur. Car il ne disait pas entièrement la vérité. Loin de là. Certes, les informations sur les fusées concordaient, mais ni elles ni rien de ce qui constituait DARLAH 1 n'était censé les protéger contre l'Union soviétique. Le complexe militaire et son arsenal nucléaire avaient été aménagés pour détruire la Lune. En cas de nécessité. Comme la solution ultime.

Mais il n'avait encore aucune intention de révéler la moindre information à ce sujet.

– DARLAH 1 contient également une capsule d'évacuation. Donc un minivaisseau pour pouvoir quitter la Lune et revenir sur Terre dans l'éventualité où quelque chose tournerait mal. Hélas pour nous, cette capsule ne peut héberger que trois personnes, ce qui correspond au nombre d'astronautes qu'on pensait faire séjourner ici de façon permanente. Aussi est-il exclu de l'utiliser. En outre, nous n'avons aucune assurance qu'elle soit encore en état de fonctionnement.

Midori eut un mouvement de recul en entendant ces dernières paroles. Jusqu'à présent, Coleman n'avait pas un seul instant semblé douter de la qualité du reste de la base. Pourquoi, alors, en irait-il autrement de la capsule d'évacuation ? À ce qu'elle sache, ni l'engin ni la base n'avaient servi avant leur arrivée...

– Et maintenant un dernier point, le plus important. DARLAH 1 est avant toute chose une centrale électrique, où l'arsenal nucléaire et la capsule d'évacuation ne représentent *que* des équipements annexes. Une ligne à haute tension est supposée relier DARLAH 1 à DARLAH 2, un câble d'urgence dans l'hypothèse où DARLAH 2 serait dans une situation identique à celle que nous vivons. Nous allons par conséquent devoir envoyer une équipe en direction de DARLAH 1 pour activer la centrale électrique. Ainsi, nous récupérerons le courant et, je l'espère, les communications radio qui nous permettront d'appeler les secours. Mais je demande à chacun de se préparer à devoir rester longtemps sur la Lune.

Mia posa la question qui brûlait les lèvres de tout le monde.

– Tu sous-entends quoi par *longtemps* ?

– Peut-être des mois, plus vraisemblablement un an. Jusqu'à ce que la NASA envoie une équipe de sauvetage.

Mia avait écouté avec anxiété l'intervention de Coleman, et les dernières phrases prononcées tombèrent comme des pierres dans son estomac. Personne ne viendrait les chercher. Pas avant un an. Elle pensa à tout ce qu'elle allait perdre, tout ce qu'elle ne pourrait plus revoir avant très, très longtemps : les arbres, la mer, les plages, les rues, les villes, les voitures, les gens. Elle pensa à ses copines qui continueraient leurs petites affaires sans elle – le groupe, les concerts, elle n'aurait rien de tout cela. Et dès que les batteries de son baladeur numérique seraient vides, ce qui n'allait pas tarder à arriver, il lui faudrait attendre une année entière avant de pouvoir réentendre de la musique. Cette perspective était intenable et la rendait presque plus triste que le fait qu'elle ne rentrerait sans doute jamais à la maison.

Elle caressa de la main la cuisse d'Antoine. *Au moins il est là*, songea-t-elle. Et Midori. Et Caitlin. C'était toujours ça de pris. Alors peut-être, mais peut-être seulement, tout se passerait bien. Pour peu que la promesse que des gens viennent les sauver soit tenue. Après tout, qui sait s'ils n'allaient pas mener une vie agréable – malgré tout... Autre détail non négligeable, elle échapperait à une année de lycée. Il fallait voir le bon côté des choses.

Le problème de cette attitude positive, c'est qu'elle avait la fâcheuse tendance à générer des déceptions.

Quelques heures plus tard, les six membres restants de l'équipage se retrouvèrent encore une fois à la cuisine. Nadolski était chargé de choisir la personne qui l'accompagnerait dans la recherche de DARLAH 1.

– Hélas, je n'ai pas beaucoup d'options à ce niveau-là, commença-t-il. Je... oui, j'espère que vous comprenez à quel point il m'est difficile de vous le dire, mais... nous avons besoin de la présence tant de Caitlin que de Coleman ici à DARLAH 2. Dès que j'aurai réussi à activer la centrale électrique, ils seront contraints de travailler ensemble, immédiatement, pour rétablir le contact avec la NASA. Pour... pour les informer de la situation. C'est la phase la plus critique, et devoir emmener l'un des deux à DARLAH 1 coûterait trop de temps que nous n'avons pas les moyens de gaspiller. Ce qui signifie...

Il ferma les yeux pour les laisser digérer l'information.

– Cela signifie que je me vois dans l'obligation de demander à l'un d'entre vous de m'accompagner.

Il regarda les trois adolescents dans les yeux.

– Ce n'est pas la solution idéale. Je devrais ne poser cette question à aucun d'entre vous. Et aucun d'entre vous ne devrait vivre ce que nous traversons actuellement. Mais à situation exceptionnelle, mesures exceptionnelles. Et il serait complètement irresponsable de partir seul, avec une seule Jeep lunaire. Au cas où il arriverait quelque chose de –

Antoine se leva brusquement.

– Je viens.

Mia l'attrapa aussitôt par la manche et le força à s'asseoir.

– Mais t'es dingue, ou quoi ? chuchota-t-elle, hors d'elle, sentant déjà un nœud dans sa gorge. C'est hors de question !

Antoine lui adressa un regard bienveillant.

– Mais Mia, voyons, tu as entendu ce que Coleman a dit ? Cela va exiger une contribution de notre part. C'est *ma* contribution. Je suis obligé d'y aller. Et tu le sais.

Nadolski examina le Français avec attention. Il lisait la peur dans son regard. Ils allaient devoir faire avec. Et la remarque qu'il venait de formuler était juste : chacun devait apporter sa contribution.

– Merci, Antoine. Merci beaucoup.

Il se tourna vers Coleman.

– Toi, tu prends la responsabilité du groupe pendant notre absence. Caitlin, tu veilles à ce que tout le monde ait à manger et à boire. Et dorme un peu. Quatre heures chacun jusqu'à notre retour. Coleman et Caitlin, vous dormirez en alternance. Antoine Devereux, rassemblement devant les LRV au module 4 dans exactement quarante-cinq minutes.

La réunion était suspendue.

Simone

Le soleil ne s'était toujours pas hissé au-dessus des toits de Paris lorsque la jeune fille de dix-sept ans fut réveillée par la pluie. Elle n'aurait su dire avec certitude combien de temps elle avait dormi mais, tout en apercevant la pénombre extérieure, elle se sentait à ramasser à la petite cuillère, comme toujours après quelques heures de sommeil seulement. Une sensation à laquelle elle avait fini par s'habituer, qui durait depuis deux semaines – sans qu'elle puisse se l'expliquer. Elle avait l'impression diffuse que quelque chose débloquait dans sa tête, mais que c'était son corps qui en traduisait les symptômes. Elle avait attaqué ces problèmes d'insomnie de front, entreprenant tout ce qui selon elle viendrait les dissiper : se coucher tôt, s'alimenter sainement, s'entraîner trois fois par semaine en salle de gym, faire de longues promenades en ville avec Noël, boire une tisane une demi-heure avant d'aller au lit. Mais rien n'y faisait. La situation avait même empiré.

Ses yeux étaient douloureux de sommeil lorsqu'elle les frotta et quitta le lit.

– Ça y est ? Réveillée ? entendit-elle une voix somnolente lui demander.

Elle se tourna vers Noël, étendu à côté d'elle dans le lit, fit un vague hochement de tête en guise de réponse, puis tourna son attention vers la fenêtre. Il pleuvait sans discontinuer depuis quatre jours. Le parc de la tour Eiffel se transformait lentement en piscine.

Cela faisait maintenant un peu plus d'un an qu'ils étaient ensemble, Noël et elle, et leur relation fonctionnait bien. Du moins le croyait-elle. Il avait même pris ses quartiers chez elle. Depuis plus d'un mois. Il vivait dans sa chambre, partageait la table familiale, passait ses journées avec elle. Tous les jours. Tout le temps. Ses vêtements avaient trouvé leur place dans l'armoire de Simone. Ou bien ils traînaient par terre, à côté de ses livres, et non loin des verres qu'il allait chercher à la cuisine mais oubliait de rapporter. Le soir, il se carrait dans le petit fauteuil de Simone et, télécommande à la main, restait planté devant la télé. Et Simone avait la sensation que, dans le plus grand silence, il s'installait chez elle et, lentement mais sûrement, prenait le contrôle de sa chambre, la chassant presque.

Debout devant la fenêtre, elle se demanda si, en fin de compte, Noël n'était pas étranger à cette insomnie. Elle balaya l'instant d'après cette pensée de sa conscience. Non, il n'y était pour rien. C'était autre chose. Ou plutôt quelqu'un d'autre : une personne que Simone pensait sortie de sa vie à jamais.

Antoine...

C'était de *lui* qu'il était question.

Et d'une certaine manière, elle l'avait toujours su. Mais pourquoi ? Ça n'avait pas de sens... Voilà plus d'un an que c'était fini entre eux, qu'elle n'était plus amoureuse. Elle était passée à autre chose depuis belle lurette – et elle espérait que lui aussi. Ils avaient essayé, ça n'avait pas fonctionné entre eux, elle pouvait à la limite trouver ça triste, mais bon, *shit happens*, et puis on passe à autre chose, on tente autre chose, on a d'autres coups de foudre, on s'efforce de trouver la personne qui nous fera nous sentir un peu moins seul.

Seulement voilà, elle n'était pas tout à fait persuadée d'avoir décroché le bon numéro avec Noël. En plus il ronflait. Une espèce de râle, lent, âpre, qui parfois la rendait folle, surtout lorsque ça s'éternisait.

La pluie augmenta en intensité, à l'instar des bruits en provenance de Noël. Simone trottina sur le parquet et alla s'asseoir dans son fauteuil, à côté de la chaîne hi-fi et de la vieille caisse à vin qu'elle avait aménagée en boîte à rangement pour ses disques. Car Simone avait toujours aimé le son clair et chaud des vinyles sur la platine que son père lui avait donnée. Elle parcourut les 33-tours – qu'elle avait également hérités de lui. Le choix était varié, et bien mal en aurait pris à quiconque de vouloir y trouver une cohérence. *Zoolook* de Jean Michel Jarre côtoyait le double album bleu des Beatles, celui contenant leurs plus grands tubes sortis entre 1967 et 1970 ; mais aussi *Porgy and Bess* de Gershwin, *EVOL* de Sonic Youth, sans oublier *Histoire de Melody Nelson* de Serge Gainsbourg. Indécise sur ce qu'elle avait envie d'écouter, elle fit glisser une main distraite sur le bord des pochettes et tira un disque au hasard tout en allumant la chaîne de l'autre main. Elle souleva le couvercle qui protégeait la platine de la poussière puis sortit délicatement le vinyle de sa sous-pochette. Une légère tristesse l'emplit quand elle constata son choix.

Puisque le hasard avait voulu qu'elle exhume *Somethin' Else*, l'album jazz de Cannonball Adderley – un cadeau d'Antoine. L'espace d'un instant, elle ne fut plus du tout certaine d'avoir envie de le mettre, mais elle se ravisa.

Le piano et la batterie débutaient tout en douceur, prudents, hésitants, comme s'ils tâtaient le terrain. Une trompette aboyait soudain et se mêlait aux notes pour mieux disparaître et les laisser continuer sans elle le temps de quelques accords. Surgissait alors une courte pause, un bref instant de réflexion musicale. Puis elle revenait, la trompette aux sonorités cette fois feutrées qui la transformaient en l'instrument le plus mélancolique du monde sur ce morceau très précis : *Les Feuilles mortes*. Ou *Autumn Leaves*, *L'Automne s'en va*, puisque c'était aussi son deuxième titre et d'ailleurs la sensation qu'éprouvait Simone en l'entendant : comme si l'été tirait sa révérence et laissait place à l'automne, qui vagabondait dans les champs et croisait l'hiver sur son chemin.

Sans réveiller Noël, la musique montait mollement des baffles puis se sédimentait sur les murs comme une fine pellicule. Simone se renfonça dans le fauteuil, trouva un paquet de cigarettes qui traînait à ses pieds, en alluma une, ferma les yeux. De toute sa collection, c'était le plus beau disque. Du coup, elle se souvint du jour où Antoine le lui avait offert. Ils étaient allés au cinéma de la rue Laplace, voir un film français de la Nouvelle Vague, *À bout de souffle*, et c'est exactement ce qu'ils avaient éprouvé ce jour-là, comme s'ils suffoquaient en découvrant quelque chose de radicalement nouveau.

Étrange, tout de même, de penser qu'ils étaient si bien ensemble, à l'époque, et que ça n'avait pas duré.

La rupture avait été difficile à encaisser pour lui : il avait vécu un calvaire. Pauvre Antoine. Dans les mois qui avaient suivi, elle l'avait découvert au premier étage de la tour Eiffel. Elle s'était rendu compte qu'il passait son temps posté derrière la longue-vue à pièces, qu'il avait orientée vers son immeuble à elle. Plus tard dans la soirée, sachant qu'il n'y était plus, elle s'était faufilée vers le monument, montant les marches jusqu'à ce fameux premier étage, où la longue-vue n'avait pas bougé de place depuis qu'il en était parti. Glissant deux euros dans la fente, elle avait pu constater (non que cela la surprenne, du reste) qu'on bénéficiait ainsi d'une vue plongeante dans sa chambre. Elle avait fait le déplacement à plusieurs reprises par la suite, uniquement pour obtenir une confirmation à ses pressentiments, à savoir qu'il y venait tous les soirs. Elle ne le voyait jamais dans la tour, mais chaque fois qu'elle y montait, la longue-vue pointait droit vers sa chambre.

Un jour, plusieurs mois après, quand elle choisit d'aller de nouveau vérifier la longue-vue, elle remarqua que celle-ci regardait une tout autre direction. Cela pouvait bien sûr signifier que d'autres personnes l'avaient utilisée ce jour-là mais, sans savoir tout à fait pourquoi, elle y vit le signe qu'Antoine avait trouvé de nouvelles occupations pour tuer le temps. Aujourd'hui, là, tout de suite, elle se prendrait presque à espérer qu'il l'observe sous la pluie. Mais elle savait qu'il était parti. Il lui avait envoyé un texto quelques jours avant de s'envoler pour New York, les seules nouvelles qu'elle ait eues de lui depuis leur rupture :

Salut, Simone.
Je pars sur la Lune en juillet.
Je te jure !
J'espère que tu vas bien.
See you on the dark side of the moon.

Et donc, à l'heure qu'il était, il se trouvait tout là-haut. Loin, très très loin. Comme tout le monde, elle avait entendu parler de la loterie et de la mission spatiale ; elle avait même envisagé de s'y inscrire. Elle ne le fit jamais. Les chances de gagner étaient si microscopiques qu'elle avait finalement renoncé. Toujours est-il qu'Antoine y était arrivé. Et c'était bizarre, quand on y songeait.

Que faisait-il en ce moment ?

Avec qui était-il ? Simone se souvenait vaguement que deux filles l'accompagnaient – les avait-elle vues en photo ? Ils avaient été inondés d'articles de presse à l'annonce officielle des gagnants, et *Le Figaro* y consacrait des reportages quasi quotidiens, avec envoyés spéciaux aux États-Unis et tout. Mais à la réflexion, non, elle était incapable de mettre un visage sur ces filles.

Et si, à son retour, elle reprenait contact avec lui ? Donnerait-elle l'impression de renouer uniquement parce que dans l'intervalle il était devenu... célèbre ? Non. Il comprendrait. Elle en était intimement persuadée. Oui, elle lui passerait un coup de fil. Dès qu'elle apprendrait qu'il était rentré à Paris.

Elle retourna se coucher, se blottit sous les draps. Noël s'était entre-temps étalé de tout son long, et elle dut le pousser légèrement pour avoir un peu de place. Il grogna doucement quand elle l'effleura, avant de se tourner brusquement sur le côté d'un geste démonstratif. Simone resta ainsi étendue quelques instants, agacée d'être toujours éveillée. Au bout d'un moment, elle s'endormit.

Mais ce fut un mauvais sommeil.

Un sommeil synonyme de cauchemar, qui ne vous quitte pas et continue de vous hanter pour le restant de la journée. Un sommeil saturé de rêves si réels que vous seriez prêt à jurer qu'ils appartiennent pleinement à votre monde.

Dans son rêve, Simone était enfermée dans un couloir sombre. Il était difficile de respirer. On la poursuivait. Elle ne voyait personne mais entendait des bruits : quelqu'un ou quelque chose qui s'approchait pas à pas. Au loin, il lui semblait également entendre Antoine l'appeler, crier son prénom. Mais aussi autre chose. Elle tendit l'oreille pour comprendre de quoi il s'agissait. Mais c'était comme si sa voix se trouvait sous l'eau, comme s'il n'y avait pas assez d'air pour la porter. La chose se rapprochait maintenant de plus en plus. Antoine l'appela de nouveau, et cette fois elle crut comprendre ce qu'il disait. La silhouette se rapprochait toujours ; elle n'était plus très loin, désormais. Elle sentit qu'on effleurait sa main. Antoine cria encore, et elle entendit distinctement ses paroles : *Va-t'en vite !* hurlait-il. Au même moment, le couloir fut inondé d'une lumière éblouissante et Simone se retrouva nez à nez avec –

Elle se réveilla en sursaut. Transpirante, glacée, essoufflée.

Noël était assis à côté d'elle, sur le bord du lit.

– Il y a eu un accident, annonça-t-il. Sur la base lunaire. La NASA a perdu tout contact avec eux et dit qu'ils ne vont pas tarder à ne plus avoir d'électricité.

Antoine...

Simone et Noël passèrent la journée cloués devant la télé. Toutes les chaînes interrompaient leurs programmes pour se consacrer exclusivement à l'accident. Les journalistes s'efforçaient de faire la lumière sur ce qui s'était produit, des experts exposaient des théories compliquées, la Maison-Blanche organisa la première de ses futures nombreuses conférences de presse, menée par un président à court de propositions, sinon celle de garder l'espoir que tout finisse par s'arranger. À défaut de savoir quoi que ce soit, les chaînes de télé rivalisaient de suppositions, pronostics et modèles graphiques montrant ce qui s'était *éventuellement* passé. En tout état de cause, les conclusions aboutissaient au même résultat : à moins que les astronautes et les adolescents ne regagnent la Terre par leurs propres moyens, on ne pouvait leur être d'aucun secours.

Noël, qui savait qu'Antoine était l'ex-petit copain de Simone et l'un des trois adolescents, avait été au départ aussi absorbé qu'elle par ces émissions spéciales. Mais, maintenant, il sentait que la coupe était pleine. Il en avait par-dessus la tête de ces informations qui se répétaient pour ainsi dire au mot près, qui n'annonçaient aucune nouvelle donnée, aucune avancée. Toutes les tentatives visant à rétablir le contact avec DARLAH avaient échoué, et on ne pouvait pas faire grand-chose sinon attendre.

– On pourrait pas changer de chaîne, Simone ? Hein ? Je commence à en avoir un peu ma claque de tout ce machin. On ferait pas mieux d'aller se balader ? Ou de se faire un petit ciné ? Qu'est-ce que tu en penses ? Ce serait dommage de gâcher notre journée alors que de toute façon on ne peut rien pour eux... Non, tu ne trouves pas ?

Simone continua de fixer l'écran pendant une minute entière avant de se tourner enfin vers lui. La phrase qui lui trottait dans la tête depuis un très long moment était désormais prête à franchir la barrière de ses lèvres :

– Noël. Je pense qu'il serait préférable pour tout le monde que tu rentres chez toi, maintenant.

Contact

Les Jeeps lunaires n'offraient pas vraiment un spectacle encourageant. Construites sans carrosserie pour les alléger au maximum, elles suscitaient chez Antoine une perplexité certaine. Nadolski, lui, savait que les LRV feraient leur boulot malgré leur rusticité : ils avaient transporté les astronautes des missions Apollo 15 et Apollo 16, et aucun problème majeur n'avait été signalé.

Antoine attendait devant son véhicule que Nadolski ait terminé ses calculs. À le voir harnaché de la lourde combinaison spatiale et coiffé du casque lunaire, il était impossible de le distinguer du commandant adulte : tous deux avaient l'air d'astronautes expérimentés examinant leurs LRV. Mais la combinaison d'Antoine ne renfermait pas un homme. Elle protégeait un garçon de dix-sept ans qui venait de rencontrer la plus belle fille du monde. Sa vie parisienne avec Simone lui semblait avoir eu lieu il y avait cent ans. Il se rendait compte qu'il avait toutes les peines du monde à visualiser ses anciens camarades. Il ne se souvenait plus du chemin le plus rapide entre Champs-Élysées et La Fayette, un trajet en métro qu'il aurait normalement effectué les yeux fermés pour l'avoir parcouru des centaines de fois. Tout ce qu'il avait été commençait, lentement mais sûrement, à disparaître de sa conscience, remplacé par la seule chose qui désormais comptait pour lui : rentrer à la maison, revenir sur Terre avec Mia.

– Prêt ? lui demanda la voix de Nadolski dans l'intercom, l'arrachant ainsi à ses pensées. Dans ce cas, tu prends celle de gauche.

Comme un somnambule, Antoine trottina vers la Jeep et s'installa au volant.

– Tu restes derrière moi et tu te manifestes au moindre problème, commanda Nadolski. Surtout, tu évites les pierres et les cratères. On file vers le nord !

À ces mots, ils démarrèrent, sans bruit ; seules les vibrations du siège leur indiquaient que les véhicules étaient propulsés par des moteurs. Antoine ne pouvait se départir d'une sensation de malaise qu'il n'aurait su tout à fait attribuer au silence environnant ou au fait que les roues augmentaient à chaque instant l'éloignement entre eux et DARLAH 2.

Ils filaient bon train à travers les plaines grises bien que leurs LRV ne soient franchement pas des modèles de rapidité. De fait, ils plafonnaient à vingt kilomètres à l'heure mais, à cause de la gravité quasi nulle qui donnait l'impression que les véhicules flottaient dans le paysage, la vitesse semblait beaucoup plus importante. Comme s'il naviguait sur les flots, Antoine tanguait lentement d'un côté sur l'autre, au gré des ballottements sur le terrain accidenté. Il sentait monter en lui l'équivalent du mal de mer, une nausée qu'il ne parvenait pas à réprimer.

Quelques minutes plus tard, Nadolski écrasa la pédale d'accélérateur pour franchir une colline en pente douce. Antoine se retourna au moment où ils gravissaient le sommet et put ainsi, juste avant qu'ils ne glissent de l'autre côté, apercevoir une toute dernière fois la base lunaire où Mia l'attendait.

Combien de temps s'était-il écoulé ?

Nadolski n'aurait su le dire avec certitude, mais il estimait qu'ils roulaient depuis suffisamment longtemps. Tout au long du trajet, il avait gardé un œil rivé sur la carte. En fin de compte, peut-être les Jeeps se déplaçaient-elles plus lentement qu'il ne le croyait. Sans oublier qu'elles n'avaient pas servi pendant quarante ans. D'un autre côté, n'ayant pas subi d'usure extérieure *via* une exposition à l'eau ou à l'air, elles devaient en principe être dans leur état d'origine. Nadolski préféra ignorer l'intuition inexpliquée qui le gagnait et poursuivit sur le relief accidenté, au creux de la vallée profonde d'un cratère. Mais son mauvais pressentiment refusait de lâcher prise, et le doute finit par lui intimer de regarder l'heure.

Nadolski consulta la montre fixée à la manche de

sa combinaison. *Fais chier...* Ils auraient déjà dû être arrivés, nom d'un chien ! Ou au minimum apercevoir la zone que Coleman lui avait pointée sur la carte avant leur départ. Il fit signe à Antoine de le rejoindre.

– Elle dit quelle heure, ta montre ? demanda-t-il.

– On roule depuis cinquante minutes. Y a un problème ?

– On est allés trop loin.

– Trop loin ?

– Ou alors on s'est trompés de chemin, je sais pas... Y a quelque chose qui cloche.

– Quoi ? interrogea Antoine d'une voix inquiète.

Nadolski n'était pas certain de la réponse qu'il devait lui fournir.

– On a... euh... on a un problème avec la carte. Mais on va arranger ça. Y a pas à avoir peur.

– C'est moi ou c'est toi que tu essaies de rassurer, là ? répliqua Antoine en essayant de terminer sa question par un rire au final peu convaincant.

Nadolski feignit de ne pas l'avoir entendu et dévia son attention sur la carte. Sentir Antoine s'impatienter devant lui, dans l'attente qu'il lui indique quelle direction suivre, l'empêchait de rester pleinement concentré. En un mot, ça le stressait. Lui qui s'était entraîné pour cette mission spatiale pendant des années et des années, il savait qu'à ce niveau Antoine ne lui était d'aucun secours. Il revenait à *lui*, l'astronaute, de les sortir de cette panade.

– Antoine, est-ce que tu vois une montagne dans les parages ? Pas grande, plutôt comme un talus, disons… soixante ou soixante-dix mètres de haut.

Antoine fouilla du regard l'étendue du no man's land.

– Nan…

– Bon. Tu dis bien qu'on roule depuis cinquante minutes, c'est ça ?

Antoine opina du chef.

– Parfait. Voyons voir…, poursuivit Nadolski, penché sur sa carte. Mettons qu'on ait eu une vitesse moyenne de quinze kilomètres à l'heure… ça signifie qu'on a avancé de seize kilomètres, *grosso modo*, n'est-ce pas ?

– Ça me paraît plausible.

– OK. On va faire comme ça : on rebrousse chemin en empruntant la même route pendant un quart d'heure. Là, rebelote : on s'arrête pour s'orienter. Si ça se trouve, on est passés devant la centrale électrique sans la voir. Normal, tu me diras, puisqu'elle est souterraine.

Ils grimpèrent sur leurs LRV, démarrèrent et, après un demi-tour, suivirent les traces de pneus qui les ramenaient à leur point de départ.

*

Au même moment, Caitlin était assise à la table de la cuisine, en compagnie de Coleman, dans la lueur rouge qui baignait DARLAH 2. Ils venaient de renvoyer Mia et Midori dans leur chambre avec la consigne de dormir quelques heures. Devant le plan de travail, Coleman s'efforçait de faire chauffer de l'eau pour diluer le café lyophilisé qu'il avait trouvé dans le module 1. L'odeur de café avait ce pouvoir de rassurer, de créer un environnement sécurisant. Plus sécurisant, en tout cas. Comme si ce pouvoir était même en mesure de minimiser la peur qu'il avait ressentie en comprenant que *Demeter* était inutilisable. Sans doute parce que le parfum de café chaud lui rappelait la Terre, et notamment ce *coffee shop*, à l'angle de la 2e Avenue et de la 79e Rue, où il prenait son petit déjeuner pendant les périodes qu'il passait chez lui à New York. Oui, ils rentreraient chez eux. Ils seraient sauvés. Ils y étaient obligés.

Il pensa au commandant et au garçon. Ils devaient avoir atteint DARLAH 1 à l'heure qu'il était. Avec un peu de chance, Nadolski réussirait à activer rapidement la centrale électrique et entamerait le trajet retour sans rencontrer de... problèmes. Après que Caitlin et lui-même auraient rétabli le contact avec la Terre, Coleman avait déjà prévu ce qu'il ferait : il les inviterait à la cuisine, tous. Et chacun dégusterait un bon petit café. Les gamins aussi. Il n'était jamais trop tard pour apprendre à aimer le café.

Remarquant que l'eau bouillait enfin, il la versa dans deux tasses qu'il posa ensuite sur la table. Caitlin vida un sachet dans la sienne, Coleman lui tendit une cuillère, et elle tourna le mélange plusieurs fois de suite d'un air absent avant d'en boire une gorgée.

– Oh ! fit-elle avec dégoût. Même le café a un goût de vieux, Coleman.

Il ressentit une pointe d'irritation en l'entendant faire cette remarque. *Qu'est-ce qu'elle a, cette nana ? Elle va pas s'y mettre, elle aussi ?! Si seulement tu savais ce qui t'attend, Caitlin Hall... Le café, un goût de vieux ? Crois-moi, à l'heure qu'il est, c'est vraiment le cadet de tes soucis.*

– Si tu préfères, tu trouveras dans l'armoire à pharmacie des antibiotiques et de la morphine qui ont deux ans à peine, répondit-il froidement.

– Merci, ça ira.

Elle reposa sa tasse et la poussa le plus loin possible comme pour souligner son opinion. Puis elle reprit :

– Je sais que tu es un vieux briscard de la NASA, Coleman. Donc j'imagine que tu es au courant pour DARLAH 1 et DARLAH 2 depuis des années. Alors, si tu sais des choses que nous ignorons à propos de la coupure de courant et de la panne de l'émetteur radio, tu devrais les dire. *Maintenant.*

Coleman choisit d'en rire, histoire de ne pas perdre la face complètement – sans réel succès : son rire sonnait trop faux ; il opta pour une autre tactique.

– Il n'y a rien à savoir, Caitlin, vraiment. Je te rappelle qu'on a de sérieux ennuis. Et qu'on essaie de les résoudre en équipe. Point à la ligne.

– Je n'aime pas ton style, Coleman. Non, il ne me

plaît, mais alors *pas* du tout. Vous, les vieux de la vieille, avec votre loyauté et votre honneur... Pff ! Si jamais tu sais quelque chose à propos de cette merde qu'on se prend en pleine gueule, Coleman... Si jamais tu essaies de garder la moindre information secrète, je te jure que...

– ... que quoi ? Caitlin, je ne peux pas... Bon, OK, j'ai peut-être lu quelques rapports qui ne sont pas accessibles au public, et j'ai peut-être entendu ici et là certaines rumeurs, mais c'est... ce n'est franchement pas ça qui va nous sortir de là.

– Des rumeurs à propos de quoi ?

Coleman sirota son café, repoussant sa réponse au maximum.

– En résumé ? Des rumeurs comme quoi nous ne sommes pas les premiers astronautes à rencontrer des problèmes sur la Lune.

– Pardon ?

– Je ne peux rien te dire de plus. Et je ne le veux pas. Ça ne mènerait nulle part, sinon à t'inquiéter davantage. Si ça se trouve, ils préparent déjà une opération de sauvetage... Qu'est-ce qu'on en sait ?

Caitlin vrilla ses yeux dans les siens. Elle voyait suinter sur son visage la même pleutrerie que d'habitude, ce demi-sourire plein de cachotteries qu'il avait d'imprimé en permanence sur la face.

– Ah tu crois ça, toi, Coleman ?

– Non, Caitlin.

Il releva la tête et soutint son regard.

– Ils nous croient morts, voilà. C'est si difficile à comprendre ?

– Tu te trompes, rétorqua Caitlin, sûre de son fait. Même le supposer ne leur viendrait jamais à l'idée. Ils déploieraient tous les efforts possibles et imaginables pour... Et je ne parle même pas de l'enfer que ce serait pour eux, question com et pub, s'ils ne –

– Exactement, la coupa Coleman. *S'ils ne.* Et ils ne vont pas. Il serait temps que tu te le rentres dans le crâne. C'est trop tard.

Coleman mit un terme définitif aux fausses espérances de Caitlin. Il savait très bien qu'officieusement la mission et tout l'équipage qui la composait étaient considérés comme morts jusqu'à preuve du contraire. Puisque officieusement on connaissait tout de ce qui s'était produit ici par le passé.

Il quitta la table et emporta la tasse dans l'évier. La sensation soudaine, presque convaincante, que la situation allait finir par se débloquer, grâce au seul pouvoir de l'odeur de café chaud, s'était entièrement volatilisée. Debout devant le plan de travail, Coleman réfléchissait : *Si Nadolski a vraiment réussi à remettre en marche la centrale électrique, pourquoi le courant n'est-il toujours pas revenu ?*

*

Nadolski avait beau coller aux traces de pneus, il ne reconnaissait absolument rien. Car en plus de ne pas apercevoir la centrale, il ne se rappelait pas avoir traversé cette zone tout à l'heure. Il s'apprêtait à étudier pour la énième fois sa carte quand il entendit un juron dans l'intercom.

– Devereux, qu'est-ce qui t'arrive ?

Antoine mit plusieurs secondes à répondre.

– Je crois que j'ai roulé sur un truc.

– Bouge pas, j'arrive.

– OK.

Nadolski contre-braqua et vit le LRV du jeune Français à une centaine de mètres derrière lui. Une fois sur les lieux, il n'eut aucun mal à cerner le problème : Antoine avait heurté une pierre de la roue avant gauche et cassé l'essieu. La roue gisait un peu plus loin, à l'horizontale, dans la poussière grise.

– Je suis désolé. Vraiment. Je sais pas ce qui s'est passé...

Nadolski constatait l'ampleur des dommages. Une réparation, ici, il pouvait déjà tirer un trait dessus.

– Qu'est-ce qu'on fait maintenant ? demanda Antoine, désemparé, en contournant la Jeep accidentée pour aller récupérer la roue.

Un tas de tôle, ce machin, songea Nadolski. *De toute manière, les équipements sont des vraies antiquités sur cette mission de merde.*

– Pas de panique, répondit-il. Les deux véhicules sont construits pour supporter une charge supplémentaire de quatre cents kilos. Viens, je t'emmène sur le mien. Ce genre d'avarie, c'est exactement ce que je crai –

Il ne termina pas sa phrase. Dans la matière pulvérulente, quelque chose capta son attention. Il s'accroupit tandis qu'une sueur froide lui dégoulinait dans le dos. Voilà, maintenant il comprenait. Son mauvais pressentiment.

– Devereux !

Antoine lâcha la roue et vint se poster à côté de Nadolski en toute hâte, ou plutôt en faisant de son mieux, car sa tenue spatiale pesante, combinée à la gravité minime, rendait le moindre mouvement gauche et menaçait de lui faire perdre l'équilibre à tout moment.

– Tu vois ces traces ?

Antoine acquiesça.

– Bon. Je te pose la question uniquement pour être sûr de ce que j'avance. Avec le manque de sommeil qu'on accuse, on a vite fait de se tromper. Tu vois ces traces de pneus ?

Il désigna alors d'autres empreintes, qui couraient presque parallèlement aux premières.

La réponse d'Antoine était de nouveau positive.

– Ce sont les traces qu'on a suivies *après* avoir rebroussé chemin.

– Et ?

– Ce ne sont *pas* nos traces.

– Attends... qu'est-ce que tu veux dire ? Je comprends pas, là. Elles sont pourtant identiques !

– Regarde bien le tracé. Tu vois, là ? Ça c'est nous. Regarde maintenant le deuxième. Tu vois la bande continue, là, dans le milieu ? Nos pneus n'ont pas ce dessin.

– Peut-être que ça date d'une autre mission spatiale, argumenta Antoine. Quand ils ont construit la centrale électrique, par exemple...

Nadolski posa une main sur son épaule.

– Non, Antoine. Selon Coleman, elle a été assemblée *sans* qu'ils utilisent de LRV. Et on n'en compte que trois exemplaires sur la Lune. Les nôtres, qui remontent aux programmes Apollo 16 et 17, et un troisième apporté par Apollo 15 et qui a ensuite été démonté pour servir de pièces détachées aux deux premiers.

Nadolski détourna les yeux avant de déclarer :

– Ces traces n'existaient pas il y a encore une heure, Antoine.

– Qu'est-ce que tu essaies de m'expliquer, là ? répondit le garçon d'une voix tremblante.

– J'essaie de t'expliquer que nous sommes en grand danger.

Il n'eut pas le temps d'ajouter quoi que ce soit. À peine quelques secondes plus tard, ils distinguèrent deux silhouettes à plusieurs centaines de mètres. Elles venaient vers eux, d'un pas lent mais décidé.

Ni l'une ni l'autre ne portaient de combinaison spatiale ou de casque.

Et elles n'avançaient pas en adoptant cette démarche caractéristique, pataude, que conférait l'apesanteur. Elles marchaient aussi naturellement qu'elles l'auraient fait sur Terre.

Il n'y avait nulle part où se cacher. Nulle part où courir.

La dernière chose que remarqua le garçon, ce fut que la première personne ressemblait à Nadolski.

Et que la seconde était son portrait craché, à lui, Antoine.

Puis tout fut blanc et bruyant, et Antoine Devereux sentit qu'il perdait conscience.

*

Coleman envisagea un instant de laver sa tasse de café, mais changea d'avis au tout dernier moment et la reposa. Les prochains n'auraient qu'à le faire... si tant est que quelqu'un réutilise jamais la cuisine après lui. Il quitta la pièce non sans jeter un nouveau coup d'œil à sa montre. Nadolski et le petit Français auraient dû être revenus depuis longtemps. La marge qu'il leur avait laissée était déjà largement dépassée, en plus du temps nécessaire selon ses calculs pour effectuer l'aller-retour, et la remise en marche, bien sûr – or, toujours rien ni personne. Il les avait appelés à plusieurs reprises par l'intercom, mais tant qu'ils seraient à plus de deux kilomètres de la base, ils ne pourraient pas l'entendre. Donc il fallait s'y résoudre : ils avaient eu un problème. Et la tentative de mise en route de la centrale électrique avait échoué. *Est-ce que c'étaient les... non...*

Sa gorge se noua et son cerveau fut comme plongé dans le noir, à croire qu'on y avait déversé du goudron brûlant et gluant. Il dut se forcer à des exercices respiratoires pour retrouver un souffle normal. Que lui arrivait-il ? Il ne s'était plus mis dans cet état depuis cinquante ans. La première et dernière fois qu'il avait éprouvé cette sensation, il avait neuf ans.

C'était un samedi, en juillet, se rappelait-il. Sa mère lui avait donné la permission d'aller voir un copain qui habitait dans la 69e Rue, et tant pis s'il était beaucoup trop petit pour se promener tout seul dans Manhattan : elle était débordée, avait mille choses à faire et surtout pas le temps de l'emmener, aussi lui avait-elle donné des sous et prié le concierge de lui trouver un taxi. Or, sitôt qu'il s'était retrouvé sur le trottoir, sentant l'air chaud sur son visage, il avait décidé de dépenser l'argent dans tout autre chose. Pourquoi pas des bonbons, s'était-il dit. Du coup, il avait choisi de passer par le parc et peut-être de faire un crochet par le jardin zoologique, histoire de regarder s'il y avait de nouveaux animaux. Il avait donc traversé Central Park, sans penser à rien de particulier, quand brusquement, une silhouette avait jailli d'un buisson et fondu sur lui. Coleman avait été poussé derrière un arbre et, dans son souvenir, l'image suivante était celle d'un revolver pointé contre sa tête. Il avait voulu donner à son agresseur l'argent du taxi, mais celui-ci lui avait ri au nez. Puis il avait armé le chien.

– Tu mourras à quel âge, d'après toi ? lui avait demandé l'homme.

Coleman n'avait pas répondu. Il sentait uniquement l'arme lui comprimer la tempe et l'urine lui dégouliner le long des jambes.

– Tu ne dépasseras jamais cet âge-là, avait alors dit l'homme.

Et il avait appuyé sur la détente.

Coleman avait entendu un *clic* et compris que la chambre était vide.

– Tu le sens, là ?

L'homme lui avait labouré la tête avec son revolver. Coleman était persuadé que son crâne allait se briser sous la pression.

– Je le sens, avait-il murmuré.

– Ce revolver, il a six balles. Mais il n'y en a qu'une de chargée. Alors, d'après toi, combien de temps il te reste à vivre ?

– Je ne sais pas.

– Je veux que tu comptes avec moi. D'accord ?

Coleman n'avait pas répondu.

– On était rendus à un, non ?

L'homme tira de nouveau. Et, de nouveau, seul un *clic* retentit.

– Deux.

Clic.

– Trois.

Clic.

– Quatre.

Clic.

– Cinq. Attention... c'est *maintenant* que ça se passe !

C'était ce jour-là qu'il avait pour la première fois éprouvé cette sensation. Et c'était la même que maintenant, alors qu'il se tenait dans un des couloirs de DARLAH 2. La sensation qu'il n'y avait plus aucun espoir. Et que toute la bonté du monde ne pourrait le sauver. Mais, surtout, il se sentait loin, très loin de chez lui.

Il n'y eut pas de sixième tentative. L'homme garda le revolver longtemps pointé contre sa tempe. Soudain, il l'abaissa et s'en alla. Coleman s'était effondré dans l'herbe. Plus tard (quand exactement, il ne se rappelait pas), il avait vu le visage d'une jeune femme penché sur lui. Elle lui avait demandé comment il allait avant de le raccompagner chez lui. Sa mère lui avait offert un café pour la remercier. Et le souvenir était toujours très présent dans la mémoire de Coleman : l'odeur de café qui s'était répandue dans l'appartement et, lentement mais sûrement, avait permis au monde de redevenir normal.

Il s'immobilisa dans le couloir sombre, sans réellement savoir où il allait. Au loin, il entendait des pas, des chaussures qui claquaient contre le sol métallique. Quelqu'un courait. *Ça doit être les deux gamines*, songea-t-il. *Qu'est-ce qu'elles fabriquent, encore ? Alors qu'elles devaient se reposer...* Sans réfléchir, il rebroussa chemin en direction du module 2, vers la cuisine. Caitlin était toujours assise devant la grande table ronde.

– Je vais sortir les chercher, déclara-t-il.

Elle le dévisagea.

– Pardon ? Mais qu'est-ce que tu racontes ?!

– Quatre heures se sont maintenant écoulées. Ils devraient être revenus depuis longtemps. J'ai peur que ça n'ait pas marché.

– Ils ont pris les deux LRV, Coleman.

– J'y vais à pied. Surveille les gamines.

Sur ce, il rejoignit la salle des équipements à grandes enjambées, enfila une combinaison, prit une bouteille d'oxygène qu'il fixa à son sac à dos de survie et entra dans la chambre de décompression.

Cette fois, il n'allait pas tourner de l'œil. Cette fois, c'était son tour.

Coleman ouvrit le boîtier métallique fiché à côté du sas et tapa un code sur le clavier. Il était le seul à le connaître. Ce code secret était à utiliser dans des situations comme celle-ci, lorsque l'électricité permettant l'ouverture et la fermeture des issues était débranchée pour une raison ou une autre. Une diode verte clignota à côté du clavier, et Coleman entendit le ronflement du moteur. Il tira vers lui le gros bouton-poussoir, le renfonça, et la porte du sas s'abaissa derrière lui. *Ouf, heureusement, quelque chose qui fonctionne encore.* Il appuya sur l'un des interrupteurs sur le mur ; la chambre fut privée de toute trace d'air. Le sas de sortie coulissa. Coleman posa un pied sur la surface de la Lune.

La chaussure

Mia était dans le cirage quand elle se réveilla. Combien de temps avait-elle dormi ? Elle l'ignorait. Elle entendait de la musique dans un coin de sa tête. Quelqu'un chantait. *And as things fell apart, nobody paid much attention.* Il lui fallut quelques secondes pour comprendre qu'elle avait toujours son casque sur les oreilles. Elle écoutait les Talking Heads. La chanson était intitulée *(Nothing but) Flowers* et Mia la connaissait presque par cœur. Il y était question d'un monde après l'apocalypse. Le protagoniste du morceau courait en pleine nature tout en regrettant ce qui n'existait plus : les épiceries 7-Eleven, les gâteaux aux cerises, les biscuits au chocolat, les galeries marchandes, les immeubles. Elle s'imaginait cet homme tituber sur la planète bleue, où la nature avait repris ses droits, où l'herbe mesurait un mètre de haut. *If this is paradise, I wish I had a lawnmower.* Il cherchait désespérément des signes identifiables de ce qu'il connaissait avant : *This was a Pizza Hut, now it's all covered with daisies.*

La Lune ? C'était pire, songea Mia. Puisque rien ne poussait. Qu'allait-il se passer s'ils étaient contraints de rester ici pendant une année entière ? Est-ce que, dans l'absolu, ce serait possible ?

La musique s'arrêta brusquement.

Elle regarda son lecteur. L'icône de la batterie clignota quelques secondes, puis l'appareil s'éteignit. Elle s'y attendait. Et bien qu'elle s'y soit préparée, ce fut une énorme déception. Dorénavant, il n'y avait plus de musique dans son monde.

Elle attrapa aussitôt papier et crayon pour écrire les paroles dans son bloc-notes. Elle pourrait ainsi garder le morceau vivant un peu plus longtemps. Mais cette pensée fut interrompue par une autre : *Ils doivent être rentrés, à l'heure qu'il est. Antoine et Nadolski doivent être revenus de DARLAH 1.*

Cette prise de conscience suffit à la faire sauter du lit et à s'habiller. Midori dormait toujours sur la couchette du haut, et Mia n'avait pas le cœur de la réveiller. Quiconque réussissait à s'endormir dans une situation et un endroit pareils méritait qu'on le laisse tranquille. En même temps, elle n'avait pas envie d'aller seule à la salle commune. Au lieu de quoi elle alla se mettre devant la petite fenêtre ronde. Il n'y avait rien à voir. Strictement rien. Juste cette surface grise et morte aussi loin que le regard portait.

Or il y avait *malgré tout* autre chose.

Elle crut d'abord que son cerveau lui jouait un tour, à cause du manque de sommeil. Mais, en collant son nez à la vitre, elle fixa intensément ce que ses yeux voyaient.

Des traces de pas.

Il y avait, dehors, des traces de pas tout à fait visibles.

Et ce n'était pas tout.

Les empreintes étaient si distinctes qu'elle reconnaissait le motif caractéristique de la semelle.

Des Rangers, pensa-t-elle, médusée. *Les mêmes que les miennes !*

– Midori ? Midori ! cria-t-elle en la secouant. Réveille-toi !

Midori ouvrit lentement les yeux avec un air perdu.

– Qu'est-ce qui se passe, encore ?

– Il y a quelqu'un !

Midori bâilla, se frotta les paupières.

– Comment ça ? Ils sont revenus ? On est sauvés ?

– Non ! Il y a quelqu'un dehors, là !

Quelques secondes plus tard, Midori avait rejoint Mia devant la fenêtre.

Elle aussi put le constater.

De très nettes empreintes de chaussures dans la poussière lunaire.

Elles couraient dans les couloirs.

Elles dépassèrent la salle des ordinateurs, franchirent les sas de sécurité jusqu'au module 1 et ne s'arrêtèrent que lorsqu'elles trouvèrent Caitlin, dans la salle de communications. Penchée sur les émetteurs radio, elle essayait de les remettre en marche. Le souffle court, elles lui racontèrent leur découverte derrière la fenêtre, impatientes d'obtenir sa réaction. Caitlin releva vaguement la tête et les toisa d'un œil mat.

– Ah oui, je l'ai vu..., répondit-elle en retournant à ses radios.

– Comment ça, « je l'ai vu » ?! cria Mia, aux abois. Mais c'est quoi ce bordel ?!

Caitlin se contenta d'un regard vide suivi d'un haussement d'épaules.

– Je l'ai vu quand je vous ai raccompagnées dans votre chambre.

– Mais..., fit Midori. Ça veut dire quoi ? Et qu'est-ce qu'on doit faire ?

– Il n'y a rien à faire, voilà. Il n'y a *plus rien* à faire... Hélas.

Mia était furieuse.

– T'as pété un câble, là, ou quoi ? Y a quelqu'un qui se promène dehors, on te dit ! Dans quelle langue faut te l'expliquer ?! L'écoutille fermée de l'extérieur. Wilson et Stanton qui n'ont pas pu ressortir. Le module lunaire saboté... !

– Sans oublier Nadolski et Antoine qui ne reviendront jamais, ajouta Caitlin d'une voix sombre.

Mia sentit son cœur s'effondrer. Ça dégringolait, comme un objet tranchant qui lui râpait tout l'intérieur.

– Ils ne sont... pas revenus ?

– Non.

– Mais... tu as essayé d'entrer en contact avec eux, au moins ?

– Leur intercom est... hors de portée. Coleman est parti les chercher.

– Dieu soit loué ! s'exclama Midori, soulagée.

Jetant tout de même un regard circulaire, Mia demanda d'une voix sourde :

– Ça fait combien de temps qu'il est parti, Caitlin ?

La femme avait les yeux étrangement brouillés.

– Je ne sais plus... pas mal d'heures, j'imagine.

Elle ne semblait nullement inquiète, ni confiante d'ailleurs, ou même triste. Elle avait plutôt l'air d'être totalement absente, loin, très loin.

– J'ai bien peur que pour notre cher Coleman aussi, ce soit trop tard. Dommage, c'était un chic type.

Mia saisit Caitlin par les épaules et la secoua.

– Mais qu'est-ce qui se passe ici, merde à la fin ?! Pourquoi tu fais comme si Coleman était mort ? Et Antoine et Nadolski aussi ?

– Parce qu'il n'y a aucune raison de croire qu'ils sont toujours en vie. Aucun de ceux qui ont quitté cette base n'est revenu. Je suis désolée, les filles, mais j'ai bien peur qu'on ne soit plus que toutes les trois. Il va falloir faire au mieux...

Elles n'en croyaient pas leurs oreilles. Qu'est-ce qui lui arrivait ? C'était comme si elle avait pris... des produits. Caitlin changea alors de sujet et leur demanda avec un grand sourire :

– Est-ce qu'il y a quelque chose qui vous ferait plaisir, pendant qu'on attend ?

– Pendant qu'on attend *quoi* ?! répondit Mia, au bord de l'hystérie.

– Eh bien... Le groupe électrogène ne va pas tarder à être déchargé, puis ce sera le générateur d'oxygène qui s'arrêtera. Après, l'oxygène que nous respirons disparaîtra purement et simplement. Disons... en l'espace de quelques heures. Du coup je me dis qu'on devrait peut-être se préparer un petit truc à manger. Ou nous raconter des histoires. Enfin, je propose, moi...

– Mais t'es complètement *cinglée*, ma pauvre fille !

Caitlin se fichait *a priori* éperdument de se laisser insulter.

– Dis-moi, Mia... Il a toujours de la batterie, ton baladeur numérique ?

– Non !

– Dommage. Bon, ben il faudra se débrouiller sans musique, hein... On pourrait toujours chanter, tiens ! Qu'est-ce que vous avez envie d'entendre ?

– Tu es responsable de *nous*, tu comprends, *ça* ?! hurla Midori, désespérée. Tu as *le devoir* de faire tout ce qui est en ton pouvoir !

Caitlin lui répondit d'une voix éteinte, en détachant chaque mot :

– Sauf qu'il n'y a rien à faire. Nous allons toutes mourir ici.

– Donc tu as déjà renoncé ? C'est ça que tu es en train de nous dire ?

Caitlin planta ses yeux dans ceux de Midori, un regard qui la terrorisa.

– Oui, pas toi ? marmonna-t-elle.

Midori donna un coup de poing dans l'épaule de Caitlin.

– C'est injuste ! C'est vraiment trop injuste !

Caitlin se leva, lui attrapa le bras qui venait de la frapper pour mieux le repousser et siffla :

– Mais ma chérie, c'est trop tard pour pleurnicher. Il fallait rester chez toi, à ce moment-là...

Penaudes, les filles quittèrent la salle de communications. Mia insista pour qu'elles passent par l'infirmerie. Sans trop savoir ce qu'elle y cherchait exactement, même si elle avait une petite idée. En à peine quelques minutes, elle vit son intuition confirmée : dans l'armoire à pharmacie que Coleman leur avait montrée, plusieurs boîtes de comprimés étaient vides. *Caitlin. Caitlin est venue ici. Elle s'est bourrée de cachets pour pouvoir tenir.* Mia examina les boîtes. Il s'agissait d'antalgiques, pour certains fortement dosés, et de morphine, à utiliser en cas d'extrême douleur. Elle les tendit à Midori, qui se contenta de secouer la tête sans rien dire. De toute façon, elles ne pouvaient pas l'aider, sinon en la laissant tranquille avec ses radios et son indifférence. Du moins pour l'instant. Il n'empêche : Caitlin avait-elle raison ? Était-ce vrai qu'elles ne pouvaient plus rien faire à part attendre ? Attendre que le courant s'éteigne ? Que l'oxygène disparaisse des pièces, des couloirs ?

Elles ne se parlèrent pour ainsi dire pas en regagnant la cuisine. Elles eurent simplement une conversation laconique, précise, tout juste jalonnée de quelques phrases venant de l'une et d'acquiescements venant de l'autre.

Dès qu'elles auraient des difficultés à respirer, elles se rendraient dans la salle des équipements. Là, elles enfileraient leur combinaison spatiale et sortiraient sur la surface de la Lune. Elles se dénicheraient un endroit approprié, pourquoi pas une éminence, un endroit où elles auraient une vue plongeante sur l'espace. Elles resteraient assises l'une contre l'autre, jusqu'à ce que l'oxygène se raréfie et qu'une intoxication au monoxyde de carbone les propulse tranquillement, agréablement, droit vers la mort.

Caitlin

Tout ce qu'elle voulait, c'était dormir. Elle voulait dormir et se réveiller ailleurs. N'importe où, ça lui était égal. Même si elle devait échouer en plein désert du Mexique, sans rien à manger ni à boire, avec un tueur en série psychopathe à ses trousses. Même si elle devait ramper pour se mettre en sécurité, les genoux en sang, en traversant une région stérile pleine de coyotes et de serpents à sonnette. Tout valait mieux que de rester enfermée ici, sans aucune possibilité de partir.

Son seul espoir d'éclaircie, alors qu'elle se tenait à moitié avachie sur l'interface de télécommunications, se trouvait concentré dans ces cachets dont elle souhaitait qu'ils la délestent de sa peur oppressante.

Après que Coleman eut quitté la base pour se lancer dans cette vaine tentative de retrouver vivants Nadolski et Antoine, elle avait erré dans les couloirs de DARLAH, histoire de maintenir l'angoisse le plus possible à distance. Sans l'avoir prévu, elle avait abouti à l'infirmerie, où l'armoire à pharmacie rehaussée de sa croix rouge sang lui avait pratiquement souri, comme si le meuble essayait de lui dire : *ce n'est pas grave si tu m'ouvres, tu n'as pas besoin de te sentir aussi mal.* Elle en avait donc examiné le contenu, et elle était tombée sur un véritable arsenal de médicaments allant de la pénicilline aux ampoules d'adrénaline, en passant par la morphine, le Valium, des antidouleurs et des anesthésiants, en plus de la traditionnelle trousse de premiers soins.

La pièce dans laquelle elle se trouvait était relativement grande. Intégrée dans le module 4, l'infirmerie avait été conçue pour accueillir simultanément plusieurs malades. Placées au centre, quatre tables pouvaient faire office tant de lits chirurgicaux que de tables d'autopsie. Si le sol était plaqué de carreaux dans cette nuance uniformément ripolinée sur la totalité de la base qui hésitait entre le blanc cassé et le gris, les murs étaient pour leur part recouverts d'armoires qui donnaient à la pièce sa forme ovale.

À quoi pouvaient bien être destinés tous ces ustensiles et appareils... ? Ces scalpels, microscopes, blouses et bottes en plastique ? Et là, le matériel d'autopsie... la perceuse, le burin à crâne, et l'horrible pince costotome ?! Mais que s'était imaginé la NASA ? Qu'est-ce qui selon elle arriverait à ceux qu'elle enverrait ici ? Et pourquoi la plupart des placards étaient-ils non seulement fermés, mais équipés de serrures spéciales d'une forme qu'elle n'avait encore jamais vue ?

Elle s'empara d'une boîte de comprimés et d'une ampoule de morphine. Les garda un instant entre ses mains. Un sentiment de culpabilité s'empara d'elle immédiatement.

Si je prends ça, je n'aurai plus la maîtrise de rien.

Quelle maîtrise ? Tu l'as perdue depuis belle lurette, allons !

J'en peux plus, c'est au-dessus de mes forces...

Il faut que tu restes éveillée et claire, Caitlin !

Rester éveillée pour quoi ? Comme si quelqu'un allait venir nous sauver...

Pense aux jeunes, au moins, ils sont sous ta responsabilité !

Mais je suis tellement fatiguée, et de toute manière je ne peux plus rien pour eux. Je veux rentrer à la maison, je veux m'en aller d'ici.

Si tu avales ces pilules, tu vas bousiller ta dernière chance de rentrer.

Quelle chance ? Il n'y a plus de chances, ici. Que de la malchance.

Ses pensées folles et désordonnées venaient de lui occasionner un mal de crâne monumental. *C'est le pompon !* Elle fourra les cachets et l'ampoule dans la poche de sa veste et retourna à la salle de communications. Elle n'avait pas encore décidé si oui ou non elle les prendrait, mais au moins, les savoir à portée de main lui donnait la sensation d'exercer encore un semblant de contrôle sur cette situation démoralisante.

Caitlin savait qu'elle devait chercher Mia et Midori,

mais rien que de songer aux deux gamines elles aussi coincées dans cette base lui flanqua le cafard. Elles ne devraient pas être ici. Elles devraient être sur Terre, avec leur famille, leurs amis, mais surtout pas dans cet endroit abandonné... Et en même temps, elle les enviait : elles avaient le même âge et au moins quelqu'un pour s'épauler mutuellement – elles. Alors que Caitlin était seule, sans personne pour la soutenir.

D'un pas lourd, elle regagna le module 1.

Elle s'assit sur la chaise unique qui faisait face au mur d'émetteurs radio et autres instruments de communication. La quantité impressionnante de diodes et d'écrans, qui normalement auraient dû briller et clignoter, demeuraient éteints et silencieux. Et même si elle savait que ça ne servait à rien, elle ne put s'en empêcher : elle alluma les appareils. Comme elle s'y attendait, il ne se passa strictement rien. Déçue, elle s'affala un peu plus sur la chaise.

Mais qu'est-ce que tu fous, Caitlin ?

Elle compulsa ses souvenirs pour tenter de retrouver le commencement de toute cette histoire.

C'était l'été de ses dix-huit ans, elle était en vacances au Mexique avec George, son petit ami, qui avait six ans de plus qu'elle. Ils avaient passé la nuit sur la plage, sans dormir, les yeux perdus dans le ciel dépourvu de nuages. L'absence de lumière leur permettait également de distinguer la quantité impressionnante d'étoiles. À intervalles réguliers, des étoiles filantes passaient au-dessus de leur tête.

– Fais un vœu, avait murmuré George.

– Si seulement je savais lequel faire...

– Tu sais ce que sont les étoiles filantes, en réalité ?

– Des météorites.

George avait dodeliné de la tête puis s'était assis en s'appuyant sur ses coudes.

– Réponse à moitié correcte... Ce sont surtout des déchets de l'espace. Des capsules spatiales, des satellites, toute cette merde que nous avons envoyée en l'air au fil des années. Tu trouves également des appareils photo, des pinces, des clés à molette qui tournent en orbite autour de la Terre. C'est aussi pour ça que c'est difficile de nos jours de lancer des fusées. À cause de tous ces débris.

– Tu rigoles, j'espère ? Je veux dire... même s'il est question de caméras et de clés à molette, il reste quand même pas mal de place, non ?

– Hum, pas sûr... Une fusée fonce à une vitesse de vingt-sept mille kilomètres à l'heure, ce qui nous fait sept kilomètres et demi par seconde. Si tu te prends une clé à molette en pleine poire alors que tu fonces à vingt-sept mille kilomètres à l'heure, je pense pas que la rencontre soit aussi géniale que ça... Et attends ! Elle n'est pas toute seule à errer dans l'espace. Il y en a des centaines et des centaines comme elle, qui suivent une orbite inconnue, si bien qu'on est infichu de dire où tout ce bazar se trouve. C'est de la folie, Caitlin.

Bien des années plus tard, alors qu'elle était devenue astronaute, travaillait pour la NASA et se préparait déjà à ce voyage vers la Lune, elle avait eu accès à une étude réalisée par l'Agence spatiale européenne et consacrée aux objets humains en orbite autour de la Terre.

George avait eu raison : il y en avait *énormément*. Trois fois trop. En revanche, il se trompait sur un point : les satellites ou les clés à molette, ou Dieu sait quoi d'ailleurs, ne se comptaient pas par centaines. Mais par milliers. Rien que les satellites, qui fournissaient aux habitants de la Terre les signaux télé, les informations pour la navigation GPS, et tout un tas d'autres connexions, on en dénombrait deux mille deux cents spécimens ! C'était peut-être cette nuit-là qu'était né son intérêt pour l'espace. Elle y repensait souvent, à leur conversation, en se disant que si elle n'avait pas eu lieu, elle ne serait sans doute jamais devenue astronaute et aurait exercé une tout autre profession : médecin peut-être, ou architecte.

Soudain, un craquement retentit dans l'une des radios. Caitlin fut arrachée à ses rêves éveillés et propulsée de plain-pied dans la réalité.

La radio marche !

La radio marche !

Pétrifiée, elle écoutait les crépitements et les grésillements. Une diode rouge venait de s'allumer. Du courant passait dans le récepteur. Elle ignorait par quel mystère cela pouvait être possible, mais elle s'en fichait royalement, l'essentiel étant que ça marche. Elle pouvait établir un contact avec la Terre !

En redoublant de prudence, elle tendit son bras droit et tourna la molette de fréquence.

OK, tout doux. Tu y vas tout doucement...

Les crépitements s'arrêtèrent dans la seconde. Un instant, elle fut terrorisée à l'idée d'avoir cassé quelque chose mais, après un demi-tour de molette, elle les capta à nouveau. Et ils étaient plus nets, cette fois. Des voix... Elle entendait des voix ! Sans perdre une seconde, elle s'empara du micro et se brancha sur la fréquence de détresse.

– Houston, ici DARLAH 2 ! Nous avons des problèmes !

Elle attendit quelques secondes, mais il ne vint aucune réponse.

Elle ressaya.

– Houston, Houston, ici DARLAH 2 ! Nous avons des problèmes ! Nous n'avons plus d'électricité sur la base et *Demeter* est endommagé. Houston, vous m'entendez ? Ici Caitlin Hall de la base DARLAH 2. Est-ce que vous me recevez ?

Rien.

Elle changea de fréquence et répéta son message au contrôle de mission. Mais, cette fois encore, le silence fut total. Fébrilement, elle essaya toutes les fréquences, toutes les installations. Le premier craquement de tout à l'heure revenait à intervalles réguliers, parfois accompagné de voix incompréhensibles en fond sonore, parfois seulement de bruit blanc.

Démoralisée, elle se laissa choir sur sa chaise. Et, dans le même instant, les voix et le vacarme devinrent soudain tout à fait audibles et perceptibles. Ils provenaient d'une radio d'informations ; Caitlin avait presque l'impression de reconnaître la voix du commentateur :

– ... la NASA a décidé de renoncer à son projet initial d'entreprendre une opération de sauvetage des astronautes et des trois adolescents échoués sur la Lune. Le président a annoncé la tenue officielle, vendredi prochain, à Houston, d'une cérémonie commémorative pour les proches et les employés de la NASA. Les autres nouvelles en bref : un séisme d'une magnitude de 7,5 sur l'échelle de Richter s'est produit ce matin à Tokyo —

– Non ! NON !

Caitlin hurlait contre la radio, frappant des deux poings sur l'appareil.

– Ne nous abandonnez pas ! Nous sommes toujours ici, nous sommes toujours en vie ! VOUS M'ENTENDEZ ?!

Le bulletin d'informations fut brutalement interrompu et remplacé par un bruit de larsen infernal qui dura quelques secondes avant d'être lui aussi, avec la même rapidité, coupé net. Un grand silence s'installa.

Elle s'inclina contre le dossier de la chaise, puis bondit du siège et envoya de toutes ses forces des coups de pied répétés dans la radio.

– J'en peux plus ! J'EN PEUX PLUS ! hurlait-elle tandis que les larmes coulaient sur ses joues.

Des étincelles jaillirent de la grille de ventilation, laissant dans leur sillage une odeur de fumée pestilentielle.

Inconsciemment, les mains tremblantes, Caitlin fouilla ses poches en quête des comprimés et de l'ampoule de morphine. La plaquette craqua entre ses doigts, libérant deux cachets qu'elle avala sans eau.

Une dernière seconde, elle pensa à ce qu'elle devait faire – comme si une autre option, meilleure, s'offrait à elle. Mais il n'y avait pas d'alternative. D'un geste décidé, elle cassa l'extrémité de l'ampoule, planta l'aiguille dans sa cuisse à travers son pantalon et s'injecta le produit. La morphine fit son effet en quelques secondes seulement. Une chaleur lourde se dissémina dans son corps et l'emmitoufla dans une épaisse couverture moelleuse de douce indifférence et d'insouciance.

Le signal

Elles s'y attendaient. Et pourtant, lorsque cela se produisit, elles le vécurent comme un choc.

Le groupe électrogène avait cessé de fonctionner.

Mia et Midori se trouvaient dans la cuisine quand la lueur rougeâtre, à laquelle elles avaient fini par s'habituer, s'éteignit. En un claquement de doigts, elles se retrouvèrent plongées dans un noir ténébreux.

Quelques heures plus tôt, Midori avait déniché dans l'entrepôt des lampes torches qu'elle avait posées devant elle en attendant l'inévitable.

Elles furent forcées hélas de constater que leur lumière était bien plus faible qu'elles l'escomptaient. Pour se déplacer d'un endroit à l'autre en toute sécurité, elles étaient obligées de diriger simultanément le faisceau lumineux sur le même point. Mais l'obscurité semblait rétrécir les pièces, modifier leur forme, et les couloirs désormais familiers leur apparaissaient d'un coup étrangers, labyrinthiques, infinis. Elles continuèrent malgré tout leur progression.

À chaque pas, Mia ressentait avec une force décuplée combien Antoine lui manquait. Mais aussi ses copines, Stavanger, Sander, et même ses parents. Elle s'obligea à chasser ces pensées de sa conscience, les dissimulant dans un coin de sa tête, le plus profondément possible.

Mia et Midori se parlaient à peine, et aucune ne fit allusion à leur déambulation, au fait qu'elles tournaient en rond, sans but précis. Il valait mieux le passer sous silence. Continuer à marcher. Se maintenir en mouvement. Être dans l'action pour rester en vie. Car tôt au tard viendrait le moment où il leur faudrait s'asseoir. Et quand elles s'assiéraient, ce serait pour la dernière fois.

Elles découvrirent Caitlin endormie sur un des canapés de la salle commune. Midori alla s'assurer qu'elle respirait encore. Elles ne la réveillèrent pas et quittèrent la pièce à pas feutrés, reprenant leur errance dans les couloirs.

Ce fut Mia qui suggéra de mettre le cap sur la salle des ordinateurs. Jusqu'alors zone interdite, le lieu n'était plus protégé par son sas de sécurité, qu'elles trouvèrent effectivement débloqué. Comme elles étaient toutes seules, elles n'avaient plus aucune raison d'obéir au règlement. Elles entrèrent sans difficulté.

Jetant un regard circulaire dans la pièce octogonale, Mia eut la confirmation que ses craintes étaient fondées : tous les équipements dataient à coup sûr des années 1970. L'ordinateur central avait été placé au milieu, une chaise fixée au sol lui faisait face, et le plafond comme les cloisons étaient à ce point recouverts d'écrans vidéo, de centaines de boutons lumineux et d'interrupteurs que l'endroit évoqua à Mia une fête foraine : oui, quand tout clignotait, ça devait ressembler à un parc d'attractions. Elle s'affala sur la chaise et grogna :

– Comment veux-tu qu'on ait la moindre chance avec un engin pareil, Midori... Regarde-moi ça, c'est complètement archaïque !

Du plat de la main, elle tapa deux fois de suite sur l'ordinateur. Il lâcha un faible *pffsst* électrique, une lumière clignota dans l'écran le temps d'un dixième de seconde – puis disparut.

– C'est le truc le plus débile que j'aie vu de toute ma vie. À quoi ils pensaient quand ils ont conçu cette connerie ? Qu'on s'en foutait ? Que ce bidule marcherait encore sans problème dans cent ans ? Une chose est sûre, c'est qu'il n'a pas fonctionné comme il aurait dû dès l'instant où on a mis le pied dans cette base. Si tant est qu'il ait jamais fonctionné, d'ailleurs. C'est injuste !

De rage, elle allongea le pied et administra à l'ordinateur un coup nettement plus fort que le précédent. De nouveau, la machine émit un petit bruit et s'alluma.

Mais, cette fois, la lumière demeura.

– Midori, regarde..., s'exclama Mia, médusée. Il marche...

Deux mots s'affichaient en lettres blanches sur l'écran noir :

SYSTEM ACTIVATED

– Mia, qu'est-ce que tu fous ? Laisse tomber...

– T'es bouchée, ou quoi ? Je te dis que j'ai réussi à le remettre en marche. DARLAH est complètement privée de courant, mais l'ordinateur central est quand même actif. Comment t'expliques ça, toi ?

Midori n'avait pas la moindre explication.

– Il doit y avoir autre chose qui le fait fonctionner, dit Mia. Une source électrique autonome quelque part...

– Essaie de voir ce que tu peux en tirer.

– Qu'est-ce que j'écris ?

– J'en sais rien, moi... Hum... Pose-lui une question à propos du courant. Comment on peut le rétablir.

– OK. Deux secondes.

Mia se pencha sur le clavier et écrivit :

POWER STATUS?

Elle appuya sur *enter* et, la seconde d'après, la réponse surgit.

MAIN POWER MANUALLY SHUT OFF
EMERGENCY POWER FAILED AT 23.41 MTLT

Oh putain ! Elle sentit la peur lui saisir la poitrine et un haut-le-cœur lui remonter dans la gorge.

– Midori... Le courant ne s'est pas arrêté tout seul. Quelqu'un l'a éteint.

– Qu'est-ce que t'en sais, d'abord ?

– Mais regarde ! C'est écrit là, noir sur blanc !

MANUALLY

Elles fixaient le mot d'un œil mauvais, à croire qu'elles s'attendaient à ce qu'il disparaisse d'un moment à l'autre. Mais il refusait de partir, restant imprimé en surbrillance, comme s'il leur riait au nez. *Manuellement.* C'était sans équivoque. Quelqu'un, ou quelque chose, était entré ici et avait programmé l'arrêt du système électrique central. Mia se pencha à nouveau sur le clavier.

TURN POWER ON

La réponse ne se fit pas attendre :

NEGATIVE
PRIORITY DP7 0271DE
ALL PERSONNEL ABANDON AREA

– Ça veut dire quoi, Mia ?

– Ça veut dire que l'ordinateur ne peut pas rallumer le courant. Ou bien... qu'il ne le *veut* pas.

– Et ça correspond à quoi, ce *Priority DP7 0271DE* ?

Mia ménagea sa réponse.

– Je l'ignore, Midori... Quoi que ça signifie... j'ai peur qu'on soit toutes seules, désormais.

Midori secoua la tête, comme si elle avait du mal à accepter le message. Elle préféra insister.

– Demande-lui comment on sort d'ici. Interroge-le au sujet d'une évacuation, d'une issue de secours, n'importe quoi... Vas-y !

Mia tapa sur le clavier.

SHOW EVACUATION PLAN

Elle appuya sur *enter*, mais cette fois, il ne se passa rien. Elles attendirent. L'ordinateur émit un léger bruit, un ronflement, comme s'il était en surchauffe. Au bout de vingt secondes, sa réponse leur arriva.

THERE IS NO ESCAPE

De nouveau, l'écran passa au noir avant qu'une nouvelle phrase apparaisse.

OXYGEN SUPPORT WILL FAIL IN 224 MINUTES

– Mais merde, à la fin ! Qui est-ce qui écrit ça ?! cria Midori, frustrée, en se plantant devant Mia, avant de taper avec des doigts rageurs la question suivante :

WHO IS THIS??

La réponse vint immédiatement :

011101110110010100100000
011000010111001001100101
001000000110110001100101
011001110110100101101111
011011100111001100101110

– Ça n’a pas de sens. Essaie encore un coup, Midori.

WHO IS THIS?

De nouveaux signes se matérialisèrent sur l’écran :

ᏏEQUJS

Midori s’apprêtait à reformuler sa question, dans l’espoir d’obtenir une réponse plus claire, lorsqu’une nouvelle phrase surgit sur l’écran avant même qu’elle ait posé les doigts sur le clavier. Une phrase qui terrorisa Mia plus que tout au monde :

DERE KOMMER IKKE TIL Å OVERLEVE

Elle recula instantanément de l’écran, comme si les mots étaient capables de l’agresser.

– C’est quelle langue ? demanda Midori en examinant les lettres.

– C'est... c'est du norvégien. Mais comment est-ce que cette chose sait que je parle norvégien ?!

Les six mots demeurèrent quelques instants en surbrillance, avant d'être remplacés par des idéogrammes :

君たちは死ぬよ

Midori pointa un doigt vers l'écran.

– Du japonais ! Oh mon Dieu ! Il sait qui on est...

Dans la même seconde, l'écran s'éteignit. Midori tapa dessus à plusieurs reprises pour tenter à nouveau de le ranimer, mais il trônait devant elles comme s'il n'avait jamais fonctionné. Elles continuèrent pendant dix à quinze minutes, fouillèrent tous les recoins de la pièce pour trouver quelque chose susceptible de le remettre en marche. Mais l'ordinateur de DARLAH 2 venait de dire tout ce qu'il avait à dire.

Les filles quittèrent la salle des ordinateurs avec la désagréable sensation d'être épiées dans l'obscurité. Midori s'empara de la main de Mia et, ainsi, elles progressèrent pas à pas vers l'intérieur de la base.

– Qu'est-ce qu'on fait, maintenant ?

– On se tire d'ici ! murmura Mia, en la tirant d'un geste décidé.

Midori était au bord des larmes.

– Mais on n'a nulle part où aller... Tu le sais bien, à la fin !

– Mais si, répondit Mia, sans être tout à fait certaine de ce qu'elle disait. Allez, viens, c'est plus très loin.

– *Qu'est-ce* qui n'est plus très loin ? renifla Midori. On va où ?

– Reste tout le temps près de moi, OK ?

– OK...

Elles pénétrèrent dans un couloir où elles n'avaient pas encore mis les pieds. L'air y était différent. Organique, d'une certaine manière. Midori était sûre de respirer une odeur de plante, de terre.

– C'est quoi, cet endroit ? demanda-t-elle dans un souffle.

Elles dirigèrent leurs lampes vers le sol. À leurs pieds poussaient des plantes vertes. Des tomates. Des choux. De l'herbe. Le tout complètement submergé par la verdure et par des relents de pourriture.

– On est dans la serre, indiqua Mia. Derrière le générateur d'oxygène.

– On pourrait pas rester un peu ici ? gémit Midori, du bout des lèvres. Je refuse de faire un pas de plus. J'en peux plus, moi...

Elles se figèrent et tendirent l'oreille. Rien. Mia se pencha pour ramasser deux tomates. Elle en donna une à Midori.

– Tiens, mange.

– C'est quoi ?

– Une tomate. Mange.

Elles plantèrent les dents dans les légumes. Et recrachèrent en même temps.

– Beurk ! fit Midori. Ça a un goût de vieux. De métal.

Mia balaya leurs tomates du faisceau de sa lampe. Un ver grisâtre rampait hors de la partie entamée du légume.

– Hiii ! cria Midori en jetant aussitôt le plus loin possible sa tomate, qui heurta le mur avec un bruit sourd, et le long duquel elle entendit couler le jus pourri.

– Midori ? C'est toi ?

La voix venait du couloir. La question fut répétée à plusieurs reprises tandis que Mia et Midori quittaient la serre pour se rapprocher de l'appel. Dans la faible lueur de leurs lampes, elles le reconnurent aussitôt.

Puisque c'était Coleman. Midori poussa un soupir de soulagement. *Il n'était pas mort* ! Caitlin s'était trompée. Et si Coleman était toujours en vie, peut-être que...

Mia sentit ses espoirs renaître un instant.

– Coleman ! s'écria-t-elle. Tu es là !

Il les dévisagea, sans pour autant savoir tout à fait quoi dire.

– On croyait que tu étais parti chercher Antoine et Nadolski... ?

– C'est ce que j'ai fait, répondit-il d'une voix sourde, en s'approchant d'elles. Je ne les ai pas trouvés.

Mia sentit son cœur se briser en apprenant la nouvelle. Coleman poursuivit ses explications :

– Les traces de pneus s'arrêtent à six kilomètres d'ici. Mais ni eux ni leurs LRV ne sont visibles nulle part. J'ai donc rebroussé chemin. Je suis revenu juste avant l'arrêt du groupe électrogène. Depuis, je tourne en rond dans le noir en essayant de vous trouver.

Il posa une main sur la tête de Mia et lui ébouriffa les cheveux. Elle n'était pas certaine d'apprécier le geste.

– Mais vous voilà ! ajouta-t-il.

Midori ne le croyait pas une seconde.

– Pourquoi tu es revenu ? Pourquoi tu n'as pas continué jusqu'à DARLAH 1 ?

– Tout seul ? Sans vous ? Non, Midori. Je suis responsable de *tout* l'équipage. Tu l'as déjà oublié ?

Il se comportait bizarrement, aucun doute là-dessus. Est-ce que lui aussi s'était servi dans l'armoire à pharmacie ? Ou est-ce qu'il avait tout bonnement perdu la raison ? Difficile à dire... Mia n'était pas certaine de pouvoir lui faire confiance, mais se dit qu'il fallait tenter sa chance. Tout bien considéré, c'était la seule qu'elle avait.

– On a découvert quelque chose, dit-elle.

– Ah oui ? Quoi ?

Même s'il semblait intrigué, il n'en restait pas moins sur sa réserve.

– Dans la salle des ordinateurs.

– Je croyais vous avoir défendu d'y entrer !

– Écoute, à l'heure qu'il est, ça n'a plus beaucoup d'importance, non ?

– Peu importe. Vous n'auriez pas dû y aller.

– On a activé l'ordinateur. *Après* l'arrêt du groupe électrogène.

– C'est impossible, répliqua Coleman du tac au tac. La salle des ordinateurs est directement branchée au générateur électrique *et* au groupe électrogène.

– Peut-être, mais pas tout à fait, rétorqua Midori d'une voix cassante. Et il a recraché tout un tas de trucs...

– Comme ?

– Ne fais pas semblant de ne pas savoir, Coleman..., lui lança Mia, qui se dit cette fois qu'elle s'était sans doute trompée en lui faisant aveuglément confiance. Je croyais que tu connaissais tout sur cette base ?

– Effectivement. Mais c'était avant que les ordinateurs puissent fonctionner sans alimentation électrique.

Coleman sentait une inquiétude monter en lui.

– L'ordinateur nous a parlé de la priorité DP7 0271DE...

Coleman fronça les sourcils. *La priorité DP7 0271DE ?* Ça ne faisait pas partie des codes qu'on lui avait appris à reconnaître. Aucun des codes de la base ne contenait de lettres – il en était absolument certain.

– Connais pas, répondit-il laconiquement.

– Nous non plus ! Mais l'ordinateur nous a précisé que tout le personnel devait quitter la base.

– Je ne suis pas sûr de bien comprendre...

– Moi, je te rapporte uniquement ce qu'on a vu sur l'écran, hein... Mais ce n'est pas tout, figure-toi.

– Comment ça ?

Midori prit le relais et lui raconta les autres informations qu'elles avaient apprises. Le moment où l'apport en oxygène cesserait. Le fait qu'il n'y ait pas de plan d'évacuation, que l'électricité avait été débranchée manuellement, que la machine savait qu'elles étaient originaires du Japon et de la Norvège. Elles conclurent leur récit en indiquant à Coleman le code que l'ordinateur leur avait communiqué, lorsqu'elles l'avaient interrogé à propos de son identité.

Elles virent à quel point cette information très précise le sidéra.

– Qu'est-ce que tu viens de dire ?! s'étrangla-t-il.

– 6EQUJ5, répéta Mia.

– Vous êtes sûres de ce que vous avancez ? Vous êtes *absolument* sûres que ces chiffres et ces lettres sont sortis dans *cette* succession-là ? C'est de la plus haute importance, vous comprenez... Il n'y a aucune probabilité que vous ayez confondu ou mélangé ces signes... ?

– Non, répondirent-elles à l'unisson.

Coleman demeura silencieux un long moment.

– Je crains fort que nous n'ayons des problèmes nettement plus graves que nous ne l'avons cru jusqu'à présent...

Soudain, il prit conscience qu'il manquait quelqu'un.

– Où est Caitlin ?

Elles expliquèrent à Coleman l'état dans lequel se trouvait Caitlin, qu'elles soupçonnaient d'avoir pioché dans les tranquillisants de l'infirmerie. Mia donna les lampes de poche à Coleman afin qu'il s'en serve pour les conduire sans encombre jusqu'à la salle commune, où ils espéraient que Caitlin dormait encore. Quittant la serre, ils progressèrent dans le couloir du module 3. Arrivé devant l'entrepôt, Coleman sortit d'une armoire cadenassée des lampes torches plus puissantes.

– Celles-ci ont une longévité de quinze heures, indiqua-t-il en leur en donnant une chacune.

Elles rappelaient à Mia, en plus petit, les projecteurs utilisés par les groupes lors des concerts. Elles étaient lourdes, il fallait presque s'y prendre à deux mains pour pouvoir les tenir. Coleman en souleva deux autres et en alluma une.

– Il faut maintenant que je vous raconte quelque chose, commença-t-il. Ça peut avoir son importance. Et ça a à voir avec le code que l'ordinateur a recraché. 6EQUJ5. Ce n'est pas n'importe quel code, ni une erreur. C'est une signature. Un signal.

– Un signal ? répéta Mia, intriguée.

– Oui. Un signal. Que nous avons rebaptisé le signal « Wow ! », à cause de l'annotation portée par l'astrophysicien dans la marge de l'impression papier. Je vais tenter de vous expliquer au mieux... À Delaware, dans l'Ohio, il y avait autrefois un grand radiotélescope appelé The Big Ear, à l'observatoire Perkins, au sein de l'université Wesleyan. Il était installé sur une grande surface plane en aluminium, à peu près de la taille d'un terrain de foot. À chaque extrémité, vous aviez un grand panneau grillagé, donc deux réflecteurs capables de recueillir et d'amplifier les signaux reçus. Entre 1963 et 1998, le Big Ear a été utilisé pour chercher les radiosources provenant d'une vie intelligente extraterrestre. À l'aide de cinquante canaux et, derrière, d'ordinateurs hyperpuissants qui traitaient et calculaient les données, les astronomes pouvaient écouter les signes éventuels envoyés par cette intelligence.

Mia et Midori ne perdaient pas une miette de ce que leur expliquait Coleman.

– Les premières quatorze années, il ne s'est rien passé. Absolument *rien* ! Ils étaient incapables de détecter le moindre signal radio inconnu. Les données informatiques que les astronomes parcouraient chaque jour ne montraient qu'une succession ennuyeuse de chiffres : 1, 2 et 3. Ce qui signifiait que les signaux reçus par le télescope correspondaient à des fréquences ou des sources déjà répertoriées. En provenance notamment de planètes ou d'astéroïdes. Vous comprenez, tous les objets qui ont une masse envoient des ondes radio. Les êtres humains également. Bref...

Il marqua une courte pause.

– Et puis un jour, le 15 août 1977, un peu après vingt-trois heures, il s'est passé quelque chose. Le Dr Jerry R. Ehman a soudain découvert sur son impression papier une modification des chiffres. D'abord, un 4 est apparu. Puis un 6. Et, tout à coup, une suite entière, un code, un signal que personne n'avait jamais entendu. Avec une tout autre intensité. Brusquement, les récepteurs faisaient carrément des bonds et, au lieu d'enregistrer la source sonore par la suite habituelle de 1 et de 2, ils ont donc enregistré ce code : 6EQUJ5.

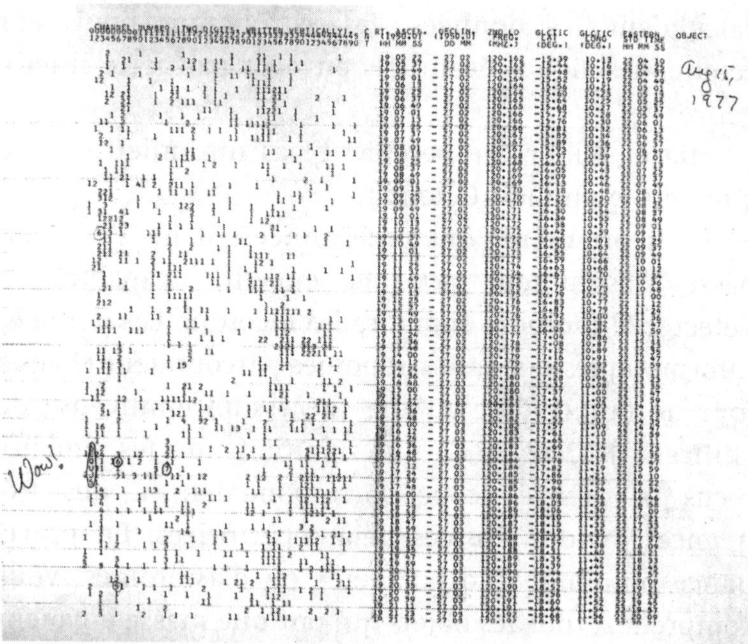

Mia et Midori restèrent sans voix. Elles étaient effrayées d'apprendre l'histoire du code qu'elles avaient vu sur l'écran.

– Personne n'était en mesure d'expliquer l'origine du signal. Il a duré très exactement soixante-douze secondes. Puis il a disparu. Et, depuis, il n'a plus réapparu. Pendant vingt ans, on a essayé de retrouver le signal. Les astronomes ont utilisé du matériel plus puissant, ils ont déployé des moyens humains et financiers, dégagé du temps supplémentaire, pour à chaque fois arriver au même résultat : le sentiment que le signal n'avait jamais existé. Le Dr Ehman a consacré plusieurs dizaines d'années à étudier l'impression papier et les différents chiffres pour tenter de les comprendre. Peu à peu, il a exclu la plupart des explications naturelles :

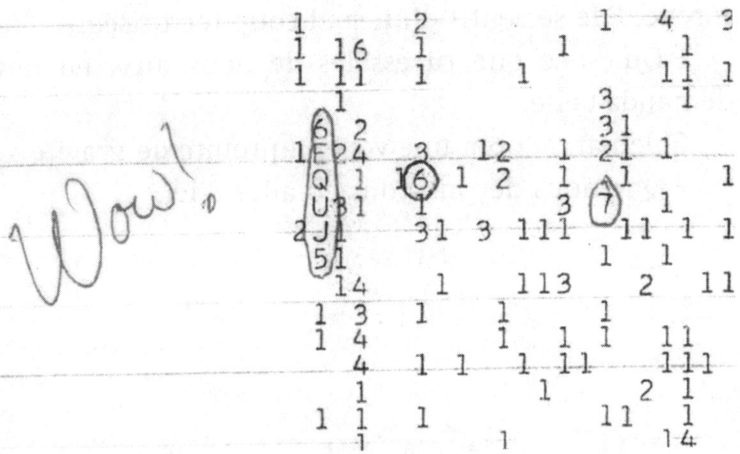

le signal ne pouvait provenir ni des planètes, ni des astéroïdes, ni des satellites, ni des avions, ni même de la Terre. Ça ne correspondait pas à la fréquence sonore. Il lui restait donc à envisager *la* grande question : le signal pouvait-il provenir d'une vie intelligente extraterrestre ? Était-il possible d'imaginer que le signal ait été envoyé par un phare, dans différentes directions, et que le hasard lui ait fait atteindre la Terre ? Cette hypothèse permettait au moins d'expliquer qu'Ehman n'ait pu suivre le signal que pendant soixante-douze secondes, avant que celui-ci ne soit renvoyé dans une direction. Quoi qu'il en soit, la question de la signification de 6EQUJ5 a été débattue pendant plus de quarante ans. Et maintenant ? Je crains que cette discussion ait trouvé sa conclusion et soit donc close.

Mia observa Coleman à la lumière de la lampe torche. Elle se sentit d'un seul coup terrorisée.

– Qu'est-ce que tu essaies de nous dire, en fait ? demanda-t-elle.

Coleman adopta une voix empreinte de gravité :

– Que nous devons nous en aller d'ici.

L'obscurité

Coleman savait ce qu'il fallait faire. Penché au-dessus de Caitlin, dans la salle commune, il lui fit une piqûre. Mia ignorait ce qu'elle contenait, mais l'effet fut immédiat : quelques secondes plus tard, Caitlin s'assit sur le canapé. Son regard ne semblait plus aussi éteint et son visage avait retrouvé des couleurs. Coleman lui murmura à l'oreille une phrase que ni Mia ni Midori n'entendirent, mais les mots prononcés suffirent à l'extraire de l'obscurité dans laquelle elle était plongée jusqu'alors.

Ils étaient réunis autour d'une table. Coleman posa les lampes torches allumées à côté d'eux pour qu'ils puissent se voir.

– Je n'ai pas l'intention de vous faire miroiter de fausses espérances. La situation est suffisamment grave comme ça et il est temps d'agir. Dans moins de deux heures, le générateur d'oxygène cessera de fonctionner. À partir de là, les conditions de vie à l'intérieur de la base seront rapidement intenables. Vous allez donc être contraintes de quitter DARLAH 2.

– Mais... où veux-tu qu'on aille ? demanda Midori.

– À DARLAH 1.

– Coleman, enchaîna Caitlin, deux d'entre nous ont essayé de rejoindre l'endroit et nous n'avons plus de leurs nouvelles depuis. Tu crois vrai –

– C'est notre seule possibilité, coupa-t-il. C'est un risque que nous sommes obligés de courir. Et si quelqu'un a une meilleure idée, je suis ouvert à toutes les suggestions. Dans l'immédiat, je ne vois aucune autre option valable.

Midori jeta un œil vers Mia pour vérifier si elle aussi était saisie par la peur. À sa grande surprise, elle semblait au contraire calme, déterminée, concentrée. Et la voir ainsi fut d'une grande aide pour Midori. Tant que Mia ne baissait pas les bras, il y avait de l'espoir.

– D'accord, dit-elle. Mettons que nous arrivions à DARLAH 1. Qu'est-ce qu'on est censées y faire ?

Coleman sortit de sa poche intérieure une carte exactement de la même taille que le plan de DARLAH 2. Mais le schéma montrait une tout autre construction.

– Il y a une capsule d'évacuation à l'extrémité de DARLAH 1. Pour l'atteindre, il faut traverser la centrale électrique puis deux corridors de sécurité. Quatre sas au total. Je ne l'ai hélas jamais vue de mes propres

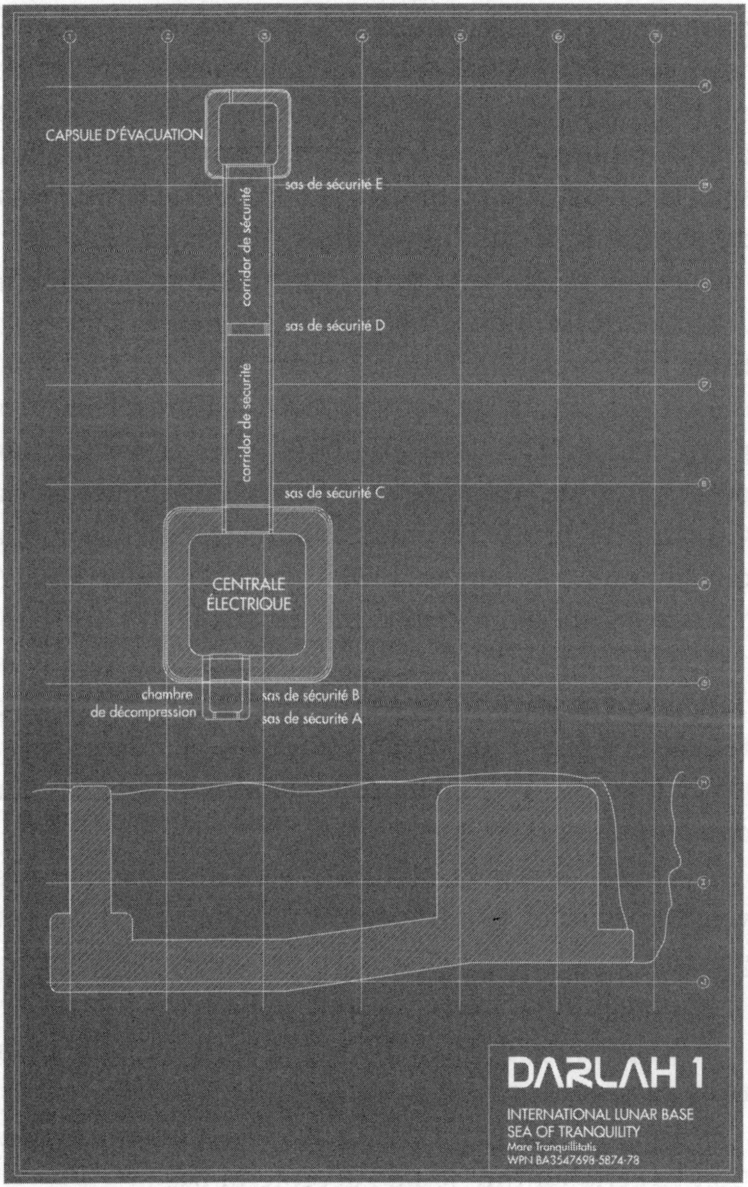
CAPSULE D'ÉVACUATION
sas de sécurité E
corridor de sécurité
sas de sécurité D
corridor de sécurité
sas de sécurité C
CENTRALE
ÉLECTRIQUE
chambre
de décompression
sas de sécurité B
sas de sécurité A
DARLAH 1
INTERNATIONAL LUNAR BASE
SEA OF TRANQUILITY
Mare Tranquillitatis
WPN BA3547698-5874-78

yeux, je ne suis donc pas en mesure de vous expliquer plus en détail comment le complexe fonctionne. Mais ça devrait être simple à comprendre. La capsule est préprogrammée pour regagner la Terre ; le voyage prendra quatre jours. Lors de l'activation, le propulseur permettra à la capsule de décoller de DARLAH et de se hisser à cinquante mille pieds. Là, elle sera injectée en orbite autour de la Lune jusqu'à ce qu'elle ait pris suffisamment de vitesse pour commencer sa trajectoire vers la Terre. La capsule dirigera elle-même son angle de rentrée dans l'atmosphère terrestre et, sitôt celle-ci franchie, elle déploiera des parachutes de freinage arrivée à une hauteur de vingt mille pieds. Ne vous inquiétez pas, un radar quelconque la détectera bien avant l'amerrissage. Sachez qu'un signal radio est incorporé sur les panneaux de commande ; il vous suffira de l'activer pendant l'amerrissage. Vous aurez ainsi la garantie d'être retrouvées plus rapidement. Avec un peu de chance, un bateau ou un hélicoptère viendra vous chercher dans les deux heures.

– Vous ? demanda Mia en regardant Coleman, les yeux écarquillés par la peur. Pourquoi tu dis *vous* et pas *nous* ?

Coleman lui adressa un sourire triste.

– La capsule d'évacuation n'a de place que pour trois passagers.

– Dans ce cas, il va falloir trouver une autre solution ! s'écria Caitlin. Je ne l'accepterai pas !

– Tu seras pourtant obligée. Il n'y a *pas* d'autre solution.

Mia non plus ne pouvait se résoudre à ce que Coleman leur présentait.

– On doit quand même pouvoir faire quelque chose ! Peut-être qu'on peut... On n'a qu'à se serrer dans la capsule, ou –

– Non, Mia. On ne peut pas se serrer dans une capsule spatiale, hélas.

Puis il ajouta, après un bref silence :

– J'ai pris ma décision. À toi maintenant de prendre la tienne.

Midori n'avait rien dit depuis un certain temps. Les propos de Coleman l'avaient tétanisée. Elle se força cependant à ouvrir la bouche :

– On ne partira pas sans toi.

Il esquissa un sourire et la regarda dans les yeux.

– J'ai peur, Midori, de ne pas avoir mérité un aller-retour. Je choisis donc de rester. Et c'est le choix le plus juste. Quelqu'un doit rester sur le navire, tu le sais aussi bien que moi. Et moi..., fit-il en jetant un regard circulaire dans la pièce, comme s'il adorait l'endroit. Moi, je suis le capitaine de DARLAH.

Mia voulut ajouter quelque chose, mais Coleman lui fit signe de se taire.

– Le temps presse. Concentrons-nous sur ce que nous devons faire.

Il sortit une seconde carte qui montrait cette fois le trajet de DARLAH 2 à DARLAH 1. Lentement, il poussa la feuille vers Mia qui se demanda un instant si elle ne devait pas plutôt la donner à Caitlin, mais un rapide coup d'œil vers celle-ci la convainquit du contraire : elle s'était à nouveau complètement refermée sur elle-même.

– C'est *ta* responsabilité, Mia. Prends-en bien soin et ne la perds jamais de vue. Vous trouverez des combinaisons extravéhiculaires et des bouteilles d'oxygène pleines dans la salle des équipements, au module 4. Il y a douze kilomètres jusqu'à la centrale électrique, ça ne devrait pas vous prendre plus de deux heures. Ne vous arrêtez pas en chemin, marchez d'un bon pas et surtout ne regardez jamais derrière vous. Veillez à utiliser la chambre de décompression avant d'entrer dans l'enceinte de la station. Caitlin ?

– Oui ? fit-elle, toujours aussi raide sur sa chaise, le regard rivé sur le sol.

– Va à la cuisine avant de partir. Prends de quoi manger et boire. Emporte le maximum de bouteilles d'eau. Vous risquez d'en avoir besoin sur le trajet du retour. Et maintenant, conclut-il en se levant de table, il est temps pour moi de vous dire au revoir.

Mia aurait dû le détester de les avoir embarquées dans une telle situation. Après tout, c'était sa faute. Lui et ses collègues leur avaient menti tout du long. Mais le haïr lui était impossible. Quand elle le regardait, elle voyait le visage d'un homme qui à un moment de sa vie avait fait le mauvais choix. Et elle fut soudain frappée de constater à quel point elle tenait à lui, à quel point elle avait apprécié tous ceux qui avaient fait partie de l'équipage. Stanton, Nadolski, Wilson, Antoine... Et maintenant, il fallait perdre une cinquième personne. Elle ne pensait pas en avoir le courage.

Coleman contourna la table pour venir l'enlacer.

– Je sais ce que tu penses, chuchota-t-il. Mais je te promets que vous allez vous en sortir. Dans quatre jours, tu seras la personne la plus heureuse que ce monde ait jamais vue. Tu vas à nouveau respirer l'air pur, et ce d'une manière inédite. Tu vas pouvoir aller au bord de l'océan et sentir le sel des embruns brûler tes narines. Tu vas retrouver celles et ceux que tu connais, que tu aimes, et tu vas t'apercevoir de la beauté de tout ce qui t'entoure. Tu vas vivre une longue et heureuse vie, Mia. Car quand tu rentreras chez toi, tu comprendras que dans ce monde, *tout* est possible. Ne l'oublie jamais.

Il la lâcha et s'approcha de Midori, la serra elle aussi bien fort avant de rejoindre Caitlin.

– Je crains que l'hospitalité de la Lune ne soit encore pire que ce que j'avais imaginé, Caitlin. Il vaut mieux que tu leur dises de ne renvoyer personne. Je suis profondément, sincèrement désolé.

– N'y pense pas, renifla-t-elle.

– Vous êtes une bonne astronaute, miss Hall. La meilleure qu'il m'ait été donné de rencontrer. Prends bien soin de vous toutes.

À ces mots, il saisit une lampe et quitta la pièce.

Stoïques, les trois filles le regardèrent partir.

Il entreprit son ultime déambulation dans les couloirs obscurs de DARLAH 2. D'un pas décidé, il atteignit sa chambre au module 2. Il ouvrit l'armoire, s'empara de son pistolet, qu'il fourra dans sa veste, avant de mettre le cap, tout aussi déterminé, sur la serre. Il s'assit au pied du grand pommier et posa la lampe à côté de lui.

Il attendrait ici. Il attendrait jusqu'à ce qu'il soit sûr qu'elles aient quitté la base et soient en route vers DARLAH 1. Il resterait assis ici, en position, son arme à la main, en attendant que le niveau d'oxygène soit si bas qu'aucune créature vivante ne pourrait se trouver entre ces murs.

Après quoi il tirerait un trait définitif sur tout cela.

Oxygène

Mia avait la tête lourde. Une petite heure seulement s'était écoulée depuis que le flux continu d'oxygène en provenance du générateur avait cessé, mais elle remarquait déjà combien il devenait difficile de respirer. Chaque inspiration lui donnait la sensation que l'air avait déjà circulé dans d'autres poumons et avait été privé de ses substances vitales. Après la coupure de courant, le thermomètre s'était mis, lentement mais sûrement, à grimper. Le soleil, dont les rayons frappaient le sol lunaire en oblique et lui assuraient ainsi des températures supérieures à cent degrés, poursuivait son travail de réchauffement en s'insinuant à travers l'isolation de la base. La ventilation en panne, le refroidissement empêché, il était désormais quasi impossible de refouler la chaleur étouffante.

Recluse dans un coin de la cuisine, Midori se forçait à avaler des quartiers de pomme. Caitlin étudiait la carte. Ç'avait été son idée de tenir quelques heures supplémentaires avant de quitter définitivement la base et amorcer le long trajet vers DARLAH 1. Dehors, le soleil était encore trop fort : sans atmosphère, rien ne protégeait les trois filles contre les radiations solaires ; sortir aurait représenté un risque beaucoup trop important. Qui plus est, Caitlin voulait leur donner la possibilité de boire suffisamment avant le départ. Une fois en route, elles n'auraient guère l'occasion de rebrousser chemin.

Mia regardait dehors par la grande fenêtre. Grâce à la réverbération du soleil sur la vitre, elle voyait son propre reflet, flou, faible. Elle alluma la lampe torche, dont elle dirigea le faisceau vers son visage. La figure reflétée lui apparut avec davantage de clarté. Et Mia vit qu'elle avait la mine ravagée. Les derniers jours avaient laissé des traces tangibles. Elle se trouvait une ressemblance frappante avec un fantôme vivant : de larges cernes noirs se dessinaient sous ses yeux, et ses cheveux pendouillaient sur un côté. C'était un spectacle déprimant. Elle baissa la lampe ; le visage s'effaça de la vitre.

– Mia ? Tu es sûre d'avoir assez bu ?

La question venait de Caitlin. Mia pivota vers elle et se contenta d'un hochement de tête absent en guise de réponse. L'idée d'avaler ne serait-ce qu'une goutte lui levait le cœur. L'eau avait un goût de métal, de vieux, de pourri. Un goût de mort lente.

Elle se tourna à nouveau vers la vitre. L'espace d'un instant, elle aurait juré avoir aperçu de nouvelles traces de pas dans la poussière lunaire – une impression qu'elle jugea aussitôt comme étant le fruit de son imagination. Et, de fait, quand elle inspecta les lieux du regard, elle ne vit strictement rien. Elle était impatiente. Mais qu'est-ce qu'elles attendaient pour s'en aller, pour en finir avec cet endroit ? Mia voulait partir le plus vite possible et ne plus jamais revenir. Car venir ici avait été une erreur, dès le départ. La plus grande erreur jamais commise. DARLAH s'était nourrie de Mia, sitôt qu'elle y avait mis un pied, et il ne restait pour ainsi dire plus rien d'elle. Le seul garçon prodigieux qu'elle ait jamais rencontré se trouvait là-bas, quelque part, avec Nadolski – ou seul. Elle la sentait presque dans ses narines, cette odeur de délabrement qui imprégnait les murs de la base. Elle dut même s'efforcer de ne pas penser qu'elle respirait en fait l'odeur des morts : celle de Wilson, de Stanton, de Coleman. Elle ignorait où gisaient leurs corps, mais ils étaient tout près. Elle en avait la certitude.

Pour la troisième fois, elle releva la tête vers la vitre et y orienta le faisceau de lumière. Ses traits étaient encore plus visibles à présent. Elle pouvait étudier les détails autour de son nez, sa bouche, ses cheveux. Non, elle n'était pas belle à voir. Démoralisée, elle éteignit la lampe.

Et c'est là qu'elle s'en rendit compte.

Son reflet n'avait pas disparu.

Il était toujours imprimé sur la vitre, plus net que jamais.

Pendant une seconde, elle succomba à la fascination. Elle fit une grimace.

Mais le reflet ne se modifia pas.

Il ne lui fallut qu'une demi-seconde supplémentaire pour comprendre :

Ce n'est pas un reflet. C'est toi. Toi-même.

Là, dehors.

Mia hurla. Elle lâcha la lampe torche et recula d'un pas chancelant en voyant son visage lui lancer un rictus moqueur. Elle perdit l'équilibre, se cogna contre la table, emportant dans sa chute plusieurs assiettes. Midori se précipita vers elle

– Mia, qu'est-ce qui t'arrive ? cria-t-elle. Mia ?

La jeune fille pointa un doigt vers la fenêtre ; Midori s'y avança avec prudence. Elle regarda dehors.

– Mais y a rien, voyons, Mia... Rien.

– J'ai vu...

Elle n'eut pas le courage de terminer sa phrase. Elle ferma les yeux.

Caitlin s'était levée elle aussi et rejoignit Midori.

– Qu'est-ce qui se passe, Mia ? lui demanda-t-elle. Tu as vu quelque chose ? Qu'est-ce que tu as vu ?

Mia n'eut même pas l'occasion de répondre. À quarante ou cinquante mètres de la base, Caitlin aperçut Antoine. *Antoine !*

Il la regardait, immobile, bras ballants. Habillé de ces vêtements marron qu'il portait le premier jour où elle l'avait rencontré. Il agita la main pour la saluer.

– Antoine ! cria Caitlin. Antoine ! Il est dehors ! Il est vivant !

Mia enregistra le prénom mais il lui sembla qu'il était vide, dépourvu de sens. Derrière ses paupières closes, elle visualisait toujours son propre visage qui lui lançait ce rictus sardonique, hideux, comme s'il savait quelque chose qu'elle ignorait.

Caitlin, pétrifiée, scrutait le garçon à l'extérieur. Il lui refit signe et, soudain, tourna les talons et disparut.

– Non, attends !

Caitlin fila en direction du couloir, laissant les filles en plan.

– Caitlin, ne fais pas ça ! Ce n'est pas Antoine, tu m'entends ? Ce n'est pas lui ! *Il ne porte pas de combinaison !*

Mais Caitlin n'écoutait pas. Elle était portée par l'adrénaline, par un nouvel espoir et ses propres illusions. Elle courait comme elle n'avait jamais couru. Elle quitta le module 1, passa devant la salle des ordinateurs et fonça vers celle des équipements. Sans perdre une seconde, elle sauta dans une combinaison, fixa à la va-vite une bouteille d'oxygène à son sac à dos de survie, enfila un casque et pénétra dans la chambre de décompression. L'absence d'électricité ayant rendu les sas inutilisables, elle fut obligée de fermer la porte manuellement. Elle s'empara d'une des poignées fixées au mur tout en forçant, de l'autre main, le sas de sortie à s'ouvrir de quelques centimètres. Dans la seconde suivante, elle sentit le vide extérieur engloutir l'air contenu dans le lieu et la projeter contre la cloison. Elle se cramponna à la poignée de peur d'être aspirée dehors. Sentant la pression s'égaliser peu à peu, elle releva le sas à une hauteur qui lui permettait de s'extraire de la base et de poser un pied sur le sol lunaire.

Caitlin dépassa l'écoutille où Stanton et Wilson avaient trouvé la mort. Elle contourna le module 2 en longeant les murs. Elle luttait de toutes ses forces pour ne pas se retrouver en hyperventilation. Arrivée au coin, elle l'aperçut à nouveau, devant la cuisine.

Antoine.

Elle l'appela par l'intercom, agita les bras pour lui faire signe. Mais il restait inerte et la regardait d'un œil fixe. Elle s'arrêta un instant, indécise. Pourquoi la fixait-il comme ça ? Pourquoi ne se réjouissait-il pas de la voir ?

Lentement, il s'avança vers elle. D'une démarche régulière, décidée. Caitlin se figea, paralysée, incapable de bouger.

Oh mon Dieu, eut-elle le temps de penser. *Mais qu'est-ce que –*

Mia s'était remise debout et se tenait devant la fenêtre, à côté de Midori.

Elles virent Caitlin, immobile, tandis qu'Antoine fondait sur elle à une vitesse effrayante. Elles eurent l'impression qu'il flottait à quelques centimètres du sol, comme s'il n'était pas contraint par les lois de la physique. Il disparut derrière elle. Midori inclina la tête pour tenter de l'entrevoir, mais il n'était nulle part.

– Ce n'est pas Antoine, murmura-t-elle. C'est une copie !

La seconde suivante parut durer une heure. Mia entendait Midori parler mais ne comprenait pas ce qu'elle disait. Surgi de nulle part, le visage d'Antoine se matérialisa alors devant la fenêtre, avec un rictus sarcastique qui lui déformait la bouche. L'instant d'après, il s'était comme évaporé. Caitlin pivota lentement vers elles et croisa le regard de Mia avant que quelque chose l'attrape, la tire par le pied et la fasse basculer. Dans ses yeux se lisait la surprise, plus que la douleur. Sa bouche forma un mot, mais il était impossible de comprendre ce qu'elle tentait de leur dire. Son visage était défiguré par la peur. Puis, à la vitesse de l'éclair, elle fut happée et son corps, engouffré sous la surface de la base, laissant le sol lunaire intact et dépouillé, comme si elle ne l'avait jamais foulé.

Midori était en larmes. Elle tremblait de tous ses membres, de façon incontrôlable, en plus d'avoir des difficultés à respirer. Elle réagissait à la mort de Caitlin en glissant dans un état de choc. Mia aurait tant souhaité la serrer dans ses bras, lui susurrer que tout allait bien se passer, que tout allait s'arranger. Mais c'était faux. Car tout irait en empirant, tout irait vers l'horreur si elles ne quittaient pas cet endroit.

Mia savait qu'elle devait agir vite.

– Attends-moi ici, lui ordonna-t-elle. Ferme la porte et ne l'ouvre surtout pas tant que je ne suis pas de retour. Compris ?

– Tu vas où ? sanglota Midori.

– Il faut que je trouve Coleman, s'il est toujours en vie.

– Je ne veux pas rester toute seule ! implora Midori.

– Ne t'inquiète pas. Verrouille la porte et cache-toi.

Mia s'empara d'un couteau posé sur le plan de travail, s'élança hors de la cuisine, vérifia les chambres à coucher et la salle de bains avant de poursuivre dans le dédale de couloirs. La lumière de sa lampe tremblotait sur les murs et le plafond tandis qu'elle courait à perdre haleine. Elle inspecta la salle des ordinateurs, détala en direction de l'infirmerie – mais il n'y avait personne où que ce soit.

Et soudain, elle se figea.

De la musique. Elle entendait de la musique.

C'est impossible. Il n'y a plus de courant.

Mia se mit à trembler. Elle connaissait cette chanson. C'étaient les Talking Heads.

Non loin d'elle, elle entendit une voix de fille entonner les paroles à voix basse :

– *Hold tight – wait till the party's over / Hold tight – we're in for nasty weather / There has got to be a way / Burning down the house...*

La musique s'arrêta aussi brusquement qu'elle avait commencé.

Mia sentit un mouvement dans un couloir, entendit des pas nets sur le sol métallique. Qui cessèrent aussitôt.

Elle tendit l'oreille. Elle progressa dans le couloir, lentement, repassa devant la salle des ordinateurs, poursuivit vers le module 2, posant un pied prudent devant l'autre, maintenant sa lampe torche droit devant elle. Or elle ne voyait rien. Elle se retourna et braqua le faisceau lumineux à l'autre bout. Là, à l'extrémité du couloir, la lumière révéla une personne.

Cette personne lui ressemblait en tous points.

Elle portait les vêtements habituels de Mia. Son jean noir. La veste qu'elle avait achetée au marché aux puces, à Londres, l'année dernière, et qu'elle ne quittait pour ainsi dire jamais. Les mêmes cheveux. Un visage identique. Seule exception, ce rictus implacable imprimé sur sa bouche.

Cette chose porte mes Rangers de para italien !

– Bonjour, Mia, dit la silhouette en faisant un pas en avant. Tu as peur ? Pourtant c'est moi... Tu ne me reconnais pas ?

Mia était incapable de prononcer un seul mot.

– Tu ne me dis pas bonjour ?

Elle ne répondit pas.

– Je suis désolée, tu sais, pour tes petits amis. Mais il n'y avait pas d'autre issue.

Même la voix était semblable. Mais plus calme, avec une autre modulation.

– Stop ! cria Mia en pointant le couteau vers elle.

– Tu n'as pas à avoir peur, Mia.

La silhouette continuait de s'approcher.

– Ça t'a fait plaisir de revoir Antoine ? Je l'ai fait pour toi. Rien que pour toi !

Mia s'agenouilla, le couteau brandi droit devant elle, laissant la silhouette se rapprocher d'elle. Elle attendit de l'avoir à portée de main. Elle attendit jusqu'à ne plus le pouvoir.

Elle lui asséna alors un coup de couteau.

D'un geste puissant, elle planta la lame dans la cuisse de la silhouette. Elle sentit l'acier se frayer un chemin dans la chair.

Mais la silhouette recula, retira le couteau et le jeta.

– Pourquoi tu viens de faire ça ? demanda-t-elle, comme si elle était déçue. Viens là, Mia. Viens près de moi.

Mia bondit sur ses pieds, tourna sur elle-même et s'enfuit à toutes jambes. Elle perdit sa lampe torche dans la précipitation mais continua de courir vers la cuisine dans le noir complet. Une douleur intense lui vrilla le visage lorsqu'elle heurta de plein fouet le sas de sécurité. Elle sentit une dent tomber et un liquide visqueux couler le long de son front.

– Je savais que tu essaierais de fuir, dit la voix. Donc j'ai fermé le sas.

La silhouette se rapprochait irrémédiablement.

La blessure martelait la tête de Mia.

– Au fait, c'est moi qui ai coupé le courant. Et qui ai verrouillé l'écoutille pour empêcher tes amis de réparer le générateur. Tiens, pendant que j'y pense, j'ai croisé ce fameux Antoine, là, à quelques kilomètres d'ici. Un beau garçon... Très beau. Il était en vadrouille avec un autre type. Et ils m'avaient l'air bien pressés d'arriver. Hélas, je ne pouvais pas les autoriser à accomplir ce qu'ils avaient l'intention de faire. Donc je le leur ai... *interdit.*

Dans la panique, les mains de Mia tâtonnèrent pour attraper le bas du sas et le relever.

Les pas se rapprochaient.

Se rapprochaient encore.

La silhouette n'était plus qu'à un mètre d'elle.

Mia se jeta par terre et roula sous le sas avant qu'il ne s'affaisse en émettant un *clonc* assourdissant, métallique. Elle se remit sur ses jambes et galopa pour parcourir les derniers mètres.

– Midori, aide-moi ! Verrouille derrière moi !

Mia se plaqua dos contre la porte tandis que Midori, avec l'énergie du désespoir, tournait le volant de manœuvre pour enclencher le système de verrouillage.

– Qu'est-ce qui s'est passé ? murmura-t-elle en voyant Mia se concentrer sur les bruits éventuels, le regard rivé sur la porte.

Mia ignora la question, mais sa réponse n'en fut pas moins rapide :

– Il faut qu'on parte d'ici !

Doppelgänger

– Viens, chuchota Midori. Je connais un endroit où on va pouvoir se cacher en attendant.

Le silence était total. La créature dans le couloir avait disparu, à moins qu'elle ne se tienne en embuscade. Mia et Midori rampèrent sur le sol sans faire de bruit. Elles débloquèrent le verrou de la réserve, où elles se réfugièrent. Après avoir refermé la porte, Midori posa les lampes tandis que Mia arrachait une manche de son tee-shirt et tamponnait avec le bout de tissu la blessure douloureuse et sanguinolente qu'elle avait au front.

Midori avait retrouvé ses esprits – mais toutes deux étaient éreintées, et le niveau d'oxygène en baisse constante intensifiait leur faiblesse. Dans la lueur des lampes, le teint pâle et les traits tirés, elles ressemblaient à deux fantômes.

– Qu'est-ce qui nous arrive, Mia ? demanda Midori à voix basse. C'est le manque d'oxygène qui est responsable ? Tu crois qu'on hallucine ? Ou est-ce qu'il y a quelque chose dans cette base qui veut nous...

– Nous tuer ? C'est ça que tu veux dire ? Je ne sais pas ce que c'est, Midori, mais cette chose existe vraiment !

– Tu peux m'expliquer ce que tu étais partie foutre là-bas ?! chuchota Midori, d'un ton à la fois nerveux et accusateur – elle planta le faisceau lumineux de la lampe sur le visage de Mia.

– Je te l'ai dit : je cherchais Coleman.

– Mais pourquoi ? Tu ne sais même pas s'il est toujours en vie... Tu as entendu ce qu'il nous a dit, pourtant ! Il a capitulé. Capitulé !

– Et moi je te dis qu'il est toujours en vie. Qu'il est là, quelque part. Dans un endroit où il est sûr de ne pas être découvert par ces... *choses*...

Midori reposa la lampe par terre, entre elles deux.

– Mais je comprends pas pourquoi tu tiens absolument à le retrouver. S'il pouvait faire quoi que ce soit de plus, il l'aurait fait depuis longtemps, Mia... !

– Si tu veux mon avis, il en sait plus que ce qu'il a bien voulu nous raconter, répondit Mia d'une voix grave. Et sans ces informations, on n'a *aucune* chance de se tirer d'ici vivantes.

– Qu'est-ce que tu proposes, dans ce cas ?

– Il doit être quelque part dans le module 1.

– Mais c'est loin, Mia...

Mia ne l'écoutait déjà plus.

– Prépare-toi, Midori.

Quelques secondes plus tard, elles entendirent des grattements contre la porte en acier qui ouvrait sur la cuisine.

Mia plaqua aussitôt une main sur la bouche de Midori.

Elles reconnurent le son émis par le volant de manœuvre, qui maintenait la porte verrouillée. Ou qui *l'avait* maintenue verrouillée. Et qui tournait, désormais.

La porte s'ouvrit.

Mia et Midori ne bougeaient pas. Des pas résonnaient dans la cuisine. Quelqu'un se déplaçait lentement. Mia comprima encore plus la bouche de Midori. Et tant pis si elle-même avait envie de hurler, d'ouvrir la porte, de se présenter à la créature, et d'en finir. Elle resta assise, tétanisée, le dos tellement tendu qu'elle en avait mal aux épaules. Sans faire le moindre bruit, elle se pencha pour éteindre les lampes.

Elles attendaient dans le noir complet.

Clonc. Clonc.

Deux cognements contre la porte métallique de la réserve.

Des pas.

Mia fixait la porte, comme hypnotisée, prête à la voir s'ouvrir d'une seconde à l'autre. Une douleur lui vrillait le crâne, l'empêchant presque de se concentrer.

Clonc. Clonc.

Un peu plus insistant cette fois-ci.

Puis le silence se fit.

Mia sentait son cœur battre à tout rompre. Si fort qu'à coup sûr la créature pouvait l'entendre, se disait-elle. Elle posa une main contre sa poitrine pour en étouffer le bruit potentiel.

Mais, soudain, elles entendirent les pas s'éloigner vers la porte de la cuisine. Et ensuite le silence, ce même silence assourdissant. Suivi d'un frottement, comme provenant d'un mouvement ultrarapide. Et enfin la porte qui claqua.

Selon toute vraisemblance, la créature avait quitté la pièce. Néanmoins, ni Mia ni Midori n'osèrent bouger pendant de longues minutes.

Mia finit par rompre le silence. Elle chuchota le plus bas possible :

– Je crois qu'on peut y aller, là.

– Il vaudrait pas mieux attendre encore un peu ?

– On n'a pas le temps, Midori ! DARLAH est bientôt à court d'oxygène. Tu le sens pas ?!

– Si...

Si, bien sûr qu'elle l'avait senti. Depuis une demi-heure, il lui était de plus en plus difficile de respirer, ses poumons ne recevaient pas assez d'oxygène, en dépit de ses efforts pour les remplir d'air. Mais elle n'avait pas voulu se l'avouer.

Mia s'accroupit en prenant une lampe au passage.

– OK, Midori. On va faire ça : on va au module 1 en passant par les couloirs. Essaie d'être aussi silencieuse que possible. Si jamais on croise quelqu'un en chemin, tu files dans la direction opposée et tu te débrouilles pour rejoindre DARLAH 1 par tes propres moyens. D'accord ? Ah, autre chose... Inutile de vouloir les attaquer. J'ai essayé. J'en ai poignardé un avec un grand couteau. Ça n'a eu aucun effet.

Midori hocha lentement la tête et répondit :

– Même chose pour toi, Mia. Si l'un d'eux t'attaque, surtout, tu cours.

Toujours en redoublant de silence, elles soulevèrent le verrou et poussèrent la porte de la réserve.

Elles éclairèrent la cuisine. Il n'y avait personne. Pas âme qui vive. La pièce semblait anormalement déserte, comme si personne n'y avait jamais mis les pieds.

Mia ouvrit la marche, se faufila vers la porte et franchit le seuil, Midori sur ses talons.

Elles s'immobilisaient tous les cinq pas environ, tendaient l'oreille, balayaient le couloir avec leurs lampes avant de continuer. Chaque fois que les lieux se révélaient vides, elles étaient emplies d'un profond soulagement. Mais aussi d'une peur panique de tomber sur la créature qu'elles imaginaient tapie en embuscade, quelque part au creux de l'obscurité.

Elles venaient de passer le sas de sécurité M quand une intuition poussa Mia à s'arrêter.

– Qu'est-ce que tu fais ? demanda Midori, anxieuse.

– Je veux vérifier un endroit que j'ai oublié d'inspecter tout à l'heure.

Elle pivota sur ses talons et dirigea le faisceau lumineux vers le couloir d'où elles venaient.

– On retourne en arrière ?

– Pas tout à fait. Suis-moi.

Mia prit la direction de la salle des ordinateurs mais poursuivit sur la gauche, dans le couloir. Elle ignorait pourquoi elle en était à ce point persuadée mais, sitôt un pied dans la serre, elle sut qu'elle avait raison.

Elle entendait la respiration d'un homme.

À la lumière de la lampe, elle fouilla le feuillage.

Là. Contre le pommier.

Coleman. Assis au pied de l'arbre, un pistolet à la main. Il leva vers elle un regard triste.

– Vous devriez déjà être parties. Qu'est-ce que vous faites encore là ? Je vous avais pourtant dit de vous en aller.

Il cogna sa tête contre le tronc et frotta son front du plat de la main. Il semblait plus déçu que surpris de les voir.

– Nous ne sommes pas seuls, dit Mia. Il y a des gens, ici.

– Comment ça, *des gens* ?

Mia raconta. Antoine qui était apparu à l'extérieur. Caitlin qui avait filé le retrouver et n'était plus réapparue. Et surtout le sosie de Mia, qu'elle avait croisé dans le couloir, à l'extérieur du module 2. Coleman écoutait et, quand elle eut terminé son récit, il baissa la tête.

– Donc ça a vraiment recommencé..., dit-il, davantage pour lui-même.

– Qu'est-ce qui a *re*commencé ? De quoi tu parles ?

Elle contourna l'arbre, à pas lents, le dos courbé, comme prête à bondir, avec un œil en permanence rivé vers le sas ouvert sur la salle des ordinateurs. Recroquevillée contre le mur, à l'abri de grandes feuilles de palmier, Midori se retourna brusquement vers la vitre teintée qu'elle avait dans le dos, comme si quelqu'un lui avait chatouillé l'épaule.

– Ce que nous avons redouté durant toutes ces années. Ce que nous sommes venus empêcher.

Son ton laconique écœurait Mia et l'emplissait de frustration. Il lui rappelait Caitlin, cette mollesse dans laquelle elle avait plongé après avoir pris les médicaments. À croire que lui aussi, désormais, se fichait royalement de ce qui leur arriverait. Mia savait que c'était une fausse impression : Coleman ne s'en fichait pas, il résistait uniquement.

– C'est quoi exactement, ce que tu refuses de nous révéler ? hurla-t-elle presque. Une chose essaie de nous tuer, les uns après les autres ! Tu l'as pas encore pigé ? Tout ce que tu nous as raconté, c'est un ramassis de conneries. Qu'est-ce que t'as peur que les gens apprennent ?

– Oh... Il y a tellement de choses, Mia, dont on est en droit d'avoir peur. Je croyais que tu l'avais compris.

Coleman essuya la sueur qui mouillait son front. Le feuillage touffu assombrissait encore plus son visage.

– C'est la réputation de la NASA qui t'inquiète ? Le fait que cette mission ne puisse pas être présentée comme un succès retentissant ? Ou plutôt que vous ayez caché aux gens nettement plus d'informations à propos de la Lune que ce que vous avez bien voulu leur dire ? *C'est ça ?* Mais tu sais, je te rassure, je crois que les gens ont fini par le comprendre, maintenant !

– Non. Tout ça n'a aucune importance.

– C'est *quoi* alors, bordel ?! Parce que tu sais tout, hein ? Tu sais tout depuis le début. Alors si tu as un brin de conscience, je te conseille de nous raconter tout ce que tu sais, pour qu'on puisse se tirer d'ici en vitesse !

– Je crains de ne pas tout savoir, Mia. Personne ne sait *tout*. Moi le premier. D'ailleurs, nous ne savons plutôt quasiment rien.

– Mais... ?

Il prit une profonde inspiration. Des relents de pourriture flottaient dans la serre surchauffée.

– Je me suis dit au départ qu'il valait mieux que vous ne soyez pas au courant. Qu'aucun d'entre vous ne le soit. Les informations que je vais vous révéler sont classées top secret et susceptibles d'avoir des conséquences insoupçonnées. Je veux que vous en ayez conscience.

Les visages de Mia comme de Midori prirent une expression qui laissait peu de doutes sur le ridicule achevé que portaient à leurs yeux, en cet instant précis, des informations prétendument top secret. Coleman semblait d'ailleurs ne pas leur donner tort. Il poussa un profond soupir et posa son arme dans l'herbe.

– Les vols lunaires habités n'ont pas été interrompus en 1972 à cause de difficultés budgétaires ou par manque d'intérêt du public, contrairement à ce que la plupart des gens ont cru. La vérité, c'est que nous n'osions plus envoyer personne sur la Lune. Vous avez entendu parler d'Apollo 13 ?

En effet. À Houston, Nadolski leur avait fait un exposé de toutes les missions spatiales du programme Apollo. Juste après le premier alunissage qui avait eu lieu avec Apollo 11, l'histoire la plus connue (et décidément la plus captivante) était celle de la quasi-catastrophe survenue lors de la mission Apollo 13, en 1970. Apollo 13 avait été victime d'une explosion d'un des réservoirs d'oxygène quarante-huit heures après le lancement de la fusée. L'équipage, presque privé d'électricité et d'oxygène, avait été contraint de poursuivre sa trajectoire translunaire pour bénéficier de la faible gravité de la Lune et espérer ainsi être renvoyé sur la Terre, un peu à la manière d'un lance-pierre. Que les trois astronautes aient survécu avait été un miracle. Et la phrase « *Houston, we've had a problem* » était gravée à jamais dans la mémoire de toutes les personnes impliquées.

– Le monde a retenu son souffle pendant toute la durée du sauvetage, poursuivit Coleman. Mais pour de fausses raisons. Tout ce qu'on vous a raconté n'est qu'un tissu de mensonges. Un gros bobard soigneusement élaboré, parfaitement empaqueté, pour que tout le monde le gobe et ignore ce qui s'est réellement passé. Car la vérité, c'est qu'Apollo 13 s'est bel et bien posé, comme prévu, dans la zone de Fra Mauro. Mais il s'est produit un événement, lui, imprévu.

– Lequel ? demanda Mia, soupçonneuse, tout en guettant l'obscurité, à l'affût d'une présence qui les surveillerait – mais elle ne vit rien.

– Une fois dans le cratère Fra Mauro, Fred Haise, le pilote du module d'alunissage, est entré en contact avec... *une chose*. Ça a commencé au moment où il a repéré une... anomalie... depuis le hublot du LEM. Et ça a continué après que la NASA lui a donné l'ordre de procéder à une vérification sur site.

– Ça ne correspond pas du tout à ce que les astronautes ont dit ! protesta Midori. J'ai regardé les interviews, j'ai lu les biographies que Nadolski nous a données, j'ai écouté les enregistrements du module de commande. Tu mens !

– J'aimerais tellement mentir, Midori. Et je suis certain que Haise souhaiterait, du fond de son cœur, que ce qu'il a affirmé soit la stricte vérité. Or non. Tout ce que tu as lu, vu et entendu a été fabriqué. Fred Haise *est allé* sur la Lune, et il y a trouvé quelque chose qui n'aurait pas dû y être.

– Quoi ?

– Eh bien, là-dessus, les rapports sont ambigus... Mais il s'agissait d'une silhouette. Quelqu'un ou quelque chose qui était son... oui, son portrait craché.

– Exactement comme ce qu'on a vu ! s'exclama Midori.

– Voilà. Fred Haise s'en est tiré *in extremis*. Il a regagné le module à temps et, avec l'astronaute Jim Lovell, ils ont quitté la surface de la Lune quelques heures plus tard. Une évacuation, c'est le mot. Mais ce n'est pas tout. Cette situation s'est reproduite lors de plusieurs de nos missions lunaires. Ce que je vous raconte, ce n'est *qu'un* épisode parmi tant d'autres. Déjà, au moment d'Apollo 11, on a eu des problèmes. Midori, tu as trouvé les bottes lunaires de Buzz Aldrin, n'est-ce pas ?

Elle acquiesça.

– Elles n'ont pas du tout été laissées sur place pour économiser du poids, comme on te l'a raconté. Il les a jetées en espérant toucher quelque chose. Quelque chose qui venait vers lui. En fait, au départ, tout un tas de gens au sein de la NASA croyaient que les descriptions des astronautes, qui affirmaient avoir vu leur sosie sur la Lune, s'expliquaient par une forme de réfléchissement ou de réverbération, bref, une illusion d'optique causée par l'environnement naturel de la Lune. C'est la thèse à laquelle on a continué de croire jusqu'à l'incident de Haise en 1970. Après, toutes les personnes impliquées dans le contrôle de mission, à Houston, ont été contraintes de signer un accord de non-divulgation des informations qu'elles connaissaient et ont été exclues de tout projet de recherche. Les dirigeants les plus haut placés de la NASA ont entamé une coopération avec la Défense pour construire une base sur la Lune, censée explorer et éventuellement anéantir le phénomène. La NASA y a par ailleurs associé des chercheurs du SETI...

– Le SETI ?

– *Search for Extra-Terrestrial Intelligence* : recherche d'une intelligence extraterrestre. Mais entendons-nous bien : nous n'avons *pas* affaire ici à des extraterrestres ! Mais à quelque chose de beaucoup plus dangereux. De totalement inconnu pour nous parce que cette chose agit au-delà des modes opératoires traditionnels. Au-delà de toute normalité, sans la moindre émotion. Nous sommes au-delà du bien et du mal. Et le problème, il est là. Cette chose ne semble pas avoir d'autre fonction que la destruction pure et simple.

– Tu dis qu'il ne s'agit pas d'extraterrestres. Mais comment tu peux en être sûr ?

Coleman observa un long silence.

– La NASA en a attrapé un en 1972. Ou plutôt : un *morceau*. Apollo 17 a été attaqué lors des préparatifs au décollage. Au moment de la fermeture de l'écoutille, le bras d'un sosie a été sectionné. Il a été rapporté sur Terre, où on a procédé à tout un tas d'analyses, et où on a soumis l'échantillon à des batteries de tests...

– Et ? demanda Mia.

– Les résultats ont montré qu'il ne renfermait aucun matériau organique. Cette chose n'est pas humaine, elle n'est pas vivante et ne l'a jamais été.

– Mais alors qu'est-ce que c'est ?

Elles s'étaient assises à côté de Coleman. Mia surveillait en permanence le sas qui donnait sur la salle des ordinateurs. Dans une obscurité pareille, il s'agissait de rester camouflé en permanence, ou d'être en mouvement constant. Et là, ils ne faisaient ni l'un l'autre. Ils pouvaient donc être découverts à n'importe quel moment. Pourtant, Mia avait la sensation que Coleman leur fournissait des informations essentielles, si elles voulaient quitter cet endroit saines et sauves.

– Est-ce que tu as déjà entendu parler du terme *Doppelgänger* ? demanda Coleman.

Mia ignorait complètement à quoi il faisait allusion. Le mot sonnait davantage comme le nom d'un insecte.

– *Doppelgänger.* C'est de l'allemand. Ça signifie littéralement « le double qui marche à côté ». C'est un double, un sosie. On utilise cette dénomination pour qualifier les cas où des individus voient des copies d'eux-mêmes ou de gens qu'ils ont connus, sans qu'il y ait aucune explication logique au phénomène. Un peu comme si tu voyais dans la rue quelqu'un que tu connais alors que tu sais pertinemment que cette personne se trouve chez elle. Ou alors comme si tu te regardais dans la glace et que tu découvres brusquement une copie de toi-même qui se tient juste derrière. C'est arrivé. Il existe des centaines de rapports sur le sujet. Et je ne parle pas d'individus qui voient des gens ayant une ressemblance frappante avec des personnes qu'ils connaissent. Je parle de gens qui voient *des copies exactes.*

– Mais qu'est-ce qu'ils veulent, ces doppelgänger ? demanda Midori.

– Le problème, c'est qu'on ne sait même pas ce qu'ils *sont*. Sont-ils dus à des troubles de la vision ou les doppelgänger existent-ils dans la réalité ? Longtemps, on a penché pour la première hypothèse. Jusqu'à ce que surgisse le rapport français concernant Émilie Sagée.

Soudain affolée, Midori se plaqua contre la cloison, doigts écartés, les mains collées comme si elles cherchaient à se fondre dans la noirceur extérieure. Elle scrutait l'entrée du générateur d'oxygène.

– Comment on peut être sûrs qu'il n'y en a pas un là-dedans ? demanda-t-elle, paniquée, en gesticulant.

– Viens avec nous, Midori, lui répondit Coleman. S'il y en avait un, ou une, d'ailleurs, il devrait passer devant moi.

– Et donc, le rapport français ? enchaîna Mia.

– Oui. Au XIXe siècle, la Française Émilie Sagée enseignait au très chic pensionnat de jeunes filles de Neuwelcke, dans l'actuelle Lettonie. L'histoire a été racontée *a posteriori*, par une certaine Julie von Güldenstubbe, qui avait été l'élève d'Émilie Sagée, une institutrice très appréciée par sa classe. Or, peu de temps après son arrivée dans l'école, des rumeurs ont commencé à circuler : au dire de certains, Émilie Sagée pouvait être visible dans deux endroits simultanément. Par exemple, une jeune fille prétendait l'avoir vue devant l'entrée principale, alors qu'une autre affirmait l'avoir vue dans la bibliothèque, à l'autre bout du bâtiment. Ces incidents se sont répétés à plusieurs reprises, mais les professeurs rabrouaient systématiquement les élèves qui s'en ouvraient à eux et considéraient leurs histoires comme de pures sornettes.

Coleman observa un bref silence.

– Mais tout a changé le 22 mars 1845. Julie von Güldenstubbe et douze autres filles suivaient un cours de mathématiques lorsqu'une *seconde* Émilie Sagée s'est soudain matérialisée à côté de l'institutrice. Les deux femmes étaient en tous points identiques. La vraie Mlle Sagée, comme elle leur tournait le dos et écrivait au tableau, ne pouvait voir la femme à côté d'elle qui l'imitait dans ses moindres gestes, hormis qu'elle n'avait pas de craie. Julie von Güldenstubbe a alors quitté la classe et s'est présentée dans le bureau du directeur. Après qu'elle lui eut raconté ce qui venait de se produire, l'ensemble des filles ont été interrogées une par une dans son bureau, et toutes ont rapporté la même histoire, les mêmes détails, alors qu'elles n'en avaient pas parlé ensemble auparavant.

Mia et Midori perdaient peu à peu patience. Il était dangereux de rester dans un endroit trop longtemps – elles en avaient douloureusement conscience. Sans oublier que chaque minute passée dans cette obscurité pauvre en oxygène diminuait d'autant leurs chances d'en ressortir vivantes. Mais elles comprenaient aussi qu'elles n'avaient pas le choix : Coleman en savait nettement plus qu'elles, sur ce point Mia avait vu juste, et les informations qu'il leur livrait leur permettraient sans doute d'être mieux armées pour quitter DARLAH 2 en sauvant leur peau.

Coleman remarqua l'inattention passagère des deux adolescentes, mais il décida de poursuivre malgré tout :

– Les semaines suivantes, le doppelgänger de Mlle Sagée a surgi de plus en plus souvent : au réfectoire, par exemple, assis à côté de l'institutrice, l'imitant en train de manger alors que, comme dans la salle de classe, ses mains étaient vides. À l'inverse du précédent, cet incident n'a pas uniquement été observé par les pensionnaires ; les cantinières ont elles aussi assisté au dédoublement. Au cours du printemps, le doppelgänger a changé de comportement. Il ne singeait plus les gestes de la Française mais semblait au contraire avoir son propre libre arbitre. Il restait par exemple assis alors que l'institutrice se levait de sa chaise. L'incident décisif s'est produit en mai. Les quarante-deux élèves suivaient un cours de couture dans l'auditorium et, à travers les grandes fenêtres, elles voyaient Émilie Sagée aller et venir dans le jardin, cueillir des fleurs dans les parterres. Quelques minutes après, le professeur qui les surveillait s'est absenté dans son bureau. Mais sa chaise n'est pas restée vide : un instant plus tard, Mlle Sagée y avait pris place. Désorientées, les jeunes filles ont tourné la tête vers le jardin : la vraie Émilie Sagée y cueillait toujours des fleurs...

Coleman s'arrêta. Aux aguets, visiblement nerveux, il s'assurait qu'il n'entendait pas de bruits suspects en provenance du couloir. Mia et Midori l'imploraient du regard.

– Je continue ?

Mia opina du chef.

– À partir de ce jour, les élèves ont commencé à en avoir assez. À la rentrée, beaucoup n'étaient pas revenues et le nombre d'inscrites était passé de quarante-deux à douze. L'école s'est vue dans l'obligation de remercier Émilie Sagée. Elle a quitté le pensionnat une semaine après, et personne n'a su ce qu'elle était devenue. Il existe des montagnes de thèses et de recherches en tout genre autour de cette affaire. Le problème étant que toutes demeurent très vagues dans leurs conclusions. Pour n'en citer qu'une : certains estiment qu'il s'agit en fait d'une espèce de fantôme. Pas un machin avec un drap blanc et un boulet enchaîné à son pied, mais un fantôme vivant. Une non-existence. Savoir quel nom lui donner est complètement secondaire, en ce qui nous concerne. Car je crains que nous ayons affaire à une variété de doppelgänger nettement plus dangereuse.

– Qu'est-ce que tu veux dire ?

– Un méchant jumeau ou, c'est selon, une méchante jumelle. En tout cas, un double de toi-même qui poursuit un seul but : te tuer sans que personne s'en rende compte. D'abord il te tue, ensuite il copie toutes tes attitudes, pour pouvoir faire de nouvelles victimes, et d'autres encore, et ainsi de suite. Le doppelgänger d'Émilie Sagée était certes effrayant, mais totalement inoffensif. Alors que dans notre cas... Cinq personnes sont déjà mortes, Mia. Tu comprends ce que je veux dire ?

– Donc voilà, c'est cuit..., conclut Midori, pâle comme un linge. On va mourir ici.

Mia ne répondit ni ne renchérit.

– Qu'est-ce qui s'est passé dans le couloir, Mia ? voulut savoir Coleman.

Elle prit une profonde inspiration. Et elle raconta tout ce qui lui revenait en mémoire. La musique surgie de nulle part. La personne qui s'était profilée devant elle dans le couloir et lui avait adressé la parole. Le fait qu'elle avait la même apparence qu'elle, la même élocution. Mia évoqua aussi ce que la silhouette avait dit au sujet des autres. Puis elle se tut.

Ils écoutèrent le silence de la base. La chose qui les traquait pouvait se cacher n'importe où. Elle pouvait même se trouver dans la même pièce qu'eux, en cet instant très précis, sans qu'ils le sachent. Dans la serre où l'oxygène se raréfiait de plus en plus, Coleman remplit ses poumons d'air. Il leur restait peu de temps avant que les conditions ne soient littéralement invivables.

Coleman semblait plongé dans ses pensées. Et il réfléchit longuement avant de dire :

– Je... j'ai une connaissance qui est... pasteur. Je le connais depuis que je suis tout petit. Il... enfin, moi qui ne suis pas croyant, j'ai beaucoup de respect pour lui et j'écoute toujours ce qu'il a à me dire. Un soir, j'ai osé me confier à lui au sujet de ce qui se passait pendant les alunissages, dont seuls les astronautes et moi étions au courant, ainsi que quelques rares personnes au sein de la NASA. J'ai dû parler pendant une heure, sans interruption. Quand j'ai eu terminé, il m'a longuement regardé d'un air grave, puis il a déclaré : « Tu sais, Aldrich, Dieu a exclu Lucifer et ses autres ennemis du Ciel et les a jetés dans les abîmes, dans un nouvel endroit qu'il a appelé l'enfer. » Puis il a ajouté : « Mais il n'a pas spécifié le lieu exact où se trouvait cet enfer, n'est-ce pas ? »

– Donc la Lune, c'est... l'enfer ? demanda Midori.

Coleman jeta des coups d'œil inquiets autour de lui.

– C'est juste une idée. Mais mettons que ce soit ça, mettons qu'il soit possible de s'en débarrasser, tu ne trouverais pas que ça vaut le coup d'essayer ?

– Et c'est *ça* que la NASA cherche à faire ? Mais c'est complètement... débile ! rétorqua Mia. De toute façon, ça me concerne pas, je suis pas croyante.

– Moi non plus. Et là n'est pas le problème, poursuivit Coleman. Le problème est plutôt celui-ci : ce à quoi nous sommes confrontés peut être n'importe quoi. Une sorte de... de phénomène. Une manifestation physique, réelle du doppelgänger. Une existence que nous ne connaissons pas. Une chose que nous aurions dû laisser tranquille dès le départ. Ce qui nous ramène au signal « Wow ! », que le radiotélescope Big Ear a capté en août 1977. Il est vrai que nous avons été surpris. Mais nous n'avons jamais douté un seul instant qu'il venait de la Lune. Simplement, nous n'osions pas en parler, car nous ne savions rien de son origine. Était-ce un accident ? Était-ce voulu que nous l'entendions ? Ou s'agissait-il de l'interception fortuite d'une communication interne ? Nous l'ignorions alors. Mais *nous*, désormais, nous savons ce que c'était : un signal. Une signature qui venait déjà à l'époque nous rappeler que nous ne sommes pas seuls et qu'il existe, quelque part, une chose qu'il nous faut craindre : 6EQUJ5. Et quelle que soit cette chose que nous devons affronter, nous avons *une* certitude : elle ne doit *jamais* pouvoir gagner la Terre. Car cela signifierait la fin de tout.

Ils restèrent plongés dans le silence un petit moment. Quel crédit pouvait-on accorder aux propos de Coleman ? Car ce n'était pas crédible, allons... Ou est-ce que cela tenait au contraire parfaitement debout ? Auquel cas, que fallait-il craindre le plus ? Cet endroit, ou les personnes sur Terre qui, avec leurs sommes de suppositions, avaient décidé d'envoyer des adolescents sur la Lune ?

Nous n'aurions jamais dû venir voir Coleman, songea Mia. *Il n'a aucune solution à nous donner. Uniquement des complications supplémentaires.*

– Coleman, nous ne sommes plus que trois, déclara Midori avant que Mia ne puisse dire à Coleman le fond de sa pensée. Il y a de la place pour toi dans la capsule d'évacuation. S'il te plaît, viens avec nous ! Ensemble, nous aurons plus de chances d'atteindre DARLAH 1.

Mais Coleman était inflexible, cette fois encore, depuis qu'il avait acquis la certitude de ce qui se passait réellement autour d'eux.

– Je suis désolé, Midori. Je suis sincèrement désolé. Mais je dois terminer ce que j'ai commencé ici. Il est temps pour vous de partir, à présent. Chaque minute que vous passez avec moi vous met en danger. Ils risquent de nous trouver. D'une minute à l'autre. Voilà pourquoi il est important qu'à partir de maintenant vous restiez en mouvement. Rejoignez DARLAH 1. Rentrez chez vous !

Il ne servait à rien de vouloir le convaincre. Elles se relevèrent de mauvaise grâce et lui donnèrent une accolade.

– Une dernière chose, dit-il. Pour l'instant, vous n'avez vu que le doppelgänger d'Antoine. Et celui de Mia. Mais cela ne signifie pas qu'il n'y en a pas d'autres. Si jamais vous étiez séparées, vous devez vous assurer que vous ne commettez pas d'erreur. Si on en croit les rapports de la NASA et les ouvrages que j'ai lus à propos du phénomène, les doppelgänger projettent une ombre qui va dans le sens opposé à la source lumineuse. Vous les reconnaîtrez également par leurs yeux : le bas de leur iris est noir. Ils peuvent aussi feindre d'être vos amis, vous donner des conseils qui se révèlent trompeurs ou dangereux. C'est leur manière à eux de créer la confusion dans l'esprit. Et c'est exactement ce qu'ils cherchent. Car ça leur donne du temps pour préparer leur attaque. Vous vous en souviendrez ?

Elles firent signe que oui.

– Et toi ? Qu'est-ce qui va t'arriver ?

– Je vais rester ici un petit moment encore. Pour réfléchir.

Il leur adressa un léger sourire.

– Ne vous en faites pas pour moi. Il n'y a pas lieu d'être triste.

Il n'y avait rien à répondre à cela. Et rien à ajouter. Coleman avait une dernière chose à faire, et il allait la faire à sa manière. Mia et Midori, elles, avaient une dernière mission à accomplir. Non sans un ultime au revoir pour lui, elles quittèrent la serre et pénétrèrent dans le couloir opaque.

– Tu es prête, Midori ? Ou tu préfères rester ici plus longtemps ?

– Je suis prête.

– Parfait. À mon signal, on court à la chambre de décompression. J'ai la carte de DARLAH 1. Quoi que tu fasses, tu ne me perds surtout pas de vue, tu m'entends ?

– Compris.

– Trois..., murmura-t-elle. Deux... Un... GO !

Elles s'élancèrent comme des folles à travers la base, s'acharnant dans le noir complet à rejoindre le module 4. Dans ces couloirs quasi vides de tout oxygène, elles avaient la sensation d'asphyxier chaque fois qu'elles reprenaient leur souffle. Mia courait sans se retourner, sans s'arrêter pour s'assurer que le champ était libre. Elle cavalait, avec Midori sur ses talons. Et elle n'avait qu'une pensée, qu'une phrase en tête : *je ne retournerai plus jamais dans cette base je ne retournerai plus jamais dans cette base je ne retournerai plus jamais dans cette base.*

Lorsqu'elles atteignirent la salle des équipements, elles furent presque surprises de constater que ça s'était bien passé. Sans échanger un mot, elles s'entraidèrent à enfiler leur combinaison. Elles prirent les bouteilles d'oxygène les plus remplies et les fixèrent aux sacs à dos de survie. Les bottes et les gants furent sanglés, les ouvertures et échancrures de la combinaison contrôlées. Elles manœuvraient aussi vite qu'elles le pouvaient, ce qui n'empêchait cependant pas les minutes de défiler inlassablement, et elles jetaient à intervalles réguliers des coups d'œil épouvantés vers les couloirs noirs d'où elles venaient.

– Caitlin a laissé le sas de sortie ouvert, cria Mia à Midori dans l'intercom. Ce qui nous laisse une chance, une seule, quand on ouvrira le sas. Donne-moi le signal de départ dès que tu es prête.

Midori brandit vers elle un pouce triomphant.

– Maintenant, on y va ! Cramponne-toi à quelque chose !

Midori enserra son bras autour d'un des tuyaux en acier qui tapissaient le mur, et Mia l'imita en se tenant à la cloison d'en face. De sa main libre, elle souleva le sas qui donnait sur la chambre de décompression. Les dernières traces d'oxygène qui flottaient encore dans DARLAH 2 furent aspirées avec une puissance démesurée, emportant dans leur sillage tous les objets qui n'étaient pas solidaires de la structure : papiers, bottes, combinaisons spatiales, casques, fils et conduits, bouteilles d'oxygène – tout fut catapulté dans l'apesanteur et se mit à flotter au-dessus du sol lunaire. Recroquevillées, Mia et Midori se faisaient les plus petites possible pour éviter d'être heurtées par des projectiles. Midori sentait que les dernières forces quittaient ses bras.

– Ça ne s'arrêtera jamais ?! cria-t-elle à Mia.

– Tiens bon, Midori ! Ça ne durera plus longtemps, maintenant.

Ça durait. Et le « plus longtemps » leur fit l'effet d'une éternité.

Dans cet intervalle, Mia repensa au groupe, qui avait certainement adopté Kari comme chanteuse officielle. Elle pensa à ses parents, qui devaient se faire un sang d'encre pour elle. S'étaient-ils déjà résignés à l'avoir perdue ? Puis elle pensa à Sander. Que faisait-il en ce moment ? Était-il assis sans bouger, devant le centre d'accueil du JSC, à Houston, les mains sur le casque qu'il portait dès qu'il sortait, le regard aimanté vers le ciel, dans l'attente que sa sœur lui revienne ?

Toujours crochetées aux tuyaux, elles virent et sentirent enfin l'aspiration s'atténuer puis disparaître. Elles soulevèrent ensemble le sas de sortie et quittèrent la base.

– Par là, cria Midori en désignant les plaines dépouillées. Il faut qu'on aille par là.

*

Un homme était assis dans la serre, au pied du pommier.

Le moment est venu, se dit-il alors qu'il était en train de suffoquer. *Aldrich Coleman, tu as attendu longtemps avant de pouvoir terminer cette course. Mais il fallait qu'il vienne un jour ou l'autre, non ? Le sixième et dernier coup.* Et, cette fois, l'arme n'émettrait pas de *clic*. Il ferma les yeux. Il s'imaginait être à Central Park. Il pouvait presque sentir dans ses narines l'odeur de ce fameux samedi après-midi, il y a si longtemps. Il sentait la présence d'un homme qui tenait un revolver contre sa tempe et appuyait sur la détente. Cinq fois. Mais maintenant c'était différent. Il n'avait plus peur. C'était son tour. C'était lui qui avait le contrôle de la situation. C'était lui qui aurait le dernier mot.

Coleman souleva le pistolet posé dans l'herbe. Il était lourd, plus lourd que dans son souvenir. Comme si le poids renforçait la solennité de l'instant. Il posa le chien contre sa tempe. Appuya sur la détente.

Il n'y eut pas de sixième *clic*.

Et s'il était resté de l'air dans DARLAH 2, le coup de feu aurait renvoyé un écho dans toute la base.

Midori

Elles prirent plein nord. Le paysage lui rappelait un monde postatomique où plus rien, plus aucune vie n'existerait. Où il ne resterait que de la poussière, de la matière pulvérulente, immobile et morte.

Mia regardait régulièrement par-dessus son épaule pour vérifier si Midori suivait son rythme soutenu. À cause de sa respiration, l'intérieur de son casque était recouvert de condensation, et des petites gouttes ruisselaient sur la visière. Le soleil au zénith diffusait sa chaleur cuisante qu'elles sentaient jusqu'à l'intérieur de leurs combinaisons, en dépit du système de refroidissement dont celles-ci étaient équipées.

Elles continuèrent.

Mia jeta un œil sur la carte. Oui, elles étaient sur le bon chemin.

– Allez, viens ! cria-t-elle.

– Je fais ce que je peux ! soufflait Midori. Tu marches trop vite...

– On ne peut pas ralentir le pas. Dépêche-toi. Tu vas y arriver. Ce n'est plus très loin.

Elle mentait. *C'était* encore loin. Une heure, au moins, à en juger par les explications de Coleman. Au vu de la carte, elles devaient passer devant un talus qui se trouvait à cinq kilomètres, sinon plus.

– Stop ! cria Midori.

Mia se retourna. Midori était étendue par terre.

– Je peux pas me relever... la combinaison... elle est trop lourde.

Mia parcourut les quelques mètres qui les séparaient et l'empoigna.

– Attends. Pousse avec tes pieds... *Maintenant !*

Mia la souleva en lui cramponnant le bras pendant que Midori utilisait ses pieds pour se remettre d'aplomb.

– Il faut que tu te penches légèrement en avant quand tu marches, expliqua Mia. Tu te rappelles pas ? Comme si tu étais dans l'eau et que –

Elle ne termina pas sa phrase. Quelque chose capta son attention.

Des signes avaient été dessinés dans la poussière lunaire. Des chiffres et des lettres qui, à en voir l'exécution, avaient été écrits à l'aide d'un doigt. Elle les reconnaissait.

C'était le même code qu'elle avait vu sur l'ordinateur.

6EQUJ5

Jusqu'à présent, elle n'avait pas fait le lien mais, avec ces gros signes clairs sous ses yeux, tout fit sens dans sa tête.

– Midori, je crois que quelqu'un nous surveille depuis le début.

– Mais de quoi tu parles ?

– Regarde, dit-elle en montrant l'indice. Le même code. Tu ne te souviens pas de l'avoir déjà vu ?

– Ben si, dans la salle des ordinateurs.

– Non, je veux dire *avant* !

Mia lui expliqua brièvement ce qu'elle savait. Un soir, à Houston, alors que Midori était partie dîner avec ses parents, si bien que Mia et Antoine s'étaient retrouvés seuls, il lui avait raconté une histoire complètement absurde. Il prétendait avoir été le seul témoin sur cette terre d'un accident d'avion, qui s'était écrasé dans la Manche. L'anecdote avait fait forte impression sur Mia, et si ce n'avait été les sentiments qu'elle éprouvait déjà pour lui, elle l'aurait sûrement taxé de joli barjo. Car, bien plus que le crash et l'absence d'articles et de reportages à son sujet, Antoine avait été obnubilé par deux signes qu'il avait réussi à déchiffrer sur la queue de l'appareil avant que celui-ci ne heurte la surface de l'eau : *QU*.

Et, maintenant seulement, Mia était en mesure de voir la cohérence monstrueuse dans cette série d'épisodes singuliers.

Pourquoi n'y avait-elle pas songé plus tôt ? Les signes apparus de but en blanc sur le dos du manteau de Murray, cette fameuse nuit à Central Park, n'avaient été autres que *6E*, n'est-ce pas ? L'instant d'avant, rien ; puis, soudain, ce chiffre et cette lettre, comme si un bras invisible s'était penché dans le parc et avait posé un feutre sur le tissu.

– Ce n'était pas une coïncidence, qu'est-ce que tu en penses ? Moi je crois que quelque chose voulait nous empêcher de venir ici. La question, cela dit, est de savoir *quand* les deux derniers signes se sont révélés.

Midori frotta le sol du bout de sa botte et esquissa une lettre et un chiffre.

– L'avion que j'ai pris à Narita pour venir à New York, il partait de la porte J5, expliqua Midori froidement. Nous avons eu toutes les peines du monde à la trouver. Les gens à qui on posait la question nous répondaient qu'elle n'existait pas. Et puis une femme aux toilettes m'a demandé de ne surtout pas partir sur la Lune. Mais on y est allés quand même...

– 6EQUJ5, conclut Mia d'une voix atone. Nous n'aurions jamais dû venir ici. Nous aurions dû rester chez nous, comme le reste du monde.

– Ça n'a plus aucun sens, Mia.

– Peut-être. Peut-être pas.

Mia tourna le dos au signal pour étudier la carte. Quand elle releva la tête, elle distingua quelque chose de blanc dans la masse uniformément grise, à quelques centaines de mètres d'elles. Il était impossible de voir de quoi il s'agissait.

– Viens, ordonna-t-elle, dans l'espoir que ça puisse être l'entrée de DARLAH 1. On continue.

Elles se rapprochaient à présent des formes blanches. Et le cœur de Mia tomba dans sa poitrine.

Mia et Midori venaient de trouver les corps d'Antoine et de Nadolski.

Toujours vêtus de leurs combinaisons. Allongés l'un à côté de l'autre.

Il n'y avait plus aucune trace de leurs casques, ni de leurs LRV. Il n'y avait même pas de traces de pneus.

Mia se pencha sur Antoine. Elle essuya la poussière grise qui recouvrait son visage. Il était déjà défiguré par le soleil brûlant qui, sans le filtre de l'atmosphère, avait attaqué la peau des heures durant. Ses yeux étaient écarquillés, injectés de sang et à moitié sortis de leurs orbites. La poussière avait complètement desséché les globes oculaires.

Nadolski était dans le même état. Mais, en plus, son bras avait été arraché au niveau de l'épaule et le moignon dénudé pointait vers elles. Tout l'oxygène contenu dans leurs corps avait été expulsé à la seconde où on leur avait confisqué leurs casques, le vide extérieur avait fait le reste.

Mia voyait que les deux êtres à ses pieds semblaient aplatis. Pourtant, elle n'en éprouva aucun dégoût. Aucune peur. Juste une colossale et intarissable tristesse qui était à deux doigts de la faire flancher, de la faire renoncer à la fuite. Elle voulut refermer les yeux d'Antoine, mais les globes dépassaient trop des orbites et les paupières ne pouvaient plus les envelopper. Elle ratissa le sol de ses gros gants joints et ensevelit le visage du garçon sous la poussière grise.

– Dors bien, mon chéri, murmura-t-elle en se redressant. On est obligées de te quitter, Antoine. On rentre chez nous.

Elle prit Midori par la main et l'invita à poursuivre.

Après qu'elles eurent marché pendant un temps qui leur paraissait avoir duré des heures, Mia s'arrêta, persuadée qu'elles devaient être proches du but. Un talus se dressait devant elles, qui ne pouvait être que celui derrière lequel se trouvait *a priori* DARLAH 1.

– En principe, c'est quelque part par là..., dit-elle, étonnée, la carte entre les mains.

Elle n'eut pas de réponse.

Elle se retourna et vit Midori, à la traîne, à une cinquantaine de mètres.

– C'est encore loin ? soufflait-elle.

Mais Midori ne venait pas seule. Dans l'horizon, Mia discernait une autre silhouette se rapprocher à toute allure.

Elle comprit immédiatement de qui il s'agissait.

Le doppelgänger.

– Midori, dépêche-toi, il arrive !

– Je peux pas...

– Cours !

– J'y arriverai pas !

Le doppelgänger se rapprochait de plus en plus. Il n'était pas protégé par une combinaison spatiale. Il portait les vêtements de tous les jours de Mia. Il avait ce rictus effroyable sur la bouche – et il accélérait le pas.

– Midori !

Il ne lui fallut pas une seconde pour se décider. Mia courut rejoindre Midori et la tira au sommet du talus puis au bas de la côte. Elle la traîna sur le sol comme elle l'aurait fait avec une poupée désarticulée, sans jamais cesser de regarder sa carte.

Je comprends pas… Ça devrait être ici, pourtant ! Elle était à deux doigts de virer à l'hystérie.

Désemparée, elle fouillait les lieux du regard en quête de ce qui pouvait ressembler à un bâtiment. Mais tout ce que le paysage lui révélait se résumait à de la roche et de la poussière. Une masse grise et morte.

Elle examina la carte.

Elle l'avait tellement regardée qu'elle la connaissait par cœur.

À en croire un trait finement dessiné sur le plan, la base aurait dû être enterrée ici. Une fosse était censée en révéler l'entrée.

Elle attrapa Midori et retourna au premier endroit où elle s'était arrêtée.

Mais, devant elles, au sommet du talus, se profilait le doppelgänger. Il descendait vers elles.

– Midori, va falloir que tu marches toute seule, je n'y arriverai pas ce coup-ci. Midori ? Midori !

Elle lui administra un coup de poing dans le côté.

– Aïe ! Oui, j'arrive !

Elle la lâcha, scruta les lieux de part en part, mais ne voyait toujours rien. Rien, rien, rien.

Rien.

Mais si.

Là.

Elle était là.

La fosse.

– Midori, j'ai trouvé ! C'est là ! *Viens !*

La nouvelle donna à Midori ce surplus d'énergie qui lui manquait. Haletante, elle rejoignit Mia. Elles coururent vers l'ouverture et trouvèrent aussitôt l'échelle, qui descendait sur une bonne vingtaine de mètres sous la surface.

– Vite ! Mais *vite* !

Mia se précipita dans le trou, posa le pied droit sur le premier barreau et descendit les échelons quatre à quatre. Relevant la tête, elle vit Midori juste au-dessus. Arrivée quasiment en bas, elle voulut sauter à pieds joints mais roula par terre.

Elle se releva, un peu étourdie, et examina l'énorme sas d'entrée en acier devant elle. Il était deux fois plus grand que son équivalent à DARLAH 2, mais sinon parfaitement identique. Elle appuya sur l'interrupteur qui, à son grand soulagement, releva la porte. Elle attendit quelques secondes que Midori l'ait rejointe et la poussa carrément dans la chambre de décompression.

– Ferme la porte ! lui hurlait-elle. Ferme cette putain de porte, bordel !

Midori écrasa l'interrupteur intérieur et la porte du sas se referma.

– Ouf, on est enfin dedans ! dit Mia, essoufflée, épuisée.

– Oui, répondit Midori avec un calme soudain, sans cesser de regarder Mia. On est enfin dedans.

Des deux mains, elle baissa une poignée fichée dans le milieu du mur et rehaussée de l'indication OXY-

GÈNE. Dans un sifflement strident, les conduits d'aération crachèrent un flux d'air à travers la pièce qui, une fois le processus de pressurisation achevé, leur permit d'enlever leurs casques. Midori débloqua le sas communiquant sur la centrale. Malgré la lumière, il y faisait toujours sombre en comparaison du soleil éblouissant sur la surface de la Lune. Mia alluma sa lampe torche et suivit Midori.

La centrale électrique avait été construite à l'intérieur d'une caverne. Des turbines se dressaient à presque quarante mètres de hauteur tandis que, au niveau du sol, des rangées d'ordinateurs et de compteurs de toutes sortes s'étiraient inlassablement. Un peu perdues face à cette technologie impressionnante, elles reconnurent malgré tout, à leur couleur verte, les deux interrupteurs principaux. Au moment où Mia voulut les enclencher, Midori repoussa sa main.

– Pourquoi t'as fait ça ?

Midori sourit.

– J'avais envie.

– On n'est pas là pour s'amuser, je te signale !

Mia appuya sur les deux interrupteurs et, l'instant d'après, voyants et diodes s'allumèrent, suivis du grondement sourd des turbines qui avaient commencé à tourner.

– On est là pour quoi, alors, si ce n'est pas pour s'amuser ?

Mia dirigea le faisceau de sa lampe sur Midori pour mieux la voir.

Et c'est là qu'elle s'en rendit compte.

Une vague de panique se diffusa en elle.

L'ombre de Midori se projetait dans le mauvais sens.

Mia recula d'un pas.

D'un second.

Lentement, très lentement, elle se dirigea vers la chambre de décompression.

– Tu vas où comme ça ? demanda le doppelgänger.

– N-nulle part...

– Tu ne vas pas partir maintenant, voyons, Mia. Tous tes amis t'attendent.

– Qu'est-ce que tu me chantes, là ?

– Caitlin, Nadolski, Antoine. Ils sont tous réunis. Ils ne te manquent pas ?

Mia avait des sueurs froides.

– Il me suffit de te regarder pour comprendre, dit le doppelgänger, la tête inclinée. Je sais ce que tu penses. Tu te demandes : qu'est devenue Midori ?

Mia continuait de reculer vers la chambre de décompression.

– Hélas, elle n'a pas pu être des nôtres. Tu t'es absentée de la cuisine pour aller voir Coleman, eh bien... oui, disons que je l'ai laissée partir.

Le doppelgänger aux allures de Midori se fendit d'un rictus hideux.

– Au fait, ce que tu étais pathétique avec ton couteau. Tu croyais vraiment que ça allait changer quelque chose ?

Elle lui adressa un nouveau rictus, mais deux fois plus grand. Il partait des commissures des lèvres, dont Mia voyait qu'elles avaient été recousues, et s'étirait jusqu'aux oreilles.

– *Watashi kirei ?*

– Mais... qu-qu'est-ce que tu... racontes ?

– *Et comme ça, je suis toujours belle ?*

Oh mon Dieu, supplia Mia intérieurement. *Faites-moi sortir d'ici, je vous en supplie !*

– Midori aimait tellement ses histoires de revenants complètement idiotes. Je me suis dit que j'allais honorer sa mémoire avec celle-ci.

Le doppelgänger plongea les deux mains dans sa bouche et l'écarta avec les doigts. Un bruit écœurant de chair et de muscles déchiquetés se superposa au grondement des turbines. La peau du visage était tailladée jusqu'aux oreilles. Les dents blanches du doppelgänger brillaient dans la chair écarlate, tandis que d'épaisses gouttes de sang s'écrasaient sur le sol comme autant de petites flaques.

– Tu sais qu'il n'y a pas d'issue, Mia ?

Laquelle ne répondit pas, effectuant les derniers pas qui la séparaient de la chambre de décompression.

– Nous irons saluer tes copines quand on sera rentrées, dit le doppelgänger d'une voix nasillarde, à travers la bouche mutilée, les bras tendus vers Mia. On prendra bien soin d'elles. Enfin, pas trop longtemps non plus.

Mia vit que le doppelgänger se trouvait maintenant lui aussi dans la chambre de décompression. Calmement, elle mit son casque.

Et, d'un geste ultrarapide, elle écrasa l'interrupteur du plat de la main avant de se jeter par terre et de s'agripper à un tuyau. Le sas de sortie s'ouvrit dans la seconde et le vide extérieur aspira la créature.

Catapultée contre le flanc du talus, elle retomba sur le sol, inerte. Papiers et ustensiles volaient au-dessus de la tête de Mia à une vitesse mortelle. Elle se dressa et tendit la jambe en restant fermement cramponnée au tuyau. D'un coup de pied bien envoyé, elle rappuya sur le bouton et le sas se referma.

Elle était seule.

Départ

Elle entendait des bruits en permanence. Il était désormais impossible d'affirmer s'ils étaient réels ou imaginaires. En tout cas, elle les entendait distinctement. Des pas qui venaient de partout, qui se rapprochaient inéluctablement. Des voix horribles qui marmonnaient des phrases incompréhensibles.

La dépressurisation lui avait arraché sa lampe torche, qui flottait désormais dans les confins de l'espace, et Mia n'avait plus aucune perception claire des lieux ou de leur forme. Seule la faible lumière au plafond de la centrale électrique lui donnait la vague sensation de savoir où elle se trouvait. Le regard braqué sur le sas de sécurité situé tout au fond de la caverne, elle continua de progresser. Elle trouva l'interrupteur, l'actionna, le sas coulissa dans un souffle creux.

Mia fixait à présent un long corridor obscur. Sa taille et son opacité déclenchèrent en elle un malaise ; des phrases contradictoires fusaient dans sa tête.

Il faut que tu le traverses.

Il faut que tu le traverses, Mia.

Je ne sais pas. Je sais pas, jesaispas...

La capsule d'évacuation se trouve de l'autre côté du corridor.

Il mesure combien ? Cent mètres ? Pas plus.

Tu vas y arriver. Cent mètres, c'est de la rigolade.

Tu vas rentrer chez toi. Il faut que tu rentres chez toi.

Tu vas y arriver.

Cours, Mia !

Elle se jeta dans le noir.

Elle haletait dans son casque, prise de panique car elle avançait à l'aveuglette. L'obscurité était totale. Mais la sensation de ne pas être seule la propulsait dans le corridor. Pour mieux s'orienter, elle gardait sa main droite en contact avec le mur tout en courant. De cette manière, elle avait la certitude de garder le cap – et l'impression, aussi, que les murs se resserraient sur elle à chaque pas.

Je dois être presque arrivée, là.

Ça ne peut plus être bien loin...

Il ne faisait que cent mètres, le corridor, non ?

Elle avait maintenant l'impression que des mains surgissaient de l'obscurité pour l'attraper.

Elle continua d'avancer.

Elle s'enfonçait dans le corridor.

Et s'enfonçait toujours.

Toujours et encore.

Elle se figea.

Elle venait d'arriver au bout.

Ses mains touchèrent la porte. Elle ne voyait strictement rien mais ses doigts trouvèrent un volant de manœuvre en acier. Elle le tourna. Il refusa de bouger. Elle força. Il était coincé.

Non. Non non non non non !

C'est injuste !

Pas maintenant !

Allez, putain, bouge !

Elle appuya de tout son poids sur le volant et, enfin, il céda, tourna et ouvrit la porte. Avec une simplicité enfantine. Comme si quelqu'un l'avait aidée de l'autre côté. Une lumière pâle brillait vers elle.

Mia poussa la porte avec prudence et entra.

Là, un vaisseau conique, gris se dressait dans le milieu de la pièce.

La capsule d'évacuation.

La capsule était adossée à une petite rampe de lancement et connectée à une série de conduits et d'instruments. Mia s'approcha pour la regarder. Elle ne faisait guère plus de deux ou trois mètres de haut. L'écoutille se trouvait au sommet de la face arrière de l'appareil. Un petit hublot rond, en verre épais et résistant à la chaleur, avait été aménagé. Mia jeta un œil à l'intérieur. À première vue, ça avait tout du cockpit d'un petit avion. Deux sièges côte à côte faisaient face au tableau de commande, avec un troisième derrière eux, contre la cloison. Coleman avait raison. Il n'y avait pas assez de place pour quatre personnes. À peine pour trois.

– Alors, t'en penses quoi ? Elle te plaît ?

Mia opéra un brusque demi-tour sur elle-même quand elle entendit cette voix qui ressemblait à la sienne, qu'elle chercha fébrilement du regard dans la pénombre. Mais rien.

– Hélas, je ne peux pas te laisser partir, tu sais. Ce serait... *une erreur.*

Quelque chose bougeait dans un coin.

Le doppelgänger s'extirpa d'un conduit d'entretien pratiqué dans le sol, comme une araignée géante.

– Qui... es... tu ? balbutia Mia en reculant vers la capsule.

Le doppelgänger se fendit d'un rictus hideux.

– Je suis Mia. Tu te souviens pas ? Je suis *toi.*

Il émergea du coin plongé dans le noir et s'avança vers elle.

Mia avait en face d'elle son sosie. Un double qui portait les vêtements qu'elle-même mettait sur Terre. Une copie identique, jusque dans les moindres détails. À l'exception des yeux. La partie inférieure de l'iris du doppelgänger était d'un noir profond.

Le regard de Mia alternait frénétiquement entre le doppelgänger et la capsule d'évacuation.

Le doppelgänger se rapprocha. Dans quelques secondes, il serait assez près pour l'attraper.

Mia chercha autour d'elle un objet pour le frapper. Mais, à part la capsule, la pièce était vide.

Elle n'avait qu'une chance, une seule.

Je vous en supplie, implora-t-elle intérieurement. *Maintenant que j'ai réussi à arriver jusqu'ici... Je vous en supplie, laissez-moi rentrer chez moi. Laissez-moi –*

Le doppelgänger fondit sur elle.

Mia frappa à l'aveugle et sentit qu'elle venait de lui donner un coup au visage.

Des mains l'empoignèrent et la firent tomber.

Je vous en supplie.

Elle riposta, sans savoir si elle l'avait touché, se remit sur ses jambes, courut vers la capsule, arracha l'écoutille.

Le doppelgänger se tenait juste à côté d'elle.

Elle se jeta dans la capsule, referma l'écoutille, la verrouilla.

L'autre Mia criait.

Elle cognait avec une férocité animale contre la porte.

Mia fixait d'un œil désespéré le tableau de commande.

C'est lequel ?

Mais c'est lequel ?!

Un visage inconsolable surgit contre le hublot. Il y avait de la haine dans son regard.

Les doigts grattaient contre la vitre.

Mia appuya frénétiquement sur différents boutons.

Des martèlements contre les parois de la capsule.

Des voix.

Des cris.

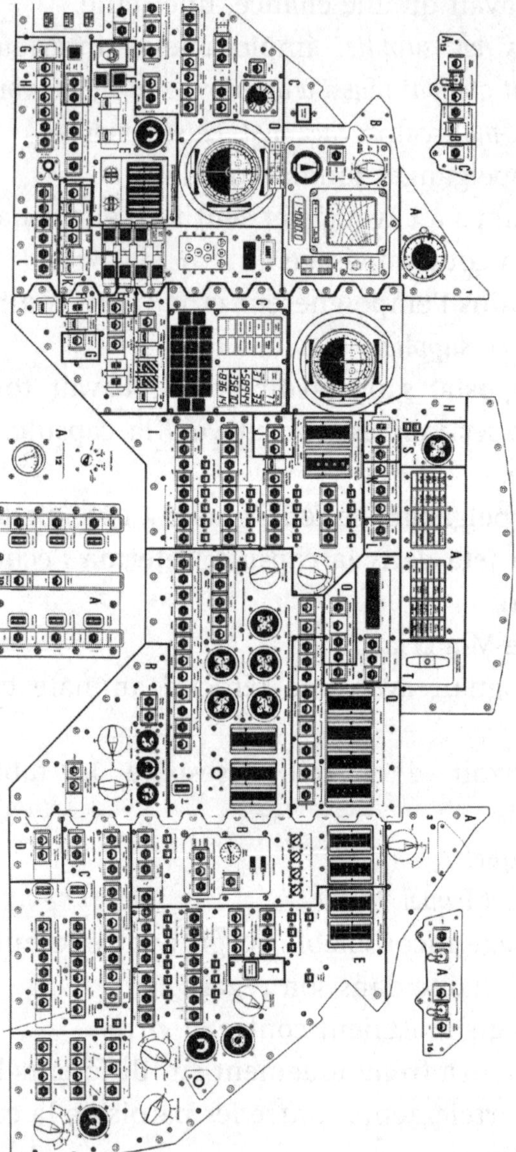

Et enfin elle vit.

Un bouton rouge, à l'extrême droite.

EMERGENCY LIFT-OFF

Elle l'écrasa du doigt. Le tableau s'alluma. Les moteurs-fusées se mirent à rugir.

Elle s'assit sur un des sièges en toute hâte et enclencha la ceinture de sécurité.

La personne de l'autre côté hurlait, tambourinait rageusement contre le carénage.

Mia entendit le bruit émis par les moteurs-fusées au moment de l'allumage et sentit qu'elle se déplaçait.

La capsule vibra, les secousses devinrent plus violentes.

Mia se cramponna au tableau de commande et ferma les yeux.

Elle montait. Elle montait !

Quelques secondes plus tard, la capsule se hissa au sommet de la rampe. Les câbles furent arrachés et la capsule projetée dans l'espace avec une puissance prodigieuse.

TROISIÈME PARTIE

Après

L'Atlantique

NORAD, le Commandement de la défense aérospatiale de l'Amérique du Nord, intercepta sur ses radars la capsule d'évacuation à midi passé de quelques minutes. N'étant pas en mesure de confirmer immédiatement la nature de l'objet repéré, on crut quelques instants qu'il s'agissait d'une météorite. Ou d'un missile ennemi. On contacta le chef de la Défense, on parlementa, on envisagea de le détruire purement et simplement. Toutefois, un examen plus approfondi montra qu'il se déplaçait trop vite pour être un engin hostile. Il provenait certainement de l'espace.

La NASA détecta elle aussi la capsule et, bien que nul ne sache ce qu'était l'objet, il leur redonna cependant matière à espérer. Espérer que les membres de l'équipage, avec lesquels ils avaient perdu tout contact depuis cinq jours et demi, avaient survécu et étaient parvenus à rentrer sur Terre par leurs propres moyens. Auquel cas ce ne serait rien de moins qu'un miracle. De fait, c'était exactement ce dont la NASA avait besoin : un miracle venu du ciel. Quelque chose susceptible de museler ces journaux et ces chaînes de télé qui péroraient à longueur de temps sur la tragédie et bombardaient l'opinion publique de commentaires dénonçant le cynisme, la cupidité et l'inhumanité dont avait fait preuve l'agence spatiale américaine en mettant en péril la vie de trois adolescents.

Alors que désormais, tout pouvait changer. S'il s'avérait qu'ils avaient survécu, la presse regorgerait de récits sur ces destins héroïques. Il y aurait des interviews, des émissions télévisées consacrées entièrement aux astronautes courageux qui étaient tous rentrés sains et saufs chez eux. Il y aurait des photos de mères en pleurs et de pères enlaçant leurs filles et leurs fils.

Les grands pontes de la NASA avaient embarqué à bord de l'hélicoptère de sauvetage de la marine américaine qui, une heure plus tard, décolla de la base et mit le cap sur la zone maritime au large de l'île de Terre-Neuve, au Canada, où, selon toute vraisemblance, la capsule avait amerri. Avant même que l'hélicoptère ait atteint son altitude de croisière, les chefs de la NASA avaient commencé à préparer les discours qu'ils prononceraient quand l'équipage serait mis en sécurité à bord.

*

Elle avait dormi la quasi-totalité des quatre jours et des quatre nuits qu'avait duré son voyage. Après la rentrée dans l'atmosphère et le déploiement des parachutes, elle était vraiment revenue à elle. La capsule tanguait agréablement tout en flottant dans le ciel, puis avait heurté la surface de l'Atlantique.

Mia dégagea la ceinture de sécurité et se précipita d'un pas mal assuré vers le hublot. Elle vit la mer. Après ce séjour dans un environnement qui passait pour ainsi dire du blanc au gris, le spectacle de cet océan bleu d'une étendue infinie en apparence était presque écrasant.

Elle tituba vers la sortie de secours et débloqua le système de verrouillage. Les boulons explosifs de l'écoutille disloquèrent les charnières et descellèrent la porte, qui disparut au fond de l'eau. Mia s'installa contre l'ouverture. Le vent caressait son visage, le soleil s'imprimait sur sa figure et elle sentait le sel des embruns mouiller sa peau chaque fois que la capsule heurtait une vague.

Elle resta ainsi pendant de longues heures, voguant au gré des flots, sans penser à rien. Elle fixait un point à l'horizon, à croire qu'elle n'avait jamais vu d'eau.

En fin d'après-midi, le premier bateau se profila. Sur le pont du chalutier *Sea Harvest*, des pêcheurs barbus et burinés ouvraient de grands yeux abasourdis sur la jeune fille assise les pieds dans l'eau et les fesses calées dans l'ouverture de la capsule. Le capitaine Tyne ordonna à ses hommes de larguer le canot de sauvetage et, quelques minutes plus tard, ils montèrent Mia à bord. Ils l'emmitouflèrent dans des couvertures et la menèrent dans la cabine du capitaine, où Tyne en personne lui tint compagnie.

Mia fut peu bavarde. Tout juste indiqua-t-elle que quelque chose s'était mal passé d'où elle venait.

Le capitaine Tyne lui adressa un regard inquiet.

– Je vous raconterai tout plus tard, dit-elle. Je vous le promets. Je me sens un petit peu patraque, là...

Alors qu'ils regagnaient le littoral, une petite heure plus tard, l'hélicoptère de la marine américaine passa au-dessus de leurs têtes sans rien deviner de la passagère qui se trouvait embarquée sur le chalutier.

Elle logea chez le capitaine et son épouse, dans un petit village de pêcheurs sur la côte de Terre-Neuve, tandis que ses hôtes avaient pris contact avec la NASA et attendaient l'arrivée de ses représentants.

Or, au petit matin, quand Mme Tyne, le plateau du petit déjeuner dans les mains, entra dans la chambre mansardée où Mia avait passé la nuit, la jeune fille avait disparu. Le lit était soigneusement fait, les rideaux étaient tirés. Il ne restait aucune trace d'elle, hormis une note laissée sur la table de nuit.

Il fallait que je reparte. Remerciez le capitaine Tyne de ma part.

Je vais bien, désormais.

Mia.

*

L'hélicoptère planait tranquillement à quelques mètres de la capsule pendant que les plongeurs se préparaient à sauter dans la mer. Ils fouillèrent la capsule et plongèrent à plusieurs reprises dans les parages afin de retrouver la trace de survivants. Les représentants de la NASA accueillirent leur rapport, « Personne ici », avec une mine sombre.

Déçu, l'un des grands pontes débloqua son attaché-case et jeta un dernier regard sur les différentes versions du discours de bienvenue qu'il avait écrites. Il ouvrit la porte de cabine latérale et balança, avec un geste de colère manifeste, les feuilles gribouillées qui volèrent au vent avant de se poser à la surface de l'eau comme des poissons crevés.

Alors qu'ils s'apprêtaient à regagner la base, les deux officiels de la NASA collèrent leur nez au hublot pour jeter un dernier regard à la capsule spatiale.

Ce qui flottait en dessous d'eux n'était pas du tout le module de commande *Ceres*. Il portait un tout autre nom.

DARLAH 1.

Ils allaient avoir quelques difficultés à expliquer cette anomalie au reste du monde.

*

Il avait été nettement plus facile qu'elle ne l'aurait cru de rejoindre New York – même si cela avait pris du temps. Ce soir-là, après que le capitaine Tyne et son épouse étaient allés se coucher, Mia avait enfilé ses vêtements et descendu l'escalier à pas de loup. Toujours sans bruit, elle avait ouvert la porte d'entrée et couru à toutes jambes vers le quai. Elle s'était camouflée entre des conteneurs maritimes et, au petit matin, s'était faufilée sur le premier ferry en partance de Terre-Neuve. Après différents trajets en stop jusqu'à Ottawa, elle avait réussi à attendrir un couple de personnes âgées rencontrées à la gare routière en leur racontant que son portefeuille lui avait été volé : ils lui payèrent immédiatement un ticket de bus pour New York. Elle arriva le lendemain matin au terminal de Manhattan, où une autre vieille dame lui donna quelques pièces pour qu'elle puisse passer un coup de fil. À la première cabine venue, elle composa le numéro du centre spatial Lyndon B. Johnson, à Houston.

La conversation fut brève et Mia, soulagée. Incapable de prononcer un seul mot, sa mère ne cessa de sangloter au point qu'elle tendit l'appareil à son mari. Mia lui raconta qu'elle avait été retrouvée non loin de Terre-Neuve, mais ne mentionna pas ce qui s'était passé sur la Lune, se contentant de répéter qu'elle allait bien.

Son père hurlait dans le téléphone, comme s'il redoutait qu'elle disparaisse à nouveau.

– Va au Four Seasons. Je les appelle tout de suite pour te réserver une chambre. Non, une suite, carrément ! Ta mère et moi, on saute dans un taxi pour filer à l'aéroport et prendre le premier avion pour New

York. Surtout, tu restes à l'hôtel, d'accord ? Tu ne vas nulle part ! Commande tout ce que tu veux, tout ce qui te fait envie. Tu ne veux pas que je t'appelle un médecin, tu es sûre ?

– Oui, je vais bien. Merci.

– Ta mère et moi sommes là-bas demain soir au plus tard. Espérons avant ! Tu ne peux pas t'imaginer à quel point je suis content d'entendre ta voix !

– Il faut que j'y aille, là, papa. J'ai froid.

– Froid ? Bon, euh… d'accord, mon trésor. Et tu vas au Four Seasons, hein ?

Mia raccrocha. Elle alla à l'hôtel à pied. En passant devant un kiosque à journaux, son regard fut interpellé par la manchette du *New York Times*.

The New York Times

NEW YORK, WEDNESDAY, JULY 30th, 2012

DARLAH Capsule Recovered - Sole Survivor Found

Rescue mission deemed impossible.

Ça lui était égal. Personne ne la reconnaîtrait. De toute façon, ça n'avait plus guère d'importance. Pas une personne ne se retourna sur son passage et nul ne sembla réagir lorsqu'elle s'approcha du comptoir de l'hôtel pour demander sa carte magnétique.

Coney Island

Son père avait réussi à lui réserver une chambre et, satisfaite, elle prit l'ascenseur jusqu'au 52e étage, où l'attendait une suite avec vue imprenable sur le parc.

Or Mia n'attendit pas dans la chambre comme elle l'avait promis.

Elle avait suffisamment attendu comme ça. Après quelques minutes seulement passées dans la pièce, suivies d'une douche rapide, elle quitta l'hôtel et mit le cap sur Central Park.

Elle patienta.

Murray ne venait jamais avant onze heures du soir.

Il arriva en traînant son éternel chariot et aperçut Mia sans qu'elle ait besoin de le héler.

– Bonsoir, dit-elle.

Il la toisa longuement – comme s'il devait fouiller les rayonnages de sa bibliothèque mentale. Il finit cependant par trouver la carte correspondante qui portait son nom.

– Mia... ? fit-il, estomaqué. Tu es revenue ?

Elle sourit.

– J'avais envie de venir te dire bonjour.

– Ils ont parlé de toi à la radio, tu sais. Je l'ai entendu à l'Armée du Salut. Ils ont annoncé que vous étiez tous morts. Une nouvelle terrible, Mia. Ils ont dit que vous n'aviez pas une chance.

– C'est vrai. Mais moi j'ai survécu.

– Il aurait manqué plus que ça !

Il la prit dans ses bras.

– Et tes parents ?

– Ils arrivent ce soir. Au plus tôt.

– Au Four Seasons, c'est ça ?

– Exact. Comme la dernière fois.

– Parfait. Je vais t'y raccompagner, alors.

– J'ai une meilleure idée. Viens.

Après avoir garé son chariot, Murray la suivit jusqu'à la station de métro sur Lexington Avenue.

– Tu as de l'argent pour les billets ?

– Tu te fiches de moi ? J'ai l'air d'avoir de l'argent ?

Ils attendirent que personne ne les voie pour sauter par-dessus les portillons et trottinèrent jusqu'au quai. Mia demanda à Murray de ne surtout pas regarder les panneaux pour ne pas qu'il devine où elle l'emmenait, une consigne suivie à la lettre : dès que la rame s'arrêtait à une nouvelle station, il plaquait ses deux mains sur les yeux, histoire de bien lui montrer qu'il ne trichait pas. Ils descendirent au terminus. Mia le prit par la main et Murray se laissa guider, paupières soigneusement fermées, dans la douce chaleur de la soirée.

– Voilà. Maintenant tu peux regarder.

Murray ouvrit les yeux.

– Coney Island... ! Tu m'as emmené à Coney Island ! Je n'y suis pas venu depuis... depuis toutes ces années...

– Tu te souviens de m'avoir raconté que tu dormais sur la plage ?

– Bien sûr que je m'en souviens. On y passait la nuit. Mais plus personne ne dort sur la plage, aujourd'hui. C'est triste, quand on y pense.

Mia l'invita à rejoindre le bord de l'eau.

– Mais cette nuit, c'est différent. Cette nuit, quelqu'un va dormir sur la plage de Coney Island.

Les yeux de Murray s'embuèrent. De grosses larmes coulèrent au bas de ses joues.

– Merci. Merci, Mia. C'est le plus beau cadeau qu'on m'ait jamais fait.

Le chemin qui menait à la plage était jonché de déchets. Partout se dressaient les restes délabrés de ce qui jadis avait été un immense parc d'attractions. Il n'en restait que des carrousels abîmés, des épaves d'autos tamponneuses, une grande roue esseulée et silencieuse.

Ils se nichèrent contre un bateau échoué. Murray étendit son manteau sur le sable pour qu'ils puissent tranquillement s'allonger.

– Et voilà, tu es de retour chez toi, lui dit-il.

– Toi aussi..., répondit-elle.

Murray fut ce soir-là, à New York, celui qui plongea le plus vite dans le sommeil. À peine une minute après avoir posé sa tête contre le sable, il était parti.

Mia, elle, ne dormit pas.

Elle resta assise toute la nuit à regarder droit devant elle, jusqu'à ce que le soleil se hisse au-dessus de la mer. *Je suis sur Terre*, songea-t-elle. *Je suis rentrée chez moi.*

*

Murray était groggy à son réveil. Il ne savait plus où il était, s'en prenant à tout et à personne. Puis il vit Mia non loin de lui et se rappela leur soirée de la veille.

Il se mit sur ses jambes pour la rejoindre au bord du rivage.

– Comment ça va ? demanda-t-il.

Elle se tourna vers lui.

– Ça va aller. Pour moi.

Soudain interloqué par quelque chose sur son visage, Murray la regarda avec davantage d'attention.

– Tes yeux..., dit-il. Tu devrais les faire voir par un oculiste. Ils ont un truc qui... euh... oui, qui cloche. Ils sont tout noirs.

Elle lui rit au nez. Un rire mauvais.

Murray n'avait plus du tout envie d'être ici. Il n'arrivait pas à mettre le doigt sur ce qui la causait, mais il ne pouvait se départir de cette sensation troublante, déplaisante.

Elle ricana de nouveau.

– Je ne peux hélas pas te laisser revenir avec moi à Manhattan.

– Je... d'accord. Mais... qu'est-ce que tu veux dire ?

Murray était confus, effrayé. Instinctivement, il recula pour s'éloigner d'elle. Il trébucha.

Mia se précipita sur lui. Il sentit la panique le gagner.

Le soleil qui montait doucement dans le ciel les éclairait. Il illuminait la plage, redonnait à Coney Island ses couleurs perdues.

Murray eut tout juste le temps d'entrevoir les mains de Mia s'abattre sur lui à la vitesse de l'éclair. Il sentit l'instant d'après une intense douleur aveuglante lui vriller la tête, comme si son crâne craquait juste au-dessus des yeux et se divisait en deux.

Puis ce fut le noir complet.

*

Elle le laissa ainsi, sans cligner une paupière. Elle pivota lentement sur ses talons, embrassant du regard la grande roue immobile et les autres débris du complexe de loisirs autrefois célèbre. Au loin, de l'autre côté de l'East River, elle voyait les tout premiers rayons du soleil percuter les gratte-ciel de Manhattan. Elle observa la ville un petit moment encore avant de se mettre en marche vers l'entrée de la station de métro.

Les voyageurs au long cours

Le portier du Four Seasons Hotel s'inclina à son passage et lui tint la porte quand elle pénétra dans l'immeuble. Sans un mot pour personne, elle traversa le hall, entra dans son ascenseur personnel qui la mena au 52e étage, où elle inséra la carte magnétique dans la serrure électronique et retrouva sa suite luxueuse.

Ce n'était pas tant une chambre d'hôtel qu'un immense appartement : la suite Ty Warner Penthouse et ses neuf chambres réparties sur quatre cents mètres carrés recouvraient la totalité de ce cinquante-deuxième étage. La plus grande pièce comportait une vue panoramique sur Central Park, et n'importe quel individu normalement constitué serait tombé en pâmoison devant le spectacle de cette lumière matinale presque aveuglante que filtraient les arbres du parc. Elle, en revanche, ne lui accorda pas un regard. Passant de pièce en pièce sans s'émouvoir de rien, elle franchit le seuil de la bibliothèque, où elle s'assit dans un confortable fauteuil rouge.

Et elle attendit.

Immobile.

Les heures passèrent.

Elle attendait toujours.

Et si des personnes s'étaient trouvées dans la même pièce qu'elle, elles auraient été épouvantées. Car non seulement elle ne se départait pas de son calme olympien, mais elle était inerte, ne bougeait pas un muscle, regardant fixement d'un œil vide un point indéterminé.

Six heures plus tard, le téléphone sonna. Comme si quelques minutes seulement venaient de s'écouler, elle se leva en direction de la tablette et décrocha.

– Miss Nomeland, ici la réception. Vos parents sont arrivés.

– Faites-les monter.

– Bien sûr.

Elle alla dans l'entrée, se mira dans la glace. Ses yeux étaient sombres. Intriguée, elle examina ses traits, avant de tourner son attention vers la porte.

On frappa. Une fois. Deux fois.

Puis elle entendit une carte magnétique glisser dans la fente et la porte s'ouvrir.

C'étaient donc eux. Trois êtres humains. Un homme, une femme, un garçon.

Ses parents. Et son frère.

La mère lâcha le sac qu'elle tenait et se précipita vers elle, sauta à son cou et fondit en larmes.

– Nous nous sommes fait tellement de soucis pour toi, Mia. Nous avons tellement eu peur...

Elle arrivait tout juste à articuler. Ces longues journées d'incertitude quant au sort de sa fille avaient laissé des marques visibles sur le visage de la femme. Elle avait une vilaine peau grise, sèche, qui n'était pas sans rappeler un journal chiffonné qui ne contiendrait que des nouvelles affligeantes. En plus, elle avait des cheveux gras, hirsutes. Ses yeux révélaient qu'elle n'avait pas dormi depuis plusieurs nuits.

– Je t'aime tant, ma puce. Est-ce que tu le sais, au moins ?

Voilà qu'elle pleurnichait, maintenant ! Et qu'elle la serrait à nouveau dans ses bras, encore plus fort que l'instant d'avant.

– Je croyais qu'on ne te reverrait jamais...

Le père intervint sur ces entrefaites. Lui aussi avec les larmes aux yeux. Et lui aussi avec ce besoin de la prendre dans ses bras.

Et puis il y avait ce gamin, là.

Ah oui, Sander. C'est comme ça qu'il s'appelait. Il se tenait à un mètre d'elle et la toisait avec un regard suspicieux. Ses mains serraient un lion en peluche, ou plutôt une loque en peluche.

– Bizarres, les yeux, marmonna-t-il. Bizarres, les yeux.

Mais aucun des deux parents ne l'entendit.

– Sander est épuisé, dit la mère. Il n'a pas fermé l'œil depuis vingt-quatre heures, le pauvre chouchou. Tu comprends, on a eu plein de problèmes à l'aéroport, des retards, ou des grèves, je ne sais pas... Enfin bref. Et puis la NASA a proposé de nous convoyer dans leur jet privé, et donc... ça a été une longue journée, tu t'en doutes.

– Tu es fatigué, Sander ? Tu veux aller te coucher ? demanda le père. Tu sais, ici, ils ont des lits mer-veilleux ! Qui n'attendent que toi. Et où tu pourras dormir d'autant plus en paix, mon chéri, maintenant que notre Mia adorée est revenue. Tu dois être content, non ?

– Si, fit le garçon en embrassant sa peluche.

– Et Mia, elle n'a pas droit à un bisou, elle ?

– Non ! rétorqua-t-il en leur tournant résolument le dos.

La mère la regarda et lui caressa la joue.

– Ça fait longtemps que Sander ne t'a pas vue, tu comprends... Il n'est pas habitué à ce que tu t'absentes autant de temps. Mais peut-être que tu as envie de l'accompagner dans la salle de bains ? Pour qu'il fasse sa toilette de chat... ou de lion ! dit-elle en riant. Avec le brossage de dents et tout, tu te souviens ? Je suis certaine que ça lui fera plaisir. Et pendant ce temps, ton père et moi, on va commander un petit quelque chose à manger. Tu aurais envie de quoi ?

– De rien.

– Rien ? Tu es sûre ? Tu as déjà mangé, peut-être ?

Elle lui fit signe que non.

– Enfin bon, je commande quand même un petit truc, et tu n'auras qu'à te servir si tu es tentée.

Elle fit un pas vers Sander. Lui tendit la main. De mauvaise grâce, il la prit. Remarqua immédiatement qu'elle était froide.

– Viens, Sander.

Obéissant, il la suivit à la salle de bains. Elle ferma la porte. Ouvrit le robinet. Prit une brosse à dents de l'hôtel, y étala du dentifrice.

– Donne-moi ton lion pendant que tu te brosses les dents.

Il semblait visiblement anxieux. Regardant d'un côté à l'autre, il finit par fixer la porte qui ouvrait sur la chambre. Lentement, il prit la brosse qu'il frotta sur la bouche fatiguée de la peluche.

– Je t'ai manqué ? demanda-t-elle.

– J'ai peur, Mia, répondit-il.

– Je ne suis pas Mia.

Le lion en lambeaux tomba de sa main lorsqu'elle s'empara du garçon. Il n'eut pas le temps d'émettre un son.

*

À la vitesse de l'éclair, les doppelgänger sortirent de la suite, allant qui dans le couloir, qui dans l'ascenseur, qui dans les étages inférieurs. Quatre copies identiques de Mia Nomeland passèrent de chambre en chambre, avec une implacable efficacité – et bientôt ils furent des légions. La plupart des clients ouvraient la porte après avoir entendu quelqu'un frapper et avoir vu par le judas une adolescente dans le couloir. Pas un instant ils n'auraient cru qu'ils allaient être agressés, sans merci, sans une chance de se défendre ou d'en réchapper.

Les uns à la suite des autres, les doppelgänger rejoignaient le rez-de-chaussée en empruntant l'ascenseur ou l'escalier, puis ils quittaient l'hôtel, montaient dans un taxi ou disparaissaient au bas du trottoir. Ni les employés de l'hôtel ni même les clients encore vivants occupés à la réception ne se rendirent compte que la même personne quittait invariablement et inlassablement le Four Seasons Hotel.

À une exception.

Un groom, qui perdait patience en attendant de pouvoir emporter les bagages d'un couple japonais d'une lenteur extrême, remarqua que la même fille passa devant lui trois fois de suite. Il eut certes un léger mouvement de recul, mais balaya cette impression en la qualifiant de vulgaire sensation de déjà-vu. Qui plus est, il était épuisé. À quoi bon alerter quelqu'un ? se dit-il.

Sur ce, il eut enfin la confirmation qu'il pouvait monter les valises au trente et unième étage.

Le groom appuya sur le bouton. Il leva la tête vers le panneau lumineux qui lui indiqua que l'ascenseur descendait vers lui.

Un petit *pling* résonna lorsque ce dernier atteignit le rez-de-chaussée et que les portes coulissèrent.

LOG N° 88.723.
NOM DU VAISSEAU: RV PROVIDENCE
ÉQUIPAGE: 8
LIEU D'ORIGINE: SECTEUR 12, TERRE
DESTINATION FINALE: EUROPA
POSITION ACTUELLE: LUNE, QUADRANT 60 (MARE TRANQUILLITATIS)
DATE: 17/08/2281
HEURE DE TRANSMISSION: 21:14 UTC

MISSION PRIMAIRE: EXPLORATION ABYSSALE D'EUROPA, LUNE DE JUPITER, ZONE #878
MISSION SECONDAIRE: EXPLORATION DU QUADRANT 60, SURFACE DE LA LUNE

1.
DÉCOUVERTE
LES SUJETS SONT SUPPOSÉS AVOIR UN LIEN AVEC L'ACCIDENT DP7 SURVENU SUR TERRE EN 2019.
SUJET #1 (DÉCÉDÉ) DE SEXE FÉMININ, ENVIRON 16 ANS. TROUVÉE À 180 M. DU SAS PRINCIPAL DE LA BASE LUNAIRE DARLAH 2. VÊTEMENTS: COMBINAISON SPATIALE DE LA NASA. CASQUE ENDOMMAGÉ, TROUVÉ À 1,5 M. DU CORPS. CAUSE DU DÉCÈS: EXPOSITION AU VIDE. SUJET VISUELLEMENT IDENTIQUE À LA PREMIÈRE OBSERVATION DE DP7 SUR TERRE. LES PRÉLÈVEMENTS TISSULAIRES MONTRENT QUE LE SUJET EST HUMAIN. EMPREINTES DE PAS (ABSENCE DE BOTTES) PROVENANT D'UN SUJET NON IDENTIFIÉ TROUVÉES À PROXIMITÉ DU CORPS.

2.
INSPECTION EXTÉRIEURE DE LA BASE LUNAIRE DARLAH 2: LA BASE SEMBLE INTACTE. PAS DE SIGNES APPARENTS D'UNE DÉTÉRIORATION EXTÉRIEURE STRUCTURELLE. INTÉGRITÉ OK. DÉCOUVERTE DE SUJET #2 (DÉCÉDÉ) ENTRE LES MODULES 2 ET 3. CAUSE DU DÉCÈS: INCONNUE. SUJET #2 IDENTIFIÉ COMME ÉTANT LT. HALL (LMP).

INSPECTION INTÉRIEURE DE LA BASE LUNAIRE DARLAH 2: SAS PRINCIPAL LAISSÉ OUVERT. RÉCEPTEUR RADIO À GALÈNE DE FABRICATION ARTISANALE TROUVÉ SUR LE SOL DE LA SALLE DE DÉCOMPRESSION. ABSENCE CONTINUE DE COURANT ACTIF ET D'OXYGÈNE SUR TOUTE LA SURFACE DE LA BASE. SUJET #3 (DÉCÉDÉ) TROUVÉ DANS LE MODULE 3/SERRE. IDENTIFIÉ COMME ÉTANT CAPITAINE COLEMAN (H.COM). CAUSE DU DÉCÈS: AUTOLYSE PAR ARME À FEU, IMPACT DE BALLE À LA TÊTE. LE RESTE DE LA BASE SEMBLE ÊTRE INTACT, PAS DE SIGNES APPARENTS DE COMBATS. LE SOUS-NIVEAU GÉNÉRATEUR DE COURANT (MODULE 4) CONTIENT SUJET #4 (DÉCÉDÉ) ET #5 (DÉCÉDÉ). IDENTIFIÉS COMME ÉTANT S. WILSON ET P. STANTON. CAUSE DU DÉCÈS: ASPHYXIE. LE LRV SEMBLE MANQUANT DANS LA SALLE DES MOTEURS DU MODULE 4.

INVESTIGATIONS ULTÉRIEURES CONSEILLÉES.

RV PROVIDENCE POURSUIT VERS EUROPA.

>>>>>>>>>>>>>>>>>>RAPPORT TERMINÉ…

VOIR APPENDICE PAGE SUIVANTE.

APPENDICE AU LOG N° 88.723.

DESCRIPTION : OBJET TROUVÉ DANS LA POCHE GAUCHE DU SUJET #1. L'OBJET SE COMPOSE D'UNE NOTE MANUSCRITE. SIGNÉE PAR LA DÉFUNTE. MESSAGE POUR PARTIE ILLISIBLE VOIRE IMPOSSIBLE À DÉCHIFFRER.

CONTENANT LE TEXTE SUIVANT :

JE ME SOUVIENS. C'EST BIZARRE, NON, QUE TANT D'ANIMAUX PRÉFÈRENT MOURIR SEULS, LOIN DE LEUR FAMILLE, DE LEUR TROUPEAU. ILS SEMBLENT VOULOIR S'EN ALLER ET DISPARAÎTRE QUAND ILS SENTENT QUE LEUR HEURE EST VENUE. POURQUOI NE LAISSENT-ILS PERSONNE RESTER À LEUR CHEVET PENDANT CES DERNIÈRES MINUTES ? ÇA M'A TOUJOURS PARU DIFFICILE À COMPRENDRE. JUSQU'À MAINTENANT. JE NE CROIS PAS QU'ILS LE FASSENT POUR ÉPARGNER LEUR FAMILLE DU CHAGRIN QU'ILS ÉPROUVERAIENT EN ÉTANT AUPRÈS D'EUX. JE CROIS PLUTÔT QU'ILS LE FONT POUR S'ÉPARGNER EUX-MÊMES. VOIR CEUX QUE VOUS AVEZ AIMÉS, CEUX AVEC QUI VOUS AVEZ PARTAGÉ TOUS VOS MOMENTS DE JOIE ET DE PEINE ALORS QUE VOUS ÊTES EN TRAIN DE DISPARAÎTRE EST SANS DOUTE AU-DESSUS DE VOS FORCES À CE MOMENT-LÀ. VOUS FINISSEZ PAR LUTTER POUR RÉCLAMER UN RÉPIT, VOUS ÊTES PRÊT À SUPPORTER LA DOULEUR UN PEU PLUS LONGTEMPS, JUSTE POUR LEUR SIMPLIFIER LES CHOSES. MIEUX VAUT SE SÉPARER D'EUX EN SILENCE, SANS ÊTRE VU. À L'ABRI DE L'OBSCURITÉ. SEUL. DE BIEN DES MANIÈRES. JE SUIS CONTENTE DE NE PAS VOUS AVOIR AUPRÈS DE MOI QUAND JE (ILLISIBLE) C'EST SANS DOUTE MIEUX. POUR PLUSIEURS RAISONS. (ILLISIBLE) LE (ILLISIBLE) EST EN ROUTE VERS VOUS À L'HEURE QU'IL EST, DONC (ILLISIBLE, DEUX LIGNES DE TEXTE ONT ÉTÉ SOIGNEUSEMENT BIFFÉES) PAPA, MERCI DE M'AVOIR AIDÉE À (CONSTRUIRE ?) UNE RADIO. TU AURAIS SANS DOUTE PRÉFÉRÉ QU'ON SE SOUVIENNE DE TOI POUR AUTRE CHOSE, MAIS C'EST L'IMAGE QUI SEMBLE S'ÊTRE (FIXÉE ?) EN MOI. TON VISAGE QUAND TU AS RÉUSSI À LA FAIRE FONCTIONNER, TA FIERTÉ. COMME UN ENFANT. RIEN QUE POUR ÇA JE T'ADORE. (J'AI RÉUSSI ?) À EN FABRIQUER UNE. PAS AUSSI BELLE QUE LA TIENNE, J'EN AI PEUR. AI MÊME RÉUSSI À LA FAIRE MARCHER. DONC J'AI ENTENDU QU'ILS NE LANCERAIENT PAS D'ACTION DE SAUVETAGE ET QUE « UN PASTEUR PROCÉDERA AU MÊME RITUEL QUE LORS D'UNE CÉRÉMONIE POUR LES DISPARUS EN MER, CONFIERA LEURS ÂMES AUX 'TRÉFONDS' ET TERMINERA PAR UN NOTRE-PÈRE. » J'AI PEUR QU'UNE PRIÈRE NE SAUVE ~~AUCUN D'ENTRE NOUS~~. EXCUSEZ ÉCRITURE. UTILISER UN STYLO AVEC SES GANTS (ILLISIBLE) QUE JE LE VOUDRAIS. OU ALORS CEST MA TÊTE (LA MIENNE ?), J'AI PLUS BEAUCOUP D'OXYGÈNE, ~~MAL DE TÊTE~~. CA PREND DU TEMPS À AGENCER MOTS. JE QUITTE DARLAH2 MAINTENANT. POUR ME TROUVÉ UN JOLI ENDROIT SUR LA FACE (ILLISIBLE) JE VERRÉ LA TERRE JUSQU'À CE QUE JE (ILLISIBLE) CE SERA UN DERNIER BEAU (SPECTACLE ?). J'AI PLUS RIEN À VOUS DIRE. C'ÉTAIT UN VOYAGE MERVEILLEUX. RIENQUE MERVEILLEUX. VOUS TOUS MERVEILLEUX. ~~NONJE MENS. SI SEULEMENT VOUS ÉTIÉ LÀ. PAS D'ANIMO~~. LA LETTRE.
MAMAN. SANDR. JE SUIS DÉSOLÉE, TELLEMENT DÉSOLÉE. JE DOIS ME (M'EN ALLER ?).
MIA (SIGNATURE)

>>>>>>>>>>>>>>>>>>>>>>>> END OF MESSAGE...
>>>>>>>>>>>>>>>>>>>>>>>> END OF TRANSMISSION

Note de l'auteur

Il convient de préciser que le signal 6EQUJ5 a été effectivement reçu en août 1977 par le radiotélescope The Big Ear, à l'observatoire Perkins de Delaware, dans l'Ohio – et que les détails racontés par Coleman des pages 380 à 384 concernant la réception de ce signal sont des faits réels. En outre, le 20 août puis le 5 septembre 1977, deux sondes spatiales ont été lancées du centre spatial Kennedy : *Voyager 1* et *Voyager 2*. Ayant pour mission de photographier et d'explorer notre système solaire, elles ont également emporté un message : chacune un disque d'or contenant des images, des musiques et des sons de notre planète, compilés de telle sorte qu'ils puissent être compris par une civilisation extraterrestre susceptible, un jour peut-être, de les intercepter. Treize ans après son lancement, *Voyager 1* a dépassé l'orbite de Neptune et, ce faisant, a quitté notre système solaire. À une vitesse de dix-sept kilomètres à la seconde, *Voyager 1* et *Voyager 2* poursuivent leur trajectoire à travers l'espace interstellaire. En cela, les deux sondes sont les objets créés par l'humanité qui se trouvent actuellement le plus loin de la Terre. Si nul ne les trouve dans l'intervalle, *Voyager 1* atteindra Alpha Centauri, l'étoile la plus proche de notre système solaire, dans quarante mille ans.

D'autres livres

wiz
Albin Michel

Jay ASHER, Treize Raisons
Jennifer BROWN, *Hate list*
Fabrice COLIN, *La Malédiction d'Old Haven*
Fabrice COLIN, *Le Maître des dragons*
Fabrice COLIN, *Bal de Givre à New York*
Claudine DESMARTEAU, *Troubles*
Sharon DOGAR, *Si tu m'entends*
Norma FOX MAZER, *Le courage du papillon*
Neil GAIMAN, *Coraline*
Neil GAIMAN, *L'Étrange Vie de Nobody Owens*
Neil GAIMAN, *Odd et les géants de glace*
Gregory GALLOWAY, *La Disparition d'Anastasia Cayne*
Laure-Marie LAPOUGE, *La Planète interdite*
Rebecca MAIZEL, *Humaine*
Rebecca MAIZEL, *Âmes sœurs*
Joyce Carol OATES, *Un endroit où se cacher*
Jackson PEARCE, *Sisters red*
Meg ROSOFF, *Maintenant, c'est ma vie*
Meg ROSOFF, *La balade de Pell Ridley*
Stephen TUNNEY, *Quand on s'embrasse sur la lune*
Gabrielle ZEVIN, *Une vie ailleurs*
Gabrielle ZEVIN, *Je ne sais plus pourquoi je t'aime*
Gabrielle ZEVIN, *La Mafia du chocolat*

www.wiz.fr
Logo Wiz : Cédric Gatillon

Composition Nord Compo
Impression Normandie roto s.a.s. en février 2013
Éditions Albin Michel
22, rue Huyghens 75014 Paris
ISBN : 978-2-226-24738-4
ISSN : 1637-0236
N° d'édition : 18802/01 N° d'impression : 130557
Dépôt légal : mars 2013
Loi n° 49-956 du 16 juillet 1949 sur les publications destinées à la jeunesse.
Imprimé en France.